BASTEI
LÜBBE

Von Manuela Martini sind bei Bastei Lübbe Taschenbücher erschienen:

14821 Outback
15052 Barrier Reef
15244 Dead End
15475 Under Cover
15665 Das Leuchten der purpurnen Berge

Über die Autorin:

Manuela Martini, Jahrgang 1963, studierte Medizin, Geschichte, Literaturwissenschaft und Romanistik in Mainz, München, Paris und Rom. Sie arbeitete als Regieassistentin, drehte Werbe-, Industrie- und Dokumentarfilme und schreibt Drehbücher. Sie lebt in Deutschland (München) und Australien.

Manuela Martini

Off Road

Shane O'Connors fünfter Fall

BASTEI LÜBBE

BASTEI LÜBBE TASCHENBUCH
Band 15 769

1. Auflage: November 2007

Bastei Lübbe Taschenbücher in der Verlagsgruppe Lübbe

Originalausgabe

Lektorat: Gerke Haffner
Textredaktion: Lutz Steinhoff
Titelillustration: getty-images/Martin Child
Umschlaggestaltung: Gisela Kullowatz
Satz: hanseatenSatz-bremen, Bremen
Druck und Verarbeitung: Ebner & Spiegel, Ulm
Printed in Germany
ISBN 978-3-404-15769-3

Für Simona

Montag, 11. Juni

Es kommt plötzlich, das Brüllen und Schreien, das Donnern und Tosen, das Heulen und Fauchen. Es nimmt Besitz von ihm, erfüllt ihn, sodass er nicht mehr denken kann. Aber das Schlimmste kommt in den kurzen Momenten der Stille zwischen dem Donnern und Brüllen: die Stimmen. Sie nisten sich ein, lassen ihn nicht mehr los, quälen ihn, bis er ihnen gehorcht hat.

Immer hofft er auf den Widder, aber der ist noch nie erschienen.

1

Alison Griffith hatte das Seitenfester heruntergelassen. Sie ließ den Fahrtwind durch ihr kurzes blondes Haar streicheln und den dünnen Schweißfilm, mit dem man in diesem Klima leben musste, auf ihrer Haut kühlen. Noch um acht Uhr morgens lag ein Dunstschleier in der Luft. Obwohl jetzt, im Juni, die Wet-Season noch nicht angebrochen war, jene sechs Monate, in denen es besonders schwül war und in denen der Regen für das ganze Jahr fiel und im schlimmsten Fall Zyklone die Stadt bedrohten, spendete die Nacht so viel Feuchtigkeit, dass überall in den Gärten die weiß blühenden Frangipani, die üppigen Holunderbüsche, die fleischigen Gummibäume und andere tropische Blumen und Büsche die Hitze des Tages überstehen konnten.

Entlang des Tiger Brennan Drives, den Alison in Richtung City nahm, glitzerte um diese Uhrzeit das Meer noch silbrig. Im Lauf des Tages würde es alle Blautöne von türkis bis dunkelblau annehmen. Im kleinen Hafen schaukelten ein paar Trawler, manche alt und aus Holz, andere makellos weiß mit chromblitzenden Geländern. Doch die postkartengleiche Ansicht konnte Alisons düstere Gedanken nicht vertreiben.

Sie nahm die Anhöhe, auf der sich die City von Darwin erhob, und bog dann nach rechts in die noch kaum befahrene McMinn Street ein. Nach ein paar hundert Metern steuerte sie links in die Einfahrt des lang gestreckten einfachen Gebäudes des Frog Hollow Centers for the Arts und parkte neben dem silberfarbenen alten Holden-Modell mit der Beule am rechten Kotflügel. Es war der Wagen ihrer Kollegin Meg Rowan. Sie zog den Schlüssel ab, doch anstatt auszusteigen, blieb sie, plötzlich kraftlos geworden, sitzen und starrte durch die Windschutzscheibe auf die blassgelb gestrichene Wand, vor der ein paar Büsche blühten. Sie wartete auf einen Ruck, darauf, dass die Zeit einen Sprung machte, hinüber in eine andere Gegenwart – oder in die alte Vergangenheit.

Um halb sieben heute Morgen, als der Wecker klingelte, hatte sich noch alles wie immer angefühlt. Sie hatte geglaubt, ein böser Traum habe sie geplagt und schlecht schlafen lassen. Nach wenigen Augenblicken aber hatte die Erinnerung an den vergangenen Abend sie mit voller Wucht getroffen. Ihr Leben war in sich zusammengestürzt, so wie von Termiten befallene Holzhäuser plötzlich einknickten, obwohl man ihnen nichts angesehen hatte. Warum hatte sie es nicht bemerkt? Weil sie es nicht bemerken wollte? Sie legte ihre Hände in den Schoß und starrte darauf, als könne das sie davor bewahren, sich ganz zu verlieren. Auf den Oberschenkeln spürte sie den hauchfeinen Stoff ihres hellgrünen vierhundertdreißig Dollar teuren Sommerkleids. Ihre gepflegten, pedikürten Füße mit den dezent perlmuttfarben lackierten Nägeln steckten in zweihundertfünfzig Dollar teuren Sandalen. Hatte sie all ihre Aufmerksamkeit auf solche Äußerlichkeiten konzentriert? Nein, da gab es auch Prudence, ihre siebzehnjährige Tochter, die sie liebte, und da gab es das Haus … Hatte sie nicht dafür gesorgt, dass alles in Ordnung gehalten, dass anständig gekocht wurde? Hatte sie nicht immer ihr Bestes getan – nun, sicher nicht immer, aber doch meist –, um ihren Mann glücklich zu machen? Und dann sein Verrat.

Sie blickte auf und sah sich selbst im Rückspiegel. »Du bist nicht die Einzige, Alison«, murmelte sie, »warum solltest du eine Ausnahme sein?« *Warum nicht?*, schrie ihr Spiegelbild zurück. *Warum sollte ich* keine *Ausnahme sein?*

Als sie spürte, wie der Schweiß zwischen ihren Brüsten hindurchrann, machte sie schließlich die Tür auf. Warme, feuchte Luft schlug ihr entgegen. Alles fiel ihr schwer: das Aussteigen, das Zuwerfen der Tür, die Schritte unter dem vorgezogenen Dach entlang den Eingängen zu den Abteilungen der verschiedenen Kunstbereiche, der Griff zur Tür des Writer's Center. Einen Moment lang hielt sie in der Bewegung inne, atmete tief ein und aus und hob ihr Kinn. Dann stieß sie die Tür auf.

Der vertraute Geruch nach Teppichboden, Papier, Druckertinte und elektronischen Geräten, das ungemütliche Licht aus den billigen Neonröhren und die Enge des mit Schreibtischen, Bürostühlen, Kopierern, Faxgeräten, Computern und Kartons vollgestopften Raums schlug ihr entgegen, und all das, was sie schon oft als störend empfunden hatte, liebte sie in diesem Augenblick. Hier fühlte sie sich heimischer als zu Hause.

»Hi, Alison, auch so früh?« Meg Rowan drehte ihren plumpen Körper auf einem wackligen Bürostuhl. Sie war das, was Alison nicht war: unförmig, stämmig, unauffällig und einfallslos gekleidet – und frisiert. Das dunkelblonde Haar hatte sie einfach zu einem Pferdeschwanz zurückgebunden, der schlaff auf ihren Nacken fiel. Sie trug nie Make-up und stets flache Schuhe, die ihre in der Hitze anschwellenden Beine noch dicker erscheinen ließen. Ihre Brille war ein altes, längst aus der Mode gekommenes Modell mit zu großen und zu runden Gläsern. Ihre blasse Haut war mit rötlichen Hitzeflecken bedeckt. Meg hätte allen Grund haben können, auf sie, die attraktivere, jüngere, wohlhabende Alison, neidisch zu sein. Aber Neid, das hatte Meg ihr einmal anvertraut, war ihr fremd. Meg ging in ihrer Arbeit am Writer's Center auf, und sie war glücklich mit Nick verheiratet, einem drahtigen, nicht besonders großen Mann, der als Busfahrer für die Stadt arbeitete und der meist zufrieden und guter Dinge war.

Bevor Alison die Begrüßung erwidern konnte, sagte Meg: »Oh … was Schlimmes?«, und sah sie mit ihren braunen Augen durch ihre große Brille an.

Alison hatte sich vorgenommen, nichts zu sagen und die Sache allein mit sich auszutragen.

»Setz dich erst mal.« Meg stand auf. Ihr dunkelblaues, mit winzigen Sternchen gemustertes Kleid wogte um ihren massigen Körper, als sie zur Kaffeemaschine ging.

Alison ließ sich auf ihren Drehstuhl mit dem fadenscheinigen roten Stoff sinken. Ihr Widerstand fiel vollends in sich zusammen, als Meg fürsorglich Milch in den Kaffee goss und ihr die Tasse reichte. »Matthew betrügt mich.« Die Worte hörten sich fremd an. Nein, es konnte nicht sein, dass ihr, Alison, geborene van Oosterzee, so etwas passiert war.

Meg zog sich einen Bürostuhl heran. »Bist du sicher?«

»Ja.« Alison nickte – und dann erzählte sie alles …

Gestern war sie mit ihrer Schwester Christine im Deckchair-Cinema gewesen, einem unterhalb der City gelegenen sehr beliebten Open-Air-Kino, nicht weit entfernt von der Stokes Hill Wharf, dem Kai, an dem sich Restaurants angesiedelt hatten. Sie traf sich nicht oft mit ihrer jüngeren Schwester, meist einmal im Monat. Wenn sie in einer größeren und mehr Unterhaltung bietenden Stadt als Darwin leben würden, wusste Alison, würden sie sich noch seltener verabreden. Sie waren zu verschieden. Alles an der sechs Jahre jüngeren Christine war schriller, auffälliger. War Alisons Haar blond, war das von Christine wasserstoffblond, trug Alison ein kurzes Kleid, war das von Christine noch viel kürzer und meist rot oder orange. Bei der Höhe der Schuhabsätze war es dasselbe. Christine wog allerdings ein paar Kilo mehr als Alison, und das machte sie, da sie auch fast zehn Zentimeter kleiner war, irgendwie kompakter: Ihr Hals wirkte gedrungener, ihre Schultern waren breiter und ihre Füße größer.

Dennoch: Christine war nicht unattraktiv. Sie bewegte sich geschmeidig auf ihren dünnen Absätzen, konnte herzlich und offen lachen und brachte Schwung in jede langweilige Barbecue-Party. Sie hatte kein Glück bei Männern – nein, Alison berichtigte sich, sie hatte *zu oft* Glück. Ihre Liebschaften waren nicht von langer Dauer. Geheiratet hatte sie nur ein Mal: Phil, einen ehemaligen Cricket-Spieler. Diese Heirat hatte zum Bruch mit ihrem Vater geführt. Seit damals, und dieses Ereignis lag nun schon acht Jahre zurück, hatte Christine an keiner einzigen Familienfeier mehr teilgenommen. Ihr Vater wiederum, der seiner jüngeren Tochter, was Dickköpfigkeit anging, nicht nachstand, hatte nach dem Bruch jegliche finanzielle Unterstützung eingestellt. Christine hatte die unterschiedlichsten Jobs angenommen. Seit einem halben Jahr war sie in einem Friseurladen beschäftigt, und Alison hatte den Eindruck, dass es ein Beruf war, der ihr endlich mal Freude machte.

Sie hatten sich gerade mit einem Drink in die bequemen Liegestühle fallen lassen und warteten in der hereinbrechenden Dämmerung auf den Beginn des Films, als Christine den Strohhalm ihres Cocktails aus dem Mund schnippte und in beiläufigem Ton begann: »Ach, übrigens, Alison …« Sie brach ab, warf ihrer Schwester einen kurzen Blick zu und konzentrierte sich dann auf den Rücken des Mannes vor ihr.

Alison erwartete eine Bitte um eine finanzielle Hilfe, die Christine natürlich *so schnell wie möglich* zurückzahlen würde. In Gedanken überschlug sie bereits einen Betrag, den sie von ihrem Konto, auf das sie ihr mageres Gehalt als Mitarbeiterin des *Darwin Writer's Center* einzahlen ließ, abheben könnte. Das auf ihren und Matthews Namen laufende gemeinsame Konto hätte sie nie anzurühren gewagt. Sie hätte Matthew gar nicht erst zu fragen brauchen. Er hätte ganz sicher nicht zugestimmt, ging er doch einer Begegnung mit Christine stets aus dem Weg. »Wie viel brauchst du?«, fragte sie schließlich.

Da erst kehrte Christines Blick zu ihr zurück. In ihren Augen lag ein seltsames Glühen, und im Nachhinein fragte sich Alison, ob Christine diesen Moment besonders genossen hatte. »Ich bettle nicht immer um Geld.«

Alison bemühte sich, den spitzen Unterton zu überhören, und hob nur die Augenbrauen.

Christine saugte an ihrem Strohhalm. »Ich hab Matthew gesehen … mit einer jungen Frau … Sie schienen ziemlich vertraut miteinander zu sein.«

An das, was dann geschehen war, konnte sich Alison nur noch vage erinnern. Sie hatte eine Weile stumm und reglos dagesessen, war dann wütend geworden, hatte Christine beschimpft, weil sie Matthew schlechtgemacht hatte, und war dann aufgesprungen und gegangen. Sie war ziellos durch die Stadt gefahren, und erst auf dem langen Stuart Highway entlang des Flughafengeländes war ihr klar geworden, dass ihre Schwester nichts dafür konnte.

Irgendwann war sie heimgefahren und hatte sich ins Ehebett gelegt. Spät in der Nacht, als sie ihn kommen hörte, schob sie sich bis an den äußersten Rand ihrer Seite und stellte sich schlafend. Doch Matthew ging ins Gästezimmer. Am Morgen konnte sie ihm nicht in die Augen sehen. Sie musterte ihn verstohlen und fragte sich, ob dies derselbe Mensch war, den sie vor achtzehn Jahren geheiratet hatte, und wann sie aufgehört hatte, ihn genau anzusehen.

»Er weiß nicht, was er an dir hat!« Meg schüttelte heftig den Kopf. Die roten Flecken auf ihrer Haut waren dunkler geworden, wie immer, wenn sie sich aufregte.

Christine hatte sogar den Namen der Frau genannt. Sie hieß Valerie Tate und war zweimal Kundin im Friseursalon gewesen.

»Wie alt?«, fragte Meg.

»Sechsundzwanzig.« Das war die nackte, bittere Wahrheit.

»Mein Gott, Schätzchen, und was tust du jetzt?«

Alison zuckte mit den Schultern. Diese Frage hatte sie sich auch schon gestellt, und das nicht nur ein Mal.

»Hast du es Matthew gesagt?«

»Nein.«

»Sag's ihm! Stell ihn vor die Wahl: du oder sie!«

Das hätte sie, Alison, sicher auch einer Freundin in dieser Situation geraten. Doch eine merkwürdige Lähmung hatte sie befallen, die sie dazu zwang, zuzusehen, anstatt zu handeln.

»Ich versteh dich nicht, Alison! Das darfst du dir doch nicht gefallen lassen!«

Auch das hätte sie der Freundin gesagt.

Ein Klopfen an der Tür ließ beide herumfahren.

»Wer hat sich denn schon so früh zu uns verirrt?« Meg hob verwundert die Brauen. »Na gut, wir reden später weiter.«

Alison nickte. Sie war ganz froh über die Unterbrechung.

»Nur herein!«, rief Meg.

Das Erste, was die beiden Frauen zu sehen bekamen, war

ein von der Sonne gebräuntes Gesicht mit eckigem Kinn, weichen, geschwungenen Lippen und strahlenden Augen. Bestimmt ein ehemaliger Segler, dachte Alison, oder Tennisspieler.

»Oh, ich wollte nicht stören …« Er lächelte charmant, nein, er strahlte. Seine Stimme war tief und durchdringend.

»Bert!« Meg wandte sich an Alison. »Alison, das ist Bert Horkay! Vielgereister Romancier, Journalist, Sprachlehrer, Höhlenforscher und …« Sie lachte kokett. »Hab ich was vergessen?«

»Und Freund!« Jetzt lachte er und zeigte zwei Reihen makelloser weißer Zähne. Er war mindestens einen Meter fünfundachtzig groß und hatte eine sportliche Figur. Er trug ein hellblaues Poloshirt und eine weiße Hose. Wie alt mochte er sein? Vierzig?

»Sehr erfreut, Sie kennen zu lernen, Bert.« Alison streckte ihm steif ihren Arm entgegen. Seine Hand war warm und fest. Sie ertappte sich bei dem Gedanken, ob sie Matthew nicht eins auswischen und eine Affäre mit dem erstbesten Mann anfangen sollte. Doch sofort rief sie sich zur Vernunft.

»Willst du einen Kaffee, Bert?« Meg stand auf. »Das ist übrigens Alison, meine geschätzte Kollegin. Sei ein bisschen nett zu ihr, sie macht gerade eine schwere Zeit durch.«

Alison warf Meg einen strafenden Blick zu, den diese mit einem Schulterzucken abtat.

»Oh, das tut mir leid.« Er lächelte … wie Alison fand, ein wenig zu mitfühlend. »Was ist Ihnen passiert?«

Sie winkte ab. »Reden wir von was anderem.«

Er nickte und verschränkte die blond behaarten Arme vor der breiten Brust. »Meg ist manchmal schrecklich taktlos.«

Meg rollte die Augen und gab Bert einen Becher Kaffee.

Er trank ein paar Schlucke, während Meg Alison berichtete, dass Bert bei ihr und ihrem Mann wohnte, im »Granny Apartment«: zwei Zimmer neben der Garage und der offenen Waschküche, unter dem auf Pfählen stehenden Haus. »Ich hatte Hemmungen, Bert die Bude anzubieten«, sagte sie. Währenddessen legte sie aus verschiedenen Kartons die Seiten mit dem Programm des Writer's Festival zusammen.

»Es ist vollkommen okay!« Bert wandte sich dabei an Alison. »Ich habe schon in ganz anderen Unterkünften geschlafen!«

Meg lachte. »Ich nehme an, in einer Hütte in Papua-Neuguinea oder einem Erdloch in Sumatra ... Bert ist viel zu anständig, um sich zu beschweren, stimmt's?«

Aha, anständig und rücksichtsvoll ist er auch noch? Alison merkte, wie sie immer gereizter wurde.

»Was hältst du davon?«

Alison sah, dass Meg sie fragend anschaute. »Was, wovon?«

»Schätzchen, wo warst du mit deinen Gedanken? Ich habe vorgeschlagen, morgen ein Barbecue zu veranstalten. Du kommst doch?«

»Morgen? Oh, da hab ich meine Eltern eingeladen.« Alison mochte gar nicht an diese Einladung denken. Wie sollte sie es schaffen, die glückliche Ehefrau zu spielen?

»Dann eben heute. Nick könnte uns einen Lammbraten machen. Das ist seine Spezialität. Na, was haltet ihr davon?«

»Eine großartige Idee, Meg!«, sagte Bert und warf Alison einen aufmunternden Blick zu.

»Ich weiß nicht, Meg. Ich ...« Sie musste erst wieder zu sich selbst finden.

»Ach, wenn du magst, dann kommst du einfach«, sagte Meg. »Übrigens, wie sieht es heute Mittag aus, Bert? Wir könnten alle drei in der Stadt was essen, asiatisch, in der Mall.«

Bert verzog bedauernd den Mund. »Ich wollte eigentlich in die Northern Territory Art Gallery.«

»Ach, die läuft dir ja nicht weg!«

»Du mir auch nicht, oder?«

Meg zog ihr weites Kleid in die Breite. »Seh ich so aus?«

Als Bert gegangen war, ließ Meg sich ächzend auf ihren Stuhl fallen. Sie nahm die Brille ab und wischte sie mit einem Taschentuch ab. »Unverheiratet. Noch nicht einmal geschieden ... und gut riechen tut er auch noch!« Sie seufzte übertrieben. »Charmant, abenteuerlustig, gebildet ... aber er will sein eigener Herr bleiben.« Sie setzte ihre Brille wieder auf und grinste hintergründig. »Und ganz nebenbei, im Bett soll er auch nicht schlecht sein!«

»Meg!«

Meg zuckte mit den Schultern. »Nun, ich dachte nur, vielleicht willst du deinem Matthew ja einen Denkzettel verpassen ...« Sie klatschte in die Hände. »So, nun muss ich mich aber mal an die Arbeit machen!« Während sie sich zum Computer herumdrehte, sagte sie noch:. »Du gefällst ihm.«

»Wem?«

»Wem? Bert!«

»Woher willst du das wissen? Er kennt mich doch überhaupt nicht.«

Meg zwinkerte ihr zu. »Aber *ich* kenne ihn!«

Alison seufzte. »Ach, Meg, du willst mich doch nur aufheitern.«

»Du gefällst ihm, glaub mir.« Meg fing an, in der ihr eigenen Art auf die Tasten zu hacken.

Alison sah diesen vor Kraft und Lebenslust sprühenden Mann vor sich und gestand sich ein, dass er sie anzog. Ein angenehmer Schauer rieselte über ihren Körper und überdeckte für Sekunden Demütigung und Wut. Konzentrier dich auf deine Arbeit!, ermahnte sie sich, öffnete den E-Mail-Ordner und begann Anfragen zum Festival zu beantworten.

2

Der Staatsanwalt hatte ihn gewarnt. »Lassen Sie sich nicht einschüchtern! Wenn sie spürt, dass Sie zusammenzucken, macht sie Sie fertig. Alex Winger ist eine von der knallharten Sorte.« Die Einschätzung war nicht übertrieben, und Shane machte sich auf den nächsten Angriff gefasst.

»Detective, als Sie ins Haus stürmten, hatten Sie weder einen Haftbefehl noch einen Durchsuchungsbefehl, korrekt?« Die Stimme der Anwältin war schneidend und durchdringend.

Shane versuchte seinen Ärger hinunterzuschlucken. Was, zum Teufel, hatte er hier im Zeugenstand zu verlieren? Und warum musste er sich den kalten blauen Augen dieser arroganten Anwältin aussetzen?

Sie wandte ihren Blick ab und sah auf das Papier in ihrer Hand, berührte zwischendurch kurz die altertümliche blonde Lockenperücke auf ihrem schulterlangen dunklen Haar. Dabei klimperten ihre schmalen Goldarmreifen. Sie tat alles, um ihn durch ihre scheinbare Gelassenheit und ihre Interesselosigkeit zu einer unbedachten Äußerung zu verleiten. Er kannte das Spiel.

»Korrekt«, antwortete er.

»Sie trugen Zivil, Detective?«

»Ich trage immer Zivil. Ich bin Detective der Mordkommission seit über …«

»Wir wissen, was Sie sind, Detective.« Alex Winger schnitt ihm das Wort ab, ohne ihn anzusehen.

Shane sah hinüber auf die andere Seite des Gerichtssaals, wo sich die mit einer Glasscheibe abgetrennte Kabine befand, in der zwei Sheriffs den Angeklagten bewachten. Der Angeklagte, Muhammad Solea, ein Schwarzafrikaner aus Nigeria, erweckte in seinem blütenweißen Hemd und der gelbschwarz gestreiften und sorgfältig geknoteten Krawatte, mit seinem kurz geschorenen Haar und der Goldrandbrille den Anschein eines ehrbaren Bankangestellten. Verdammter Mistkerl, dachte Shane.

»Detective O'Connor«, Alex Wingers laute Stimme drang wieder durch den Saal. »Sie klopften an die Tür des Hauses, in dem sie den Angeklagten, meinen Mandanten, vermuteten? Korrekt?«

»Wir *vermuteten* nicht, wir *wussten* …« Er brach ab. »Ja, ich habe geklopft.«

Ein kaum merkliches spöttisches Lächeln flog über ihr Gesicht. Wieder klimperten die Armreifen.

»Sie klopften? Nun: Sie schlugen mit der Faust an die Tür. Mehrmals. Als Ihnen die völlig verängstigte Aborigine-Lady öffnete, zeigten Sie ihr *nicht* Ihren Ausweis, korrekt?«

»Wir wussten, dass der Mörder im Haus …«

»Sie zeigten ihr *nicht* ihren Ausweis …«

Er schluckte. »Nein. Ich habe ihn nicht gezeigt.«

»Wie war die Reaktion der Frau?«

»Ich kann mich nicht genau erinnern. Wir standen unter Zeitdruck …« Shane sah zum Staatsanwalt hinüber, der unbehaglich auf seinem Sessel herumrutschte. Ganz anders als der Richter in seiner roten Robe, der in seinem Sessel zusammengesunken war, als ob er schliefe. Wieder das Klimpern der Armreifen.

»Nun, Detective, ich sage Ihnen, wie Ihre Reaktion aussah: Die Aborigine-Lady war starr vor Schreck. Denn sie verstand nicht, was Sie wollten, sie war nicht in der Lage, einzuschätzen, ob Sie von der Polizei waren oder ein Krimineller. Sie trugen weder Uniform, noch zeigten Sie einen Ausweis. Sie stürmten mit gezogener Waffe an ihr vorbei.« Die Anwältin setzte die Brille auf und zitierte aus ihren Unterlagen in der Hand: »Die Aussage der Aborigine-Lady lautet: *Der Mann mit der Waffe stieß mich gegen die Wand. Ich schrie. Der Mann …*« Sie sah kurz auf. »Das sind Sie, Detective O'Connor … Ich fahre fort …« Sie las weiter aus der Akte vor: *»Der Mann mit der Waffe riss die Tür zum Schlafzimmer auf. Ich hörte Poltern und Schreie. Der Mann rief: ›Auf den Boden, du Schwein!‹ Dann krachte es, und ich hörte dumpfe Schläge. Dann kam der Mann mit Muhammad heraus. Muhammad trug Handschellen und blutete aus der Nase und aus dem Mund.«* Sie setzte die Brille ab und sah auf. »Detective O'Connor, Sie haben nicht nur die Aborigine-Lady eingeschüchtert und verletzt, Sie haben auch meinen Mandanten, gegen den zu diesem Zeitpunkt kein Haftbefehl vorlag, körperlich angegriffen. Er hatte eine gebrochene Nase und verlor einen Schneidezahn. Gehen Sie bei Ihren Festnahmen immer so vor?« Sie sah ihn mit ihren eisblauen Augen provozierend direkt an.

Warum legte dieser Staatsanwalt keinen Einspruch ein?

»Einspruch!«, kam es endlich.

»Stattgegeben«, brummte der Richter und machte eine müde Handbewegung.

Die Anwältin räusperte sich. »Sie sind äußerst brutal vorgegangen, Detective. Warum haben Sie nicht Ihre Marke gezeigt und meinen Mandanten einfach festgenommen?«

Nein, er würde nicht in ihre Falle tappen. Er unterdrückte ein Lächeln und sagte so sachlich er konnte: »Sie werden mit Sicherheit meine Akte studiert haben, und dabei konnten Sie feststellen, dass dieses Vorgehen eine Ausnahme war. Es war Gefahr im Verzug. Es bestand Fluchtgefahr. Wir hatten noch keinen Haftbefehl, weil wir den wichtigsten Hinweis in dem Moment bekamen, als wir uns nur noch zwei Straßen von dem angeblichen Aufenthaltsort des Täters entfernt befanden. Da wollten wir nicht zurückfahren.«

»Sie hätten jemanden benachrichtigen können, Detective. Sie benutzen doch sicher, genauso wie ich, hin und wieder ein – wie nennt man das Ding, das man inzwischen überall mit herumtragen kann – Handy, nicht wahr?«

»Einspruch, Euer Ehren, das …« Der Versuch des Staatsanwalts scheiterte kläglich. Eine Handbewegung des Richters ließ ihn verstummen. »Einspruch abgelehnt. Fahren Sie fort, Mrs Winger, aber verzichten Sie auf Polemik.«

»Ja, Euer Ehren.«

Die Assistentin, die schon die ganze Zeit neben ihrer Chefin gestanden hatte, beugte sich zu ihr und flüsterte ihr etwas ins Ohr, woraufhin diese nickte. Die Assistentin nahm einen Ordner an sich und eilte mit schnellen, bestimmten Schritten zum Ausgang. Sie glich auffallend ihrer Chefin: schulterlanges dunkles, glattes Haar, blasse Haut, blaue Augen. Shane war sich sicher, Alex Winger hatte das genau so angeordnet.

»Detective O'Connor«, fuhr sie fort. »Sie haben seit einem Jahr gesundheitliche Probleme. Sie wurden bei einer Schießerei verletzt.«

Was sollte das jetzt? »Ja.«

»Damals wurde Ihr langjähriger Partner erschossen. Sie überlebten. Ihr Bein und Ihr Arm sind immer noch nicht wieder vollständig in Ordnung.«

Er antwortete nicht. Es war keine Frage. Es war eine Tatsache.

»Ihre psychische Verfassung hat gelitten, und auch Ihre physische.«

Wieder antwortete er nicht. Er dachte an seine Schmerztabletten und seine Narben.

Der Staatsanwalt starrte ihn ausdruckslos an. Shanes Wut wuchs. Er hatte einen Mörder und Dealer gestellt, warum stahlen sie ihm seine Zeit?

»Detective O'Connor, ist es abwegig, anzunehmen, dass Sie infolge Ihrer psychischen und physischen Situation heftiger und aggressiver reagiert haben als normal?« Ihre Stimme hatte einen süßlichen Unterton bekommen.

Nein, so billig war er nicht zu haben. Sein Puls lag sicher bei neunzig, er fühlte sein Blut kochen, und seine Schläfen pochten, aber er behielt sich unter Kontrolle. »Ich reagiere nicht heftiger und auch nicht aggressiver. Meine Verletzungen sind so gut wie auskuriert. Ich hätte in diesem Fall auch vor Jahren nicht anders gehandelt. Es ging darum, den Mörder zu fassen, ihn an einer Flucht zu hindern. Und das ist uns gelungen.«

Der Punkt war an ihn gegangen.

»Mit *uns*«, fuhr die Anwältin unbeeindruckt fort, während sie irgendein Schreiben überflog, »meinen Sie sich selbst und Detective Tamara Thompson.«

»Korrekt.« Seine Partnerin war zurzeit auf einer Fortbildung in London und bereits per Videokonferenz befragt worden. Shane warf einen Blick schräg hinter sich auf die Jury: ein Haufen ungekämmter, nachlässig gekleideter Männer und Frauen, die in drei Reihen auf der dem Angeklagten gegenüberliegenden Seite des Saals saßen. Einige von ihnen unterhielten sich leise miteinander. Von den elf Personen erweckten nur vier den Eindruck, dass sie sich ihrer Rolle und Aufgabe bewusst waren. Mindestens zwei hätten Heroinabhängige sein können: ausgemergelte Gestalten mit farblosem dünnen Haar und dürren Beinen, die aus abgetragenen Shorts hervorstaken.

Der Richter beugte sich ein wenig nach vorn.

»Sofort, Euer Ehren!« Alex Winger blätterte überraschend nervös in einem Schnellhefter.

Der Staatsanwalt hatte den Blick auf seine Unterlagen konzentriert, zog dabei unentwegt an den weiten Ärmeln seiner Robe und schob sich die gelockte Perücke aus der Stirn. Die breite Tür aus dunklem Holz öffnete sich, Wingers Assistentin kam zurück. Der dunkelrote Teppichboden schluckte das Geräusch ihrer Schritte. Sie gab ihrer Chefin eine Akte. Diese setzte ihre Lesebrille auf, die sie an einer Kette trug, und vertiefte sich in das Dokument.

»Mrs Winger …?«

»Entschuldigen Sie, Euer Ehren!« Sie war tatsächlich für Sekunden aus der Ruhe gebracht worden, doch jetzt sah sie auf und nahm ihre Brille ab. Ihre blauen Augen blickten wieder starr und kalt.

»Detective O'Connor, vor fünf Jahren«, begann sie betont langsam, »haben Sie einen Journalisten angegriffen und ihm ins Gesicht geschlagen. Korrekt?«

Shane holte Luft. Beruhige dich, sagte er sich, sonst hat sie dich genau da, wo sie dich hinhaben will.

»Einspruch!« Der Staatsanwalt sprang auf, als sei er plötzlich aus einem Traum erwacht, doch der Richter sagte nur müde: »Einspruch abgelehnt. Fahren Sie fort, Mrs Winger!«

»Sie haben ihm ins Gesicht geschlagen.« Der kalte Blick der Anwältin schien ihn festnageln zu wollen.

»Es gab eine Vorgeschichte, er hatte …«

»Sie haben ihm ins Gesicht geschlagen, korrekt?« Ihre Stimme war messerscharf.

Er kapitulierte. »Korrekt.«

»In diesem Fall war weder Gefahr im Verzug, noch hatte der Journalist jemanden getötet oder hatte dies vor. Korrekt?«

Nein, es hatte keinen Sinn mehr, sich auf eine Diskussion einzulassen. Gleich wäre es vorbei.

Er nickte. »Korrekt.«

Ein kurzes Zucken ihres Mundwinkels verriet ihren Triumph. Sie hatte ihn da, wo sie ihn hinhaben wollte: am Boden. Nun musste sie nur noch wie ein Jäger den Fuß auf die erlegte Beute stellen.

»Detective O'Connor …« Sie machte bewusst eine lange Pause und sah ihm in die Augen. Komm schon, dachte er, komm schon, bringen wir's hinter uns. Versetz mir den Todesstoß … Auf einmal lächelte sie sanft. »Sie haben im Grunde selbst eingesehen, dass Sie den Anforderungen Ihres Berufs physisch und psychisch nicht mehr gewachsen sind.« Sie ließ die Akte sinken. »Sie haben genau zwei Wochen nach der Festnahme meines Mandanten einen Antrag auf vorzeitige Entlassung aus dem Polizeidienst eingereicht.« Sie genoss es, dass plötzlich alle Personen im Saal wie erstarrt wirkten. »Das ist doch korrekt, oder?«

Sie hatte ihn erlegt. Er war tot.

»Das ist doch korrekt, oder?«, wiederholte sie.

Schließlich nickte er und sagte so deutlich wie möglich: »Das ist korrekt, ja.«

»Sie sind nur noch …« Sie sah auf ihre Notizen. »… ja, Sie

sind noch genau sieben Tage Detective der Homicide Squad Queensland. Und dann …« Ihr Lächeln wurde intensiver, Shane konnte ihren Anblick kaum noch ertragen, doch er zwang sich, den Blick nicht abzuwenden. Nein, diesen Triumph wollte er ihr nicht auch noch gönnen. Er wollte mit offenen Augen sterben … »Und dann«, fuhr sie fort, »sind Sie Pensionär. Frührentner, ist das richtig?«

»Ja, das ist richtig.« Er hatte versucht, so emotionslos wie möglich zu antworten. Er hoffte, es war ihm einigermaßen gelungen.

Ihr zufriedenes Nicken, ihr triumphales Lächeln – dann war Schluss.

»Danke, Detective. Keine weiteren Fragen.«

Auch der Staatsanwalt hatte keine weiteren Fragen, und Shane durfte den Zeugenstand verlassen. Als er heute Morgen in Darwin angekommen war, hatte der Staatsanwalt ihn auf die Anwältin vorbereitet. Er hatte nicht untertrieben.

Erleichtert stieß Shane die schwere Holztür des Gerichtssaals auf und atmete durch, als sie sich hinter ihm schloss und er im großen, lichtdurchfluteten Foyer stand. Er fühlte sich wie ein Fisch, dem man den Haken aus dem Maul gezogen und den man danach mit offener Wunde zurück ins Wasser geworfen hatte. Schon oft hatte er in seinem Berufsleben vor Gericht aussagen müssen, und er hasste es noch genauso wie am Anfang. Nicht selten hatte er sich von arroganten Anwälten wie der letzte Dreck behandeln lassen müssen. Doch das war sein letzter Auftritt gewesen. Morgen würde er zurück nach Brisbane fliegen, und in einer Woche wäre er kein Detective mehr. Dann konnten sie ihn alle mal …

Auf den Sitzgruppen vor der holzgetäfelten breiten Tür des Gerichtssaals hockten zwei Aborigines und schliefen. In

Darwin sah man deutlich mehr Aborigines als in Brisbane, das fiel Shane jedes Mal auf, wenn er nach Darwin kam. Inzwischen beanspruchten die Aborigines neunzig Prozent des gesamten Northern Territory als ihr Land. Hier im Norden hatte die Landrechtsbewegung in den sechziger Jahren ihren Anfang genommen, hier, in den abgelegenen Gebieten von Arnhemland, versuchten die Aborigines ihren eigenen Weg zu gehen. Kein Wunder, dass Darwin und das Northern Territory ein Touristenmagnet für all die zivilisationsmüden Europäer und Amerikaner geworden war, die die romantische Vorstellung von den »edlen Wilden« mit verzweifeltem Trotz verteidigten.

Shane stützte sich auf das Geländer, das den weiten Durchbruch vom ersten Stock zur Eingangshalle umgab, und betrachtete das Fußbodenmosaik unter sich. Die Milchstraße – aus Tausenden Keramiksteinchen in verschiedenen Blau- und Grautönen zusammengesetzt. Man hätte den Supreme Court durchaus für ein Museum halten können: Überall auf den riesigen Etagen waren Kunstwerke platziert, an den Stirnseiten gaben große Glasflächen den Blick auf Palmen frei, auf die türkisblaue Arafura Sea und auf den tropischen Himmel.

Er war am Morgen durch die Lobby spaziert und hatte sich die Kunstwerke angesehen. Die Totenpfähle der Aborigines von den Tiwi Islands, die nur fünfzehn Minuten Flugzeit von Darwin entfernt lagen; die großformatigen Dot-Paintings der Stämme aus den Wüstengebieten; die filigranen Abbildungen auf Rindenstücken aus der Region von Arnhemland; einige Bilder, die an den bekannten Maler Albert Namajira erinnerten, an den Aborigine, der ins Gefängnis gekommen war, weil er Alkohol gekauft hatte, was angeblich zu einem Totschlag geführt hatte. Namajira war kurz nach Absitzen seiner Gefängnisstrafe gestorben. Waren die Bilder hier ein Mahnmal? Die ganzen Kunstwerke hier eine Art Wiedergutmachung für all die Grausamkeiten, die die Weißen den Ureinwohnern angetan hatten? Oder fehlte es den anderen Einwohnern dieses Kontinents ganz einfach an einer gemeinsamen Identität? Worauf hätten sich auch all die Griechen und Chinesen einigen sollen, die im 19. und 20. Jahrhundert hierhergekommen waren, um nach Gold zu suchen, nach Perlen zu tauchen oder Handel zu treiben?

Ein Sheriff, ein bulliger Typ mit rötlicher Haut und Borstenhaarschnitt, dessen hellblaues Hemd über seinem Bizeps zu platzen drohte, hielt einen Pappbecher unter den Trinkwasserbrunnen an der Wand zwischen den Türen zweier Gerichtssäle und trank.

Shane sah auf die Armbanduhr. Kurz nach halb zwölf. Was für eine Zeitverschwendung, hier in Darwin zu sein – fünf Stunden Flugzeit von Brisbane entfernt. Und das alles nur, weil ihn vor Monaten die Jagd nach einem Mörder wenige Kilometer über die Grenze von Queensland hinaus ins Northern Territory geführt hatte. Er hatte die zuständige Polizei benachrichtigt, doch die Entfernungen waren so groß, dass sie erst zehn Minuten nach der Festnahme-Aktion eingetroffen war. Der Fall war klar. Muhammad Solea hatte Cannabis und Cava, das aus einer Wurzel gewonnen wurde und vor allem im südpazifischen Raum als Droge verbreitet war, an Aborigines verkauft. Der Verkauf zu einem festgelegten Preis war bis zu einer bestimmten Menge sogar erlaubt, sofern man eine staatliche Genehmigung besaß. Doch Muhammad besaß keine, verkaufte darüber hinaus sowieso zu viel und zu einem höheren Preis. Shane hatte ihn allerdings nicht wegen seiner Drogendeals gejagt, sondern wegen Mordes an einem anderen Dealer. Der Mord war bewiesen. Nun ging es der Verteidigung darum, Verfahrensfehler aufzudecken, um ein milderes Urteil herauszuschinden oder gar das gesamte Verfahren neu aufrollen zu können.

Das Geräusch einer sich öffnenden Saaltür ließ ihn sich umdrehen.

»Hi, Shane!« Er sah eine kleine, kräftige Frau in einem orangefarbenen Sommerkleid winkend auf sich zukommen. Er erkannte sie sofort: Louise Woolfe, die Rechtsanwältin, die vor Jahren in Brisbane gearbeitet, dann geheiratet und ins Northern Territory gezogen war.

»Louise!«

»Detective O'Connor!« Lachend boxte sie ihm in die Rippen. Eine Angewohnheit, die ihr schon in Brisbane den Spitznamen Nudge eingebracht hatte. »Ich wusste, dass du kommst.« Sie zwinkerte ihm zu. »Die Buschtrommeln …« Rote korallenähnliche Ohrringe schaukelten, als sie den Kopf zur Seite legte und Shane von oben bis unten musterte. »Und, auf der Jagd?«

»Aber, Louise …« Er wollte protestieren.

»Ja, ich weiß«, unterbrach sie ihn. »Du bist übrigens der Einzige, der mich Louise und nicht Lou nennt. Das schätze ich!« Sie zwinkerte wieder und versetzte ihm erneut einen Knuff in die Rippen. »Ich habe gehört, dass die Frau dieses Muhammad Solea regelmäßig nach Nigeria fliegt, mit Bündeln von Bargeld im Gepäck.«

»Ja, das scheint kein Geheimnis zu sein. Solea soll damit islamische Vereinigungen unterstützen – mit dem Geld, das er von den Aborigines bekommt. Und die wiederum bekommen es von uns, durch unsere Steuern.«

Sie schüttelte den Kopf. »Und? Ihr kriegt ihn dran wegen Mordes, ja?«

»Ja.« Er nickte. »Obwohl, seine Anwältin ist ein scharfer Hund.«

Sie lachte auf und zeigte eine Reihe schiefer Zähne. »Das kann man wohl sagen! Man nennt sie hier auch The Shark.«

Shane sah ihre kalten Augen vor sich. »Wie passend.«

»Hast du diese wilde Horde der Geschworenen gesehen? Weißt du, ich bin ja auch für lässige Kleidung, aber …« Sie schüttelte den Kopf und seufzte. »Das ist das Northern Territory, Shane. Ich musste mich erst dran gewöhnen. Genauso wie an das permanent schöne Wetter in der Dry-Season und diesen Regen und die schrecklichen Stürme in der Wet-Season. Wann fliegst du zurück?«

»Am liebsten noch heute Nacht, aber vielleicht braucht man mich morgen noch mal. Wahrscheinlich morgen Nachmittag.«

»Ach, schade. Heute Abend hab ich keine Zeit, aber morgen. Wir hätten mal wieder einen draufmachen können!« Sie brachte einen verruchten Augenaufschlag zu Stande.

»Was würde dein Mann dazu sagen, Louise?«

Sie machte eine wegwerfende Handbewegung. »Der ist froh, wenn er in Ruhe an seinen Autos rumbasteln kann. Da wir gerade beim Thema sind: Was machen Kim und Pam?«

Es überraschte ihn, dass sie sich an die Namen seiner Exfrau und seiner Tochter erinnerte. Immerhin war er seit fast zehn Jahren geschieden. »Sie wohnen jetzt oben an der Sunshine Coast. Kim hat wieder geheiratet.« Frank, einen fetten Reifenhändler, hatte er sagen wollen, aber er hielt noch rechtzeitig den Mund.

»Tja. So geht's? Und du?« Sie knuffte ihm wieder in die Seite und zwinkerte vielsagend.

»Ich bin noch immer geschieden.«

»Nichts Neues in Sicht?«

»In Sicht schon.« Er dachte an Carol, die gerade ihre zweite Woche auf Vanuatu verbrachte. Seit einem Jahr hatten sie eine lockere Beziehung. Sie lebte an der Sunshine Coast, er in Brisbane. An den Wochenenden, an denen er nicht arbeiten musste, sahen sie sich. Manchmal blieb sie auch ein paar Tage in Brisbane. Sie schmiedeten keine Zukunftspläne. Shane wusste, dass auch Carol Angst davor hatte, sich an jemanden zu binden, Versprechungen zu machen, die sie vielleicht nicht halten konnte, Erwartungen zu wecken. Sie gingen miteinander um, als wären sie Schwerverletzte, die sich nicht zu nahe kommen durften.

Louise grinste hintergründig. »Tja, schade. Warum bleibst du nicht länger hier? Abgesehen von diesen Geschworenen ist es gar nicht so übel, und noch ist die Wet-Season nicht da.« Sie griff in ihre aus rotem und orangefarbenem Bast geflochtene Umhängetasche. Shane erinnerte sich, dass die Gräser, aus denen diese Taschen gemacht wurden, Pandanus hießen und dass sie von Aborigine-Frauen gesammelt, getrocknet, gefärbt und dann zu Körben und Taschen verarbeitet wurden. Inzwischen konnte man sie überall in den Galerien kaufen. »Hier, meine Nummer, wenn du mal wieder hier bist.«

Er nahm die blütenweiße Visitenkarte und steckte sie in die Brusttasche seines Hemdes. Louise schien etwas hinter seinem Rücken zu beobachten. Er drehte sich um. Die Türen des Gerichtssaals hatten sich geöffnet, und der Staatsanwalt und die Anwältin kamen in ihren schwarzen Roben heraus.

»Sieht nach Pause aus.« Louise zog die Augenbrauen hoch. »Ich muss leider los. Eine ziemlich große Betrugssache in der Wasserver- und -entsorgung. Mit eingeflogenen Sachverständigen und allem Drum und Dran. Teure Angelegenheit, Saal sechs.« Sie holte zu einem Knuff aus, überlegte es sich dann aber anders und sagte nur: »Alles Gute! Es war schön, dich mal wieder zu treffen.« Sie eilte los, reckte ihren Hals, winkte, worauf jemand am anderen Ende der weitläufigen Halle aus einem Sessel aufstand. Der Mann wollte ihr die Tür öffnen, aber Louise war schneller, und er konnte ihr nur noch folgen und die Tür hinter sich zufallen lassen. Shane glaubte den Mann schon einmal gesehen zu haben. Vielleicht war es ein Kollege.

Von Alex Winger hatte Louise keinerlei Notiz genommen, wie auch umgekehrt. Eine echte Frauenfreundschaft, dachte Shane. Der Staatsanwalt wechselte ein paar Worte mit der Assistentin, während die Staatsanwältin auf ihn zusteuerte. Sie trug eine lange schwarze Hose unter ihrer Robe, der Ausdruck auf ihrem glatten, faltenlosen Gesicht war genauso hart wie im Gerichtssaal. Dabei war sie keine unattraktive Erscheinung, ganz und gar nicht. Das dunkle Haar und die blauen Augen, der wohlgeformte Mund, die leicht geschwungenen Augenbrauen, der ovale Schnitt des Gesichts – all das hätte durchaus anziehend wirken können, doch sie schien alles daranzusetzen, diesen Eindruck *nicht* zu erwecken – warum auch immer. Vielleicht glaubte sie, sie würde an Autorität verlieren, wenn sie diese Härte aufgab.

»Es läuft ja prima für Sie …«

The Shark blieb vor ihm stehen. Ihr Mundwinkel zuckte, doch das war schon alles. »Leute wie Sie, Detective, bringen die Polizei in Verruf. Sie sind selbstherrlich, selbstgerecht und rücksichtslos, nur weil sie ein Schießeisen und eine Marke haben.« Ihre blauen Augen blitzten angriffslustig, ihre leicht rosafarbenen Lippen waren gespannt.

»Wäre es Ihnen lieber, Leute wie Ihr Mandant liefen frei herum?« Endlich musste er nicht mehr mit *korrekt* antworten.

»Das ist nicht der Punkt, Detective.« Sie lächelte überlegen und ging einfach weiter. Diese Niederlage hatte er selbst verschuldet.

3

Gleich links vom Qantas-Gebäude begann der Park, in dem einige Ruinen – die Reste des historischen Darwin – standen und in dem sich in Richtung Arafura Sea der moderne, kastenförmige Bau des Supreme Court erhob. Die hohen, schlanken Säulen, die die Vorderfront bestimmten, verliehen ihm die nötige ehrwürdige und konservative Note.

Alison war sich über etwas klar geworden: Sie musste ihrer Feindin ins Auge sehen. Sie musste wissen, wer sie war. Christine hatte gesagt, sie arbeite im Gericht. Das Parliament House lag nur wenige Straßen vom Writer's Center entfernt.

»Ich muss vor der Mittagspause noch was erledigen, Meg«, hatte sie gesagt und ihre Handtasche geschnappt.

»Bringst du mir ein Sandwich mit?«

»Was für eins?«

»Was du kriegen kannst. Ich bin heute nicht wählerisch.«

Alison war hinausgeeilt. Sie hatte den Wagen genommen, war zurück auf die McMinn Street gefahren und hatte in der Bennett Street geparkt.

Auf dem Weg durch den kleinen Park hatte sie mit sich gehadert, ob sie Christine anrufen sollte. Sie brauchte Unterstützung, eine Aufmunterung, jemanden, der ihr sagte, dass es richtig war, was sie nun tun würde. Sicher, sie hätte auch Meg fragen können, aber vielleicht hatte sie es nicht getan, weil sie geahnt hatte, dass Meg ihr davon abgeraten hätte. »Sprich zuerst mit Matthew«, hätte sie gesagt, und das klang auch vernünftig. Aber sie wollte nicht vernünftig sein. Sie war wütend. Mit Matthew würde sie später reden, heute Abend.

Entschlossen war sie im kühlen Schatten unter den Bäumen stehen geblieben und hatte Christines Nummer gewählt. »Hast du einen Moment Zeit?«

Die Antwort kam zögernd und widerwillig. »Was gibt's?«

Alison verdrängte den Gedanken, dass sie in einem unpassenden Augenblick angerufen haben könnte. Jetzt würde sie einmal keine Rücksicht nehmen. »Die Sache mit Matthew …«

»Ja?«

»Weißt du, wo ich gerade bin?«

»Nein.« Im Hintergrund hörte Alison Föhngeräusche.

»Vor dem Supreme Court. Ich will sie sehen.«

»Alison …« Christine klang genervt. »Fakt ist: Die Kleine ist mehr als zehn Jahre jünger, sie ist frisch und knackig. Da kannst du noch so oft Gymnastik machen, *den* Kampf hast du verloren. Warum haust du Matthew nicht einfach die Wahrheit um die Ohren? Sag ihm, was du weißt, und stell ihn vor die Wahl: du oder die Scheidung!«

»Und wenn er *sie* wählt?« Sie hatte gar nicht so schreien wollen.

Christine lachte auf. Es war ein kurzes, böses Lachen, das Alison an ihre Jugendzeit erinnerte. Da hatte Christine oft so gelacht, wenn sie Alisons Kleider angezogen oder ihren Lippenstift benutzt hatte. »Er ist nicht der einzige Mann auf diesem Planeten, Alison!«

»Und wenn ich mit ihr rede?«

»Mit wem? Valerie Tate?« Christines Stimme überschlug sich, als sei diese Idee das Alleridiotischste, das sie jemals gehört hatte. »Und wenn sie dich auslacht?«

Alison schluckte.

»Ich meine …« Christine senkte ihre Stimme. »Warum schickst du nicht jemanden zu ihr? Jemanden, den sie ernst nehmen muss.«

»Willst du damit sagen, dass sie mich nicht ernst nimmt?« Alison wurde immer klarer, dass es ein Fehler war, ihre Schwester anzurufen.

»Ach, Alison, warum bist du immer so empfindlich!« Christine stöhnte. »Pass auf, ich hab nicht ewig Zeit, aber wenn du unbedingt bei dieser Schnecke Eindruck machen willst, dann geh nicht selbst hin, sondern beauftrage jemanden. Leute, die ihre Rechnungen nicht bezahlen, die kriegen doch auch Besuch von solchen – na, wie heißen sie noch?«

»Geldeintreibern.«

»Genau. Ich denke dabei an die von der übleren Sorte, an die, die zwei Schlägertypen losschicken, die nicht zimperlich sind, die keine Probleme haben mit ’nem gebrochenen Finger oder ’nem ausgekugelten Arm.«

Alison hörte ihre Schwester kichern. Die Vorstellung, dass zwei brutale Kerle einer Frau die Finger brachen oder den Arm auskugelten, erschreckte sie. »Nein, Christine, ich kann das nicht.«

»Ach, komm!« Christine schien von ihrer Idee begeistert zu sein. »Ich sag dir, so ein Typ vor der Tür kann ganz schön was bewirken! Er wird ihr nur eine kleine Kostprobe geben, nichts Schlimmes. Aber sie wird sich dran erinnern. Dann verfolgt er sie ein paarmal, und schon kriegt sie es mit der Angst zu tun.

So toll kann Matthew gar nicht sein, dass sie ihm zuliebe das alles erträgt.«

»Ich weiß nicht.«

»Also wirklich, Alison!« Christine stöhnte, der Föhn im Hintergrund wurde ausgeschaltet. »Erst rufst du mich an und jammerst, und dann machst du 'nen Rückzieher! Sei doch ein Mal in deinem verdammten Leben nicht das brave, artige Mädchen! Alt genug bist du ja, und Dad …«

»Lass Dad aus dem Spiel!«

»… und Dad«, fuhr Christine unbeirrt fort, »kriegt von all dem doch gar nichts mit! Du wirst es dir mit dem lieben Daddy nicht verderben!«

»Du bist gemein, Christine.« Hätte sie sich nicht denken können, dass Christine insgeheim triumphierte? Alison, die Vorzeigeschwester und Lieblingstochter, war endlich auch einmal in Schwierigkeiten?

»Hör zu, Schwesterherz«, sagte Christine. »Wenn du nichts unternimmst, dann verschon mich mit dieser Geschichte. Es gibt Frauen, die reden ihr ganzes Leben von nichts anderem. Das ist auch ein Lebensinhalt. Aber ich weiß nicht, ob der so erstrebenswert ist. Ich für meinen Teil, finde nicht. Ich muss jetzt weitermachen.«

Ohne ein weiteres Wort hatte Christine aufgelegt.

Alison blickte auf die von der Sonne beschienene Fassade des Supreme Court und fühlte sich noch niedergeschlagener als vor dem Telefonat. Eben noch war sie voller Elan zwischen den blühenden Büschen hindurch auf das Gerichtsgebäude zugegangen, fest entschlossen, ihrer Widersacherin zu begegnen. Jetzt würde sie am liebsten zurück zum Wagen schleichen.

Komm schon, Alison, sieh ihr in die Augen! Mit einem Ruck straffte sie Rücken und Schultern und hob ihr Kinn, wie schon einmal heute Morgen. Dann stieg sie die breiten Stufen zum Portal hinauf.

Der Mann vom Sicherheitspersonal lächelte, als sie auf ihn zukam. Sie fragte nach Valerie Tate.

»Die Verhandlung hat noch nicht wieder angefangen. Vielleicht treffen Sie sie noch oben.«

Sie wollte schon losstürmen, als er auf ihre Handtasche zeigte. »Die muss ich noch untersuchen.« Sie gab sie ihm. »Und wenn ich Sie bitten dürfte.« Er wies auf den Metalldetektor. Auch das noch! Bebend vor Unruhe, ging sie durch den Rahmen. Dann gab ihr der Mann die Tasche zurück. »Saal neun, erster Stock«

Sie eilte zur Treppe. Der Teppichboden, mit dem die Stufen und auch die obere Etage ausgelegt waren, schluckte jedes Geräusch. Vor einer riesigen Glasscheibe, hinter der Palmen wogten und das Meer türkisblau leuchtete, hoben sich auf einer Sitzgruppe die Silhouetten von vier Personen ab. Zwei davon waren Frauen. Alle sahen in ihre Richtung.

Woher sollte sie wissen, wer Valerie Tate war? Vielleicht war sie ja schon wieder im Gerichtssaal? Sie bemerkte einen Sheriff im blauen Hemd, der langsam zu den Treppen schlenderte. »Entschuldigen Sie!«

Er sah auf. Sein Gesicht war sonnenverbrannt. Als er sie sah, lächelte er freundlich.

»Ich suche Valerie Tate.«

Er hob die Hand und deutete tatsächlich auf die Sitzgruppe.

»Die Jüngere links.«

Sie bedankte sich und wäre am liebsten wieder umgekehrt. Sie brauchte nur einen kurzen Blick auf ihre Rivalin zu werfen …

Alison! Los jetzt! Sie holte Luft und ging auf die Sitzgruppe zu. Die beiden Frauen sahen sich auffällig ähnlich: glattes, dunkles, schulterlanges Haar, gleichmäßige Züge, unauffällige Nase. Die Ältere trug eine schwarze Robe, Valerie Tate eine weiße, konservativ geschnittene Bluse und eine schwarze Hose. Valerie Tate – die Sechsundzwanzigjährige, die mit Matthew schlief.

»Ms Tate?«, fragte sie, als sie die Sitzgruppe erreicht hatte.

Tatsächlich sah die junge Frau auf.

»Ich muss mit Ihnen sprechen.« Alison achtete nicht auf die anderen drei Personen, in deren Unterhaltung sie gerade geplatzt war. Valerie Tate sah sie an, als ahnte sie, wen sie vor sich hatte. Hatte Matthew ihr ein Bild gezeigt? *Und das ist meine Frau.*

»Moment.« Das war die Ältere. »Sie sehen doch, wir sind gerade in einer Besprechung.« Ihr Ton war autoritär.

»Es ist wichtig.« Sie sah Valerie Tate an, die schließlich aufstand, eine Entschuldigung murmelte und ihr zum Panoramafenster mit dem Ausblick auf Palmen und Meer folgte.

Alison drehte sich zu ihr um. Valerie Tates Gesicht war verschlossen und arrogant.

»Ich bin Alison Griffith, Matthews Frau.«

Das Gesicht zeigte keine Regung. Kein Hochziehen der Augenbrauen, kein Erbleichen, kein Erröten, dieselbe starre Miene, derselbe nichtssagende Blick.

»Wir sind seit achtzehn Jahren verheiratet, wir haben eine Tochter. Wir haben unser gemeinsames Leben. Lassen Sie meinen Mann in Ruhe. Sie sind jung. Suchen Sie sich jemand anders.« Ihre Stimme hatte gezittert, aber was spielte das für eine Rolle? Ihre Worte waren klar und deutlich gewesen.

Valerie Tates Ausdruck veränderte sich. Alison bemerkte

ein leichtes Zucken der Mundwinkel. »Alison, es tut mir leid. Aber Matt liebt mich.« Sie sprach ohne Angst, ohne Aggressivität, ohne Hochmut, als sei es das Selbstverständlichste von der Welt, dass Matthew nicht seine Frau, sondern sie, Valerie Tate, liebte.

Alison schluckte ihre Wut hinunter. »Wenn Sie ihn auch lieben, dann lassen Sie ihn in Ruhe. Sie zerstören sein Leben!«

Valerie Tate lächelte ein wenig. »Ich glaube, Alison, Sie begreifen nicht. Matt ist verrückt nach mir. Ich bin schwanger. Er will sich scheiden lassen.«

Alison brachte kein Wort hervor.

»… es tut mir leid für Sie, Alison, wirklich.«

Diese Person brachte es auch noch fertig, aufrichtig zu klingen. Alison erstickte fast an ihrer Wut.

»Und jetzt entschuldigen Sie mich bitte, Alison, ich habe eine wichtige Verhandlung vorzubereiten.« Valerie Tate drehte sich auf dem Absatz um und ging zurück zur Sitzgruppe.

Alison schluckte. Oh, wie hatte sie sich blamiert! Sie hätte vor Wut schreien können! Und dann hätte Sie alles darum gegeben, im Erdboden zu versinken! Die drei anderen Personen standen auf und steuerten auf eine breite Tür auf der linken Seite zu. Valerie Tate warf kurz einen Blick zu ihr zurück, dann verschwand auch sie im Gerichtssaal.

Auf dem Weg zurück zu ihrem Wagen dachte Alison an die Schlägertypen; und dann hakte sich ein Gedanke in ihr fest: Wie würde sich Matthew wohl fühlen, wenn er von seiner jungen Geliebten verlassen würde?

Sie fuhr zurück ins Büro, besorgte zuvor noch Megs Sandwich, brachte irgendwie den Nachmittag herum und fällte schließlich eine Entscheidung. Sie würde heute Abend etwas Besonderes kochen, sie würde herausfinden, ob er sie noch immer liebte – und dann würde sie Matthew ganz offen fragen, warum er sich von ihr abgewandt hatte. Und vielleicht, dachte sie, vielleicht haben wir ja noch eine Chance …

Sie fühlte sich wunderbar kühl und glatt auf ihrer Haut an. Jeannies Finger glitten an ihrem Hals entlang, über die Kette aus kirschengroßen perlmuttschimmernden Perlen der Arafura Sea. Sie hörte das sanfte Schlagen der Wellen in der einsamen Bucht, in der diese Perlen gewachsen waren, sie schmeckte das Salzwasser auf der Zunge, spürte den Wind in ihrem Haar. Was war schon ein Diamant, kantig geschliffen, glasklar und hart, gegen den sanften, im Licht changierenden Glanz einer sanft gerundeten Perle?

Jeannie verließ den Laden durch den Hinterausgang. Sie vergewisserte sich, dass sie abgeschlossen und das Sicherheitssystem aktiviert hatte. In wenigen Minuten würde ein Wachmann alles überprüfen und im Laufe der Nacht in regelmäßigen Abständen vorbeischauen. Sie sah auf die große Standuhr in der Fußgängerzone. Kurz vor sieben. Genug Zeit, um in die Knuckey Street zu gehen. Der Himmel war ein Meer aus rosafarbenen Wolken. Sie atmete den süßen Blütenduft ein, der die Luft erfüllte, und musste lächeln. Es tat gut, sich nach einem Arbeitstag im Laden ein bisschen zu bewegen. Sie schlenderte, die Handtasche umgehängt, über das Ende der Fußgängerzone hinaus, am Qantas-Gebäude vorbei, wo sie sonst ihren Wagen parkte. Doch heute hatte Seb, ein Kollege, sie zu Hause abgeholt und zur Arbeit mitgenommen, da ihr Wagen in der Reparatur war und sie sich am Abend mit einer Freundin verabredet hatte, die sie abholen und später nach Hause fahren würde. Ihre Absätze klackten auf dem Beton des Bürgersteigs. Die drückende Hitze lastete auf der

Stadt, und es würde sich erst in den Nachtstunden langsam abkühlen.

Jeannie freute sich auf den Abend im Pub in der Mitchell Street. Der Tag war lang, aber erfolgreich gewesen. Sie hatte einem Kunden eine sechstausend Dollar teure Perlenkette verkaufen können und zwei Kundinnen jeweils ein paar Ohrringe. Ein guter Tag, an dem sie wieder einmal hatte beweisen können, dass sie eine der besten Verkäuferinnen war.

Sie ging auf der linken Seite der Bennett Street entlang und bog in die McLaughlan Street ein. Im Café Roma saß niemand draußen. Tagsüber waren die Bänke, die auf der schattigen Terrasse standen, stets voll besetzt mit jungen Leuten, meist Backpackern, aber auch mit Angestellten der umliegenden Büros.

Zum Dekorationsgeschäft in der Knuckey Street, in der ihre Freundin arbeitete, war es nicht mehr weit. Sie sah auf die Uhr. Sie war zu früh dran und verlangsamte ihren Schritt. Auf einmal hatte sie das Gefühl, beobachtet zu werden. Ruckartig drehte sie sich um. Etwa fünf Meter hinter ihr blieb ein Mann erschrocken stehen. Sie musterte ihn. Er sah attraktiv aus, sein gut geschnittenes Gesicht, überhaupt seine ganze Erscheinung wirkten jugendlich. Sein Alter konnte sie schlecht schätzen, die Sonne hatte seine Haut gegerbt.

Er lächelte. »Alles in Ordnung?«

Sie zögerte.

»Sie haben mich erschreckt, als Sie sich so plötzlich umdrehten«, sagte er.

Noch immer war sie skeptisch.

»Hören Sie, ich gehe jetzt einfach weiter, ja?« Schon machte er einen Schritt.

»Halt!« Jetzt lächelte sie auch. »Entschuldigen Sie, ich hatte mal ein wirklich schlimmes Erlebnis, und … und jetzt dachte ich, Sie verfolgen mich.«

»Schon in Ordnung.« Auch er zögerte. »Nun, da wir uns schon über den Weg gelaufen sind …« Er lächelte mit einer Spur Verlegenheit. »Haben Sie jetzt schon etwas vor?«

»Ja.« Gerade eben hatte sie sich noch auf ihre Freundin gefreut, doch plötzlich war sie auf diesen Mann neugierig. »Vielleicht morgen?«

»Ja. Morgen passt.«

Und wenn er nur schnellen Sex wollte? Nein, so einen Eindruck machte er nicht. Aber wenn doch … Schaden würde es ihr auch nicht. Viel zu lange schon hatte sie darauf verzichtet.

»Wie wär's unten am Meer, an der Stokes Hill Wharf? Um sieben?«

Stell wenigstens eine Bedingung, sagte ihr eine innere Stimme. »Halb acht wäre mir lieber.«

»Halb acht.« Er nickte. »Und wo?«

»Der, der zuerst da ist, sucht einen Platz. Wir finden uns schon.«

Beim Abschied lächelte er, und sie lächelte zurück. Ihr Schritt wurde leichter, federnder. Sie spürte wieder die Perlen auf ihrer Haut und genoss das Kribbeln, das über ihren Körper lief.

Unkonzentriert und fahrig steuerte Alison durch den Feierabendverkehr, besorgte im asiatischen Lebensmittelladen Kokosmilch, Thai-Basilikum, Austernpilze und frische Chilischoten und rollte dann endlich um kurz nach halb sieben vor die Garage ihres Hauses.

Als sie in die Küche kam, klingelte ihr Handy. *Matthew* las sie auf dem Display. Sie hatte eine düstere Vorahnung.

»Hi, Schatz«, sagte er, und seine Stimme klang unnatürlich gut gelaunt. Welche Lüge hätte er parat? Sie wartete. »Ich musste nun doch schon nach Broome. Ich wollte auf dich warten, doch dann rief Erol an und meinte, wir müssten unbedingt heute Abend noch diesen Typen von der Firma treffen … Du weißt schon, diesen Typen, der …«

Sie hörte nicht mehr zu. Es war ihr egal, wie der »Typ« hieß. Sie war sicher, er existierte nicht.

»Ich bin dann morgen Nachmittag oder … oder spätestens am frühen Abend wieder zurück.«

Sie wollte jetzt einfach auflegen, sich die Lügen und die Heuchelei nicht mehr anhören. Ihr Vorsatz, ihre Hoffnung waren dahin.

»He, Darling, du bist doch jetzt nicht sauer, oder? Es ist doch für uns! Ich tue das alles doch nur für uns. Und für Prudence. Ich liebe dich.«

Sie hätte das Handy am liebsten in die Ecke geworfen, aus Wut darüber, dass es so seelenruhig Lügen verbreitete, doch sie sagte: »Gute Nacht.«

»Gute Nacht? Willst du nicht, dass ich dich heute noch mal anrufe?«

»Nein. Ich gehe früh ins Bett. Ich bin ziemlich erledigt.« Warum log sie? Warum schleuderte sie ihm nicht die Wahrheit ins Gesicht: Warum Valerie Tate?

»Ja, schlaf dich aus. Gute Nacht.« Wahrscheinlich war er sogar erleichtert, dass er in der Nacht nicht mehr zu Hause anrufen und lügen müsste …

Sie ließ die Tüten auf der Arbeitsplatte stehen, setzte sich an den Esstisch, vergrub das Gesicht in den Händen und weinte. Als keine Tränen mehr kamen, stellte sie sich vor, wie zwei Schlägertypen die Tür eintraten und Valerie Tate die Finger brachen.

Sie griff zum Telefon. Ihre Schwester schien im Auto zu sitzen.

»Christine. Ich hab's mir überlegt. Ich will, dass jemand Valerie Tate klipp und klar zu verstehen gibt, dass sie mit Matthew Schluss machen soll.«

»Du hast dich also durchgerungen. Das wird aber was kosten. Ich rede mit Phil.«

Als sie aufgelegt hatte, fühlte sie sich besser. Sie wollte dem Leben – *ihrem* Leben – nicht mehr ohnmächtig gegenüberstehen. Endlich spürte sie, dass sie die Dinge in die Hand genommen hatte. Jeder ist für sein Glück verantwortlich, fiel ihr ein. Ja. Sie hatte gerade eben etwas für *ihr* Glück getan – und für das von Matthew und Prudence. Sie verstaute die Einkäufe und rief Meg an, ob sie zum Abendessen kommen dürfe.

Eine halbe Stunde später parkte sie vor dem Haus von Meg und Nick. Auf dem Weg dorthin hatte sie sich gefragt, warum sie sich nicht einfach daheim ins Bett gelegt hatte. Doch irgendetwas war wohl stärker gewesen als ihr Selbstmitleid.

»Hi, Alison!« Meg empfing sie mit offenen Armen. »Wir haben kurzerhand unsere Barbecue-Party auf heute verlegt und noch ein paar Leute eingeladen. Nun, einen kennst du ja schon.«

Alison folgte Megs Blick hinauf zur Veranda. Dort, am oberen Ende der Treppe, lehnte Bert Horkay am Geländer und lächelte zu ihr herunter.

Damals hätte er es erkennen müssen, das Zeichen. Das Zittern, das erst nur seine Füße, dann seine Beine und schließlich seinen ganzen Körper schüttelte! Noch wäre es Zeit gewesen – doch er wollte das Zittern nicht spüren und den Riss in der Wand nicht sehen, wollte nicht wahrhaben, dass alles seinetwegen geschah.

Er hatte die Warnung nicht erkannt. Vielleicht hätte er alles noch verhindern können, dachte er und hob den Blick.

Die spindeldürren Äste hielten den Mond gefangen. Die Stimme hallte in seinem Kopf, und er murmelte: »Ja, gleich.« Er nahm den Plastikumhang und das Messer aus der Einkaufstüte heraus, zupfte die Handschuhe zurecht, zog den Plastikumhang über, nahm das Messer und kniete sich hin. Kaltes Mondlicht beschien das weiße Fleisch.

4

Dienstag, 12. Juni

Können wir Kaffee bestellen? Wir haben immer noch keinen Kaffee!« Die Goldreifen klimperten, als Alex Winger die Hände in die Hüften stemmte und sich ungehalten nach dem Gerichtsdiener umsah, der bereits hinauseilte. Halb zehn. Shane saß auf einem rot gepolsterten Sitz in der ersten Reihe und sah zum wiederholten Mal auf seine Uhr. Er hätte auch nichts gegen einen Kaffee gehabt. Der Staatsanwalt rückte zum wiederholten Mal die gelockte Perücke zurecht. Man schien auf etwas oder jemanden zu warten. Vielleicht hatte sich der Richter verspätet?

Shane wollte nach Hause. Er hasste dieses Klima, die feuchte

Hitze, von der die Einwohner behaupteten, sie sei gar nicht feucht, sondern trocken. Erst ab August würde es feucht. Er wunderte sich nicht, dass die holländischen Seefahrer, die als erste Europäer im siebzehnten Jahrhundert auf die nördliche, unwirtliche Küste des Kontinents gestoßen waren, recht bald wieder die Flucht ergriffen hatten – um sich, wie andere Europäer auch, zweihundert Jahre lang nicht mehr sehen zu lassen.

Gestern Abend hatte er allein in einem Pub in der belebten Mitchell Street ein paar Bier getrunken und war danach ein paar Meter weiter in seinem Hotel ins Bett gesunken. Er hatte schlecht geschlafen, die Aircondition heulte und rasselte die ganze Nacht, und er hatte dagelegen und an sein neues Leben gedacht, das er ab nächste Woche führen würde. Wie würde es mit Carol weitergehen, wenn sie sich öfter sahen? Gäbe es für sie beide überhaupt eine Zukunft, oder würden Gewohnheit und Alltag nach und nach ihr Leben besiegen? Er hatte an seinen Vater gedacht, dem er noch immer nicht die Frage nach seiner Rolle im Korruptionsfall bei der Polizei gestellt hatte. Und schließlich hatte er an Jack gedacht, seinen erschossenen Partner. Jacks Frau hatte durch den Schock ihren kleinen Sohn viel zu früh zur Welt gebracht, doch er hatte die kritischen Monate überlebt und entwickelte sich gut. Seine Tochter hatte sich zum Glück von ihrem ehemaligen Berufswunsch getrennt: Sie wollte nicht mehr Polizistin werden, sondern Anwältin. Er hoffte nur, sie würde sich nicht zu einem solchen Exemplar wie Alex Winger entwickeln.

Der Gerichtsdiener stieß die Tür auf und trug ein Tablett mit drei Chrom-Thermoskannen herein. Alex Winger goss sich Kaffee ein und nahm einen kräftigen Schluck, den sie mit geblähten Wangen eine Weile im Mund behielt.

Anwältin und Staatsanwalt sahen in immer kürzeren Abständen auf ihre Uhr. Schließlich stand Shane auf und ging hinaus. Einer der Sheriffs lehnte am Geländer und blickte auf.

»Warum geht's nicht weiter?«, fragte Shane.

Der Sheriff verzog sein Gesicht und entblößte seine faulen kleinen Zähne. »Wir warten auf Akten.«

»Und warum dauert das so lange?«

»Keine Ahnung.« Der Sheriff gähnte und kratzte sich an seinem kurz geschorenen Kopf. Die Fingernägel waren bis auf die Nagelhaut abgekaut. »Ist 'ne langwierige Sache, so was.«

Shane wusste nicht, was er meinte. Aber es war ihm gleichgültig. Er wollte nur endlich weg aus Darwin. »Tja, da kann man nichts machen, was? Ich wollte eigentlich heute abfliegen.«

Der Sheriff nickte bedächtig.

Plötzlich wurde nebenan die Tür aufgerissen, und der Staatsanwalt kam so schnell auf Shane zu, dass sich sein schwarzer Umhang bauschte. »Die Verhandlung wird unterbrochen. Wir haben ein Problem, Detective.«

Shane versuchte sich an die späteren Abflugzeiten zu erinnern.

»Die Verteidigung hat ihre Akten nicht.« Hatte Shane da einen schadenfrohen Unterton gehört?

»Warum holt sie sie nicht? Mrs Winger ist doch sonst so pragmatisch.« Shane sagte es bitterer als beabsichtigt. Und wenn schon. In einer Woche hätte er mit all dem nichts mehr zu tun. Staatsanwälte, Verteidiger, Richter …

»Ihre Assistentin hat sie. Und die ist heute Morgen nicht erschienen.«

»Vielleicht hat sie verschlafen. Warum fährt keiner zu ihr hin?« Sollte er etwa sein Flugzeug verpassen, weil eine Anwaltsgehilfin einen Kater hatte oder weil ihr Wecker kaputt war?

»Schon längst geschehen, aber ...« Der Staatsanwalt schüttelte den Kopf.

»Dann kann es ja nicht mehr lange dauern, oder wohnt sie vielleicht in Alice Springs?«

»Sie wohnt in Darwin«, sagte der Staatsanwalt ohne die geringste Spur von Humor. »Aber sie ist nicht zu Hause. Sie meldet sich nicht auf ihrem Handy. Ehrlich gesagt, das ist seit drei Jahren noch nie bei ihr vorgekommen.«

Da war Shane sich sicher. The Shark hätte sie sofort rausgeworfen. In diesem Moment sah er Alex Winger aus dem Saal kommen. Sie strahlte dieselbe Unnahbarkeit aus wie während der Verhandlung. Zwei Meter vor ihnen blieb sie stehen, und Shane fragte sich, ob sie körperliche Nähe grundsätzlich nicht ertragen konnte oder nur seine nicht.

»Ich bin sicher, Herr Kollege, es klärt sich auf«, sagte sie und wirkte in der Tat auf einmal ein wenig unsicher.

Dieser rang sich ein Lächeln ab. »Sicher. Was ist, wollen wir unten in der Cafeteria etwas zu uns nehmen?«

Sie schüttelte den Kopf. »Ich muss noch telefonieren.«

»Dann nicht. Was ist mit Ihnen, Detective?«

Shane hatte außer ein paar Tassen Kaffee noch nichts im Magen. »Ja, warum nicht.«

Auf der Treppe kam ihnen Louise Woolfe entgegen. Sie schnaufte, und ihr Gesicht war gerötet. »Hi, Kollege, hallo, Shane. Ich hab schon gehört, Valerie Tate ist unauffindbar.«

»Ja, es ist seltsam«, sagte der Staatsanwalt und blieb stehen.

»Hoffentlich ist nichts passiert.« Louise schob den Riemen ihrer Handtasche wieder auf die Schulter. »Ich muss los. Meine Sachverständigen erwarten mich. Ich hoffe, wir kommen heute zu einem Abschluss. Aber«, sie seufzte, »es wäre nicht das erste Mal, dass sich so was tagelang hinzieht.«

Alison saß auf der schattigen und luftigen Veranda, versunken in den weichen Kissen der Rattancouch, die Beine hochgelegt, blätterte die Seite um und warf einen Blick auf ihre Uhr. Halb fünf. Sie bemühte sich, sich zu entspannen, aber es wollte ihr nicht gelingen. Vor einer Stunde war sie vom Writer's Center nach Hause gekommen und hatte sich gleich nach den Vorbereitungen für das Barbecue mit ihren Eltern in Bert Horkays Buch vertieft. Obwohl der Ventilator über ihr für eine kühle Brise sorgte, kochte sie innerlich. Was hatten sie nur falsch gemacht, sie und Matthew? Sie ließ ihren Blick über die Veranda mit den Oleandern gleiten, über denen der von Prudence gebastelte Drache baumelte, dann hinüber zu den Wipfeln der Bäume, deren Grün im Licht des späten Nachmittags noch intensiver leuchtete. Die Luft roch süß nach Blüten und vibrierte von Vogelstimmen. Lebten sie nicht im Paradies? Ihnen fehlte es nicht an Geld, sie waren gesund, und damals, vor achtzehn Jahren, hatten sie doch aus Liebe geheiratet. Irgendetwas war ihnen auf dem Weg durch die Jahre abhanden gekommen. Das Interesse füreinander? Dankbarkeit? Achtung?

Gestern hatte sie einen Fehler gemacht. Sie hätte zuerst mit Matthew anstatt mit Valerie Tate reden sollen. Sie klappte das Buch zu. Sie konnte sich sowieso nicht konzentrieren. Der gestrige Abend hatte ihr gefallen – und sie danach in einen noch größeren Schmerz gestürzt, als ihr klar wurde, wie ihr Leben verlief. Bert war kaum älter als sie, doch was hatte er schon alles erlebt? Durch die Welt war er gereist, hatte die entlegensten Orte besucht, sich mit Menschen, ihren Traditionen, ihrer Religion beschäftigt, hatte Sprachen gelernt und erforscht. Irgendwann am Abend – die drei Freunde, die Meg noch eingeladen hatte, waren längst gegangen, und nur noch Meg und

Bert und sie waren übrig geblieben – hatte sich Alison nicht länger zurückhalten können und hatte von Matthews Betrug angefangen. Es hatte gutgetan, ihr Herz ausschütten zu können, und Bert hatte ihr daraufhin eines seiner Bücher mitgegeben. Den ganzen Abend lang hatte er keine Annäherungsversuche unternommen, und dafür war sie ihm dankbar. Es hätte sie in einen schrecklichen Konflikt gestürzt.

Ihr Leben war immer enger und begrenzter geworden. Diese Einsicht war ihr gestern ganz plötzlich gekommen. Sie musste an die Mutter einer Bekannten denken, die am Grünen Star erkrankt war. Zuerst engte sich ihr Blickfeld ein, das Sichtfeld wurde tunnelartig mit grauen, dann immer dunkler werdenden Rändern. War ihr Leben nicht auch so geworden? Warum hatte sie das nicht vorher begriffen – bevor Matthew Konsequenzen, *seine* Konsequenzen gezogen hatte?

Unsere Welt ist viel größer, Alison, hatte Bert Horkay ihr zum Abschied gesagt, und es hatte sie getröstet. Doch als sie in der Nacht ins leere Haus zurückgekommen war, hatte die Kälte der Einsamkeit sie angefallen. Matthew hatte tatsächlich nicht angerufen und auch keine Nachricht auf dem Anrufbeantworter hinterlassen. Aber Christine hatte sich gemeldet und den Preis genannt: »Der Urlaub kostet tausend Dollar, hat Phil gesagt.« Heute Morgen hatte sie Christine das Geld in einem Umschlag in den Friseursalon gebracht.

Jetzt ertappte sie sich dabei, dass sie wünschte, Matthew würde auch heute noch nicht zurückkommen. Sie fürchtete sich vor dem Moment, wenn sie ihm in die Augen sehen musste. Hatte Phil, Christines Exmann, ein ehemaliger Cricket-Spieler, der wegen Drogengeschäften vorbestraft war, schon etwas in die Wege geleitet? Hatte Valerie Tate schon mit Matthew Schluss gemacht? Zitterte Valerie Tate schon vor

Angst? Alison seufzte. Nein, ganz wohl war ihr bei der Sache nicht.

Sie sah auf die Uhr. Sollte sie nicht ihre Eltern anrufen und die Einladung verschieben? Heute passte es wirklich nicht. Die Steaks könnte sie einfrieren, und über die beiden Salate hatte sie noch kein Dressing gegeben, man könnte sie auch morgen essen.

Sie horchte auf. Motorengeräusch näherte sich, klang dann wieder ab. Das Blau des Himmels wurde tiefer, während alle anderen Farben verblassten. Wie sollte, wie *konnte* sie Matthew überhaupt gegenübertreten? Die Zuversicht von gestern war vollkommen dahin.

Wieder ein Motorengeräusch. Sie erkannte das tiefe, volle Tuckern des Porsche 911. Es schwoll an – und entfernte sich nicht mehr, sondern erstarb. Dann das satte Klicken der sich öffnenden Tür, das kurze Klack, als sie zugeworfen wurde, Schritte. Die Holztreppe, die hinter ihr von unten heraufführte, vibrierte.

Eins, zwei, drei, vier … Es waren zwölf Stufen … zehn, elf … Sie wandte ihren Kopf – sah ihm in die Augen und erwischte den letzten Moment, bevor er ein falsches Lächeln aufsetzte.

Was hatte er in ihrem Blick gesehen? Empfand auch er diese Angst, alles verloren zu haben und mit einem Fremden zusammenzuleben?

Er knipste sein gut gelauntes, siegesgewisses Lächeln an, wie er es gegenüber Geschäftskunden tat, deren Aufträge er nicht verlieren wollte.

Sie lächelte zurück. Welche Lügen! Welche Feigheit!

»Hallo Liebling!« Er beugte sich in jahrelang einstudierter Bewegung über die Rückenlehne zu ihr vor, und sie hielt ihm ihre Wange hin – schon lange nicht mehr den Mund. Seine Lippen berührten sie nicht. Die Begrüßung war zu einem inhaltslosen Ritual verkommen, einer höflichen Pflichterfüllung. Noch eine Lüge.

»Wie war's in Broome?«, fragte sie ihn.

Er hatte sich schon längst in hektischer Geschäftigkeit abgewandt. »Gut, alles bestens.« Er drehte sich um, ein neues Lächeln im Gesicht. Es war nicht mehr ganz so strahlend. Etwas Wahres schimmerte darunter hervor, doch bevor es durch die Maske dringen konnte, wandte er seine Aufmerksamkeit dem Barbecue zu. »Ich hab ganz vergessen, eine neue Gasflasche zu bestellen.«

Glaubte er denn, sie durchschaute diese dilettantische Darbietung nicht? »Erfolgreich?« So schnell wollte sie ihn nicht davonkommen lassen. War das Rache?

»Ja, ja. Sei mir nicht böse, ich bin erledigt.«

In diesem Moment empfand sie nur noch Verachtung – und Hass.

Wie konnte er sie nur so anlügen! Sie kämpfte gegen Tränen der Wut. Nein, diese Blöße, vor ihm zu weinen, ihn anzuschreien, würde sie sich nicht geben. Sie schlug ihr Buch auf und sagte beiläufig: »Reicht das Gas? Meine Eltern kommen heute zum Essen.«

»Heute? Schon wieder?«

Sie legte das Buch auf den Schoß und sah ihm direkt in die Augen. Sein Lächeln war verschwunden. »Schon wieder? Das letzte Mal waren sie vor zwei Wochen da.«

Er ließ die Schultern fallen. »Na, bitte.«

»Aber zwei Wochen ist doch nicht vorgestern.« Wie gierig wir uns auf ein Streitthema stürzen, dachte sie.

»Aber auch nicht ewig, oder? Du weißt genau, dass ich diese

Familientreffen hasse.« Er stellte die Reisetasche ab. »Außerdem hättest du mir das ruhig früher sagen können!«

»Aber Matthew …« Sie lächelte. Jetzt rächte sie sich für die einsame Nacht, für die Täuschung, für seine Lügen. »Du hast dich ja nicht mehr gemeldet.«

»Du hast selbst gesagt, dass ich dich nicht noch einmal anrufen muss.«

»Ach – *muss*!«

»Hör auf, Alison! Leg nicht jedes Wort auf die Goldwaage!«

»Nein, du verrätst dich selbst!«

Sekunden spannungsvoller Stille. Mein Gott, dachte Alison, warum bin ich so weit gegangen?

»Am besten, du sagst deinen Eltern ab«, sagte er kalt.

»Jetzt, eine Stunde vorher? Du weißt genau, dass mein Vater für so etwas überhaupt kein Verständnis hat.«

»Dein Vater! Er kann mir gestohlen bleiben!«

»Ha! Zufällig arbeitest du in der Firma meines Vaters. Und das alles hier …« Seine Demütigung auskostend, beschrieb sie mit ihrem Arm einen weiten Bogen über das gesamte Grundstück.

»Jetzt pass gut auf, was du sagst!« Er reckte seinen Hals vor wie ein bellender Hund. »Ich schufte jeden Tag der Woche in dieser verdammten Firma, muss mir die Großkotzigkeit deines Vaters gefallen lassen …« Seine Schlagader trat hervor.

»Du kannst ja kündigen!« Und dich scheiden lassen, wollte sie hinzufügen, doch davor schreckte sie zurück. Sie starrten sich an.

Schließlich entspannte sich seine Haltung, und er schüttelte den Kopf, als habe er es mit einer Verrückten zu tun. Dann zog er die Schultern hoch, ließ sie wieder fallen und ging zur Tür, die zur Küche und ins Haus führte. Schlecht gespielte Ratlosigkeit, ja, das kannte sie.

»Matthew?«

Er blieb unwillig stehen. »Was?«

Sie sah ihn an. Sah in seine braunen Augen, betrachtete sein kurz geschnittenes volles Haar, seine markanten schottischen Züge, in die sie sich gleich am Anfang verliebt hatte.

»Was ist?«, fragte er ungeduldig.

Jetzt, jetzt wäre der Moment. Ich weiß es: Du hast eine Geliebte. Du kannst es dir ersparen, es abzustreiten. Das, genau das, hätte sie in diesem Augenblick sagen müssen. Doch stattdessen sagte sie: »Liebst du mich eigentlich noch?« Sie wollte ihn wieder lügen sehen. Sie wollte den letzten Zweifel an Christines Beobachtung ausschließen. Wie angestrengt sein Lächeln war.

»Aber klar doch. Habe ich dir das nicht erst gestern am Telefon gesagt?«

»Matthew?«

Er holte Luft, zeigte, wie ihm ihre Fragerei auf die Nerven ging. Seine Freundlichkeit war geheuchelt.

Eine letzte Anstrengung: »Würdest du mir sagen, wenn …«

»Was denn?« Seine Vorstellung wurde immer mieser. »Sag schon, Alison, ich muss unter die Dusche!« Er begann sein weißes Hemd aufzuknöpfen.

»Würdest du mir sagen, wenn …« Sie brach ab. Er musste in diesem Moment wissen, was sie sagen wollte.

Er sah sie an, bereit, sofort alles abzustreiten. Aber war da nicht auch eine Spur Angst in seinem Blick? Angst vor der Wahrheit?

In diesem Moment könnten wir den Lügen ein Ende bereiten, könnten vielleicht noch mal von vorne anfangen …

»… wenn … wenn du mich nicht mehr lieben würdest?« Sie hatte versagt. Sie hatte nicht den Mut für die richtige Frage gehabt.

Sein Gesicht entspannte sich ein wenig. Allerdings blieben die Längsfalten auf der Stirn, und sein Blick wich ihr aus. »Sicher. Du würdest es mir doch auch sagen.«

Geschickt, wie er mit einer Frage an sie von sich selbst ablenkte. Sie antwortete nicht.

»So«, sagte er, plötzlich gut gelaunt. »Jetzt muss ich mich aber beeilen, sonst bin ich nicht für deinen Daddy fertig!«

Sie blieb sitzen, schloss die Augen und reckte den Hals, um den Wind, den der Ventilator über ihr erzeugte, über ihr Gesicht streichen zu lassen. Es war zu spät. Seit Jahren zu spät. Die Lügen waren zur Normalität geworden. Nein, es gab keinen Neuanfang mehr. Sie hatten den Zeitpunkt verpasst, lange schon verpasst.

Wie sie so dasaß, wurde ihr klar, dass es nur eine einzige richtige Entscheidung gab. Sie konnten nicht mehr neu anfangen – und ganz sicher nicht auf der Basis einer erzwungenen Trennung von seiner Geliebten. Wie hatte sie nur so naiv oder so verblendet sein können?

Sie griff zum Telefon auf dem niedrigen Tisch neben dem Krug mit Eistee.

Christine meldete sich nicht. Sie versuchte es auf dem Festnetz. Der Anrufbeantworter schaltete sich an. Alison überlegte, ob sie eine Nachricht hinterlassen oder es später noch einmal probieren sollte. Nein, nicht später. »Hier Alison. Christine, sag den Urlaub ab. Ich will ihn nicht mehr. Hörst du? Brich alles ab, und ruf mich so bald wie möglich an.«

Kaum hatte sie den Hörer zurückgelegt, hörte sie, wie die Vögel unvermittelt laut aufkreischten. Sie waren nie besonders leise, aber irgendetwas schien sie aufgescheucht zu haben. Über dem Verandageländer sah sie kleine Vögel auffliegen. Ihr Blick folgte ihnen, und sie entdeckte, dass sich die Silhouetten vieler Vögel gegen das Blau des Himmels abzeichneten. Seltsam, dachte sie. Zu dieser Jahreszeit war kein Zyklon zu erwarten, die würden erst ab Oktober hereinbrechen.

Auf einmal hörte sie keine Vogelstimmen mehr. Es war totenstill. Und dann zitterte der Boden unter ihr. Oh, Gott, dachte sie, letzten Monat hatte die Erde schon einmal gebebt, aber nur kurz, und es war nichts weiter geschehen. Jetzt vibrierten die Dielen, wenig später ließ ein Klirren sie herumfahren. Ihr Glas, das sie am Tischrand abgestellt hatte, war heruntergefallen und zerbrochen. Sie krallte ihre Hände um die Lehne, obwohl sie wusste, wie sinnlos das war, aber sie konnte sich nicht bewegen.

Matthew kam, nur mit einer Unterhose bekleidet, und blieb im Türrahmen stehen. »Stell dich in den verdammten Türrahmen!«, rief er zu ihr herüber, doch sie blieb einfach sitzen.

Vielleicht wäre es besser, wenn alles hier und jetzt ein Ende nähme. Vielleicht wäre das der richtige Moment ... Vielleicht war dieses Beben dazu da, um ...

»Alison! Komm her!«

Sie hörte drinnen im Haus etwas zerbrechen. Für Augenblicke war alles still. Dann ruckte der Boden wieder. Sie sah an die Decke. Dort schaukelte der Drache von Prudence. Die Stöße kamen nun in größeren Abständen. Und auf einmal war es vorbei.

»Ein verdammtes Erdbeben!« Matthew fluchte empört, als ob sich die Natur davon beeindrucken ließe. »Da komme ich heim, und was passiert? Ein Erdbeben!« Er sah zu ihr. »Warum bist du nicht hergekommen? Und wenn das Verandadach zusammengebrochen wäre?«

»Es ist stabil.« Wie ruhig sie war!

»Aber es hätte was passieren können!«

Sie erwiderte nichts, wandte sich ab und sah in den Himmel. Die Vögel kamen zurück. Sie wären auch zurückgekommen, wenn das Dach zusammengebrochen wäre. Alison drehte sich um und sah Matthew in die Augen.

»Matthew? Warum betrügst du mich?«

5

Shane reihte sich in die Schlange der Wartenden vor dem Schalter ein. Die Verhandlung war bis nächste Woche verschoben. Die Assistentin der Anwältin, Valerie Tate, war unauffindbar geblieben.

Shane rückte in der Schlange vorwärts. Die ersten Boarding-Karten wurden abgerissen. Längst war die Dunkelheit hereingebrochen. Durch die Scheiben sah er, wie sich die orangefarbenen Lichter auf den polierten Flächen der Flugzeuge widerspiegelten, die wie riesige dicke Amphibien da draußen lauerten.

Er hatte auf der Fahrt zum Flughafen Carol angerufen. Sie käme am Wochenende aus Vanuatu zurück. Fast drei Wochen lang hatten sie sich nicht gesehen. Er vermisste sie. Er sehnte sich nicht nur körperlich nach ihr, sondern auch nach ihrem trockenen Humor, nach ihrem Blick, ihrem Lachen, er sehnte sich danach, einem Menschen nahe zu sein. Das war sehr lange nicht mehr so gewesen. Vor Carol hatte er flüchtige Begegnungen vorgezogen, Affären, die rasch wieder endeten. Doch Carol hatte etwas in ihm verändert. Wenn er sie nicht getroffen hätte, hätte er seinen Abschied von der Homicide

Squad wahrscheinlich noch nicht genommen. Mit achtundvierzig aus dem Dienst auszuscheiden? Nein, das hatte er letztes Jahr noch nicht geahnt.

»Danke, Sir. Guten Flug!« Die Angestellte der Airline lächelte und gab ihm den Abschnitt der Boarding-Karte zurück. Er nahm seinen Platz in der elften Reihe am Fenster ein, schnallte sich an und sah hinaus. Die Männer, die die Gepäckstücke verladen hatten, stiegen in die Fahrerkabine des kleinen Wagens, an dem fünf nun leere Anhänger hingen, und fuhren ab.

Ein übergewichtiger Mann fiel schnaufend in den Sessel neben ihm und wischte sich mit einem großen Taschentuch über das erhitzte Gesicht. »Mannomann! Gerade noch geschafft! Haben Sie's auch mitgekriegt?«

»Was?«

»Das Beben! Ich komme gerade nach Hause, will mich umziehen und dann zum Flughafen. Ich steige in der Garage aus dem Wagen, da merke ich's schon. Das Zittern unter meinen Füßen. Letzten Monat gab es so was schon mal. Ich hab zuerst gedacht, he, du hast den ganzen Tag gesessen, mit deinen Beinen und Füßen stimmt was nicht. Aber dann hab ich gesehen, dass die Schnüre, mit denen ich ein Fahrrad an die Decke gehängt habe, sich auch bewegt haben. Und dann hat meine Frau schon gerufen!« Er wischte sich erneut übers Gesicht. »Mann, die hat schon ganz furchtbare Beben erlebt. Sie kommt aus Indonesien. Ich wollte erst nicht fliegen oder die Maschine heute Nacht um halb eins nehmen, da wäre ich morgen Früh in Brisbane, aber sie hat mich weggeschickt.« Er lächelte unbehaglich. Sicher machte er sich Vorwürfe.

»Nein«, sagte Shane, »ich hab nichts gemerkt. Vielleicht weil ich im Auto war.«

Der Mann nickte. »Na ja, hoffen wir mal, dass es nichts Schlimmeres wird.« Er knüllte das Taschentuch zusammen und stopfte es umständlich in die Hosentasche zurück. »He, ich hoffe, es gibt bald was zu trinken!« Der Mann lachte gezwungen. Er sah so aus, als würden ihm noch immer die Knie zittern.

Shane wusste, dass Darwin an einer tektonisch instabilen Stelle lag. Schon oft hatte es Beben gegeben. Eine große Katastrophe war bisher ausgeblieben – jedenfalls eine, die auf ein Beben zurückzuführen war. Eine wirkliche Katastrophe für Darwin hatte sich 1974 ereignet. Damals, am Weihnachtstag, hatte der Zyklon *Tracy* die Stadt dem Erdboden gleichgemacht. Seitdem datierte man Ereignisse auf die Zeit vor oder nach *Tracy*. Er war damals vierzehn gewesen, und sein Vater war nach Weihnachten zur Verstärkung der Polizei nach Darwin gereist. Shane erinnerte sich an die Fernsehbilder von der Zerstörung. Man hätte sie für Bilder von einem Bombenangriff halten können.

Ein Whisky auf Eis wäre jetzt gut, dachte er, drehte sich zum Fenster und wartete darauf, dass sich die Maschine endlich bewegte.

»Detective Shane O'Connor?« Eine Stewardess mit blondem Pferdeschwanz und großen Augen sah ihn an. »Würden Sie bitte mitkommen?«

Er schnallte sich ab. Sein dicker Nachbar musterte ihn skeptisch, bevor er mühsam aufstand, um ihn durchzulassen.

»Ihr Handgepäck?«

Er deutete auf die Tasche in der Ablage. Sie nahm sie für ihn heraus. Er würde also nicht mitfliegen. War er plötzlich verdächtig? Glaubte man, in seinem Handgepäck befände sich eine Bombe? Darauf gefasst, von ein paar bulligen Sicherheitsoffizieren mit kugelsicheren Westen und Maschinengewehren im Anschlag in Empfang genommen zu werden, folgte er der Stewardess nach vorn. Vor dem Cockpit wandte sie sich um und wies auf den noch offenen Ausgang, in dem ein Mann stand.

»Da wärst du uns doch beinahe durch die Lappen gegangen! Wo hast du denn dein verfluchtes Telefon, Shane O'Connor?«

»Tony Costarelli?« Allein an der rauen Stimme, die den langjährigen Nikotinjunkie verriet, hätte er den braun gebrannten Detective mit der großen, gebogenen Nase, dem pockennarbigen, sonnenverbrannten breiten Gesicht und dem welligen, nach hinten gekämmten dunklen Haar erkannt. Gleich bei der ersten Begegnung vor zehn Jahren, auf einer Fortbildung, hatte Shane sich an einen aggressiven, muskelbepackten Kampfhund erinnert gefühlt, der nur darauf wartet, endlich auf den Gegner losgelassen zu werden und zubeißen zu können. Jetzt sah er ein bisschen weniger aggressiv aus. Seine Wangen waren eingefallen, und seine Augen wirkten müde. Doch er schien noch immer gut in Form zu sein, kein Bauch, muskulöse Arme. Aus dem aufgeknöpften Kragen seines bordeauxroten Poloshirts ringelten sich dunkle Brusthaare, und eine dicke Goldkette mit einem Kreuz blitzte hervor. Der typische Italo-Cop, hatte Shane schon damals gedacht.

»Der Akku war leer. Warum, zum Teufel, holst du mich aus der Maschine raus, Tony?«

Die Stewardess schloss die Tür hinter ihm. Sein Rückflug war damit gestorben.

Costarelli schob den kräftigen Unterkiefer vor, als wollte er grinsen. Doch er grinste nicht. »Ich war sauer, dass du dich nicht bei mir gemeldet hast, als du in Darwin warst …« Auf seiner breiten Stirn vertieften sich die horizontalen Falten.

»Wir haben eine beschissene Sache hier.« Er kniff seine Augen zu Schlitzen zusammen.

»Sirs, Sie können hier nicht stehen bleiben!« Zwei Männer mit grellgelben Sicherheitswesten und rauschenden Funkgeräten in der Hand wiesen sie an, zurück in die Halle zu gehen.

»Ich erklär's dir unterwegs.« Costarelli hob seine Tasche auf und setzte sich in Bewegung. »Sagt dir der Name McNulty noch was?«, fragte er, als sie wieder in der Abfertigungshalle waren.

»Dick McNulty?« Shane wäre stehen geblieben, wenn Costarelli nicht schon die Glastür nach draußen aufgestoßen hätte.

»Genau der.«

Feuchtwarme Luft und der süßliche Geruch von vermodernden Blüten schlugen ihm entgegen. Natürlich erinnerte er sich an McNulty. Der Fall war einer der grausamsten seiner Laufbahn gewesen. Und das wollte einiges heißen. »McNulty ist anderthalb oder zwei Jahre nach seiner Festnahme in der Psychiatrie gestorben«, sagte er. Sie blieben vor einem blauen Wagen stehen.

»Ich weiß.« Costarelli ließ per Fernbedienung den Kofferraum aufspringen und warf Shanes Tasche hinein. Als Shane einstieg, wusste er noch immer nicht, worum es ging.

Costarelli steckte den Schlüssel ins Zündschloss. »Wir haben eine Tote. Ermordet. Die Tat trägt McNultys Handschrift.«

Grausige Bilder schwappten an die Oberfläche. »Eine Frau?«

»Ja.« Costarelli zog eine Schachtel Zigaretten aus der Brusttasche und zupfte eine Zigarette heraus.

Shane starrte durch die Windschutzscheibe in die hereinbrechende Nacht. Plötzlich bekam alles einen Sinn. Das Warten im Gericht, das Kopfschütteln des Staatsanwalts. Es konnte nur sein, dass … »Sag, dass es nicht die Assistentin von Alex Winger ist.«

Weiter kam er nicht. »Doch.« Costarelli ließ das Feuerzeug aufschnappen. »Valerie Tate, die Assistentin von …«

»Alex Winger.«

Costarelli hustete, nahm dann einen tiefen Zug und blies den Rauch aus dem geöffneten Fenster. »Genau die.«

Auf der Fahrt zurück in die Stadt, vorbei am nicht enden wollenden Flughafengelände, das wie ein Keil in die Stadt getrieben war, entlang ausgestorbener, dunkler Nebenstraßen, an deren Ecken Betrunkene hockten, erklärte Costarelli den Stand der Dinge.

Ein Aborigine hatte etwa einen Kilometer von seinem Haus entfernt eine Leiche entdeckt und die Polizei verständigt. Die Gegend war kaum bewohnt, nur Busch und Sümpfe. Sie gehörte zum Coastal Reserve, das ohne Erlaubnis nicht zugänglich war.

»Wir sind gleich hingefahren. Ich hab damals deinen Fall aus Interesse verfolgt. Es sah verdammt genauso aus. Ich wusste, dass du wegen einer Gerichtssache in der Stadt bist, und hab den Staatsanwalt angerufen. Der hat mir gesagt, dass du schon die Fliege machst. Aber ich dachte mir, es könnte nützlich sein, dich zurückzuholen. Du hast schließlich in dem Fall ermittelt und kennst die Details.«

»Aber McNulty ist tot, Tony. Es kann nicht *der* Fall sein …« Shane brach ab. »Die Beweise waren hieb- und stichfest, und er hatte gestanden.« Shane sah die Bilder der Leiche vor sich und verfluchte das Flugzeug, das nur wenige Minuten früher hätte starten müssen. Dann müsste er sich nicht wieder mit diesem Fall beschäftigen, jetzt, so nah am Ende seiner Laufbahn. »Du weißt, dass ich so gut wie draußen bin.«

Tony Costarelli warf ihm nur einen kurzen Seitenblick zu, der Shane beunruhigte.

»Dad, willst du noch Salat?« Alison hob die große Holzschüssel hoch.

»Ich nehm mir lieber noch eins von den Steaks.« Ihr Vater ging mit seinen typischen ausgreifenden, langen Schritten hinüber zum Grill. »He, Matt, du lässt die Steaks immer verbrennen! Meins war neulich trocken wie der Staub der Gibson-Wüste! Aber unser Matt …« Ihr Vater legte seine große, schlanke Hand auf Matthews Schulter und lachte »… war ja noch nicht in der Gibson-Wüste.«

Alison kannte den provozierenden Unterton. Ihr Vater lachte am liebsten und am lautesten über seine eigenen Witze. Aber das war schon immer so gewesen. Alison erinnerte sich, wie ihre Schwester Christine oft Witze erzählt hatte, um ihren Vater zum Lachen zu bringen. Doch jedes Mal hatte er nur kurz gelacht und dann gleich selbst einen Witz erzählt, über den er sich dann vor Lachen ausschüttete. Alison merkte, wie sie den Atem anhielt. Warum hatte sie nicht doch das Barbecue abgesagt?

Natürlich hatte Matthew zuerst abgestritten, sie zu betrügen. Erst als sie den Namen Valerie Tate nannte, konnte er nichts mehr leugnen.

»Sie sagt, sie ist schwanger und du willst dich scheiden lassen.«

Er schluckte. Sie hatte ihn überrumpelt. »Das ist doch völliger Unsinn! Glaubst du das etwa?«

»Sie hat es gesagt, und es hat aufrichtig geklungen. Also,

Matthew, wenn du sie willst, dann sollten wir uns scheiden lassen.« Sie staunte über ihre eigene Nüchternheit – und Klarheit. Keine Lügen mehr. Lieber allein leben.

»Du willst die Scheidung wegen … wegen … so einer kleinen Geschichte?« Er kam auf sie zu, verschwitzt und nur mit der Unterhose bekleidet. »He, Alison!« Er sah sie ein wenig so an wie früher – ehrlich, durchdringend. »Ich versprech's dir: Ich mach mit ihr Schluss.«

Sie wusste nicht, ob sie ihm das glauben sollte. »Aber sie ist schwanger, Matthew, und du hast ihr offenbar auch etwas versprochen.«

»Ach, du darfst ihr nicht alles glauben! Ich habe nie von Scheidung gesprochen! Sie hat mich unter Druck gesetzt.« Er kam näher, seine Stimme wurde sanft. »Ally …« So hatte er sie schon sehr, sehr lang nicht mehr genannt. »Ally, es tut mir leid, ich hätte das nie anfangen dürfen. Es war … es war einfach dumm. Es hat mir nicht wirklich was bedeutet, verstehst du?« Er stand jetzt ganz nah vor ihr, den Kopf leicht geneigt, die Arme bereit, sie festzuhalten, zu umarmen.

Seine Nähe kam ihr zu plötzlich. Sie ging zum Geländer und sah hinunter in den Garten.

»Ally …« Er kam näher. »Du musst mir glauben. Ich weiß auch nicht, was da über mich gekommen ist.« Er seufzte. Sie fragte sich, ob er wirklich so zerknirscht war, wie er sich anhörte. »Es hat sich so ergeben! Die Arbeit, du warst mit deinen Dingen beschäftigt … Mein Gott, Ally, wir sollten nicht alles hinwerfen! Und was ist mit Prudence?«

»Prudence ist alt genug!« Ihre Tochter studierte in Adelaide. Die Scheidung ihrer Eltern würde ihr Leben kaum ändern.

»Alison! Bitte!« Er klang tatsächlich flehend.

Sie drehte sich um. Er legte die Hände auf ihre Schultern.

»Ally, ich verspreche dir: Ich mache Schluss mit ihr. Ich will dich nicht verlieren. *Du* bist die Frau, die ich liebe. Die, mit der ich leben will.«

Stocksteif stand sie da, doch mit jedem seiner Worte zerbröckelte ihr Widerstand ein kleines bisschen mehr. Schließlich nahm er sie in die Arme, hielt sie, und sie wehrte sich nicht, sondern weinte. Dennoch, das erhoffte Gefühl von Glück und Erleichterung war ausgeblieben …

»Dad, komm doch zu uns rüber.« Sie versuchte Matthew zu entlasten. Er tat ihr sogar ein wenig leid. Bei jeder Gelegenheit betonte ihr Vater, dass Matt sich nur ins gemachte Nest gesetzt hätte und noch nicht mal einen Truck-Führerschein besäße.

»Ja, Liebling«, bekräftigte ihre Mutter, die ihr gegenüber am Tisch saß. »Lass Matthew in Ruhe grillen!«

Die Männer reagierten nicht.

»Ich wüsste auch nicht, was ich in der Gibson-Wüste sollte, Paul.« Das kam von Matthew, der ungerührt die Steaks wendete und aus der Bierflasche trank.

Paul van Oosterzee, groß und hager, mit eisgrauem Haar, lachte und wandte sich zu Alison und seiner Frau: »Habt ihr das gehört? Die Gibson-Wüste … Die gehört zu unserem wunderbaren Land! Der Großvater deiner Frau hat es mit aufgebaut, von Anfang an …«

»Nun übertreib nicht, Paul!« Margret schaltete sich ein. »Von Anfang an aufgebaut haben es die armen Sträflinge, und keiner deiner Familie ist als Sträfling gekommen …«

»Nein, Sträflinge waren wir nicht«, fiel Paul ihr ins Wort. »Wir waren immer rechtschaffene Leute, ehrliche Arbeiter. Mein Vater ist mit 'nem Pferdewagen losgezogen und hat den Leuten auf ihren verdammt weit abgelegenen Farmen alles gebracht, was sie gebraucht haben. Später hat er sich dann 'nen Lastwagen gekauft und …«

Alison wusste, dass sie jetzt eingreifen musste, sonst würde Matthew irgendwann der Kragen platzen, und alles würde außer Kontrolle geraten. »Daddy! Wir kennen doch die Geschichten, komm schon rüber!« Sie klopfte auf den freien Segeltuchstuhl neben sich.

Ihr Vater machte tatsächlich einen Schritt in ihre Richtung, blieb dann aber stehen. »Wisst Ihr: Euch geht es viel zu gut. Ihr habt nie richtig schuften müssen.«

Alison sah, dass Matthew innerlich kochte. Armer Matthew! Er hatte es wirklich nicht leicht, im Schatten seines Schwiegervaters zu stehen. Vielleicht … Vielleicht hatte er sich auf die Affäre mit Valerie Tate nur eingelassen, weil es ihm an Macht im Büro fehlte? Jeder Psychologe würde das wahrscheinlich so sehen. Vielleicht wäre es endlich an der Zeit, darüber nachzudenken, ob er nicht woanders einen Job finden könnte. Selbst wenn er seinen Porsche verkaufen müsste … Das waren doch nur unbedeutende Dinge …

»Darling?«

Alison erschrak. Ihre Mutter hatte die Hand auf ihre gelegt. »Du kommst mir so nervös vor. War es dieses Beben vorhin? Ich gebe zu, es hat mich auch erschreckt, aber … Gibt es irgendwas, das du mir sagen willst?«

»Nein, Mum, wirklich nicht!« Sie lächelte rasch. Mein Gott, Mum, dachte sie, wenn du wüsstest. »Es ist alles in bester Ordnung. Dein Glas ist ja leer!« Hastig hob sie den Deckel der Kühlbox, die neben ihrem Tisch stand, und nahm die von Eisbrocken und den Bierdosen für Matthew und ihren Dad verdeckte Champagnerflasche heraus. Warum tat sie sich diese Einladungen auch immer wieder an? Matthew hatte recht …

»Gib her, ich mach das!« Schon nahm ihr Vater ihr die Flasche aus der Hand und drehte den Draht auf. »Ihr solltet euch endlich 'nen Kühlschrank hier rausstellen. Jedes Mal, wenn wir kommen, habt ihr diesen verdammten Eski. Der ist was fürs Picknick, aber nicht für 'ne Terrasse! Du weißt doch, Ally, was wir für einen Kühlschrank haben, so einen großen, silbernen, der würde da neben den Grill passen.« Der Korken ploppte passend am Satzende.

»Du kannst uns ja nächstes Mal einen mitbringen«, warf Matthew ein, bevor Alison reagieren konnte. Sie konnte nur noch ein halb gelachtes »Ach, Matthew!« hinterherschicken.

»Mal sehen, was sich machen lässt«, gab ihr Dad gönnerhaft zurück und blinzelte Alison zu. Dann ging er zu Matthew zurück.

Der Champagner hatte ihre Mutter anscheinend nicht abgelenkt. »Mal ehrlich, Schätzchen«, sagte sie, »dich bedrückt doch was. Es ist doch nicht nur das Beben heute, das dich so durcheinandergebracht hat.«

»Nein, wirklich, Mum.« Alison spürte, wie sich ein verkrampftes Lächeln in ihr Gesicht grub. »Es ist nichts. Ach, übrigens, ich habe am Samstag Christine getroffen.« Die Miene ihrer Mutter gefror. »Ihr Job in dem Friseurladen macht ihr, glaube ich, Spaß.«

Ihre Mutter seufzte und stellte das Glas ab. »Ach, Christine …« Sie schüttelte den Kopf, die senkrechte Doppelfalte auf ihrer Stirn vertiefte sich. »Warum ist sie nur so … so …«

»Anders?«

»Ja! So anders als du! Sie hätte es im Leben so leicht haben können, so wie du.«

Alison schluckte eine Bemerkung hinunter.

Ihre Mutter trank einen Schluck und sah einen Moment

lang gedankenverloren ins Leere. »Ich hab Hunger«, sagte sie schließlich.

Alison unterdrückte ein Seufzen. So war ihre Mutter. Kaum hatte sie ein heikles Thema angeschnitten, ließ sie es wieder fallen, wie eine heiße Kartoffel.

Drinnen läutete das Telefon. »Oh, ich geh rasch rein.« Alison stand auf und eilte durch die Küche ins Wohnzimmer, wo sie den Hörer abnahm. »Christine, endlich! Hast du meine Nachricht bekommen?«

»Nee, ich bin nicht zu Hause!«

»Ich hab dir auf deinen Anrufbeantworter gesprochen, dass …«

»He, hör ich da das Lachen von unserem witzigen Daddy?«

»Ja, Mum und Dad sind da.«

»Ah, die heile Familie.«

»Christine! Wir haben gerade von dir gesprochen …« Sie versuchte ihre Schwester zu besänftigen.

»Ach, was! Dass ich nicht lache! Hör zu, Schwesterherz, es ist mir, ehrlich gesagt, inzwischen ziemlich egal, was ihr über mich redet, aber du solltest mal die Nachrichten einschalten. Jetzt. Sofort.«

»Aber was …«

»Tu es einfach!«

Mit dem Hörer am Ohr ging sie zum Couchtisch, auf dem neben zwei Stapeln aus Hochglanzmagazinen die Fernbedienung für den Fernseher lag. Die Sprecherin der Lokalnachrichten wünschte gerade einen guten Abend. Bevor sie weitersprach, wurde ihr Blick professionell ernst. *Heute Nachmittag wurde die Leiche der sechsundzwanzigjährigen Valerie Tate gefunden …*

Alison stockte der Atem. Nein, sie musste sich verhört haben! Es konnte nicht wahr sein! Bilder von Polizisten in Uniform und Leuten von der Spurensicherung in weißen Overalls erschienen auf dem Bildschirm. Von draußen drang das laute Lachen ihres Vaters und das schrille Kichern ihrer Mutter herein … *auf grausamste Art … sagte ein Sprecher der Polizei. Jeden, der Valerie Tate kannte oder sie gestern gesehen oder sonstige auffällige Personen beobachtet hat, bitten wir, sich mit der Polizei in Darwin oder jeder anderen Polizeidienststelle in Verbindung zu setzen …*

»Alison?«

Jetzt erst realisierte sie den Hörer, den sie noch immer an ihr Ohr gepresst hielt.

»Alison, bist du noch dran?«

»Ja.« Sie hörte, wie ihre eigene Stimme zitterte. Noch immer starrte sie auf den Fernseher, obwohl schon längst ein Palmenstrand und ein gestrandeter Wal gezeigt wurden.

»Hör zu«, sagte Christine. »Ich hab damit nichts zu tun. Es ging nur um Einschüchterung. Das hab ich Phil klargemacht … Alison?«

»Ihr habt also jemanden hingeschickt …«

»Du hast doch selbst … Hast du überhaupt verstanden, was ich gerade gesagt habe?«

Alison schluckte. »Ja, sicher.« Die Stimme gehörte nicht ihr.

»Was hab ich denn gesagt?«

»Dass … dass du es Phil klargemacht hast.« Im Fernsehen war der Palmenstrand von einer tristen Straße mit überquellenden Mülltonnen abgelöst worden.

»Ja. Das hab ich. Nur einschüchtern, keine körperliche Gewalt, hab ich gesagt.« Alison hörte ein Schnaufen. »Ich hab Phil angerufen, aber er meldet sich nicht. Vielleicht hat er es auch noch gar nicht weitergegeben. Alison?«

»Ja?«

»Es kann doch sein, dass das alles gar nichts mit dir zu tun hat.«

»Was?« Sie begriff nichts mehr. All das konnte nicht wahr sein. Sie würde gleich aufwachen und entdecken, dass sie mit einer Freundin am Telefon über das *Writer's Festival* plauderte …

»Ich meine, es könnte auch Zufall gewesen sein, oder? Jemand bringt einen anderen um, einfach so.« Christines Stimme war erschreckend real. »In diesem Fall war es halt Valerie Tate!«

Alison dachte nach. Konnte es einen solchen *Zufall* geben? »Ich weiß nicht«, sagte sie schließlich.

»He, Ally! Was machst du da drin?« Von draußen drang die Stimme ihres Vaters herein. »Dein Steak wird kalt!«

»Ich muss Schluss machen, ich ruf dich später wieder an.«

»Alison!« Christines Stimme klang scharf.

»Ja?«

»Du musst jetzt die Nerven behalten, hörst du?«

»Ja.«

»Du darfst niemandem etwas anvertrauen, verstehst du?«

»Ja.«

»Sonst sind wir beide dran, kapierst du das?«

»Sicher.«

»Wir sind *beide* dran.«

»Alison?« Das war ihre Mutter. »Wo bist du denn?«

»Ich muss jetzt aufhören …«

»Guten Appetit!«, sagte Christine gehässig. Dann hörte Alison ein Klicken in der Leitung.

»He, Alison! Sollen wir gehen, oder was?« Ihr Vater rief.

»Ich komme schon!« Unendlich langsam legte sie den Hörer auf das Buch über Modefotografie im zwanzigsten Jahrhundert. Konnte das möglich sein? Sie, Alison Griffith, geborene van Oosterzee, hatte einen Menschen töten lassen? Jeder Schritt fiel ihr schwer, als müsste sie sich plötzlich auf einem fremden Planeten zurechtfinden, auf dem andere Schwerkraftgesetze herrschten. Es kann nur Zufall sein, wiederholte sie sich, ich habe nichts damit zu tun. Schweigend setzte sie sich zu den anderen.

»Ist dir nicht gut, Kind?« Der besorgte Blick ihrer Mutter.

»Mach doch nicht so ein Aufhebens, Maggi.« Das war ihr Vater.

Sie sah zu Matthew. Arglos schnitt er ein Stück von seinem Steak ab, steckte es sich in den Mund, kaute und spülte es mit einem Schluck James Boag's hinunter. »Wer war das?«, fragte er.

Seine Geliebte war ermordet worden ... und er wusste es noch nicht. »Die Mutter einer Freundin von Prudence.« Sie erschrak, wie leicht ihr die Lüge über die Lippen kam. Matthew würde es aus dem Fernsehen erfahren, nachher, wenn ihre Eltern gegangen waren und er sich mit einem Drink auf der Couch entspannen wollte.

»Seid ihr eigentlich sicher, dass Prudence keine Drogen nimmt?«, fragte ihre Mutter.

»Margret, wieso sollen sie sicher sein? Sie hoffen es, oder?« Das war ihr Vater.

»Wir reden mit ihr über solche Sachen.« Matthews Stimme.

»Klar, ihr seid ja ein modernes Paar, oder?«

»Matthew«, hörte sie ihre Mutter sagen. »Ihr solltet mal verreisen. Alison scheint mir so nervös zu sein.«

»Matthew kann gerade mal übers Wochenende weg«, antwortete ihr Vater. »Jake ist im Krankenhaus, und Matthew muss schließlich was tun für sein exorbitantes Gehalt!«

»Aber, Paul! Gönn deinem Schwiegersohn doch auch mal was!«

»Ich gönn ihm doch alles, Maggie! *Ich* fahr keinen Porsche!«

»Du weißt genau, was ich meine, Paul!«

Alison hörte sie reden, sah, wie sie Stücke vom Fleisch abschnitten und sich in den Mund steckten. Sie ließ das Besteck auf den Teller fallen. Sechs Augen richteten sich auf sie. »Es … Es tut mir leid, aber mir ist nicht gut.« Ohne sich um die anderen zu kümmern, eilte sie ins Wohnzimmer und schaffte es gerade noch zur Toilette, bevor sie sich übergab. Sie spülte den Mund aus, wusch sich das Gesicht und sah sich im Spiegel an. Wässrige, rot geränderte Augen starrten ihr aus einem blassen, schmalen Gesicht entgegen. Haarsträhnen klebten auf der Stirn, sie strich sie mit dem Handrücken weg. Es musste ein Zufall sein. Ein dummer Zufall. Gab es nicht so was? Man wünscht sich den Tod eines Menschen – und dann verunglückt er. Wie oft hat es so was schon gegeben! Als es an der Tür klopfte, fuhr sie herum.

»Alison, ist alles in Ordnung?« Das war Matthew. Was sollte sie sagen? Wie sollte sie erklären, warum sie das Fernsehen eingeschaltet hatte? Er würde fragen. Und sie müsste ihm von ihrem Auftrag berichten.

»Es muss die ganze Aufregung sein. Das Erdbeben und … Ich komme gleich.« Oh, wie sie sich dafür hasste.

»Beeil dich, ich halt deinen Dad nicht mehr lange aus.«

Sie atmete durch, putzte sich rasch die Zähne, fuhr sich durchs Haar. Es war Zufall. Ja, es war einfach ein Zufall. Sie richtete sich auf und ging hinaus.

6

Costarelli trommelte mit den Fingern auf die Schreibtischplatte. Shane ließ sich dadurch nicht aus der Ruhe bringen. Ein drittes Mal sah er die Fotos an, und er wusste, er würde sie noch viel öfter ansehen. Valerie Tate lag ausgestreckt auf dem Rücken, mit auf der Brust gefalteten Händen, wie in einem Sarg. Sie war nackt … und der Mörder hatte sie ausgeweidet, wie ein Jäger sein erlegtes Wild. Ein langer Schnitt führte vom Brustbein bis hinunter zum Schambein.

»In ein paar Tagen wäre nicht mehr viel von ihr übrig gewesen. Ich meine, viel ist es ja sowieso nicht. Der Aborigine, der die Leiche gefunden hat, hat behauptet, er hätte seinen Onkel gesucht. Der hatte sich mit 'nem Karton Wein in die Büsche geschlagen und war nicht zurückgekommen. Der Alte hat angeblich vor der Leiche gesessen und sie angestarrt.« Das Neonlicht in dem engen Büro brannte in Shanes Augen.

»Auch McNulty hat sein Opfer ausgeweidet.« Costarelli spielte mit einem Stift.

Shane nahm die Bilder und legte sie nebeneinander auf den Tisch. Es war jedes Mal ein Schock, wenn er einen Menschen, dem er vor kurzem noch begegnet war, plötzlich tot vor sich sah. Das, was den Menschen sympathisch und angenehm gemacht hatte, war auf einmal verschwunden. Zurück blieb eine Hülle, die nur noch entfernt an den Menschen erinnerte, als er noch lebte. Das, was wir an ihm geliebt hatten, war nicht mehr vorhanden. Schon als junger Polizist hatte er gespürt, dass das Wort *friedlich* nicht zu einem Toten passte.

Zu einem Toten passte nur *tot.* Er sah auf. »McNulty hat die Eingeweide vergraben.«

»Unsere Leute suchen noch.« Costarelli tippte mit seinem kräftigen behaarten Finger auf ein Foto. »Hier, der Schnitt in der Carotis. Er hat sie geschächtet, das Blut rauslaufen lassen.«

Shane betrachtete die blasse Haut des Opfers.

»Um die Leiche herum ist das Blut in den Boden gesickert.« Costarelli kratzte sich ausgiebig im Nacken. »Es sieht ziemlich nach McNulty aus, oder?«

Shane sah wieder auf die Fotos. McNulty konnte es nicht gewesen sein. Er war tot. Aber eine Menge Irrer lief da draußen herum, und es gab sicher einige, die die gleichen *Bedürfnisse* wie NcNulty hatten.

»Warum hat McNulty das damals getan?« Costarelli massierte mit den Fingerspitzen seine Schläfen.

»Minderwertigkeitskomplex. Unsere Psychiater haben das herausgefunden. Er hat unter seiner Machtlosigkeit gelitten. Er war Aborigine, hat früh Eltern und Verwandte und damit seine Wurzeln verloren, wurde hin und her geschubst, hat im Heim gelebt. Und dann hat er eine Möglichkeit gefunden, seine Macht zu demonstrieren. Stell dir vor, du greifst in den Körper eines Lebewesens, reißt Lungen, Leber, Herz heraus. Alles gehört dir.« Shane hatte gehofft, das alles hinter sich zu haben, die Grausamkeiten und Verbrechen. Der Fall war ein Albtraum gewesen. Shane betrachtete das Gesicht der Toten. Er gab es nicht gern zu, aber dass er die Frau vor ihrem qualvollen Tod gekannt hatte, machte ihm zu schaffen. Ein Verbrechen nicht verhindert zu haben – dieses Gefühl, mit dem er bei den meisten Morden zu kämpfen hatte, war diesmal noch viel stärker. Es war irrational, das wusste er, dennoch existierte es.

»Okay.« Shane konzentrierte sich wieder auf den Fall. »McNulty war ein Einzelgänger.«

»Diese Frau, Patty hieß sie, nicht wahr? Sie ist nicht freiwillig mit ihm mitgegangen. Er war klein, sehnig, insgesamt eher unscheinbar. Er machte Gelegenheitsarbeiten und arbeitete auf Fischtrawlern. Mit dem Messer konnte er also umgehen.« Costarelli schnippte eine Zigarette aus dem Päckchen, das er aus der Schublade geholt hatte.

Shane zwang sich, die Fotos noch einmal zu betrachten. Mit unglaublicher Präzision und Kaltblütigkeit war der Mörder vorgegangen. Die Bilder, die ihn vor acht Jahren – auch nach der Aufklärung des Falls – monatelang nicht in Ruhe gelassen hatten, stiegen wieder in ihm auf, nahmen von ihm Besitz und verdrängten alles andere: die Freude auf Carol, die Erinnerung an die letzten gemeinsamen Wochenenden. Jetzt gab es nur noch das hagere und dunkel gegerbte Gesicht von McNulty, die wässrigen, stets zusammengekniffenen Augen, den verschlagenen Blick, den kindlich-trotzigen Tonfall, das Lispeln, die vom Meerwasser aufgerissenen Hände. Shane hatte ihn gehasst. Die Nachricht von McNultys Tod in der Psychiatrischen Anstalt hatte er mit großer Erleichterung aufgenommen. Erst danach waren die Bilder allmählich verblasst. Und jetzt begann alles wieder von vorn. Patty Benson, achtundzwanzig, war von einem Ranger hundertzwanzig Kilometer von Brisbane entfernt, in der Nähe eines Seitenwegs der Straße nach Warwick, gefunden worden. Ihm waren die aasfressenden großen Vögel aufgefallen, die auf den zwei großen Felsbrocken saßen, die man von der Straße aus sehen konnte.

McNulty hatten sie kurz darauf gefasst. Ein anonymer Anrufer hatte berichtet, McNulty habe im betrunkenen Zustand erzählt, wie er die Frau umgebracht hätte. In McNultys Wagen fand man Haare von Patty und Fasern ihrer Kleidung. Im Kofferraum, zwischen Werkzeug, leeren Flaschen, einer schmutzigen Decke, Schnur und Gummilatschen, lag Pattys Unterhose. McNulty hatte wenige Stunden nach seiner Festnahme gestanden. Die Verteidigung hatte auf vermindert schuldfähig plädiert, da Richard McNulty einen niedrigen Intelligenzquotienten habe und psychisch extrem labil sei.

»Lassen wir McNulty mal beiseite. Woran habt ihr damals gedacht, wer hätte so etwas tun können?« Tony Costarellis Frage holte Shane wieder in die Gegenwart zurück.

»Wir dachten zuerst an einen Jäger oder an einen Farmer. Jeder Farmer hat ein Gewehr, die meisten können Tiere schlachten und tun es auch. Jäger, Farmer, Fischer …«

»Ärzte?«

»Auch Ärzte, sicher.«

Costarelli spielte mit der Zigarette, die er hier im Raum nicht anzünden durfte. »Valerie Tate war bis vor einem dreiviertel Jahr verlobt. Und zwar mit einem Medizinstudenten. Dave Cameron. Er arbeitet zurzeit auf einer Perlenfarm, zwei Flugstunden von hier entfernt. Wir überprüfen ihn. Ich hab jemanden zu Valeries Eltern geschickt. Sie leben in der Nähe von Perth. Der Kollege sagt, sie verdächtigen Cameron. Aber darauf können wir natürlich nicht viel geben. Sie werden glauben, er hat ihre Tochter schlecht behandelt, und schon halten sie ihn für den Mörder.« Costarelli wippte in seinem Sessel. »Wir befragen die Nachbarn, die Arbeitskollegen, die Kanzlei. Wir durchsuchen ihre Adressen, ihr Handy. Wir warten auf Ergebnisse der Spurensicherung. Alle meine Leute sind unterwegs. Morgen früh haben wir ein Meeting.« Er sah müde aus. Mit Daumen und Zeigefinger kniff er sich in die Nasenwurzel.

»Was ist mit der Datenbank? Wir haben damals nachgeforscht, ob es ähnliche Fälle in anderen Ländern gab.«

»Und?«

»Wir bekamen damals eine positive Nachricht aus Papua-Neuguinea. Allerdings: McNulty war niemals dort.« Was hatten sie mit diesen Informationen angefangen? Sie hatten sie nach McNultys Geständnis nicht weiter beachtet, waren davon ausgegangen, dass es noch einen Verrückten gab, der auf diese Weise mordete. Sollte sich das jetzt als Fehler herausstellen?

»Ihr habt gedacht, irgendeiner macht es ihm nach …«

»Wir waren durch McNultys Geständnis erleichtert. Wieso hätten wir daran zweifeln sollen?« Ja, wieso? Vielleicht weil er psychisch krank war und irgendetwas zugegeben hatte, nur um in Ruhe gelassen zu werden? Hör auf damit, Shane, ermahnte er sich. McNulty war, nein, *muss* der Richtige gewesen sein …

Sie schwiegen eine Weile.

»Du hast mich ganz schön überrumpelt. Hast du vorher mit Brisbane telefoniert?« Shane hoffte, dass Costarelli verneinen würde, denn dann könnte er die nächste Maschine – auch wenn sie erst am Morgen ginge – zurück nach Brisbane nehmen.

Costarelli grinste schief, nahm ein Schreiben von einem Stapel auf seinem Schreibtisch und hielt es Shane unter die Nase. »Vom Commissioner persönlich. Er hat eingewilligt.«

Shane überflog das Papier. Sicher, er hatte in Brisbane sowieso nichts mehr zu tun. Aber dass man ihm das so deutlich mitteilte, verletzte ihn. Und es irritierte ihn. Wollte man damit andeuten, dass er mit der Festnahme von McNulty einen Fehler gemacht hatte? »Gut. Dann ist ja alles geregelt.« Es klang bitter, und er ärgerte sich darüber.

Costarelli zuckte mit den Schultern. »Ich höre übrigens in drei Monaten auf.«

Shane sah ihn erstaunt an. Hatte Costarelli seine Gedanken gelesen? »Du bist auch noch nicht im Rentenalter.« Costarelli war höchstens fünfzig, soweit er wusste.

»Nein, aber …« Costarelli wollte wohl etwas sagen, behielt es dann aber für sich und fügte nur hinzu: »Irgendwann ist für jeden Schluss. Ein paar Tage früher oder später …« Er lächelte gezwungen, aber Shane war zu erschöpft, um nachzufragen, und sagte nur: »Du hast recht, Tony. Nach uns machen andere unseren Job.«

»Eben. Kein Grund zur Traurigkeit.«

Shane nickte. »Tony, der Commissioner mag grünes Licht gegeben haben, aber woher willst du wissen, dass ich an diesem Fall mitarbeite?«

Costarelli wurde ernst, sein Blick war durchdringend. Ohne hinzusehen, griff er auf den Papierstapel rechts von sich und hielt Shane ein Blatt entgegen. »Zwei Gründe.«

Shane nahm das Schreiben. Es handelte sich um den Bericht der Spurensicherung. Auf den Stein neben der Toten hatte der Mörder ein Zeichen gesprüht. Ein ovales Ornament. Dasselbe Zeichen hatten sie auch vor acht Jahren bei der Leiche von Patty Benson gefunden. Sie hatten es nicht deuten können. Und McNulty hatte sich ausgeschwiegen. Entweder kopierte jemand McNulty … oder …

Auf einmal merkte Shane, wie sich sein Hals zuschnürte … der Mörder von damals lief noch immer frei herum, und er, Detective Shane O'Connor, hatte den Falschen eingesperrt … Shane sah auf, direkt in Costarellis Augen. »Und der andere Grund?«

Costarelli zögerte einen Moment, dann schlug er eine vor

sich liegende Mappe aus grünem Karton auf und gab Shane ein Blatt Papier. Es handelte sich um die Kopie einer Mail. *Alles Gute, Detective Shane O'Connor – genießen Sie Ihren Ruhestand.*

Er las den Satz zweimal und dann noch einmal. »Was soll das, Tony? Woher weiß der Kerl das?«

Costarelli wollte antworten, doch er bekam einen Hustenanfall. »Er muss sich doch nur als Journalist ausgeben und in Brisbane nach dir fragen, oder?«, sagte er dann.

»Aber warum sollte er das tun?«

»Warum, warum, Shane? Fragst du dich so was tatsächlich noch?« Costarelli schüttelte den Kopf. »*Ich* nicht mehr. Da draußen laufen so viele mit Scheiße im Kopf rum – nee, ich wundere mich über gar nichts mehr.«

Genießen Sie Ihren Ruhestand – Shane konnte sogar das hämische Lachen hören. »Er hat mich zum Narren gehalten, oder? All die Jahre?«

Ohne zu antworten, legte Costarelli das Schreiben in die Mappe zurück.

»Was ist mit dem Absender?«

Costarelli seufzte. »Wurde als SMS von einer Telefonzelle in der Innenstadt, Nähe Post, geschickt. Meine Leute sind schon da gewesen, aber was glaubst du, wie viele Fingerabdrücke die gefunden haben? Sorry, Shane.« Nachdenklich betrachtete er das Schreiben und klappte die Mappe zu.

Shane stöhnte. Der Täter forderte ihn heraus. Rieb ihm schadenfroh seinen Fehler unter die Nase. Seine Wut wuchs. Das Neonlicht brannte in seinen Augen. Er warf einen Blick auf seine Uhr. In einer Stunde wäre er zu Hause gewesen. Was sollte er Carol sagen? »Tony, ich muss Valerie Tates Wohnung sehen.«

Costarelli grinste müde.

Er hat gewusst, dass ich anbeißen würde, dachte Shane.

»Was ist nur mit dir los gewesen?« Matthew kratzte mit einer Drahtbürste den Grillrost sauber.

Alison blieb mit dem Stapel Teller in der Hand vor ihm stehen. Die Neonleuchte über dem Grill flackerte. »Mir war nicht gut.« Sie rang sich ein Lächeln ab. »Schon wieder vorbei.« Dann ging sie mit dem Stapel Teller in die Küche. Als sie ihn auf der Arbeitsfläche aus schwarzem Granit abstellte, brach ihr der Schweiß aus. Ihr Herz klopfte hart und schnell. Sie stützte sich mit den Armen aufs Spülbecken, drehte den Wasserhahn auf und ließ das Wasser über ihre Unterarme rinnen.

»Warum lügst du mich an?«

Sie fuhr herum. Matthew stand hinter ihr. Am liebsten wäre sie davongelaufen. Wie er so dastand, machte er ihr Angst. Er erinnerte sie an Valerie Tate, an die ermordete Valerie Tate, doch sie konnte sich nicht bewegen. Sie stand mit dem Rücken zur Spüle, und er kam auf sie zu.

»Matthew, bitte!« Sie streckte abwehrend die Arme aus, doch er kam trotzdem näher und zog sie an sich. Ihre Arme hingen steif an ihrem Körper herunter.

»Liebling«, sagte er zärtlich, »es ist alles in Ordnung. Wir sind wieder für uns. Deine Eltern sind weg. Wir sollten uns mal wieder Zeit für uns nehmen.«

Nein, nein, das geht doch nicht … Sie konnte nicht sprechen, sie konnte sich nicht bewegen.

»Ich war in letzter Zeit so selten für dich da …« Seine Lippen näherten sich. Sie konnte nicht ausweichen. Mein Gott! Das darf nicht sein! Er weiß nicht, dass seine Geliebte ermordet worden ist, er weiß nicht, dass ich … Nein, ich war es nicht! Ich habe nichts damit zu tun! Es ist alles nur ein Albtraum …

»Prudence ist nicht da. Lass uns rüber ins Schlafzimmer gehen …«

»Nein!«

Sofort ließ er von ihr ab und starrte sie erschrocken an.

»Es tut mir leid.« Sie schlang die Arme um ihren Körper, als würde das helfen, und schüttelte den Kopf. »Ich fühle mich nicht gut. Ich muss mich einfach nur mal hinlegen, wirklich, dann geht es schon wieder.« Sie stürzte an ihm vorbei ins Schlafzimmer, schloss die Tür ab, warf sich aufs Bett und weinte in ihr Kissen.

»Alison?«

Sie antwortete nicht.

»Alison? Was ist los?«

Wieder konnte sie nicht antworten.

»Alison, du musst jetzt was sagen, sonst trete ich die Tür ein!«

Sie drehte sich auf die Seite. »Ich fühle mich nicht gut, das ist alles. Lass mich heute Abend einfach in Ruhe. Morgen geht es mir bestimmt wieder besser. Gute Nacht, Schatz.«

Es dauerte einige Augenblicke, bis auch er ihr eine gute Nacht wünschte. Seine Schritte entfernten sich. Sie starrte zur Decke hoch. Wann würde er die Nachrichten einschalten? Gleich? In einer Stunde? In zwei? Sie lag da und wartete auf einen Aufschrei, auf ein Zuknallen der Türen und auf ein Aufheulen des Motors. Doch sie hörte nichts, nur einmal die Wasserspülung der Toilette. Er würde im Gästezimmer schlafen, wie er es öfter machte, wenn er früh aufstehen musste oder wenn er sehr spät nach Hause kam. Wenn er von *ihr* gekommen war.

Sie tastete nach der Nachttischschublade, zog sie auf und fand im Dunkeln die Schachtel mit den Schlaftabletten. Sie schluckte eine. Dann legte sie sich auf den Rücken und wartete, dass der Schlaf endlich ihre Gedanken auslöschte.

7

Die dunklen, schlecht beleuchteten Straßen waren noch ein wenig stiller geworden. Nur an manchen Ecken, oft im Schatten von Bäumen, kauerten Betrunkene. Costarellli hatte das Fenster auf seiner Seite heruntergelassen und rauchte.

»Meinst du nicht auch, dass die Zigaretten dir nicht besonders guttun?«, fragte Shane.

»Natürlich tun sie mir nicht gut, Shane«, brummte Costarelli und nahm einen tiefen Zug. »Schau dir den an …« Costarellli sah einem Aborigine nach, der mit einer Flasche in der Hand an einem Gartenzaun entlangwankte und ihnen nachwinkte. »Sie haben alles: Geld, Grundstücke … Mein Gott, du glaubst gar nicht, was manche Communities für Einnahmen haben, weil sie ihr Land an einen verdammten Supermarkt oder eine Tankstelle verpachtet haben. Und dann die staatliche Unterstützung … Und was tun sie damit? Sie besaufen sich. Jeden Tag. Jede Nacht. Saufen sich dumm und dämlich. Und wenn noch ein bisschen Hirn übrig ist, schnüffeln sie's weg mit Benzin.«

Shane erwiderte nichts.

Costarelli sah ihn an. »Der Mensch ist einfach nicht logisch.« Er grinste und drückte den Zigarettenstummel im Aschenbecher aus.

An einer ausgeschalteten Ampel bog er nach rechts ab und hielt kurz darauf auf der linken Straßenseite vor einem dreigeschossigen Flachbau mit Balkons und Klinkerfassade. Im Vorgarten wuchsen ein paar Sträucher und Gummipflanzen, der Rasen war kurz gemäht. Ein anonymes Haus, dachte Shane. Der Gärtner kommt ab und zu, die Mieter kennen sich kaum. Schräg gegenüber leuchtete ein Schild mit der Aufschrift *Holiday Apartments.* Dieses Haus wirkte neuer und moderner.

Costarelli schloss die Haustür aus Aluminium und geriffeltem Glas auf. Die Treppenhausbeleuchtung schaltete sich automatisch ein, ein gelbliches Licht, das alles in ein undefiniertes Halbdunkel tauchte. Ein paar Fenster standen offen, sodass der süßliche tropische Geruch, diese Mischung aus blühenden und verfaulenden Pflanzen, von draußen hereindrang. Auch einen leichten Geruch nach Curry glaubte Shane wahrzunehmen.

Sie stiegen über eine Steintreppe in den ersten Stock hinauf. Costarelli öffnete eine Wohnungstür und machte das Licht an. Alles erstrahlte in makellosem Weiß, die Wände, die Ledercouch, der Tisch, die Stühle. Nur der Teppichboden schimmerte hellgrau. Es war heiß und stickig, die Klimaanlage war ausgeschaltet.

»Hübsch und adrett«, sagte Costarelli. »Unsere Wohnung als Spiegel unserer Seele.«

Das muss er irgendwo gelesen haben, dachte Shane.

Es gab keinen Flur, man stand sofort im Wohnzimmer, das auf der rechten Seite in eine offene Küche überging. Links ging man ins Schlafzimmer. Auch hier weiße Wände, weiße Möbel, weiße Tagesdecke, hellgrauer Teppichboden. Das Bett war ordentlich gemacht, ein T-Shirt hing ebenso ordentlich über einer Stuhllehne, ein Rock lag auf der Sitzfläche.

Korrekt, fiel ihm ein. Alex Wingers Lieblingswort. Und noch ein Wort fiel ihm ein: kalt. »Irgendwelche Adressen?«, fragte er und ging zurück ins Wohnzimmer.

»Ihr Notebook ist nicht da. Sie hatte es mit im Gericht.«

Der Mörder hatte also auch ihr Notebook. Warum? Oder hatte es sich nur so ergeben? Was machte er damit? Hatte er es weggeworfen? Benutzte er es? Shane betrachtete die Bücher, mit denen eines der beiden Regale gefüllt war. Juristische Abhandlungen konnte er ausmachen, und dann Krimis. Es überraschte ihn nicht, dass sie alphabetisch nach Autoren geordnet waren. In dem anderen Regal standen Fernseher, DVD-Recorder, eine Kompakt-Musikanlage und CDs.

»Ich würde sagen, da auf dem Sofa kann man es sich ziemlich bequem machen. Bei guter Musik, einem guten Buch … In der Küche stehen ein paar Flaschen Wein. Kein Bier. Sie war kein Biertyp, das ist klar.« Costarelli hatte die Arme in die Hüften gestemmt.

»Was ist mit Fotos? Briefen? Anrufen?«

»Haben wir alles mitgenommen. Es gab nicht viele Fotos. Hat sie wahrscheinlich auf dem Computer gehabt. Ach ja, sie hatte ein Handy, aber das ist auch weg.«

Shane warf einen Blick in die Küche. Doch auch auf der Kühlschranktür, an der bei den meisten Menschen wichtige Telefonnummern oder Fotos hingen, war nichts – nur dieses makellose Weiß. »Freunde? Liebhaber?«, fragte er.

»Von einem Liebhaber wissen wir nichts. Die Leute leben ziemlich anonym. Meist Alleinstehende, die nur kurz hier wohnen. Sie war morgens pünktlich im Büro und ist abends spät gegangen. Sie hatte wohl eine ganz gute Freundin, die ist jedoch vor zwei Wochen nach Sydney gezogen.« Costarelli schnaufte wieder und wischte sich mit der Hand über die Stirn.

»Alles okay?«, fragte Shane.

»Ist nur verdammt heiß«, knurrte Costarelli. »Ich muss hier raus. Hast du was gegen ein Bier?«

Shane hatte nichts dagegen.

Zehn Minuten später lehnte Shane an der Theke auf der Terrasse eines überfüllten Pubs in der Mitchell Street, nur einen Steinwurf entfernt vom Büro und seinem Hotel.

»War nicht so einfach, die Sache mit deinem Partner, was?« Costarelli blies den Rauch seiner Zigarette aus.

Shane stellte sein Glas ab. Die ohrenbetäubende Musik und das laute Gerede der Menschen, die sich im Pub drängten, machten es schwierig, sich zu unterhalten.

Ja, es *war* nicht leicht, und es *ist* nicht leicht, so was zu überleben, dachte er. Al Marlowes Geburtstag, die fröhliche Stimmung im Pub, dann der Aufbruch nach Hause. Der dunkle Parkplatz. Wie er Jack überredete, zu Fuß zu gehen und nicht in ein Taxi zu steigen, obwohl eines da war. Diesen Augenblick konnte er sich nie verzeihen. Wenn Jack ins Taxi gestiegen wäre, wäre er heute noch am Leben. Und Evans und Hawkings auch. Shane spürte, wie sich sein Inneres wieder zusammenzog, als müsse es sich vor neuen Angriffen schützen. Er hatte als Einziger überlebt. Seitdem litt er unter noch stärkeren Schlafstörungen, verfiel in Depressionen, musste seine Schmerzen im Bein immer wieder mit Schmerzmitteln betäuben, wurde öfter krankgeschrieben. Man hatte ihm eine Psychotherapie verordnet. Er sagte die Sitzungen immer wieder ab, und in denen, die er wahrnahm, litt er noch mehr, da ihm immer klarer wurde, dass er die Schuld trug. Anfangs hatte er noch geglaubt, sich selbst einreden zu können, er sei unschuldig, schließlich hatte er nicht wissen können, was geschehen würde. Doch sobald er ein wenig Glück empfand, tauchte die Erinnerung an Jack auf, und jedes Mal schämte er sich, dass er überhaupt glücklich sein konnte. *Du wirst darüber hinwegkommen,* tröstete ihn Carol, und auch Tamara redete ihm das ein. Doch er kam nicht darüber hinweg. Einmal hatte die Therapeutin gesagt: *Sie wollen nicht darüber hinwegkommen, kann das sein? Sie wollen sich nicht von einer Schuld befreien. Welche auch immer das sein mag …* Er hatte ihr vehement widersprochen, doch im Innersten hatte er gewusst, dass sie recht hatte.

Shane sah Costarelli an, dessen Augen nicht auf ihn gerichtet waren, sondern irgendwohin, in die Ferne. »Jacks Mörder ist tot. Aber Jack ist nicht wieder lebendig geworden.«

Costarelli drückte die Zigarette aus und schniefte. »Tja, verdammte Sache, wenn es so endet.«

Sie hoben fast gleichzeitig das Glas und tranken. Ein Kellner nutzte den Moment und wischte die Theke unter ihren Gläsern sauber. Danach stellten sie die Gläser auch gleichzeitig wieder ab.

»Warum hinterlässt er mir so eine Nachricht, Tony?« *Genießen Sie Ihren Ruhestand …*

»Vielleicht will er, dass du ihn endlich findest?« Costarelli hustete und schnippte eine neue Zigarette aus der Packung. »Was weiß man schon, was in diesen verdammten *Shitheads* vorgeht?«

»Will er gejagt werden, oder will er nur seinen Triumph feiern, wie all die Typen in den Thrillern und Filmen?« Shane dachte an Valerie Tates Krimi-Bibliothek. Er war sicher, unter den Büchern fand sich eines mit einem ähnlich grausamen Mord. Und Valerie Tate hatte in ihrem weißen Wohnzimmer auf ihrer weißen Couch gesessen, ein Glas Wein vor sich, und sich wohlig gegraust. Was für eine Ironie des Schicksals!

Auf zwei großen Bildschirmen liefen Musikvideos. Die meisten Gäste waren junge Leute, Anfang zwanzig, schätzte Shane. Viele von ihnen schienen Backpacker zu sein, die nach dem Ende der Schulzeit in Europa oder Amerika ein paar Monate lang durch Australien reisten.

Und schon dachte er wieder an seine Fälle, in denen Backpacker grausamen Mördern zum Opfer gefallen waren … Wann würden diese Gedanken aufhören?

»Tja, wie auch immer, wir können weder Bücher noch Filme verbieten«, sagte Costarelli und holte Shane aus seinen Gedanken. »Vielleicht schreib ich auch ein Buch.« Er tippte sich an die Stirn. »Hier ist so viel drin, das raus will! Shane, du solltest das auch machen, wenn du aufhörst.«

»Ganz bestimmt nicht, Tony! Mein Vater schreibt schon eins über Wale. Daran sitzt er jetzt seit fast einem Jahrzehnt. Und ich hab noch keine einzige Zeile davon zu sehen gekriegt.«

Eine Gruppe junger Frauen mit kurzen, engen Tops drängte sich an ihnen vorbei an einen frei gewordenen Tisch. Costarelli musterte ihre in engen Jeans verpackten Hintern. »Wahrscheinlich interessierst du dich nicht genug dafür«, murmelte er abwesend.

Shane wusste, er würde ganz sicher nicht anfangen zu schreiben. Er hörte bei der Polizei auf, weil er Abstand brauchte, weil er die Gedanken an Verbrechen nicht mehr ertragen konnte. Da würde er ganz sicher nicht ein Buch schreiben, das ihn zwang, sich zu erinnern. Er trank sein Bier aus. »Tony, ich passe jetzt.« Er war schon todmüde gewesen, bevor sie angefangen hatten zu trinken.

»Danke, dass du geblieben bist«, sagte Costarelli auf der Straße.

»Ich hatte ja keine andere Wahl, oder?«

Costarelli verzog den Mund zu einem schiefen Grinsen. Dann wurde er schlagartig ernst. »Das ist unser letzter Fall, oder?«

»*Mein* letzter ist es auf jeden Fall.«

Costarelli hob den Kopf und sah in den Sternenhimmel. »Ich glaube, es ist auch *mein* letzter.«

»Gut. Dann tun wir unser Bestes.«

»Ja, Mann.« Costarelli klopfte ihm auf die Schulter. »Gute Nacht.«

Um Mitternacht war Shane noch immer wach. Nur mit einem Handtuch um die Hüften geschlungen, stand er im dunklen Zimmer und blickte vom fünften Stock hinunter auf die Mitchell Street, in die allmählich Ruhe einkehrte. Aus dem erleuchteten Eingang des Kinos auf der gegenüberliegenden Straßenseite kamen ein paar Menschen, meist jüngere Pärchen, die den Abend genossen.

Musste er sich vorwerfen, bei McNulty nicht auf sein Bauchgefühl gehört zu haben? War er wirklich der Täter gewesen? Ein Mann mit einem nicht gerade hohen Intelligenzquotienten, einer, der sich kaum ausdrücken konnte, der von Kollegen auf den Fischtrawlern, ohnehin meist raue Sonderlinge, als schweigsam, jährzornig und eiskalt beschrieben wurde – das passte, und es passte auch wieder nicht. Einerseits war ein brutaler, irrer Killer am Werk, andererseits hatte man ihn im Profiling als einen sehr intelligenten, detailliert vorausplanenden Täter beschrieben.

McNulty war einer, der sich für die Dreckarbeiten meldete,

einer, der auch die größten Fische besonders schnell und geschickt ausnehmen und zerlegen konnte. Physisch und psychisch traute man ihm die Taten zu. Er war wegen versuchter Vergewaltigung vorbestraft. Er hatte seinen Job verloren. Er war frustriert. Und er hatte gestanden.

Alle waren froh und erleichtert gewesen über die Verurteilung und das Ende der Ermittlungen: die Kollegen, die Öffentlichkeit und die Medien, die sich mit der Überführung der *Bestie* in den Schlagzeilen wochenlang gute Auflagen sicherten. McNulty war in eine geschlossen Anstalt eingewiesen worden. Nach zwei Jahren hatte er sich umgebracht. Er hatte es irgendwie geschafft, sich mit einem Kissen selbst zu ersticken. Ein merkwürdiger Selbstmord, genauso merkwürdig wie vieles an diesem Fall. Ein krankes Hirn eben …

Aus dem Kino kam nun niemand mehr. Am Eingang wurden die Lichter ausgeschaltet. Weiter rechts die Straße hoch saßen noch Gäste auf der Terrasse des Pubs.

Nach McNultys Tod hatte sich niemand mehr mit dem Fall beschäftigt. Vielleicht hätte man bei den Ärzten und beim Pflegepersonal nachforschen sollen, ob er ihnen gegenüber einen Partner erwähnt hatte. Konnte er, Shane, sich dieses Versäumnis vorwerfen? War es überhaupt ein Versäumnis? Er hatte damals genug zu tun gehabt. Die Scheidung war gerade überstanden, ihn beschäftigten neue Fälle, und er kämpfte gegen den Alkohol.

Er musste schlafen, sonst würde er den morgigen Tag kaum überstehen. Seine Glieder waren bleischwer, in seinem ohnehin schon dröhnenden Kopf stachen hunderte von Nadeln. Eigentlich hatte er Carol anrufen wollen, doch jetzt war es zu spät. Er legte sich aufs Bett, verzichtete auf das Laken und starrte ins Dunkel. Der Kühlschrank in der Küchenzeile sprang immer wieder an, brummte und schaltete sich mit einem kurzen Rütteln wieder aus. Als die Umrisse schärfer wurden, weil sich seine Augen an das spärlich von außen hereindringende Licht gewöhnt hatten, machte er sie zu. Langsam dämmerte er weg, und er wäre eingeschlafen, wenn nicht sein Handy geschrillt hätte.

Reflexartig griff er in Richtung des aufleuchtenden Displays.

»Shane?« Tamaras Stimme. Er vermutete sie noch in London.

»Tamara? Was ...«

»Ich bin am Flughafen in Bangkok. Ich habe gerade in den Nachrichten von dem Mord in Darwin gehört. Sag mal, so was ist doch auch in Brisbane vor sieben oder acht Jahren passiert.«

Er stöhnte, während er sich aufsetzte. »Was, selbst in diesem verdammten Bangkok bringen sie das?« Es kam ihm vor, als wüsste schon die ganze Welt von seinem Irrtum.

»Es war ein australischer Nachrichtensender. Hast du damals nicht mit dem Fall zu tun gehabt?«

»Ja. Ich hab ermittelt«, antwortete er schlecht gelaunt. Nun legte auch sie noch den Finger in die Wunde.

»Tatsächlich? Oh, Shane! Mir fiel das nur gerade ein, und ich wollte ... Sag mal, wie spät ist es eigentlich bei dir?«

Er sah auf die Leuchtziffern seines Digitalweckers. »Halb eins in der Nacht.«

»Ach, jetzt hab ich dich wegen so was aus dem Bett geholt. Ich komme mit diesen Zeitzonen völlig durcheinander! Wo bist du überhaupt?«

»Noch in Darwin. Man hat mich angefordert.«

»Weil du damals den Fall ...«

»Ja ...und weil mir der Täter diesmal einen Gruß hinterlassen hat.«

»Was?« Sie schwieg einen Moment. »Wann kommst du zurück?«

»Mal sehen. Ab Montag bin ich jedenfalls kein Detective mehr. Hier versuche ich Costarelli zu unterstützen – und mein Gewissen zu beruhigen.«

»Moment mal, hab ich dich richtig verstanden? Costarelli? Tony Costarelli?«

»Kennst du ihn?«

Wieder Pause. »Tamara, bist du noch dran?«

»Ja, bin ich. Costarelli leitet den Fall?«

»Ja.«

Sie zögerte, dann sagte sie, als sei sie plötzlich in Eile: »Ich ruf dich morgen von Brisbane aus an. Dann besprechen wir alles Weitere, ja? Alles Gute, und sorry, dass ich dich so spät gestört habe.«

»Schon okay. Guten Flug!« Doch die Verbindung war schon beendet.

Er war wieder wach.

8

Mittwoch, 13. Juni

Das Meeting fand in einem engen, fensterlosen Raum statt. Die Tische waren u-förmig zusammengeschoben, an der kurzen Seite saßen Shane und Costarelli. Seitlich hatten insgesamt zehn Officer Platz genommen, denen Shane schon vorgestellt worden war. Costarelli hatte ein paar einführende Sätze gesprochen und dann an Shane weitergegeben.

»Der Mord damals hat uns zunächst an ein religiöses Motiv

denken lassen, an etwas, das mit Animismus, mit dem Glauben an eine beseelte Natur, zu tun hat. Einer Gottheit werden Opfer gebracht, um sie gnädig zu stimmen. Wir hatten damals einen Täter. Er bestritt allerdings, aus einem solchen religiösen oder animistischen Motiv heraus gehandelt zu haben. Heute müssen wir uns mit dem Gedanken beschäftigen, ob damals nicht womöglich der Falsche eingesperrt worden ist.« Shane räusperte sich. »Der Verurteilte hat kurze Zeit nach seiner Inhaftierung Selbstmord begangen.«

»Aber es könnte sich diesmal doch um einen Nachahmungstäter handeln.« Shane sah zu dem jungen Kollegen hinüber, von dem der Einwand gekommen war. Er erinnerte sich sogar an dessen Namen: Nat Ventura. Ein kleiner, dunkelhaariger, blasser junger Mann mit kohlrabenschwarzen Augen, einer schweren goldenen Uhr am Handgelenk und einer dicken goldenen Halskette … Er hätte Costarellis Neffe sein können.

»Ja. Das ist durchaus möglich. Allerdings, der Mörder von Valerie Tate hat genau das Zeichen hinterlassen, das wir bei dem Mord damals gefunden haben. Das könnte entweder heißen, der heutige Mörder war damals dabei, oder er kannte McNulty, und der hat ihm alles erzählt, oder McNulty hat in seinem Auftrag gehandelt, oder …«

»… oder damals war der Täter nicht McNulty«, beendete Nat Ventura den Satz und schob sich lässig einen Kaugummi in den Mund.

Einen Moment lang herrschte Schweigen. Jeder schien sich die verschiedenen Möglichkeiten durch den Kopf gehen zu lassen.

»Außerdem«, fuhr Shane fort, »wurde, wie Tony Ihnen bereits mitgeteilt hat, ein an mich gerichtetes Schreiben gefunden.«

Einige nickten.

»Das finde ich ziemlich seltsam«, meldete sich Nat zu Wort. Er strahlte auch jetzt wieder etwas Provozierendes, geradezu Unverschämtes aus. Shane mochte ihn nicht, aber Costarelli würde schon wissen, warum er ihn in seinem Team hatte. Sicher nicht nur, weil beide italienische Vorfahren und eine Vorliebe für schwere Goldketten hatten.

Nat verzog den Mund. »Sie sind doch normalerweise in Brisbane und Queensland. Wenn Tony Sie nicht persönlich kennen würde, hätten wir erst mal rätseln müssen, wer Shane O'Connor ist.«

Shane musste ihm recht geben. »Das stimmt. Also schließen wir daraus: Er wusste, dass ich hier bin. Oder er wusste, dass Tony mich kennt.«

Nat streckte die Beine aus und kaute gelangweilt auf seinem Kaugummi herum, als ödeten Shanes Ausführungen ihn an. Shane beschloss, ihn zu ignorieren. Er würde sowieso die meiste Zeit mit Costarelli zu tun haben.

Dieser gab das Wort an Mike Richards weiter, einen stillen, gehemmt wirkenden, farblosen Mann, über dessen linke Gesichtshälfte sich von oben bis unten eine tiefe Narbe zog. Er las die bisherigen Ergebnisse der Spurensicherung vor, und Shane merkte sich drei Hauptpunkte. Erstens: Die am Fundort sichergestellten Abdrücke der Schuhsohlen stammten von einem *Asics* Joggingschuh, Größe 9. Der Täter war also nicht klein, so wie McNulty, sondern über einen Meter fünfundsiebzig, vielleicht sogar noch größer. Zweitens: Die inneren Organe waren zwei Meter von der Leiche entfernt in einer Bodenmulde gefunden worden, über die Erde geschüttet und Steine gelegt waren. Und drittens: An den Hand- und Fußgelenken des Opfers fanden sich Reste eines Klebers. Er stammte mit hoher Wahrscheinlichkeit von einem elastischen Klebeband.

Dieselben Rückstände hatte man auch im Bereich des Mundes und der Lippen entdeckt. Offensichtlich war Valerie Tate gefesselt und geknebelt worden. Dann erst hatte der Mörder sie umgebracht.

»Wir haben weder die Kleidung noch das Klebeband gefunden«, fügte Mike noch hinzu. »Wahrscheinlich hatte er einen Müllsack dabei und hat alles reingeworfen.«

Shane fügte in Gedanken einen vierten wichtigen Punkt hinzu: Der Mörder war mit dem Auto bis zu der Stelle gefahren, hatte sein Opfer ausgeladen und dort umgebracht. Die Reifenspuren stammten von einem neuen Reifen der Marke Continental. Kein Allradantrieb.

Hal Morris, der Mitarbeiter des Gerichtsmediziners, ein grauhäutiger, ausgezehrt wirkender Mann, übernahm. Die Klinge des todbringenden Messers war etwa 25 Zentimeter lang und beidseitig geschliffen. »Ein Jagdmesser oder Fischermesser, sehr scharf, sehr stabil.« Das Ergebnis der Analyse etwaiger DNA-Spuren stand noch aus. »Sie hatte mittags wohl zum letzten Mal gegessen.« Hal nahm die Lesebrille ab und sah auf. Seine rot geäderten Augen blinzelten ins kalte Neonlicht. »Ein Sandwich mit Thunfisch und Ei. Sie hatte keinen Alkohol im Blut. Also, auf einen Drink hat er sie nicht eingeladen.«

Wie hatte der Täter sie in die Falle gelockt?, fragte sich Shane. Eine Einladung zum Drink, der ihr nie serviert wurde? Hatte er Valerie Tate gekannt? Oder hatte er sie gewaltsam ins Auto gezerrt? Er war gespannt, was Valerie Tates Kontakte per Mail und Telefon ergeben hatten.

»Die Telefonnummern sind zugeordnet«, sagte ein robuster Detective mit einer lauten, dunklen Stimme und kurzen blonden Haaren. Arthur McHugh, rot gesichtig und übergewichtig, sodass er trotz der Klimaanlage schwitzte, sagte: »Zwei wurden besonders häufig gewählt: die von Alexandra Winger – das ist ihre Arbeitgeberin – und die eines gewissen Frank Burlington.« Er sah in die Runde und schmunzelte. »Der ist jedoch am 6. Juli des vergangenen Jahres gestorben.«

»Anrufe aus dem Jenseits«, brummte Nat.

»Es sieht so aus, als hätte jemand Burlingtons SIM-Card benutzt und immer wieder cash aufgeladen«, sagte McHugh. »Einer, der peinlich darauf geachtet hat, unerkannt zu bleiben. Der es sich vielleicht beruflich nicht leisten konnte, mit dem Anwaltsbüro von Alexandra Winger in Verbindung gebracht zu werden.«

»Oder einer, der sich keine Geliebte leisten konnte.« Das kam von Costarelli.

McHugh faltete die Hände auf seinen Akten und nickte.

»Apropos Winger …« Costarelli wandte sich an die einzige Frau im Raum, einen Detective mit einem rundlichen chinesischen Gesicht und einem unvorteilhaften kurzen Haarschnitt, der sie plump aussehen ließ. Sie errötete.

»Vicky, du warst mit Nat bei Alex Winger. Was hat sie gesagt wegen eventueller Bekanntschaften und Feinde?«

Vicky Chen, deren Bluse bis zum letzten Knopf geschlossen war, nickte mehrmals eifrig, straffte sich und nahm das Blatt vor sich auf. »Mrs Winger …« Sie räusperte sich. »… stand unter Schock. Ihr war übel, und sie hat unsere Fragen nur sehr knapp beantwortet.« Sie sah kurz auf und las dann weiter. »Sie sagte, sie wisse nicht viel über Valerie Tates Privatleben. Ihre Gespräche drehten sich in erster Linie um die Arbeit. Miss Tate war sehr zuverlässig, penibel und ehrgeizig.«

»Winger will uns doch nicht weismachen, dass sie nichts über Tates Sexleben wusste!«, unterbrach Costarelli sie aufgebracht.

Vicky zuckte kaum merklich zusammen, fuhr dann aber fort. »Sie hat gesagt, sie wisse nicht, mit wem Valerie Tate zusammen gewesen sei. Sie erinnerte sich aber an den Namen eines früheren Freundes oder Verlobten.« Chen sah auf ihr Blatt. »Dave Cameron. Er habe Valerie Tate hin und wieder angerufen, was diese stets verärgert habe.«

Costarelli schnipste mit den Fingern. »Er arbeitet auf einem der Perlenschiffe von Theodoruou … Mark!«

Der Angesprochene, ein noch junger, schmächtiger Detective mit weichem blonden Haar, hob sofort den Kopf.

»Hast du gestern noch was rausgekriegt?«

»Nein, gestern Abend war niemand da«, antwortete er hastig, »der mir Auskunft geben konnte, aber heute Morgen hieß es, Cameron hätte frei.«

»Was?« Costarelli fuhr auf. »Und das sagst du erst jetzt?«

»Ich …«

»Und wo ist er jetzt?«

Mark schüttelte den Kopf. »Ich weiß nicht …«

Costarelli schäumte vor Wut. Beinahe hätte er losgebrüllt, doch er schluckte nur und sagte mit erhobenem Zeigefinger: »Pass auf, Junge, du klemmst dich jetzt hinters Telefon und siehst zu, dass wir einen Flieger zu dieser verfluchten Perlenfarm kriegen.«

»Ja, Sir.«

»Jetzt gleich, Mark!«

Mark sprang auf.

Es passt zu Costarelli, wie er mit seinen Leuten umgeht, dachte Shane. Er degradiert sie zu einer Gruppe dressierter Untergebener, die auf jedes Schnalzen und Schnippen des Gebieters Kunststückchen machen.

»Shane, was fällt dir noch ein?« Costarelli sah ihn an.

Nein, er würde nicht zu einem der dressierten Affen werden. »Ich glaube, Vicky war noch nicht fertig«, sagte er stattdessen.

Vicky Chen sah ihn mit hochrotem Kopf an. Costarelli wandte sich ihr zu und nickte.

»Wir haben die Namen derjenigen notiert, mit denen Valerie Tate in ihrer Eigenschaft als Assistentin von Alex Winger zu tun hatte. Es ist verständlicherweise eine lange Liste.«

Costarelli streckte den Arm aus, nahm das Blatt, das Vicky ihm entgegenhielt, und überflog es. »An diesen Kerl erinnere ich mich. Brian Mason, einer von den Hell's Angels. Winger und Co. hat ihn wegen Totschlag verteidigt. Er kam trotzdem in den Knast. Immerhin einer, der sicher nicht gut auf Winger und Tate zu sprechen ist. Vicky, finde raus, ob er noch im Knast sitzt. Wenn nicht, will ich wissen, wo er sich rumtreibt.«

Die Chinesin nickte und machte sich beflissen eine Notiz.

»Dann will ich, dass du und Nat diesen Aborigine, du weißt schon, diesen Ricky und seinen Onkel, noch mal unter die Lupe nehmt. Die haben so komisches Zeug gefaselt.«

Vicky blätterte in ihren Aufzeichnungen. »Sie haben diesen Felsen unten am Strand erwähnt. Sie nennen ihn *Dariba Nunggaliny*, was so viel heißt wie *Alter Mann*. Es handelt sich um eine eingetragene heilige Stätte, einen von der Regierung anerkannten und registrierten Ort, der für die Aborigines eine besondere Bedeutung hat. Die Störung dieses Felsens …«

Costarelli winkte ab. »Ja, ja, wir kennen die Geschichten.«

»Ich dachte …«

»Ich hab gesagt, wir kennen die Geschichten!«

Vicky verstummte.

Costarelli atmete tief durch. »Gibt es sonst noch was …«

Vicky nickte tapfer und räusperte sich. »Die Jawoyn drüben

in Arnhemland sagen, dass die Störung von *Bula,* dem Schöpfergott, Erdbeben nach sich zieht – und gestern hatten wir ein Beben, wie wir alle wissen, und zwar vor dem Mord. Es hatte eine Stärke von 3,4, sein Epizentrum lag nicht weit von hier im Kakadu National Park, also im westlichen Arnhemland. Könnte es sich eventuell … um einen Ritualmord handeln?«

Costarelli schwieg einen Moment.

»Davon sind wir damals auch ausgegangen. Allerdings gab es kein Erdbeben«, sagte Shane. »McNulty war Aborigine. Aber Sie haben sicher auch hier die Erfahrung gemacht: Meist sind Aborigines nur in Morde verwickelt, wenn es um Streitigkeiten geht, und meist ist übermäßiger Alkoholgenuss mit im Spiel. Serienkiller gibt es unter den Aborigines nur sehr selten.«

»Vicky«, sagte Costarelli, »du nimmst Rob mit. Er ist Teilaborigine. Ihm erzählen sie vielleicht ein bisschen mehr. Fragt in der Gegend rum, ob einer ein Auto bemerkt hat. Immerhin war es früher Abend! Es kann ja nicht sein, dass die schon alle besoffen in ihre Matratzen gefurzt haben. Findet raus, was Valerie Tate vom Zeitpunkt, als sie das Gericht verließ, bis zu ihrem Tod gemacht hat.«

Vicky Chen schrieb und schrieb.

»Arthur, du findest raus, wer da aus dem Reich der Toten telefoniert, und Mike …« Der Farblose mit der Narbe hob den Kopf. »Schnapp dir Mark, und seht zu, dass ihr was über das Klebeband und die Reifen erfahrt.«

»Wir sollten dieses Zeichen nicht außer Acht lassen.« Shane hielt das Blatt hoch, auf dem das ovale Ornament abgebildet war.

»Arthur …« Costarelli hob leicht das Kinn in Richtung des angesprochenen Officers. »Lass es durch den Computer laufen. Und frag bei unseren Freunden in aller Welt an, ob sie einen ähnlichen Fall kennen und ob ihnen in den letzten acht Jahren ein solches Zeichen untergekommen ist.«

Arthur nickte gelassen. Er brauchte offensichtlich keine Notizen.

Shane ließ seinen Blick über die einzelnen Zuhörer wandern. Vicky Chen sah ihn mit gebannter Aufmerksamkeit an, Arthur wirkte eher skeptisch, Nat spielte mit betonter Lässigkeit an seiner goldenen Armbanduhr, und Tony Costarelli – der dachte an irgendetwas anderes. An was, konnte Shane nicht erraten. Costarellis Blick war in die Ferne gerichtet.

»Wenn wir herausbekommen, was es mit dem Zeichen auf sich hat, können wir vielleicht das Muster verstehen, das hinter der Tat steckt«, sagte Shane. »Der Mörder will uns etwas erklären. Er verscharrt die Toten nicht, sondern lässt sie so liegen, damit wir sie finden. Er geht nach einem bestimmten Plan vor. Vielleicht ist es ihm auch egal, ob wir sie finden oder nicht, aber er will sie zeigen – vielleicht seiner Gottheit, wer weiß. Und er will, dass ich weiß, dass er weitermorden wird. Er will, dass ich ihn jage. Warum, weiß ich nicht. Vielleicht *will* er gefasst werden.«

»Oder er macht sich einen Sport daraus.« Das kam von Mike Richards mit der Narbe.

»Ja, auch das ist möglich.«

Ein paar Sekunden lang herrschte Schweigen.

»Tony? Hast du noch was zu sagen?«, fragte Shane.

Costarelli nickte. »Also Leute, ich will jede auch noch so verdammt winzige Kleinigkeit über diesen Fall und über diese Tate wissen. Wann sie aufgestanden ist, wann sie gepinkelt und mit wem sie gevögelt hat, ob sie Sojamilch oder Kuhmilch getrunken hat, ist das klar?«

Die Officer nickten, packten dann ihre Unterlagen zusammen und gingen hinaus. Der Raum leerte sich, bis Shane und Costarelli schließlich allein waren.

»Gehst du mit deinen Leuten immer so um?« Shane stand auf.

Costarelli grinste müde. »Ach, denen gefällt das.«

Shane hatte seine Zweifel.

»Weißt du …« Costarelli stand auch auf. »Menschen wollen geliebt werden. Und wenn man sie mal ein bisschen gröber anfasst, dann wissen Sie, dass sie geliebt werden! Dann wissen sie, dass sie mir nicht egal sind!« Costarelli hatte offensichtlich seine eigene Methode.

Sie wollten gerade den Raum verlassen, als Costarellis Handy klingelte.

»Mrs Winger!«, rief er übertrieben erfreut, und Shane fragte sich, ob das seine Art war, ihrer Arroganz zu begegnen. Costarelli hörte schweigend zu, während er zu seinem Büro ging, dann beendete er das Gespräch und sagte zu Shane: »Alex Winger hat einen Drohbrief bekommen. Einen richtigen altmodischen Brief: schwarz auf weiß. Ausgedruckt mit einem stinknormalen Tintenstrahldrucker.« Er stieß die Tür auf. »Unser Täter mag auf einmal schriftliche Botschaften, was?«

Shane ging an ihm vorbei. »Lass mich raten, Tony.«

»Nur zu!« Costarelli ließ sich in seinen Sessel fallen. Auf einmal hatte er zwei Tennisbälle in der Hand und begann sie zu kneten.

Shane überlegte. Zwischen Alex Winger und Valerie Tate gab es zwei Gemeinsamkeiten. Sie bearbeiteten dieselben Fälle – und sie sahen sich ziemlich ähnlich.

Costarelli hob erwartungsvoll die Augenbrauen.

»Ich nehme an«, sagte Shane und setzte sich in den anderen Sessel, »in dem Brief stand: *Dir wird es genauso gehen wie Val …*«

Costarelli unterbrach seine Knetübung »Ja. *Auch du wirst büßen.*«

»Büßen!« Shane stand wieder auf und ging im Zimmer auf und ab. »Klingt nach Gerechtigkeit und Gott. Das passt zu unserem Täter. Auch McNulty hat behauptet, er wäre religiös erzogen worden.«

»Lassen wir diesen McNulty aus dem Spiel, Shane. Er ist ja tot.«

Shane blieb stehen. »Alles andere aber ist gleich, Tony: der Modus Operandi, das Zeichen …«

Verärgert warf Costarelli die Tennisbälle gegen die Tür. »Verdammt, bei diesem Fall dreht sich alles im Kreis.« Die Bälle sprangen Richtung Schreibtisch zurück. Costarelli kümmerte sich nicht weiter darum und ließ sie auf dem Boden ausrollen.

»Okay, Tony, kriegen wir raus, wer den Brief geschrieben hat! Wen haben Alex Winger und Valerie Tate fertiggemacht? Wer hat ihnen schon mal gedroht? Haben sie jemanden ins Gefängnis gebracht? Ist derjenige gerade wieder auf freiem Fuß?«

Costarelli hob die Hand. »Wir sind schon dabei!«

»Gut.« Shane stemmte die Arme in die Hüften. Er fühlte, wie seine Kraft zurückkehrte, die ihn vor so vielen Monaten verlassen hatte. Nachdem er den Cava-Händler gestellt hatte, hatte er sich uralt und unendlich müde gefühlt. Es war wie das letzte Aufbäumen seiner Kräfte gewesen, die er jahrelang überstrapaziert hatte. Er hatte begonnen, sich damit abzufinden, dass er ausgebrannt war, erschöpft und leer. Und jetzt schrieb ein Mörder einen dummen, lapidaren Satz. *Genießen Sie Ihren Ruhestand* – und seine Kräfte erwachten wieder. »Tony …« Er sah seinem Kollegen fest in die Augen. »Ich will diesen Kerl kriegen. Ich *muss* ihn kriegen, verstehst du?«

»Ich weiß, Shane. Das wollen wir beide.« Costarelli griff zur Zigarettenschachtel und stand auf. »Ich muss mal eine rauchen gehen.«

Als Costarelli draußen war, setzte Shane sich, legte die Beine auf den Tisch und schloss die Augen. McNulty. Es wollte ihm einfach nicht gelingen, diesen Namen aus seinem Gedächtnis zu streichen. Nach einer Weile öffnete er die Augen wieder und sah auf seine Uhr. Tamara müsste längst in Brisbane sein.

9

Alle Glieder schmerzten. Ihr Kopf fühlte sich dumpf an, als wäre er aus Watte. Als sie sich Kaffee eingoss, zitterten ihre Hände so stark, dass ein wenig davon überschwappte. Sie bückte sich und wischte die Tropfen mit einem Spüllappen vom Boden auf. Da hörte sie ihn kommen. Sie wollte den Moment hinauszögern, bis sie ihm in die Augen sehen musste, doch schließlich stand er in der Küche. Er hatte geduscht und war angezogen, aber seine Haut sah zerknittert und ungesund gelblich aus, und unter seinen Augen hatten sich dunkle Ringe gebildet. So hatte sie ihn noch nie gesehen. Was würde sie darum geben, wenn sie die Zeit zurückdrehen könnte, nur um zwei Tage. Was waren schon zwei Tage in einem Menschenleben?

»Du hast es gestern schon erfahren, stimmt's?« Seine Stimme klang hohl – und tot.

Sie suchte Halt an der Küchentheke.

Er goss sich Kaffee ein. »Von wegen das Wetter oder das Beben … Es war das Telefonat, nicht?«

Sie konnte nicht antworten.

Er war merkwürdig ruhig. »Wer hat es dir gesagt?«, fragte er.

Warum sollte sie lügen? Es gab keinen Hinweis auf ihren *Auftrag*. Sie räusperte sich. »Christine.«

»Christine …« Er nickte vielsagend. »Christine war es sicher auch, die dir von Valerie erzählt hat?«

Es gab nichts mehr zu verlieren. »Ja.«

Er holte Atem, starrte in seinen Becher, aus dem er noch nichts getrunken hatte. »Weißt du, wer das war?«

»Ich weiß es nicht!« Es kam lauter und verzweifelter, als sie beabsichtigt hatte.

Sein Blick wurde misstrauisch. »Hast *du* etwas damit zu tun?«

»Matthew! Es war ein Zufall! Ich habe nichts, aber auch gar nichts …« Sie verstummte. Was für ein Albtraum!

Er schwieg und trank ein paar Schlucke.

Warum nur war alles so gekommen?

»Pass auf …« Er stellte den Becher ab und sah sie mit kaltem Blick an. »Niemand darf jemals etwas davon erfahren. Nichts von Valerie und mir … nichts davon, dass du etwas gewusst hast.« Sein harter Blick tat ihr weh. »Hast du mich verstanden?«

Sie nickte. »Ja«, sagte sie leise. Sie war schuld, dass es so gekommen war. Sie musste es wiedergutmachen.

»Okay. Ich bin spät dran und hab heute lange zu tun. Warte nicht auf mich.« Ohne sie noch einmal anzusehen, geschweige denn, ihr einen Abschiedskuss zu geben, ging er hinaus. Wenige Minuten später hörte sie seine Schritte auf der Treppe, dann wurde die Autotür geöffnet und geschlossen, und der Motor sprang an.

Ich liebe doch nur dich, hatte er gestern noch gesagt. Nichts war mehr davon übrig geblieben. Das Motorengeräusch verlor sich auf der Straße.

Sie nahm einen kräftigen Schluck, hoffte, sie würde sich am heißen Kaffee die Zunge verbrennen, damit sie aufwachte und sich in ihrem alten Leben wiederfände. Doch er war nicht heiß genug. Sie schaltete den Fernseher auf dem Kühlschrank ein und zappte zum lokalen Nachrichtenprogramm. Noch fünf Minuten bis zum Beginn der Nachrichten. Normalerweise holte Matthew die Zeitung von draußen herein und überflog sie beim Kaffeetrinken in der Küche. Sie ging über die vordere Terrasse und stieg die Treppe hinunter. Die Zeitung lag noch in der Plastikfolie verpackt im Vorgarten neben der Einfahrt.

Vielleicht hatte man den Täter schon gefunden? Vielleicht wäre dann endlich bewiesen, dass sie nichts mit dem Mord zu tun hatte. Mit angstvoller Ungeduld riss sie die Folie auf und entrollte die Zeitung. Sie musste nicht lange suchen. Es stand auf Seite drei.

Mord an Rechtsanwältin.

Am gestrigen Abend fand Ben D. nahe seines Hauses zwischen dem Royal Darwin Hospital und dem Lee Point Coastal Reserve die nackte, aufgeschlitzte und ausgeweidete Leiche einer jungen Frau. Die sofort verständigte Polizei versicherte, dass es sich um die seit dem Morgen vermisste Valerie Tate handelt. Sie arbeitete als Assistentin …

Alison las nicht weiter. Ihr war speiübel, und ihr Herz hämmerte. Neben dem Text zeigte ein Foto die sechsundzwanzigjährige Geliebte ihres Mannes. Sie trug jenes überhebliche Lächeln zur Schau, das sie auch Alison gegenüber aufgesetzt hatte.

Das Läuten des Telefons ließ sie zusammenfahren. Sie brauchte eine Weile, um es zu orten. »Ja!«, rief sie. »Ich komm ja schon!« Sie eilte die Treppe hinauf ins Wohnzimmer.

»Na endlich! Wo bist du denn?«

»Christine, was ist los?«, fragte sie außer Atem.

»Was los ist? Du bist gut! Ich wollte hören, wie es Matthew geht.«

»Matthew?« Hatte sie sich verhört? »Wieso denkst du an Matthew? Christine, wir müssen zur Polizei! Ich halte das nicht aus! Sie werden irgendwie draufkommen, dass ich von der Affäre wusste und im Gericht war ... Wir müssen es der Polizei sagen!«

»Spinnst du? Was willst du denen denn sagen? Dass du Valerie Tate den Tod an den Hals gewünscht hast? Dass du deine Schwester gebeten hast, einen Typen zu schicken, der ihr erst mal nur die Finger bricht? Dann nehmen sie dich in die Mangel, glaub mir! Phil hat so was mitgemacht. Es ist wie im Krankenhaus, wenn sie dich auf den Kopf stellen: Sie suchen so lange, bis sie irgendwas gefunden haben, dann beißen sie sich fest, und du kommst nicht mehr lebend raus!« Alison hörte, wie ihre Schwester an einer Zigarette sog. »Und wenn die Presse davon Wind bekommt, bist du sowieso erledigt! Und nicht nur du, sondern Matthew und Prudence, deine ach so geliebten Eltern – und ich – und Phil. Untersteh dich, so was auch nur zu denken! Hörst du?« Christines Worte gingen wie eine Lawine über Alison nieder. »In den Nachrichten sagen sie nichts Neues«, fuhr Christine fort. »Sie haben keine Spur, nichts. Das war ein verdammter Zufall!«

Alison brauchte einen Moment, um zu reagieren. »Hast du Phil erreicht?«

»Nein … aber … Er hat ganz sicher nichts damit zu tun!« Christines Stimme klang auf einmal unsicher.

Sollte sie das glauben? Sie wollte es glauben, aber sie musste unbedingt mit ihm reden.

»Was ist jetzt mit Matthew?«, fragte ihr Schwester noch mal.

»Matthew! Warum interessierst du dich für ihn?«

»Alison, bitte, beruhige dich!«

Alison holte Luft. Ihre Schwester hatte recht. »Matthew … nun …«

»Was denn?«

»Matthew weiß, dass du es mir erzählt hast.«

»Sag mal, bist du total bescheuert? Wie konntest du ihm das sagen!« Christine schrie.

»Er hat es selbst rausgefunden, Christine!«

»Und jetzt? Glaubt er, dass wir, ich meine, dass *du* mit dem Mord was …«

Alison fiel ihr ins Wort. »Nein. Ich hab ihm nichts von dem Auftrag erzählt.«

Christine stöhnte auf. »Wenigstens etwas!«

»Christine, ich weiß nicht, was wir jetzt machen sollen!«

»Gar nichts. Wir haben auch vorher nichts gemacht, hast du das vergessen? Phil hat es *nicht* weitergegeben. Der Auftrag existiert *nicht.*« Sie klang, als wolle sie Alison hypnotisieren.

»Aber, Christine: Ich habe dir Geld gegeben! Wenn Phil nichts unternommen hat, dann soll er mir das Geld wieder zurückgeben. Erst dann gibt es keine Beweise.« Sie stockte. »Sag mal Christine, vertraust du Phil eigentlich? Könnte es nicht sein, dass er den Auftrag selbst durchge…«

Christine lachte schrill auf. »Also wirklich, Alison! So was würde er niemals tun! Dafür lege ich die Hand ins Feuer! Er ist viel zu feige!«

Hoffentlich hast du recht, dachte Alison.

»Pass auf, Alison: Sag niemandem was. Und über unsere Abmachung verlierst du kein Wort! Hast du mich verstanden?«

»Wofür hältst du mich, Christine?« Alison war wütend. Erst redete Matthew in diesem belehrenden Ton auf sie ein, dann Christine.

»Gut. Und auch nichts gegenüber Prudence.«

»Aber nein! Sie ist in Adelaide. Ich werde sie sicher nicht anrufen, weil die Geliebte ihres Vaters ermordet worden ist!« Ihre Tochter würde sie unter keinen Umständen in diese Sache mit hineinziehen.

»Hast du Meg was gesagt?«

Oh, Gott! Meg! Die hatte sie ganz vergessen! »Nur, dass Matthew mit Valerie Tate ein Verhält…«

»Oh, Alison! Warum konntest du nicht den Mund halten?«

»Hör auf! Ich hatte doch keine Ahnung, dass so was passieren könnte!« Jetzt hatte *sie* geschrien – und Christine war still.

»Also«, sagte Christine schließlich leise, »wir haben ja nichts getan. Selbst wenn die Polizei …«

»Die Polizei?« Alison fuhr auf. Einem polizeilichen Verhör wäre sie niemals gewachsen …

»… Alison, selbst wenn die Polizei herausbekommen sollte, dass Matthew ihr Geliebter war, musst du cool bleiben. Merk dir: Du hast es nicht gewusst.«

Alison schluckte. »Aber ich war bei ihr im Gericht. Ganz bestimmt kann sich jemand an mich erinnern!« Warum hatte sie das bloß getan?

»Bleib ruhig! Du musst die Nerven behalten. Und merk dir:

Matthew darf auf keinen Fall erfahren, dass du mich beauftragt hast …«

»Nein, er wird nichts erfahren.« Das wäre das Letzte, das sie Matthew unter die Nase reiben würde. »Christine?«

»Ja?«

»Phil soll mir die tausend Dollar wieder zurückgeben. Dann ist es ganz klar, dass es nie einen Auftrag gegeben hat.«

»Okay. Ich sag's ihm.«

Alison hielt den Hörer noch eine Weile in der Hand. Sie starrte hinaus in den Garten, auf die blühenden Frangipani, die fleischigen Blätter der Gummibäume, die fingerartigen Blätter der Palmen. Nein: Es schien nur so, als hätte sich nichts geändert. In Wirklichkeit war alles anders geworden. Ihr Blick fiel auf den Sessel mit dem blauen Kissen, Matthews Lieblingssessel. Sie würden sich niemals wieder gegenübertreten können, ohne dass sich die schrecklichen Bilder der ermordeten Valerie Tate zwischen sie schoben.

Als sie aus dem Zimmer ging, bewegten sich ihre Beine wie mechanisch. Im Badezimmer legte sie genauso mechanisch Lippenstift und ein wenig Lidschatten auf. Frisierte sich. Strich das dunkelblaue Polo-Kleid von *Lacoste* an ihrem Körper glatt. Schlüpfte in die Sandalen. Nahm die Autoschlüssel von der Küchentheke. Verschloss die hintere Verandatür, ging zur vorderen hinaus. Stieg die Treppe hinunter. Setzte sich in ihren Fiat.

Als sie durch die Straßen ihres Wohnviertels fuhr, spürte sie auf einmal die Gewissheit, dass sie nicht mehr dazugehörte. Sie gehörte nirgendwo mehr dazu.

10

Das Haus und der Treffpunkt der Hell's Angels lag harmlos und unscheinbar mitten zwischen Büschen, denen wohl noch nie eine Heckenschere zu Leibe gerückt war. Um das Grundstück herum hatte man allerdings einen Zaun gezogen, was eher ungewöhnlich war für die etwa zehn Kilometer von der City entfernte ruhige Gegend, in der man kaum Zäune kannte. Unter einem Blechdach an der linken Seite des Hauses stand ein Motorrad.

Costarelli parkte am Straßenrand und schnallte sich los. »Dann wollen wir dem Engelchen mal einen Besuch abstatten.«

Das dumpfe Klacken der zufallenden Autotür war viel zu laut in der Stille, die sonst nur von vereinzeltem Vogelgezwitscher unterbrochen wurde. In der Ferne hörte Shane das leise Brummen eines Motors. Kaum war er aus dem klimatisierten Auto ausgestiegen, begann er zu schwitzen, und es dauerte nicht lange, bis das weiße Halbärmelhemd und die beigefarbene leichte Hose an seiner Haut klebten.

Costarelli suchte am maschendrahtbespannten brusthohen Tor nach einer Klingel. Als er nichts fand, drehte er sich zu Shane um. »Mal sehen, wie wir empfangen werden.« Er hängte den Drahtbügel aus und drückte das quietschende Tor auf.

Shane ging voraus. *Genießen Sie Ihren Ruhestand* – dieser Satz ließ ihm keine Ruhe mehr. Er war gespannt, ob dieser Mann, den sie hoffentlich gleich zu Gesicht bekämen, ihn geschrieben hatte. Die Maschine neben dem Haus war eine schwarze Harley, eine Fat Boy, wie Shane im Vorbeigehen auf Anhieb erkannte. Die Chromteile blitzten, vom ausladenden

Lenker hingen lange schwarze Lederquasten. Auf dem Tank konnte Shane den Spruch *Eat My Dick* entziffern.

Costarelli warf ihm einen Blick zu. »Du glaubst gar nicht, wie nett die sein können. Ich meine es ernst.«

Shane hatte schon öfter in seiner Laufbahn mit Mitgliedern der Hell's Angels zu tun gehabt, die sich biederer als der langweiligste Buchhalter gegeben hatten. Noch bevor sie die massive Haustür erreicht hatten, wurde sie von innen aufgerissen. Ein Typ mit wildem Bart und strähnigem, bis auf die Schultern fallendem Haar stand breitbeinig im Eingang. Es hätte Shane nicht gewundert, wenn er ein Gewehr auf sie gerichtet hätte. Er wollte wohl etwas sagen, doch er machte den Mund wieder zu und musterte die beiden Fremden nur aus eng stehenden Augen, über denen buschige Brauen wuchsen.

»Brian Mason?«, fragte Costarelli, obwohl der Mann genauso aussah wie auf dem Foto in der Akte. War das sein Herausforderer?, ging es Shane durch den Kopf. Er konnte sich nicht erinnern, ihn jemals getroffen zu haben. Aber vielleicht gab es andere Berührungspunkte. In mehr als zwanzig Jahren Polizeidienst hatte er einen Haufen Leute mit dubiosem Ruf kennen gelernt – und verärgert.

Der Blick des Mannes wanderte von Costarelli zu Shane. In seinem Gehirn arbeitete es. Natürlich wusste er, dass die zwei Männer Polizisten waren, aber er fragte sich wahrscheinlich, was sie ihm anhängen wollten. Shane kannte diesen Blick von Menschen, die im Gefängnis gesessen hatten oder schon häufiger mit dem Gesetz in Konflikt geraten waren. Argwohn lag darin, vermischt mit schlechtem Gewissen, Angst, Trotz, Verachtung und Aggression.

»Ja?«, kam es undeutlich und nicht besonders laut unter dem Bart hervor.

»Darwin Police, Detective Costarelli.« Costarelli zog mit einer raschen, hunderttausendfach geübten Handbewegung den Ausweis aus seiner Gesäßtasche. Zwei Sekunden später steckte er ihn genauso geübt wieder ein. Diese perfekt einstudierte Geste wirkte oft genug einschüchternd: Costarelli hätte mit derselben Schnelligkeit auch eine Waffe oder die Handschellen zücken können.

»… und Detective Shane O'Connor«, fügte Costarelli hinzu. »Na, klingelt's? Kommt dir bekannt vor der Name, oder?«

»Nee.«

»Natürlich nicht.« Costarelli grinste breit. Mason stand noch immer unbeweglich und ohne mit der Wimper zu zucken im Eingang.

»Wir würden uns gern mit Ihnen unterhalten, Mister Mason«, sagte Shane.

»Ich hab 'ne Menge zu tun.« Noch immer bewegte er sich nicht, stand felsenfest im Eingang, seine Beine wie zur Abwehr gespreizt.

»Das trifft sich gut, Mister Mason«, sagte Shane, »wir auch. Bringen wir die Sache also hinter uns.«

Mason ließ seinen Blick zwischen den beiden Männern hin- und herwandern, versuchte wohl herauszufinden, was die beiden wirklich von ihm wollten – oder was sie schon über ihn wussten. »Worum geht's?«

Shane hielt ihm das Foto der toten Valerie Tate direkt vors Gesicht und ließ sein Gegenüber dabei nicht aus den Augen. Er glaubte ein Zucken zu bemerken.

Brian Mason starrte nur kurz auf das Foto. Zu kurz, fand Shane, für einen Unschuldigen.

»Kenn ich nicht. Sieht ziemlich tot aus.«

»Sie *ist* tot, Brian«, sagte Costarellli. »Und du wolltest sie umbringen. Du erinnerst dich doch, oder?«

Masons Blick wurde eiskalt und hasserfüllt. »Wollen Sie mir was anhängen?«

»Es war schlimm im Gefängnis, nicht?« Costarelli machte weiter.

In Brian Mason kochte es, das konnte Shane sehen. Seine Augen verengten sich, und die Knöchel der Hand, die er gegen den Türrahmen gepresst hatte, um auf diese Weise demonstrativ den Eingang zu versperren, traten weiß hervor. »Was stellen Sie für Scheiß-Fragen?«

Costarelli grinste wieder. Er genoss es offensichtlich, den Mann zu provozieren.

»Wo waren Sie vorgestern, Brian?«

»Hier«, sagte er, ohne zu zögern.

»Sie haben sicher Zeugen, Brian.« Schon hielt Costarelli Block und Stift bereit. Mason sah zu Shane. Der hob nur die Augenbrauen.

»Ach, leck mich! Ich sag nichts mehr ohne meinen Anwalt.«

»Das ist schade, Brian«, sagte Costarelli provozierend. »Wirklich schade, denn dann müssen wir Sie ins Präsidium bitten.«

Mason schwieg. In seinem Gesicht zuckte es. Er schien seine Möglichkeiten abzuwägen, nach dem besten Weg zu suchen, die Sache hier am Eingang zu erledigen. »Zack Foulton war hier.«

»Zack Foulton, unser alter Freund? Sieh mal an! Na, das war sicher ein schöner Männerabend!« Costarelli zeigte auf den Schuppen, vor dem die Harley parkte. »Sag mal, hast du auch ein Auto?«

Brian Mason schüttelte den Kopf.

»Und was ist mit deinem Freund Zack?«

»Mann, der hat ’ne Maschine.«

»Aha. Zeig mir doch mal, was du da in der Garage hast.«

Mason Augen wurden noch schmaler, er presste seine Lippen aufeinander. »Wenn Sie keinen Durchsuchungsbefehl haben, zeige ich Ihnen gar nichts.«

»Ha!« Costarelli lachte kurz auf. »Hör zu, Brian. Du weißt, ich kann dir alles Mögliche anhängen, wenn ich will, nur um dir das Leben ein bisschen schwerer zu machen. Also, beweg deinen Arsch, und mach die verdammte Garage auf.«

Shane dachte, dass auch er oft genug so mit Verbrechern oder Verdächtigen gesprochen hatte. Was für ein Job!

Tatsächlich setzte sich der Bärtige in Bewegung, wenn auch mit unverkennbarem Widerwillen und deutlichem Hass auf Costarelli. Sie folgten ihm am Motorrad vorbei zum Schuppen. Er drehte den Griff, die Metalltür schwang quietschend nach oben. Sie blickten auf die staubige, mit Lackschäden übersäte Motorhaube eines beigefarbenen Toyota Corolla. Costarelli bückte sich und betrachtete die Reifen. Keine Continental.

»Und? Zufrieden?« Mason schniefte.

»Oh nein, Brian.« Costarelli ging lächelnd auf ihn zu. »Noch nicht.« Mit einer raschen Bewegung zog er die Kopie des anonymen Drohbriefs aus der Hosentasche und hielt sie Mason vors Gesicht. »Du kannst doch lesen, oder?«

Brian Mason hatte Mühe, sich die Demütigungen von Costarelli gefallen zu lassen.

»Na?« Costarelli wedelte mit dem Papier. »Sieh’s dir genau an, es beißt nicht.«

Mason nahm den Brief nicht in die Hand, schien ihn aber doch zu lesen.

»Winger und Tate haben deinen Prozess vermasselt. Du hast dir sicher jeden Tag im Knast überlegt, was du mit ihnen anstellen kannst. Aufschneiden, ausweiden, das kannst du doch, oder?«

Brian Mason war völlig erstarrt.

»He, Brian, wenn du uns was sagen willst, dann tu's jetzt. Das macht die Sache für uns alle einfacher.«

Brian Mason schwieg.

»Okay, Brian, du wirst von mir hören.« Costarelli grinste eisig.

Im Auto sagte Costarelli triumphierend: »Dieses Arschloch wird noch ein bisschen über unseren Besuch nachdenken. Falls man das, was in seinem verfickten Matschkopf vorgeht, überhaupt Denken nennen kann.« Er drehte den Schlüssel und ließ den Motor an.

Shane betrachtete ihn von der Seite. Costarelli grinste noch immer. Er war auf Touren gekommen. »Ich krieg ihn am Arsch.«

»Wegen was, Tony?«

»Wegen *was*?« Es klang entrüstet. »Der ist ein verfluchter Hell's Angel! Mir stinkt's, dass die so tun, als könnten sie kein Wässerchen trüben! Die haben alles auf dem Kerbholz: Drogenhandel, Körperverletzung, Betrug, Diebstahl, Totschlag …«

»Und diesen Mord?«

»Vielleicht auch diesen Mord, ja. Es würde mich jedenfalls nicht wundern. Und wenn sie ihn begangen haben, dann mach ich sie fertig, fix und fertig. Dann wird sich keiner mehr von denen hierher trauen, das garantiere ich dir!« Er griff zur Zigarettenschachtel, wurde dann aber von einem Hustenanfall geschüttelt. »Ach, Scheiße!« Er legte die Schachtel wieder weg.

»Du willst aufräumen, oder?«, fragte Shane und wartete auf eine Antwort, doch Costarelli schwieg, legte den ersten Gang ein und fuhr los.

Hohes Gras und Buschwerk flogen am Seitenfenster vorbei. Alles war so ausgedörrt, dass es nur einen Funken brauchte, um sich zu entzünden. Shane dachte an Carol und stellte ernüchtert fest, dass er sich die Freude auf sie nicht mehr erlaubte.

Sie waren kaum zurück im Präsidium in der Mitchell Street, als ihnen Mark, der junge Assistent, auf dem Flur entgegenkam.

»Gerade wollte ich anrufen, Tony! Dieser Dave Cameron, der Exfreund von …«

»Ich weiß, wer das ist.« Costarelli machte eine ungeduldige Handbewegung. »Was ist mit ihm?«

»Er arbeitet doch als Manager auf einem der Theodoruou-Perlenschiffe. Er hatte die ganze letzte Woche frei – bis heute Abend.«

Costarelli stieß einen Pfiff aus. »Sieh an! Und wo finden wir ihn jetzt?«

Mark hob hilflos die Schultern. »Er hat zusammen mit einem Freund, der auch bei Theodoruou arbeitet, eine kleine Wohnung in Casuarina gemietet. Ich hab bei den Nachbarn gefragt. Die beiden haben wohl immer abwechselnd ihre Schichten. Wenn der eine da ist, muss der andere arbeiten. Manchmal überschneiden sich ihre Schichten. Zurzeit ist niemand da. Sollen wir übers Fernsehen eine Fahndung …?«

»Nicht so hastig! Wir wollen ihn doch nicht warnen, oder?« Costarelli verzog das Gesicht.

»Wir sollten unsere Kollegen verständigen«, sagte Shane.

»Sie sollen nach seinem Wagen – und nach ihm Ausschau halten.«

Costarelli stimmte zu. »Vielleicht erscheint er morgen ganz harmlos zum Dienst.«

»Dann sollten wir ihn dort besuchen«, sagte Shane.

»Mark, kümmere dich drum.« Costarelli nickte.

Mark zögerte. »Aber unser Flieger ist zurzeit nicht …«

»Ich weiß, deshalb sollst du auch mit Theodoruou was ausmachen. Die sollen uns morgen hinfliegen. Spart Steuergelder. Und kein Wort über unseren Verdacht. Ich will nicht, dass dieser Dave vorher von seinen Leuten gewarnt wird. Wir wollen nur Näheres über die Tote wissen.«

Mark eilte in das Büro, das er sich mit acht weiteren Detectives teilte. Costarelli blieb einen Moment stehen. Er wirkte auf einmal völlig erschöpft. »Ich brauch 'ne kleine Pause, Shane. Du hast meine Nummer. Ich bin in zwei Stunden wieder da.« Er ging zurück zu den Aufzügen. Wieder hatte Shane das Gefühl, dass Costarelli nicht alle Karten auf den Tisch legte.

Er setzte im Büro Kaffee auf und machte sich daran, alle Informationen zu ordnen, die den damaligen Fall betrafen. Er studierte die Fotos vom Tatort, las die Berichte der Spurensicherung, überflog die Aussagen der Zeugen, die Patty noch lebend gesehen hatten. Irgendwann goss er sich Kaffee in einen der schlecht gespülten Becher. Als er aufblickte, bemerkte er Mark in der offen stehenden Tür. »Trauen Sie sich nur.« Er winkte ihn herein.

»Sie können morgen Früh mit der ersten Maschine zur Perlenfarm fliegen.« Mark wollte sich schon wieder umdrehen.

»Danke. Ach, sagen Sie, Mark: Macht Tony das öfter, dass er einfach mal verschwindet?«

Mark zögerte. »Na ja.« Er zuckte die Schultern. »Ab und zu schon. Aber irgendwie taucht er immer im richtigen Moment wieder auf.«

»Verstehe«, sagte Shane. »Sind Vicky und Rob schon zurück?«

»Ich bin Vicky auf dem Flur begegnet.«

»Dann schicken Sie sie rein.«

Er wollte gerade einen Schluck trinken, als Vicky hereinkam. Sie lächelte ihr scheues Lächeln, wurde aber sofort wieder ernst. »Sie glauben, dass es mit dem Erdbeben zu tun hat.«

»Die Aborigines, die Sie befragt haben?« Es wäre nicht das erste Mal, dass Shane erlebte, wie Mythen dazu benutzt wurden, ein Verbrechen zu erklären.

»Ja.« Sie strich sich mit einer raschen Bewegung eine Strähne aus dem Gesicht. »Sie sagen, *Bula,* der Schöpfergott habe sich erhoben, weil er gestört worden ist. Wir wollten wissen, wer ihn gestört hat. Da hieß es, vieles sei aus dem Gleichgewicht geraten …« Sie machte eine Pause. »Also, in ihren Bräuchen gibt es diese Art der Opferung nicht. Wir müssen uns klarmachen: Seit Jahrtausenden mussten sie immer ums Überleben kämpfen. Sie lebten in kleinen Gruppen, zogen umher, mussten vorsichtig mit der Natur umgehen, um sich nicht die Lebensgrundlage zu entziehen. Sie konnten es sich nicht leisten, einem Gott Menschenopfer oder Tieropfer darzubringen. Es wäre eine immense Verschwendung gewesen.« Sie sprach schnell und aufgeregt. Sie ist mit Leib und Seele Polizistin, dachte Shane. »Das heißt«, fuhr Vicky fort. »Menschenopfer sind etwas, das in anderen Kulturen und Religionen vorkommt, in der christlichen zum Beispiel, oder in Naturreligionen. Oder denken Sie an die Bestattung von Lebenden, die den Toten im Jenseits dienen sollen.«

Shane nickte. »Vicky, machen Sie sich über Opferungen schlau.«

Als sie gegangen war, nahm er das Blatt mit der Kopie des Ornaments. McNulty war der Falsche gewesen. Der wahre Täter lief noch immer frei herum. Und – dass keine weiteren Leichen gefunden worden waren, hatte nichts zu bedeuten. Dieses Land war so groß, und riesige Landstriche waren unbewohnt. Shane ließ das Papier sinken und starrte an die Wände, an denen Urkunden von Costarelli und Jubiläumsglückwünsche hingen. Auch er hatte solche Dinge bekommen, sie aber nie aufgehängt. Dass Costarelli sie hier zur Schau stellte, wunderte ihn, schien er doch eher ein Mensch zu sein, der nur seinen eigenen Regeln folgte und keinen Wert auf förmliche Anerkennung legte. Aber welcher Mensch war schon ohne Widersprüche? Bestimmt würden die wenigsten glauben, dass ihn, Shane, Gewissensbisse plagten, weil er Carol noch immer nicht angerufen hatte.

Sie hatten sich so sehr auf dieses Wochenende gefreut.

11

Die Cola schmeckte schal. Tamara Thompson sah durch die staubige Fensterscheibe des Cafés. Im grellen Mittagslicht parkte ihr weißer Toyota neben einem zerbeulten roten Pick-up. Hin und wieder fuhren Trucks und Autos vorbei. Die Nebenstraße zwischen Brisbane und Warwick war längst nicht so befahren wie der Highway. Am Nebentisch aß ein Arbeiter im schmutzigen Overall einen Hamburger. Von der Bar drang hin und wieder das Klatschen eines nassen Spüllappens herüber.

Vor anderthalb Stunden hatte sie Brisbane verlassen und gönnte sich jetzt eine Pause, kurz vor Warwick – unweit des damaligen Tatorts. Shane hatte sie gefragt, ob sie sich nicht einmal den alten Tatort ansehen und die psychiatrische Anstalt, in die McNulty eingewiesen worden war, besuchen könnte.

Al hatte ihr zwei Tage für den alten Fall gegeben. Er verstand, dass Shane von seinem Gewissen geplagt wurde, und er verstand auch, dass Tamara ihrem Partner einen Gefallen tun wollte.

Der Arbeiter stand auf, zahlte und verließ das Café. Die Tür schwang zweimal vor und zurück. Sie sah ihn über den Parkplatz schlendern, in den Pick-up steigen und abfahren. Vor einer Woche war sie befördert worden: *Senior Detective* Tamara Thompson, sechsunddreißig, geschieden, keine Kinder, Alkoholiker-Eltern und eine Schwester, die auf die ganze Familie herabblickte. Ihre Eltern hatten schon dreimal auf ihrem Handy angerufen und sie gedrängt, heute Abend unbedingt vorbeizukommen. Ihrem Vater ging es schlecht. Ihm geht es morgens meistens schlecht, hatte sie wie immer geantwortet und hinzugefügt, dass er eine Aspirin oder besser gleich zwei nehmen sollte. Sie sei hartherzig und undankbar, hatte ihre Mutter mit ihrer typisch hysterischen Stimme gesagt, und dass sie doch wisse, wie sehr er es mit dem Magen habe.

Tamara seufzte leise und trank ihre Cola aus. Seit sie wusste, dass Shane ging, hatte sie schlechte Laune. Sie hasste Abschiede. Und die Vorstellung, ab nächster Woche mit Spencer zusammenzuarbeiten, verschlechterte ihre Laune noch mehr. Dabei war er jung, beflissen, zuverlässig. Allerdings weder sonderlich scharfsinnig noch brillant. Anfangs war er eher schüchtern gewesen, und sie hatte sich gefragt, was dieser Junge der Homicide Squad für einen Nutzen bringen würde. Doch inzwischen hatte er an Sicherheit gewonnen, und die ganze Abteilung wusste: Wenn es galt, hundert Personen zu überprüfen, ob sie an einem bestimmten Tag in einem bestimmten Laden ein bestimmtes Klebeband gekauft hatten, war er der Richtige. Wenn man einen Verdächtigen über Stunden mit denselben Fragen zermürben musste, war er der Beste. Er war geradezu zwanghaft detailversessen. Vielleicht war es einfach nur sein Pech, dass er an Shanes Platz rückte.

Über kurz oder lang würde ein neuer Detective eingestellt werden. Schon jetzt hegte sie eine Abneigung gegen den unbekannten Neuen. Dabei war sie sich all die Jahre, die sie mit Shane zusammengearbeitet hatte, nie so ganz klar gewesen, ob er wirklich ihr Vorbild war. Er hatte eine Menge Eigenheiten, die sie nicht mochte. Sein Alkoholkonsum war nur eine davon, obwohl es, wie sie gehört hatte, früher noch viel schlimmer gewesen sein musste. Seine Macho-Allüren konnte sie auch nicht ertragen. Anfangs waren sie deshalb regelmäßig aneinandergeraten, aber seit er mit Carol zusammen war, hatte er sich verändert, war verständnisvoller und weicher geworden. Tamara war sich sicher: Ohne Carol hätte er nicht seinen Abschied genommen. Al Marlowe und auch Tom McGregor warfen ihr bei jeder Gelegenheit vor, dass sie nicht genügend auf Shane eingewirkt hatte, um ihn zum Bleiben zu bewegen.

»Miss!« Sie blickte auf. Der Wirt grinste zu ihr herüber. »Der hier kennt sich aus. Er hat sie als Letzter lebend gesehen!« Er zeigte auf einen Mann an der Theke, den sie gar nicht hatte hereinkommen sehen. Ein großer, schlanker Mann um die vierzig, mit kurz geschorenem rötlich blonden Haar und gebräunter Haut mit unzähligen Sommersprossen. Wie Scott, dachte sie und merkte, wie ihr heiß wurde.

»Nein, Bob, ich war *einer* von denen, die sie zuletzt gesehen haben. Der, der sie zuletzt gesehen hat, war der Mörder.« Er trug ein graues Baumwollhemd, dessen Ärmel er bis über die Ellbogen hochgekrempelt hatte. Die Schulterklappen und Brusttaschen verliehen ihm etwas Offizielles. Er hätte Ranger sein können – oder Polizist.

Der Wirt verzog das Gesicht und hob die Schultern. »Ich hab ihm erzählt, was Sie vorhaben.«

Zögernd kam der Mann auf sie zu. »Jeff Ellroy.«

»Tamara Thompson.«

Sein Händedruck war trocken und überraschend schwach. Wenn sie seine Hand nicht festgehalten hätte, wäre sie nach unten weggerutscht. Vielleicht ist er schüchtern, dachte sie. Einen solchen Händedruck hatte sie schon oft bei körperlich starken Männern erlebt, bei Farmern, die Pferde bändigten, oder Bauarbeitern, die Steine schleppten … Vielleicht hatten sie ja das Gefühl für das richtige Maß verloren und fürchteten, die Hand des anderen mit ihrer Kraft gleich zu zerquetschen. Scott hatte auch so einen Händedruck gehabt. Er war auf einer Farm aufgewachsen. Sie deutete auf den Stuhl an ihrem Tisch. »Wollen Sie sich nicht setzen?«

Er zögerte kurz, doch dann zog er den Stuhl zurück und nahm Platz. Seine blauen Augen mit den hellblonden Wimpern waren wach und musterten sie skeptisch. Er hatte eingefallene Wangen. Wie ein Langstreckenläufer, dachte Tamara. Sie spürte einen angenehmen Schauer auf ihrer Haut, und schon meldete ihr Körper, dass sie seit vielen Monaten keinen Sex mehr gehabt hatte …

»Sie sind Journalistin?«

Sie räusperte sich. »Ja.« Das hatte sie dem Wirt gesagt. »Ich schreibe etwas über Orte. Orte, an denen ein Mord passiert ist. Welche Wirkung üben sie auf uns aus, welchen Einfluss hat die Erinnerung an eine Geschichte, die Wirkung eines Ortes auf uns …« Sie hasste es zu lügen, abgesehen davon, dass sie es noch nicht einmal sonderlich gut konnte. Ich will nur vermeiden, dass alle Welt schon jetzt behauptet, wir hätten den Falschen eingesperrt, sagte sie sich zu ihrer Rechtfertigung und Beruhigung. »Und was machen Sie, Jeff?«

»Ingenieur.« Sein Blick ließ sie nicht los. Nahm er ihr die Journalistin nicht ab?

»Arbeiten Sie in der Gegend?«

Er rieb über sein vorspringendes Kinn, als prüfte er seine Rasur. »Nein, ich wohne hier. Jedenfalls ab und zu.« Ein kurzes Lächeln flog über sein Gesicht. Die sehnigen Arme mit den Sommersprossen lagen auf der Tischplatte, mit einer Hand hielt er sein Glas fest, in dem sich entweder Mineralwasser oder Zitronenlimonade befand. Ungewöhnlich für einen Mann hier draußen. War er Alkoholiker? Trockener Alkoholiker? Er wartete und sah dabei ins Glas.

»Was für ein Zufall, dass ich Sie gerade jetzt treffe!« Die Überraschung musste sie noch nicht einmal spielen. »Haben Sie heute hier zu tun?«

Er sah auf und lächelte müde. »Nein. Ich hatte ein paar anstrengende Tage und wollte mich hier draußen ausruhen.«

Sie stutzte. »Sie haben Patty Benson tatsächlich noch kurz vor ihrem Tod gesehen?«, fragte sie und ging im Geist die Namen der im Protokoll aufgeführten Zeugen durch. War Jeff Ellroy nicht einer der Freunde von Pattys Exfreund gewesen? Sie war sich nicht sicher, ob eine Journalistin das wissen durfte.

Jeff Ellroy nickte nur.

»Wo?«

»In Brisbane, in einem Pub. Sie war mal mit einem meiner Freunde zusammen. Sie war die Exfreundin eines Freundes. Sie kam einfach reingeplatzt, es war Boxing Day.«

Sie erinnerte sich an die Stelle im Protokoll. Der Freund hieß Steve, und Patty war ins Pub gekommen, um eine Flasche Champagner zu kaufen. Sie hatte Steve provoziert. Ein Freund war mit ihr hinausgegangen, um ihr ein Taxi zu rufen. Dieser Freund hieß Jeff Ellroy.

»Und? Was war sie für ein Mensch?«

Er sah über sie hinweg zum Fenster. »Sie war schön.«

Seit wann ist *schön* eine Charaktereigenschaft, hätte sie am liebsten gefragt, unterließ es aber. Sie wollte es sich nicht gleich mit ihm verderben. Ihr Exmann hätte auch so eine Antwort gegeben.

»Ja.« Sein Blick kehrte zu ihr zurück. »Fröhlich war sie auch, redete mit jedem. Das hat Steve manchmal ziemlich wütend gemacht.«

»Es muss schlimm für Sie gewesen sein, als Sie von ihrem Tod erfahren haben …«

Er vertiefte sich wieder in den Anblick seines Glases. Schließlich sah er auf, doch er sagte nichts. Sie versuchte seinen Ausdruck einzuordnen: Trauer? Erschöpfung? Niedergeschlagenheit? Obwohl sie sich dagegen wehrte, tat er ihr leid.

»Ich kenne mich in der Gegend nicht aus …«, begann sie. »Könnten Sie mir sagen, wie ich von hier aus dorthin komme?«

»Sie werden die Stelle nicht finden.«

»Ach, nein?«

Er strich sich mehrmals mit der Hand über die kurz geschorenen Haare.

»Und warum nicht?«

»Es steht kein Schild dran.«

»Das denke ich mir. Aber an diesem Platz sollen zwei große Felsbrocken ...«

Er machte eine wegwerfende Handbewegung. »Die sieht man von der Straße so gut wie nicht.«

Ihre Geduld war am Ende. Sie wollte gerade aufstehen, als er sagte: »Ich kann Ihnen den Platz zeigen.«

Er sah nach draußen zum Parkplatz. Sie folgte seinem Blick und entdeckte einen Kombi mit beschrifteter Tür. Er schob den Stuhl zurück.

»Wollen Sie nicht erst noch austrinken?«, fragte sie.

Doch er war schon aufgestanden. Der Wirt fing ihren irritierten Blick auf und hob leicht die Schultern, als wollte er sagen, machen Sie sich nichts draus, Jeff Ellroy ist nun einmal so.

Kaum fünfzehn Minuten später bog sie hinter seinem roten Kombi auf einen holprigen Weg ein, der sich zwischen dürren, grauen Eukalyptusbüschen zu verlieren schien. Nach zwanzig Metern blieb sie hinter seinem Wagen stehen. Er stieg aus, sie öffnete die Tür.

»Hier?«

Er zeigte über das Wagendach weg. Er hatte recht. Von der Straße waren die beiden Felsbrocken nicht zu erkennen.

Sie stieg aus, strich ihren Rock glatt und zog ihre Bluse zurecht, die beim Sitzen hochgerutscht war, und reckte den Hals: Die Felsen lagen zwischen dem niedrigen Buschwerk wie zwei riesige urzeitliche Eier. Unter ihren Pumps knirschten feine Steine, als sie zu der Stelle ging, die sie vom Foto her kannte. Die beiden fast mannsgroßen Steinbrocken boten nicht nur einen guten Sichtschutz, sie verliehen dem Platz auch etwas Magisches.

Kein Zweifel, der Mörder hatte diesen Platz ganz bewusst gewählt. Weit und breit waren keine weiteren Felsen zu sehen. Sie hätte feste Schuhe anziehen sollen. Die harten Grashalme stachen in ihre nackten Knöchel, und sie wusste sehr gut, dass Schlangen und giftige Spinnen im Unterholz lauern konnten. Sie erreichte die Felsen und berührte die raue, poröse Oberfläche. Von dem Zeichen war nichts zu erkennen. Nach so vielen Jahren war die Farbe längst verblasst oder abgewaschen.

Patty Benson, dachte sie, hier war also dein Ende ... Sie war in den Kofferraum gesperrt worden. Ihre Hände und Füße waren gefesselt, der Mund war verklebt. Sie spürte, wie der Wagen von der geteerten Fahrbahn abbog. Lieber Gott, lass mich nicht sterben, betete sie, obwohl sie eigentlich nicht an Gott glaubte. Doch jetzt glaubte sie an ihn, und sie würde ihr ganzes restliches Leben an ihn glauben, wenn er ihr jetzt helfen würde. Jeder Knochen schmerzte, und sie bekam kaum Luft, vielleicht würde sie ja ersticken ... vorher ... bevor er sie ermorden würde. Er würde sie umbringen, das wusste sie, und er würde es nicht auf die schnelle Tour machen, das wusste sie auch. Der Wagen hielt. Er stellte den Motor ab. Lieber Gott, bitte, hilf mir, bitte ... Er öffnete die Autotür, sie hörte das Knirschen seiner Schritte auf den Steinen. Sie waren an einem abgelegenen Ort, irgendwo, wo niemand war, wo niemand ihr zu Hilfe kommen könnte ... Der Kofferraumdeckel hob sich. Sein Gesicht vor dem Schwarz des Himmels. Er zerrte sie aus dem Kofferraum, legte sie wie ein Lamm, das geopfert werden soll, über seine Schulter, schleppte sie ins Gebüsch und warf sie auf die harte Erde. Neben ihrem Kopf ragten zwei Felsbrocken auf, über ihr leuchteten die Sterne. In diesem Augenblick verschwand jede Hoffnung. Sie wusste: Nie wieder würde sie einen Sternenhimmel sehen, nie wieder … Was jetzt kommen würde, wäre das Schlimmste. Nein, es wäre *noch* schlimmer. Würde er sie vergewaltigen und dann erwürgen? Würde er sie mit einem Messer vergewaltigen? Sein Gesicht schob sich vor die Sterne. Sie sah die Klinge blinken. Sie schloss die Augen und spürte einen scharfen Schmerz. Das war das Letzte in ihrem Leben …

Tamara schrak hoch. Ihr Herz schlug hart und schnell, ihre Handflächen waren feucht, und in ihrer Kehle steckte ein dicker Kloß. Die Erinnerung war wieder in ihr hochgestiegen, die Erinnerung an jenen Highschool-Sommer – und an Ellen Hunt … Nimm dich zusammen, dachte sie. Das alles hat nichts mit dir zu tun. Nichts.

Sie drehte sich um. Jeff war bei den Autos stehen geblieben und beobachtete sie.

»Was meinen Sie, warum ausgerechnet hier?«, rief sie zu ihm hinüber.

»Er war doch Aborigine, oder? Er kannte sich aus.«

McNulty stammte nicht aus dieser Gegend, für ihn bedeuteten die Felsen womöglich gar nichts. Doch sie erwiderte nichts, verscheuchte stattdessen die Fliegen von ihrem Gesicht. »Es hat geheißen, der Mord an Patty Benson sei wie ein Opferritual durchgeführt worden. Und der Täter war offensichtlich ein sehr … wie soll ich sagen … ein … na ja, nicht ganz so gebildeter Typ. Ich hab mich immer gefragt, warum er das auf diese Weise getan hat. Warum hat er sie nicht einfach vergewaltigt, erwürgt und die Leiche irgendwo vergraben?«, rief sie.

»Für Aborigines hat der Tod eine andere Bedeutung. Machen Sie eigentlich gar keine Fotos?«

Verdammt! Sie hatte nicht an ihre Tarnung gedacht. Ein

peinlicher Fehler. »Die gibt es schon. Es geht um die Story«, rief sie zurück. Warum kam er eigentlich nicht näher? Warum stand er noch immer da bei den Autos? Sie machte sich auf den Rückweg. Steinchen bohrten sich in ihre Schuhsohlen. »Vielleicht hat es sich auch einfach so ergeben ...«, sagte sie, als sie fast angekommen war. »Er hatte keine Zeit mehr, oder er hatte sich vorgenommen, einfach in irgendeine Richtung zu fahren.«

Ellroy zuckte mit einer Schulter. »Ja, wer weiß schon, was in so einem kranken Hirn vorgeht.«

Sie stützte sich mit einer Hand auf die Kühlerhaube und leerte ihre Schuhe aus. »Er war also krank?«

»Finden Sie es etwa normal, einer Frau die Kehle aufzuschneiden, sie ausbluten zu lassen und dann auch noch die Gedärme und alle Organe rauszureißen?«

Jetzt hatte sie ihn endlich aus der Reserve gelockt – seine Gleichgültigkeit als vorgetäuscht entlarvt. »Es muss schrecklich für Sie gewesen sein, als Sie von Pattys Tod erfuhren.«

Er antwortete nicht, sondern ließ seinen Blick über das Gelände wandern, als suchte er etwas. »Welchen Ort sehen Sie sich als Nächstes an?«, fragte er dann.

»Ich fahre weiter nach Westen. Sie glauben gar nicht, an wie vielen Orten Tote gefunden wurden.« Wieder eine Lüge.

»Sie sollten alle Tatorte auf einer Karte eintragen. Vielleicht stoßen Sie dann auf Gemeinsamkeiten: unterirdische Wasserläufe, elektrische Spannungen ...«

»Glauben Sie, solche Dinge spielen eine Rolle?«

Er lächelte kurz. »Ich dachte, das wäre klar für Sie. Wenn Sie über die Besonderheit von Orten schreiben. Haben Sie noch nie einen Wünschelrutengänger engagiert?«

»Nein.«

»Wirklich nicht? Und warum schreiben Sie dann über so ein Thema?« Wieder sein prüfender Blick.

Das hast du jetzt von deinem Instinkt, dachte sie. »Mein Redakteur meinte, so was wäre gefragt.«

Er nickte nur.

»Hat Ihr Mann nicht Angst um Sie, wenn Sie so allein durchs Land fahren?«

»Woher wollen Sie wissen, dass ich verheiratet bin?«

Wieder lächelte er kurz. »Ich habe getippt.«

»Aha. Und was ist mit Ihnen? Macht Ihre Frau Ihnen keine Vorwürfe, wenn sie erfährt, dass Sie einer fremden Frau die Landschaft zeigen?«

»Ich bin nicht verheiratet«, sagte er ernst. Dann ließ er seinen Blick wieder über das Land schweifen. Sie spürte, dass ihr seine Antwort gefiel.

»Haben Sie genug gesehen? Ich würde ganz gern zurückfahren«, sagte er.

Sie sah sich um, sog die würzige Luft ein. So schnell wollte sie noch nicht wieder fahren. »Sind Sie hier aufgewachsen?«

»Nein. Mein Vater hat hier irgendwann mal ein Haus gekauft, und ich hab's vor ein paar Jahren geerbt.«

»Ihr Vater ist tot?«

»Ja.«

»Denken Sie manchmal noch an Patty?«

»Nein. Es ist schon so lange her. Ich kannte sie nicht besonders gut. Sie war Steves Freundin.« Er warf einen Blick auf die Armbanduhr. »Ich muss los.«

Sie sah ihn lange an, wollte ihn unsympathisch finden, aber es gelang ihr nicht. »Vielen Dank für Ihre Hilfe, und wenn ich noch eine Frage haben sollte, darf ich Sie dann anrufen?«

»Sie kennen ja meinen Namen. Ich stehe im Telefonbuch.«

Tamara hob die Hand zum Gruß und stieg ein. Sie stieß auf die asphaltierte Straße zurück und fuhr zurück Richtung Brisbane. Im Rückspiegel sah sie, dass er die entgegengesetzte Richtung einschlug. Sie schaltete das Radio ein. Die Bilder und Erinnerungen tauchten trotzdem auf. Ellen Hunt, zusammengekrümmt auf dem Bett … der letzte Sommer auf der Highschool in Adelaide …

Hör endlich auf!, befahl sie sich und drehte die Musik lauter.

12

Jeannie Reid brachte nur mit Mühe das Lächeln zu Stande, das ihr sonst so leichtfiel, mit dem sie für die Kundschaft den Perlenschmuck aus der Vitrine nahm, um ihn dann mit zärtlicher Geste auf ein Samttuch oder der Kundin um den Hals zu legen. Mehr als eine halbe Stunde hatte sie am gestrigen Abend an einem der Tische unten vor den Restaurants der Stokes Hill Wharf gewartet. Doch er war nicht gekommen. Dabei hätte er sie nicht übersehen können, trug sie doch ihr dunkelrotes Kleid. Schon von weitem hätte er sie erkennen müssen. Alle möglichen Entschuldigungen hätte sie gelten lassen, sogar wenn er mit einer halben Stunde Verspätung erschienen wäre. Es gab immer Unvorhergesehenes im Leben. Aber er kam nicht. Schlecht gelaunt, enttäuscht, niedergeschlagen und sich ihrer Einsamkeit schmerzlich bewusst, war sie schließlich aufgestanden und heimgefahren, hatte mehrere Gläser Rotwein hinuntergeschüttet und sich dann schlafen gelegt.

»Vergiss ihn!«, raunte ihre Kollegin Wanda ihr zu, als Jeannie gerade ein paar Perlenohrringe in die Vitrine an der Wand zurückhängte.

»Es bleibt mir wohl nichts anderes übrig.« Jeannie seufzte, zog den Vitrinenschlüssel ab und ließ den Schlüsselbund zurück in die Hosentasche gleiten. »Bist *du* schon mal versetzt worden?« Sie war noch immer verärgert. Nein, nicht nur verärgert, sie war wütend und verletzt.

Wanda winkte ab. »Na klar!« Sie lächelte verschmitzt. »Aber ich hab auch schon mal einen versetzt.«

»Wirklich?«

Wanda nickte. »Ich hatte auf eine Kontaktanzeige geantwortet. Doch plötzlich hab ich's mit der Angst zu tun bekommen, und ich dachte: Wenn der Typ schrecklich ist, dann sitze ich da mit ihm beim Abendessen … Nein! Ich hab im Hintergrund gewartet und ihn mir erstmal angesehen. Als er mir sympathisch vorkam, bin ich zu ihm an den Tisch spaziert … He, Jeannie!« Wanda sah sie besorgt an. »Mach dir doch wegen so einem Typen keine Gedanken! Es gibt noch so viele andere Männer.«

»Aber die sind alle verheiratet oder haben irgendwelche Macken!« Sie verstummte. Warum hatte sie nicht den Mund gehalten? »Ach, Wanda, du hast recht.« Sie versuchte ein Lächeln. »Ich vergess ihn!«

»Gut so!« Wanda tätschelte ihren Arm und sah über Jeannies Schulter zur Tür. »Kundschaft«, flüsterte sie und zwinkerte Jeannie zu. »Den überlasse ich gleich mal dir …«

Endlos lang kamen Shane die geraden Straßen vor, bis er endlich die Siedlung erreichte, in der der Aborigine lebte, der die Leiche gefunden hatte. Er wendete den Dienstwagen, einen weißen Mitsubishi, und parkte am Straßenrand. Die Stelle war auf der den Häusern gegenüberliegenden Seite. Dort breitete sich dichtes Buschwerk aus.

Die feuchte Hitze überfiel ihn, sobald er ausstieg. Eigentlich hätte er sich inzwischen daran gewöhnt haben müssen, aber vielleicht lag es auch an seiner körperlichen Verfassung. Die Narbe an seinem Bein und auch die an der Schulter schmerzten in diesem Klima mehr als im trockeneren und kühleren Brisbane. Er atmete tief durch und schlug die Autotür zu. Sofort entdeckte er den schmalen Pfad, auf dem sich die Reifenspuren gefunden hatten. Er folgte ihm, duckte sich unter den Zweigen der dichten Büsche hindurch. Die Erde unter seinen Sohlen war trotz der hohen Luftfeuchtigkeit hart. Nach etwa zwanzig Metern konnte er die Straße und seinen Wagen nicht mehr sehen. Hinter einem tief zur Erde gebeugten Baum, den er von einem der Fotos wiedererkannte, lichtete sich das Buschwerk. Er blieb stehen und sah sich um.

Dem Mörder kam es nicht darauf an, dass die Leiche gefunden wurde, sonst hätte er einen weniger verborgenen Platz gesucht. Nein, dachte Shane, er sucht die Plätze aus, weil er entweder dort in Ruhe sein Ritual durchführen kann oder weil die Plätze für das Ritual selbst eine Bedeutung haben. Zwei Schritte entfernt bemerkte er platt gedrücktes Gras. Hier hatte Valerie Tates Leiche gelegen. Er sah nach oben. Über ihm hingen nur wenige Zweige, der Blick zum Himmel war frei. Etwa zwei, drei Meter links von ihm breitete sich eine versumpfte Wasserstelle aus. Er wusste, dass Wasserstellen und Wasserlöcher in einigen Naturreligionen eine große Rolle spielten. Und er wusste auch, dass man mit Hydromantie das Wahrsagen mithilfe von Wasser bezeichnete. Alle Mythologien kannten Wassergottheiten, Nymphen, Feen, Wassergeister, die in Quellen, Seen, Teichen, Bächen oder Flüssen lebten. Vor allem in der irischen Volkskunst fand man solche Geister.

Er erinnerte sich an einen Brauch, über den er im Zusammenhang mit einem anderen Fall gelesen hatte. Man ließ das Hemdchen eines kranken Kindes im Quellwasser schwimmen, um zu erfragen, ob es überleben würde. Ging das Hemd unter, konnte man die Hoffnung auf Genesung begraben. Heiratswillige junge Mädchen warfen Haarnadeln in ein Gewässer, um in Erfahrung zu bringen, ob sie im Laufe des Jahres heiraten würden, oder sie tauchten einen Spiegel ein, um das Gesicht ihres künftigen Mannes zu sehen.

Bei den Aborigines galten Wasserstellen als Orte, an denen die Seele wieder in die Erde eindrang oder – genau andersherum – wo sie aus der Erde aufstieg und sich einen Körper suchte. McNulty war Aborigine gewesen, und die beiden Felsbrocken am Tatort in Brisbane waren vor Tausenden von Jahren durch das Wasser dorthin transportiert worden.

Warum also hier?, überlegte Shane. Vogellaute drangen zu ihm, es knackte und raschelte, auf der Straße musste ein Truck sich nähern: Das Brummen schwoll an, dann wurde es wieder leiser.

Er entdeckte die Stelle am Fuß eines dürren Baums, wo die Organe vergraben gewesen sein mussten. Die Leute von der Spurensicherung hatten das Loch nicht wieder zugeschüttet.

Er blieb noch eine Weile stehen, hoffte auf eine Eingebung oder eine Entdeckung, doch als sich keins von beiden einstellte, kehrte er zum Wagen zurück. Im Innern war es heiß und schwül geworden. Er ließ die Fenster herunter.

Plötzlich fiel ihm noch eine Bedeutung von Wasserstellen ein. Zweifelten die Germanen an der Treue ihrer Frauen, legten sie das Neugeborene auf einen Schild, den sie zu Wasser ließen. Ging das Kind nicht unter, war dies der Beweis, dass es legitim war. Ging es unter, war es für die Ehemänner, die sich betrogen glaubten, ein Zeichen der Gerechtigkeit.

Shane sah hinaus durch die staubige Windschutzscheibe. Welche Fragen stellte der Mörder?

13

Dieser Mann war ganz eindeutig gewalttätig. Wir haben ihn medikamentös eingestellt. Diese Tat … Nun, ich habe sie ihm zugetraut«, hatte Dr. Taylor gesagt, ein magerer Mann mit tiefen senkrechten Falten in einem eingefallenen grauen Gesicht. Ein starker Raucher, hatte Tamara gedacht, noch dazu bekam er wohl zu wenig Schlaf. Sie hatte sich für den frühen Abend angekündigt, doch sie hatte es schon um halb vier geschafft, die psychiatrische Anstalt zu erreichen, in die McNulty eingewiesen worden war. Jetzt, auf der Fahrt zurück in die Stadt, dachte sie darüber nach, was sie eigentlich in Erfahrung gebracht hatte. Sie hatte Jeff Ellroy kennen gelernt und wusste nicht, was sie von ihm halten sollte. Immer wieder im Lauf der letzten Stunden war sein Bild vor ihr aufgetaucht und hatte sie in eine gewisse Erregung versetzt. »Tamara«, murmelte sie, »das ist wirklich nicht besonders professionell.« Sie musste an einer roten Ampel halten und nutzte den Augenblick, um einen prüfenden Blick in den Innenspiegel zu werfen. Dunkles, gelocktes, kurzes Haar, grüne Augen, unauffällige Nase – sie sah nicht schlecht aus, auch wenn die Falten zwischen den Augen und an den Mundwinkeln tiefer wurden.

Hinter ihr hupte jemand. Die Ampel hatte schon wieder auf Grün geschaltet.

Einer der beiden Pfleger, die McNulty betreut hatten, war kurz nach McNultys Tod wegen einer Augenkrankheit aus seinem Beruf ausgeschieden und nach Brisbane gezogen, hieß es in der Klinik. Das wusste sie schon. Mit dem anderen, Sal Plummer, hatte Tamara ein paar Worte gewechselt. Er bestätigte den Eindruck des Anstaltsleiters und fügte hinzu: »Es gibt Patienten, die mag man, und es gibt Patienten, die mag man nicht. McNulty mochte ich nicht. Er war mir in jeder Hinsicht unangenehm.« Tamara erinnerte sich an ein Foto von McNulty. Die eng stehenden schmalen Augen, der abschätzende Blick, die leicht geduckte Haltung – nein, sympathisch sah er nicht aus, eher verschlagen, roh und rücksichtslos.

Sein Kollege Jake Hellman, sagte der Pfleger, sei besser mit ihm zurechtgekommen. Er sei der Einzige gewesen, mit dem McNulty überhaupt gesprochen habe. »Er hat so gut wie nichts gesagt. Nur Ja und Nein. Da konnten Sie machen, was Sie wollten. Und das lag nicht nur an den Medikamenten! Er hatte einfach kein Interesse, mit anderen zu reden.«

Sal Plummer regte sich noch immer auf, wenn er auf McNulty zu sprechen kam, stellte Tamara fest. Es überraschte sie nicht, dass auch er nicht daran zweifelte, dass McNulty den brutalen Mord begangen hatte. »Er wollte die Polizei mit diesem blöden Zeichen an der Nase herumführen! Ist doch klar! Das hat er irgendwo gefunden.«

»Haben Sie eine Ahnung, was das Zeichen bedeuten könnte?«

»Nein. Vielleicht irgendwas Orientalisches. Er kam doch rum. Er war auf einem Fischtrawler. Wer weiß, wo er das aufgegabelt hat! Vielleicht kannte er es auch von seinen Aborigine-

Vorfahren? Er hatte keine Ahnung, was das Zeichen bedeutete, da bin ich mir sicher. Er hat es einfach benutzt, weil es ihm in die Finger gekommen war. So einfach ist das manchmal.«

Sie hatte inzwischen die City erreicht und steckte im üblichen Feierabendverkehr fest. Die Dämmerung hatte sich wie ein grauer Schleier über alle Farben gelegt. Sie war müde und hungrig, und von der langen Fahrt schmerzte ihr Rücken. Ihrem Nacken ging es nicht viel besser, und ihre Beine fühlten sich dick und heiß an. Und wenn schon, sagte ihre innere Stimme, du hast einen Job zu erledigen. Also griff sie an der nächsten roten Ampel zum Telefon und wählte die Nummer des Blindenheims, in dem der ehemalige Pfleger von McNulty inzwischen lebte. Eine strenge weibliche Stimme meldete sich.

»Ich möchte Jake Hellman sprechen, er wohnt doch bei Ihnen?«

Tamara hörte Papier rascheln.

»Ja«, sagte die Stimme.

»Können Sie mich mit ihm verbinden?«

»Auf dem Zimmer ist kein Telefon.«

»Wollen Sie damit sagen, niemand ihrer … Bewohner kann anrufen oder angerufen werden?«

»Aber natürlich können Sie anrufen. Nur Mister Hellman hat keins. Außerdem sind alle unsere Patienten *blind.*«

»Was hat das mit dem Telefon zu tun?«

»Hören Sie, wenn Sie etwas von Mister Hellman wollen, dann schreiben Sie einen Brief, oder kommen Sie vorbei.« Der Ton wurde immer ungeduldiger.

»Kann er einen Brief denn lesen?«

»Er bekommt ihn vorgelesen.«

»Gut, dann richten Sie ihm bitte aus, dass Detective Tamara Thompson morgen Früh um neun mit ihm sprechen möchte.«

Als keine Antwort kam, fragte sie nach.

»Ja. Es wird ihm ausgerichtet.« Die Frau klang jetzt noch abweisender.

»Danke für Ihre freundliche Hilfe!« Sie legte auf. »Dumme Person!« Die Frau im Auto neben ihr musterte sie misstrauisch. Tamara wandte den Blick ab.

Um halb sieben parkte sie den Wagen in der Garage des Headquarters in der Roma Street und fuhr zu ihrem Büro in der dritten Etage hinauf. Als sie die Tür aufstieß und auf die zwei unbesetzten Schreibtische blickte, wurde ihr klar, dass sie Shane schon jetzt vermisste. Bevor sie sentimental wurde, schaltete sie den Computer an, nahm sich ein Wasser aus dem Kühlschrank und rief dann die Datei auf, in der die Unterlagen von vor acht Jahren abgespeichert waren.

Jeffrey Ellroy – das Foto zeigte ihn, wie er heute noch war: ernst, verschlossen. Er hatte sich nicht verändert. Geboren 1965 in Adelaide. Seine Mutter Mary war Krankenschwester, sein Vater Carl Ingenieur – wie er selbst. Sie überflog seine Aussage. Er hatte sich mit Freunden im Pub getroffen, als Patty Benson plötzlich hereingekommen war und sich in ihre Gruppe gedrängt hatte. Sie hatte offensichtlich schon etwas getrunken und wollte Champagner kaufen. Sie hatte Steve beleidigt, und Jeffrey Ellroy war daraufhin mit ihr hinausgegangen und hatte ihr ein Taxi gerufen. Dann war er wieder hineingegangen. Eine Stunde später waren alle gegangen, Jeff wollte im Auto schlafen und früh am morgen zu seinem Vater raus nach Warwick fahren.

Tamara sah auf. War es also wirklich Zufall, dass Patty Bensons Mörder auch nach Warwick fuhr? Warum Warwick? Gab es einen solchen Zufall? Wäre McNulty nicht durch einen anonymen Anruf beschuldigt worden, hätte die Polizei Jeffrey Ellroy nicht so schnell laufen lassen. Sie dachte an den Mann mit dem kurz geschorenen rötlich blonden Haar, den sehnigen Armen, dem Ranger-Hemd … Konnte er und nicht McNulty Patty Benson und Valerie Tate ermordet haben? Er hatte anstrengende Tage gehabt, hatte Jeff Ellroy gesagt … Sie könnte nachprüfen, ob er in Darwin zu tun gehabt hatte …

Ihr Handy riss sie aus ihrer Grübelei.

»Was treibst du denn, Schätzchen? Hast du uns ganz vergessen?« Die Stimme ihrer Mutter war schrill, ihr Ton klang schleppend. Zweifellos hatte sie schon einiges an Alkohol intus. Ihre Eltern! Natürlich! Sie hätte sie längst zurückrufen sollen!

»Du hast mich und deinen alten Dad ganz schön vernachlässigt.«

»Ihr wisst, ich war unterwegs und hatte zu tun und außerdem …« Ach, Tamara!, schalt sie sich in Gedanken. Du rechtfertigst dich schon wieder, dass du einen Job – und ein eigenes Leben hast!

»Aber Darling, reg dich doch nicht so auf! Wenn du wüsstest, was wir die ganze Zeit durchmachen!« Ihre Mutter stöhnte. »Jetzt ist der Fernseher schon wieder kaputt! Dad hat vor einer Stunde irgendeinen Techniker angerufen, doch der hatte schon seinen Anrufbeantworter an. Ich kann es gar nicht glauben, mitten am Tag!«

»Mum, es war sicher schon sechs, und um sechs …« Sie ahnte schon, wohin das Ganze führte.

»Ich weiß, Schätzchen, es gibt Notdienste, aber bis man sich da durchtelefoniert hat! Wenn Sie das und das wollen, dann wählen Sie die Drei, und wenn dies und jenes, dann die Vier und so weiter, das ist … Das ist einfach furchtbar! Also, Kind, wir hocken jetzt hier und glotzen stumm die Wände an!«

»Macht doch das Radio an!« Am liebsten hätte sie einfach aufgelegt.

»Radio! Ich kann doch nicht den ganzen Abend Radio hören!«

Tamara schloss die Augen und atmete tief durch.

»Tamara, bist du überhaupt noch dran?«

»Ja, klar, Mum.«

»Schätzchen …« Ihr Ton wurde versöhnlich. »Dein Daddy und ich haben uns gedacht, ob du uns nicht deinen Fernseher …«

»Kommt überhaupt nicht infrage!«

»Aber, Tamara! Weißt du eigentlich, was für Opfer dein Vater und ich gebracht haben, als du zur Welt kamst? Weißt du, wie viel Geld du uns in deinem Leben schon gekostet hast? Und da fragt man mal an wegen einem dummen Fernseher und kriegt gleich eine Abfuhr! Tamara, so haben wir dich doch nicht erzogen! Wenn deine Schwester nicht so weit weg wohnen würde …«

»Hör auf, Mum!« Sie stöhnte. Sie kannte diese Litanei an Vorhaltungen in- und auswendig. »Ich bring euch den verdammten Fernseher!«

»Ach, Schätzchen, das ist lieb von dir! Ich wusste, dass du ein gutes Herz hast. Daddy, sie bringt uns den Fernseher!«

»Sie soll sich beeilen, um acht gibt's …« Tamara hörte die brüchige, aber immer noch herrische Stimme ihres Vaters und dachte, mein Gott, ich bin schon wieder drauf reingefallen.

»Kind, du hast Daddy gehört, wenn du gleich kommst, dann …«

»Ja, ich komme schon.« Sie war besiegt.

»Danke, Darling, und sag mal, bringst du uns noch eine Flasche Whisky mit? Das wäre nett von dir!«

Natürlich. Ihre Mutter legte auf. Tamara nahm sich zusammen. Am liebsten hätte sie ihr Handy an die Wand geworfen, stattdessen stopfte sie es in die Handtasche. Sally, dachte sie, warum hab ich alles allein am Hals? Seit der Hochzeit vor vier Jahren war ihre Schwester kein einziges Mal nach Adelaide gekommen, um ihre Eltern zu besuchen. Wenn die mich sehen wollen, dann müssen sie schon zu mir nach Esperance kommen, hatte ihre Schwester klargestellt. Sie wusste, dass ihre Eltern es hassten, sich von zu Hause wegzubewegen. Eine Reise hätte sie gezwungen, ihren eingefahrenen Tagesablauf aufzugeben. Sie hätten sich nicht so einfach betrinken können, und sie hätten auf ihre bequemen Sessel verzichten müssen. Für den Umzug nach Brisbane hatten sie all ihre verbliebenen Kräfte mobilisiert. Seitdem bewegten sie sich überhaupt nicht mehr – außer zum Arzt oder zum Bottle-Shop. Lebensmittel besorgte ihnen Tamara einmal die Woche in einem Supermarkt.

Ihre Schwester hätte das alles nicht mitgemacht. Sally versuchte das exakte Gegenteil ihres früheren Lebens zu entwerfen. Ihr Mann verdiente als IT-Spezialist sehr gut, und so konnte sie es sich leisten, sich nur um ihn und die Kinder, um Haus und Garten zu kümmern. Sie schien glücklich zu sein.

Tamara zog die Tür hinter sich zu. Und wie sah es in ihrem Leben aus? Seit ihrer Scheidung von Scott hatte sie sich auf keinen Mann mehr eingelassen. Ein paar kurze – sehr kurze – Affären, mehr nicht. Sie war davor zurückgeschreckt, einen anderen Menschen näher kennen zu lernen, seine Eigenheiten herauszufinden und zu respektieren, seine Schwächen zu sehen und sie zugleich nicht zu hassen. Sie hatte eine Wand um sich herum errichtet und sich dahinter ganz gut gefühlt. Sicher. Unverletzbar. Sie hatte keine Verpflichtungen – außer ihren Eltern gegenüber – und musste sich nicht rechtfertigen für ihre Eigenheiten. Die Zahl ihrer Freunde konnte sie an einer Hand abzählen. Und meist telefonierte sie nur mit ihnen. Ihr Job erschöpfte sie, und das Alleinsein brauchte sie, um ihre Seele, die von ihrem Job allmählich angenagt wurde, zu regenerieren. Und jetzt? Völlig unerwartet war sie diesem Mann begegnet, und zum ersten Mal nach vielen Jahren fühlte sie sich in ihrem eigenen Schutzwall eingesperrt. Sie seufzte. Leider war dieser Mann Teil des Falls, den sie zu untersuchen hatte. Sie war Profi genug, um zu wissen, dass das eine äußerst ungünstige Vorraussetzung für eine nüchterne, neutrale Ermittlung war.

Während sie auf den Aufzug wartete, fing ihr Handy an zu klingeln. Einen Moment lang überlegte sie, ob sie überhaupt drangehen sollte. Sie wollte nicht hören, dass sie ihren Eltern womöglich noch eine tiefgekühlte Lasagne oder eine Flasche Gin mitbringen sollte. Schließlich ging sie doch dran. Die Aufzugtüren öffneten sich.

»Hallo?« Sie lauschte, doch es klickte nur in der Leitung. Sie zögerte, doch dann trat sie schnell noch in die Kabine, bevor sich die Türen wieder schließen wollten.

»Menschenopfer. Dieser Brauch gehörte zu den Bestattungsriten. Dem vornehmen Toten sollten sein Privatbesitz, seine Frauen und Sklaven ins Jenseits folgen, man gab sie ihm daher mit ins Grab. Bei den Festen, die zum Andenken an die Verstorbenen gefeiert wurden, versah man die Gräber mit frischen Opfern für die Seele, und unter diesen Opfern konnten sich auch Menschen befinden.« Vicky legte die Kopie auf den Papierstapel vor sich. Sie hatte gegenüber von Shane, an Costarellis Schreibtisch, Platz genommen, während dieser versuchte, wie er sich ausgedrückt hatte, sich »auf der Straße ein bisschen umzuhören«.

»Das ist aus einem Koloniallexikon von 1920«, fügte sie hinzu. Vicky erinnerte ihn an seine Tochter. Dasselbe dunkle, glatte Haar der Chinesinnen, die leicht gelbliche Haut, die schwarzen, mandelförmigen Augen. Dabei war in dem Blut, das durch Pamelas Adern strömte, ja nur noch ein geringer Anteil ihres chinesischen – oder, wie ihre Mutter betonte, *taiwanesischen* – Erbes. Noch wohnte sie bei ihrer Mutter und deren Mann, Frank, an der Sunshine Coast, doch wenn sie tatsächlich Jura studieren wollte, würde sie nach Brisbane ziehen, nach Melbourne oder Sydney. Er war sich sicher, Frank würde sie großzügig unterstützen. Nachdem Shane ihn im vergangenen Jahr kennen gelernt hatte, war der Schmerz, den er vorher bei der Erwähnung seines Namens immer gespürt hatte, langsam verschwunden. Inzwischen mochte er Frank sogar, und er wusste seine Exfrau und seine Tochter bei ihm gut aufgehoben. Ein wenig Wehmut allerdings war geblieben – darüber, dass er es selbst nicht geschafft hatte, die beiden bei sich zu behalten.

»Wir haben damals, bevor wir McNulty fassten, auch in dieser Richtung recherchiert«, sagte er langsam. »Es gab in vielen Kulturen den Brauch, unter die vier Eckpfosten eines neuen Gebäudes, insbesondere eines Tempels, Menschenopfer zu verscharren. Das taten zum Beispiel auch einige Völker der Südsee.« Ein Ethnologe hatte sie damals beraten, und wäre der Anlass nicht ein so schrecklicher gewesen, hätte Shane dessen Vorträge über Bräuche und Bestattungen weitaus entspannter verfolgen können.

»Ich hab davon gehört, ja.« Vicky nickte. »Ich hab noch etwas anderes. *Haruspizium:* Weissagung aus den Eingeweiden von Opfertieren bei den Etruskern. Man unterscheidet zwei Hauptarten: die *Hepatoskopie,* das ist die Untersuchung der Leber, und das – Moment, das ist wirklich ein schwieriges Wort …« Sie lächelte kurz. »… das *Extispizium,* die Untersuchung von Milz, Magen, Nieren, Herz und Lunge. Auch die Inkas in Peru … Hier ist noch etwas Interessantes: Das etruskische *Haruspizium* kannte zwei Arten von Opfern: die *hostiae animales,* die nur zu religiösen Zwecken eingesetzt wurden, und die *hostiae consultatoriae,* die zur Weissagung dienten. Auf die eigentliche Opferung folgte die Beobachtung der Eingeweide. War diese Beobachtung beendet, warf man die Organe ins Feuer, die Farbe und die Bewegungen der Flammen und die Rauchentwicklung wurden verzeichnet.« Vicky sah Shane angewidert an. »Das ist doch grauenvoll!« Vicky war richtig in Fahrt. »Dann gibt es auch noch die Stellen in der Bibel«, fuhr sie fort, »im Alten Testament, die Anweisungen für die Opferung enthalten. Allerdings handelt es sich um Tieropfer.« Vicky zog ein Papier heraus. »Soll ich es mal vorlesen?«

»Ja, sicher«, sagte Shane, und er ertappte sich bei dem Gedanken, wie es wohl wäre, mit einer jungen, noch so engagierten Assistentin zusammenzuarbeiten. Wehmütig dachte er an seine ersten Jahre – doch da las Vicky schon weiter.

»Soll ein Gemeinschaftsopfer die Opfergabe sein und will jemand ein Rind darbringen, so muss er ein fehlerloses männliches oder weibliches Tier darbringen. Er lege die Hand auf den Kopf seines Opfers und schlachte es. Die Priester sollen das Blut ringsum an den Altar sprengen.«

Sie sah auf und schluckte. Er wusste, woran sie dachte. Valerie Tates Blut war in den Boden gesickert.

»Dann bringe er als Feueropfer das Fett, das die Eingeweide bedeckt, ferner die beiden Nieren, die Lenden und die Leberlappen …« Sie brach ab. »Unser Mörder hat sich nicht auf diese Organe beschränkt. Und er hat sie auch nicht, wie in der Bibel gefordert, verbrannt.«

»Das ist uns damals auch aufgefallen. Wir konnten nichts damit anfangen. Deshalb haben wir diese Idee wieder verworfen.« Und deshalb waren wir so erleichtert, als wir McNulty gefasst hatten und er schnell alles gestand. Die Erinnerung an die Ermittlungen lastete auf ihm. Jetzt, nach so vielen Jahren, wurden ihm die Fehler und Versäumnisse immer deutlicher.

»Ich bin sicher …« Vicky holte ihn aus seinen Gedanken zurück. »… unser Täter kennt diese Bibelstellen. Er hat es genauso gemacht. Nur hat er die Eingeweide nicht in Rauch aufgehen lassen, sondern er hat sie der Erde übergeben.« Sie lehnte sich zurück, auf ihrer Stirn hatte sich eine Grübelfalte gebildet. »Offenes Feuer ist um diese Jahreszeit ziemlich gefährlich.«

Er stimmte ihr zu, sah das trockene Buschland mit den verkohlten Baumstümpfen vor sich, durch das sie auf dem Weg zum Haus der Hell's Angels gefahren waren. »Ja, und man kann es von weitem sehen.«

Vicky nickte. »Unser Kerl ist ziemlich clever, nicht?«

McNulty war das ganz sicher nicht gewesen. Zuerst waren sie in ihren Ermittlungen auch von einem intelligenten, vorausschauenden Täter ausgegangen, dann, als sie McNulty gefasst hatten, hatten sie ihre Theorien und ihr Täterprofil stillschweigend in den Papierkorb geworfen. »Vicky, lesen Sie das noch mal. Das mit dem Andenken an die Verstorbenen«, sagte er schließlich.

Sie blätterte in ihren Papieren. »Hier ist es … *Zum Anden-*

ken an die Verstorbenen versieht man die Gräber mit frischen Opfern für die Seele.«

Er stand auf, weil er nicht mehr stillsitzen konnte. Er musste sich bewegen, irgendetwas tun, damit es ihm einfiel – ein entscheidendes Detail, das sie damals übersehen hatten – und auch jetzt wieder übersahen. Er wurde wütend. Die Wut richtete sich gegen ihn selbst, weil er nicht fähig war, den Mörder zu fassen – und sie richtete sich gegen den Mann, der sich entschlossen hatte, Menschen zu töten. Früher hatte er während einer Vernehmung oder bei einer Festnahme hin und wieder die Beherrschung verloren, hatte zugeschlagen oder war kurz davor gewesen. Mit der Zeit hatte er gelernt, seine Wut zu unterdrücken. Er hatte versucht, nichts mehr zu empfinden – Täter, Opfer, Angehörige und die Tat selbst lediglich als abstraktes Problem zu begreifen, das in einer bestimmten Art und Weise gelöst werden musste. Es gab Kollegen, die so arbeiteten – und dabei sogar erfolgreich waren. Doch ihm war es nicht gelungen. Er hatte gespürt, wie er langsam gefühllos wurde. Um erfolgreich zu sein, brauchte er Wut, Hass, Empörung und das Mitgefühl für die Opfer, sogar auch das für die Täter. Was machte einen Menschen zum Mörder? Diese Frage stellte er sich bei jedem neuen Fall. Er sah den massakrierten Körper von Valerie Tate vor sich: ausgeweidet, mit durchgeschnittener Kehle.

»Er wird es wieder tun, oder?« Vickys Stimme holte ihn in die Wirklichkeit zurück. Er sah in ihre Augen, doch darin spiegelte sich Valerie Tates Leiche.

Als er nichts erwiderte, sagte sie: »Wenn McNulty damals die Tat gestanden hat, dann …« Sie schüttelte den Kopf.

»Was dann?«

Sie errötete und sprach zögernd weiter: »… dann hätte ihm doch jeder geglaubt.«

Tja, dachte er, genau das ist das Problem. Ich habe immer versucht, nicht wie die anderen zu denken, und deshalb hatte ich öfter Erfolg. »Ja«, sagte er und wusste, dass er abwesend wirkte. Er ging zum Fenster.

Es war halb neun, und die Sonne war schon untergegangen. Längst standen die Leute in den Pubs und betranken sich mit Bier oder Cocktails. Shane konnte vom Fenster aus den großen Baum mit den Luftwurzeln sehen, unter dem ein paar Aborigines auf dem Rasen saßen und Bier oder Wein aus Kanistern tranken. Später würden sie dort einfach einschlafen.

»Shane?« Vicky war aufgestanden. Sie drückte eine Mappe mit beiden Händen an sich. »Ich muss noch ein paar Berichte schreiben.«

»Ja, sicher. Vielen Dank.«

Sie lächelte und ging. Er sah wieder zum Fenster hinaus.

14

Alison eilte durch die Fußgängerzone an all den bereits geschlossenen Geschäften vorbei zur Knuckey Street. Dort, gegenüber vom Polizeipräsidium an der Ecke zur Mitchell Street, hatte sie vorhin ihren Wagen geparkt, weil sie im Reisebüro die für Weihnachten geplante Reise nach Kapstadt stornieren wollte. Sie konnte sich beim besten Willen nicht vorstellen, mit Matthew einen Urlaub zu verbringen. Matthew zog sie immer wieder auf, weil sie darauf bestand, im Reisebüro eine Reise zu buchen, und nicht im Internet. Sie sei altmodisch, meinte er, und damit hatte er sicher nicht ganz unrecht.

Sie kam am Readback Bookshop vorbei, wo sie regelmäßig gebrauchte Bücher und Bilder von Aborigines kaufte. In der Mittagspause sah sie sich manchmal dort um, stieg auch in den ersten Stock hinauf, wo sich nicht nur Bücherregale befanden, sondern auch ein Atelier, ein großer Raum, in dem Aborigine-Maler hin und wieder arbeiteten. Einige von ihnen saßen vor dem Laden auf der Straße und malten dort. Aber wenn sie wusste, dass David Gulpili dort oben war, dann musste sie einfach hinauf und ihm zusehen. Zum ersten Mal auf ihn aufmerksam geworden war sie, als er in dem Film *Long Walk Home* einen mit der australischen Polizei zusammenarbeitenden Fährtenleser spielte, der drei kleine aus einem Heim ausgerissene Aborigine-Geschwister einfangen und zurückbringen sollte. Sein ernstes Gesicht, seine kohlrabenschwarzen Augen, seine ebenholzfarbene Haut hatten sie auf merkwürdige Weise berührt. Noch immer konnte sie die Gefühle, die sie dabei empfunden hatte, nicht präzise benennen. Schauder und Faszination vielleicht. Er hatte sie einmal im Buchladen an der Kasse angesprochen und sie eingeladen, ihm oben im Atelier beim Malen zuzuschauen. Zuerst hatte sie ihn gar nicht erkannt. Er sah viel älter aus als im Film. Seine Augen waren gerötet, die nackte Haut seines Oberkörpers war faltig und stumpf. Doch als er ihr seinen Namen nannte, wusste sie sofort, wen sie vor sich hatte.

Sie bedauerte, dass der Buchladen schon geschlossen hatte. Nach fünf Uhr war hier nichts mehr los. Auch im Café gegenüber, tagsüber stets gut besucht, waren viele Stühle leer. Am Abend zog es die Menschen in die Bars und Pubs in der Mitchell Street oder hinunter zu den vielen Restaurants an der Stokes Hill Wharf, wo man die frische Meeresbrise einatmete und Wellen an den Kai schlagen hörte.

»Hallo!«

Galt das ihr? Sie sah in die Richtung, aus der die Stimme gekommen war. Bert Horkay trat aus dem Schatten einer der Telefonzellen. Sie blieb überrascht stehen. »Hallo Bert, was machen Sie denn hier?«

Er breitete die Arme aus und lächelte. »Darwin ist ziemlich klein. Man muss sich zwangsläufig begegnen.«

Sie deutete auf ihren Wagen. »Ich bin auf dem Weg zum Mindil Beach Market. Wir haben dort einen Stand, um für das Festival noch mal kräftig die Werbetrommel zu rühren. Warum kommen Sie nicht mit? Wenn ein echter Schriftsteller am Stand ist, haben wir sicher mehr Interessenten!«

Er lächelte gewinnend. Heute trug er ein blütenweißes Poloshirt, dunkelblaue Bermudas und blaue Leinenschuhe. Man hätte ihn für den Besitzer einer Yacht halten können. Doch Meg hatte ihr verraten, dass er weder eine Yacht noch ein Haus besaß, noch nicht einmal eine Eigentumswohnung.

»Mein Auto steht allerdings zu Hause in Sydney!«

Sie musste lachen. »Na, da parkt meins näher! Kommen Sie! Wenn wir uns beeilen, kriegen wir noch den Sonnenuntergang mit.« Sie sah hinauf in den leicht bewölkten Himmel. »Wir könnten Glück haben!«

Die Terrassen der Pubs waren schon gut besetzt. Vor einer Autovermietung musste sie anhalten, weil ein ungeübter Fahrer ein Wohnmobil umständlich in eine Parklücke rangierte.

Dass Bert so überraschend aufgetaucht war, versetzte sie in eine seltsame Spannung. Sie stellte fest, dass sie dauernd über ihn nachdachte.

»Alison?«

Sie zuckte zusammen. »Ja?«

»Was ist los, Alison?«

»Was?« Sie sah zu ihm hinüber, doch er hatte den Blick geradeaus gerichtet.

»Ihre Aura vibriert, ich spüre es. Irgendetwas hat sie aus dem Gleichgewicht, aus Ihrer Mitte gebracht, Alison.« Er wandte sich ihr zu und sah ihr in die Augen. »Ist es nicht so?«

Sie schluckte. Was sollte sie sagen? Die Fahrbahn vor ihr war wieder frei, und sie fuhr an.

»Ich möchte Sie nicht in Verlegenheit bringen, Alison. Aber ich fühle, dass Sie etwas mit sich herumschleppen. Eine Schuld …?«

Sollte sie loslachen und sagen, was für ein Unsinn? Sollte sie aufs Gas treten und sagen: Ja, genau, das ist es! Sie war unfähig, sich für eine Antwort zu entscheiden, und fuhr einfach weiter.

»Alison, ich möchte Ihnen meine Hilfe anbieten. Ich weiß, Sie kennen mich noch nicht lange, aber …« Er stockte, suchte nach dem richtigen Wort. »… aber glauben Sie mir, ich empfinde sehr viel für Sie, und ich möchte, dass es Ihnen gut geht.«

Sie wollte ihm jetzt in die Augen sehen, sie wollte ihm ihr Herz ausschütten und sich von ihm in die Arme nehmen lassen, sie wollte – doch stattdessen nickte sie nur, konzentrierte sich weiter auf den Verkehr und hoffte, dass die rote Ampel am Ende der Straße auf grün schalten würde, sodass sie nicht anhalten und ihm in die Augen sehen müsste.

»Danke«, brachte sie gerade noch heraus und setzte ein unverbindliches, freundschaftliches »Das ist wirklich sehr nett von Ihnen« hinzu.

Sie war ihm dankbar, dass er nicht weiter in sie drang.

Unten am Meer fand sie nur noch in den hinteren Reihen einen Parkplatz. Der Markt war sehr beliebt, und Besucher kamen aus allen Ecken der ausgedehnten Stadt. Menschen strebten, mit Klappstühlen und Kühltaschen beladen, zur Wiese am Strand. Die Promenade, sonst kaum besucht, brodelte vor Leben. Dicht an dicht drängten sich Essensstände, von denen köstliche Gerüche aufstiegen. Hier spürte man ganz deutlich, aus welch unterschiedlichen Teilen der Erde die Menschen gekommen waren, um in Darwin eine neue Heimat zu finden. Diese Vielfalt war es, die Alison an dieser eigentlich eher provinziellen und beschaulichen Stadt liebte. Thailändische Spezialitäten wurden neben griechischen Köstlichkeiten verkauft, deutsche Bratwurst gab es neben chinesischen Raffinessen, zwischendrin italienische Pizza und Leckereien aus dem Südpazifik. Von überallher drang Musik, Menschen schoben sich dicht an dicht durch die Gasse und an den Ständen mit Kunstgewerbe vorbei. Auf der Wiese zwischen den Ständen und dem Strand lagerte man zum Picknick. Wein und Bier musste man selbst mitbringen.

»Wir haben es gerade noch geschafft«, sagte sie und bemühte sich, fröhlich und unbeschwert zu klingen. Bert Horkay trat neben sie und sah wie sie zum Himmel. Wie eine glühende Münze aus Bronze versank die Sonne aus den rötlichen Wolken ins Meer. Alison spürte Berts Energie, ihr wurde heiß, noch heißer, und wenn sie sich ihren Gefühlen hingeben würde, dann …

»Es ist wunderschön, nicht wahr?« Er lächelte sie an. »Ich komme nachher zum Stand.« Dann ließ er sie einfach stehen und verschwand in der Menschenmenge. Verstimmt sah sie ihm nach. Sie wollte sich gerade zum Stand aufmachen, als ihr Blick an einem schwarzen Augenpaar hängen blieb. Gebannt starrte sie in die kohlrabenschwarzen Augen einer älteren Aborigine, die einfach in der vorbeiströmenden Menge stehen geblieben war. Merkwürdigerweise wurde sie nicht gestoßen oder weitergedrängt, die Menschen wichen ihr aus, als wäre sie von einem unsichtbaren Wall umgeben. Alison spürte, wie ihr eine Gänsehaut über den Körper lief. Sie wollte sich aus dem magischen Bann dieses durchdringenden Blicks befreien, der bis in ihr tiefstes Inneres zu dringen und ihr dunkles Geheimnis zu erkennen schien, doch sie konnte sich nicht losreißen. Sie musste in dieses fremde Augenpaar in dem schwarzen Gesicht starren, das – so kam es ihr vor – niemals lächelte. Auf einmal bewegten sich die Lippen der Fremden und formten unhörbare Laute. Unvermittelt löste sie ihren Blick von Alison, und dann war sie plötzlich in der Menge untergetaucht.

Wie war es möglich, dass ein einziger Blick sie so irritieren, ja so beunruhigen konnte? Was hatte die Frau gesehen? Was hatte sie gesagt? Während sich Alison den Weg zum Stand des Writer's Festival bahnte, wusste sie auf einmal die Antwort. Die fremde Aborigine hatte ihre Schuld erkannt – und sie hatte sie schuldig gesprochen.

Meg winkte. Sie trug ein weites rotes Kleid mit gelben Blüten und hatte ihren Pferdschwanz zu einem Knoten zusammengesteckt. Vor ihr auf dem Tisch stapelten sich fein säuberlich Broschüren und Bücher der am Festival teilnehmenden Schriftsteller.

»Gut, dass du kommst. Ich brauche Unterstützung.« Mehrere Leute blätterten in den Büchern und lasen aufmerksam die Faltblätter.

»Ich hab Bert in der Stadt getroffen und ihn mitgebracht.« Alison verstaute ihre Tasche unter dem Tisch.

»Ach …« Meg sah sie überrascht an. »Zu mir hat er gesagt, er will heute mal einen ruhigen Abend haben. Aber …« Sie zwinkerte vielsagend. »… wer weiß, was Bert unter einem ruhigen Abend versteht?«

Alison überwand sich zu einem Lächeln und gab sich redlich Mühe, die Fragen der Interessenten am Stand freundlich und ausführlich zu beantworten. Doch Bert Horkays Worte gingen ihr nicht aus dem Sinn, und die Augen der Aborigine schienen sie von irgendwoher zu beobachten. Ab und zu sah sie verstohlen auf, doch sie konnte die geheimnisvolle Fremde nirgendwo entdecken. Genauso wenig wie Bert Horkay. Sie hatte sich Illusionen gemacht. Ihr Leben verlief weder sicher noch stabil. Es war durcheinandergeraten.

Die Sonne ging unter, und es wurde finster. Nur noch das Licht von den Ständen und den spärlich angebrachten Laternen erleuchtete die Promenade. Die Wiese, wo die Menschen beim Picknick saßen, war in Dunkelheit getaucht. Und plötzlich sah Alison sie: die Augen der Aborigine, hinter der Menschenmenge, die sich zwischen den Ständen hindurchschob. Die geheimnisvolle Fremde saß neben einem Stand, an dem Kunstgewerbe verkauft wurde.

Alison starrte diese Augen an und fasste einen Entschluss. »Ich muss mal kurz verschwinden«, sagte sie zu Meg, die gerade in einen gefüllten vietnamesischen Hähnchenschenkel biss. Sie nahm ihre Tasche und bahnte sich einen Weg durch den Strom der Besucher, hin zu dem dunklen Augenpaar.

Noch in der Nacht wird der Wind stärker. Heulend fährt er durch die Ritzen des Hauses, drückt gegen Fenster und Türen, zerbricht Scheiben, reißt Äste von den Bäumen, treibt Blecheimer vor sich her. Das Heulen des Sturms ist wie das Schreien von Men-

schen. Holzwände brechen ächzend zusammen – und dann, dann schießt ein riesiger Schatten heran, ein Urvogel, gesandt, um die Lüge zu strafen –

Er träumte ihn auch tagsüber, immer denselben Traum.

Tamara hatte es geschafft, den Fernseher abzumontieren, ihn im Apartmenthaus ihrer Eltern in den Aufzug zu schleppen und in der Wohnung auf dem Regal wieder aufzustellen. Weder ihr Vater noch ihre Mutter waren ihr dabei eine Hilfe. Sie hatten nur herumgestanden und sie beobachtet. Tamara ersparte sich eine Bemerkung, dass sie ihr hätten helfen können, denn das hätte nur zu einer fruchtlosen Diskussion geführt und mit Vorwürfen geendet. Um zehn vor acht saß sie schließlich neben ihrer Mutter auf der Couch und starrte in ihren eigenen Fernseher.

»Schön, Kind, dass du mal wieder da bist«, sagte ihre Mutter. Glücklich tätschelte sie Tamaras Arm, ohne den Blick vom Fernsehprogramm zu nehmen. Für ihre Mutter war die Welt wieder in Ordnung. Die frischen Dauerwellen lagen wie ein Helm aus straffen blonden Röllchen auf ihrem Kopf. Die Brille mit dem schweren, viel zu großen Gestell ließ ihr Gesicht eulenartig wirken. Sie hatte ein wenig Rouge aufgelegt. Doch es verlieh ihren Gesichtszügen nichts Frisches. Irgendwie sah sie bemitleidenswert aus. Auf ihrem rosafarbenen T-Shirt stand in glitzernden Lettern *Goldcoast.* Tamara konnte sich nicht daran erinnern, dass ihre Eltern in der letzten Zeit dort gewesen waren. Sie musste es in irgendeinem Supermarkt gekauft haben.

»Unser Fernseher war besser«, brummte ihr Vater. Er saß im Sessel, blickte starr auf den Fernseher und schlürfte seinen Whisky. »Du verdienst doch Geld. Warum kaufst du dir keinen guten?« Er trug ein braun kariertes Hemd mit kurzen Ärmeln und beigefarbene Shorts. Seine Gummischlappen lagen kreuz und quer zwischen seinen Füßen und dem Fernseher. Der Alkohol hatte ihn ausgemergelt, seine Haut war dick und gelblich geworden wie altes Leder. Seine Nase, die schon immer sein Gesicht dominiert und die sie, Gott sei Dank, nicht geerbt hatte, wirkte noch raubvogelartiger, und seine buschigen Augenbrauen ließen seinen Blick noch wilder werden. Das noch immer füllige Haar bauschte sich über der Stirn zu einer altmodischen Tolle. Tamara roch, dass die Wohnung lange nicht gelüftet worden war. Waren das erste Anzeichen von Verwahrlosung? Die Zehennägel ihrer Mutter, die aus den abgetragenen Latschen hervorquollen, mussten dringend geschnitten werden, genauso wie die Haare ihres Vaters.

»Es ist mir nicht wichtig, Dad, und außerdem hab ich überhaupt keine Zeit zum Fernsehen.« Warum rechtfertigte sie sich eigentlich? Sie ärgerte sich. Dabei hatte sie sich vorgenommen, sich nicht provozieren zu lassen.

»Sie hat recht, Dad. Du hast so viel zu tun, nicht wahr, Kind?« Schon stand ihre Mutter auf, schob sich zwischen Couch und Tisch zur Anrichte, wo die Whiskyflasche stand. Die rosafarbenen Shorts klebten an ihrem Hintern. Die Haut ihrer dicken Oberschenkel war schlaff und welk. Tamara fragte sich, ob sie auch einmal so aussehen würde. Ihre Mutter goss sich einen vierfachen Whisky ein, kam dann mit Flasche und Glas wieder zurück. Tamara zwang sich, nichts zu sagen. Schließlich wollte sie ja auch nicht, dass sich ihre Eltern in ihr Leben einmischten.

»Sieh dir das an, Dad!« Ihre Mutter deutete mit dem Whiskyglas zum Fernseher. »Bin ich froh, dass wir nicht so nah am Meer wohnen.«

Gerade lief ein Film über einen Zyklon, der auf die chinesische Küste getroffen war. Palmen bogen sich, Bretter, Stühle, Müll, Blechteile wirbelten durch die Luft, hohe Wellen peitschten ans Ufer, rissen den Strand und Fischerboote mit sich. Schon über dreihundert Todesopfer hatte der tropische Sturm gefordert, hieß es.

»Ist das nicht fürchterlich!« Ihre Mutter schüttelte den Kopf und sah gebannt auf die Mattscheibe. »Wisst ihr noch, wie das bei Sally war?«

»Sally?«, brummte ihr Vater. »Wir könnten verrecken, und Sally würd das nicht die Bohne interessieren!«

»Sei nicht so, Daddy«, gab ihre Mutter zurück und schlug die mit Pigmentflecken übersäte Hand auf die Brust. »Ich hab damals gedacht, jetzt tut sich die Erde auf und wir alle verschwinden in der Tiefe!« Sie schüttelte den Kopf. »Das werd ich nie vergessen.«

Nein, die Hochzeit ihrer Schwester vergessen, das würde wohl niemand, der daran teilgenommen hatte, dachte Tamara. Wochenlang hatte ihre Mutter auf Sally eingeredet, die Hochzeit zu verschieben. Ein Dreizehnter als Hochzeitstag! Das bringe Unglück! Aber ihre Schwester hatte sich wie üblich nicht dreinreden lassen. Als dann plötzlich der Boden angefangen hatte zu beben, war jedoch auch sie kreidebleich geworden. Und ihre Mutter hatte ihr einen vorwurfsvollen Blick zugeworfen, bevor sie mit den anderen ins Freie gestürzt waren. Das Beben hatte keine besonderen Schäden angerichtet, zurückgeblieben war nur ein langer Riss in der Vorderseite von Sallys und Andrews Haus. Er zog sich von der linken Türkante bis hoch unter den Giebel.

»Kind, möchtest du denn gar nichts trinken? Whisky belebt.« Ihre Mutter hielt die Flasche schon in der Hand.

»Nein, danke, ich muss los.« Tamara stand auf. Sie ertrug es nicht mehr, neben ihrer Mutter auf der Couch zu sitzen. Es war einfach nicht mehr wie früher, als sie noch ein Kind war. Wie so oft, wenn sie mit ihren Eltern zusammen war, schwankten ihre Gefühle zwischen Mitleid und Wut.

»Aber denk dran, übermorgen müssen wir zum Supermarkt!«, rief ihre Mutter. Ihr Vater sagte nichts. Fernseher und Whisky nahmen ihn voll und ganz in Anspruch.

Eine halbe Stunde später stellte Tamara den Wagen in die Garage neben ihrem gemieteten Haus und schloss die Tür auf. Endlich wieder allein! Sie warf die Schlüssel in eine Holzschale auf der modernen Anrichte und eilte ins Arbeitszimmer. Ja, natürlich, das Haus war zu groß für eine Person. Und es war viel zu groß für jemanden wie sie, die sowieso mehr im Büro als zu Hause lebte. Aber es gefiel ihr, sie fühlte sich wohl, und die Miete war nicht viel höher als für ein kleineres Haus oder für ein modernes Apartment. Hier hatte sie Platz und Ruhe, eine große Terrasse und sogar einen Garten. Und auch die Nachbarn, Familien mit Kindern, waren nett. Außerdem konnte jemand zu ihr ziehen – wenn es sich doch einmal ergeben sollte …

Da ist doch genug Platz für uns drei, hatte ihre Mutter gesagt. Tamara war heilfroh, dass sie bei ihrem kategorischen Nein geblieben war.

Sie zog sich im Schlafzimmer aus und ging ins Bad. Das warme Wasser lief über ihre Haut und entspannte sie. Doch es war, als hätte die Erinnerung nur auf einen günstigen Moment gewartet, um aus der Tiefe heraufzudrängen, und so dachte sie an jenen dritten Juni vor fast zwanzig Jahren, als ihre Mutter ihr in der Küche gesagt hatte: *Ellen Hunt ist tot.*

Auf einmal fröstelte Tamara unter der warmen Dusche, und sie stellte das Wasser ab. Sie hatte es nicht glauben wollen und Ellens Mutter angerufen. Sie wickelte sich in ein dickes Frotteetuch und verließ das enge Badezimmer.

Ellen wollte Medizin studieren, aber sie, Tamara, wollte erst einmal eine Zeit lang jobben. Sie wollte so schnell wie möglich Geld verdienen und einen netten Mann finden, damit sie von ihren Eltern, die damals schon getrunken hatten, unabhängig würde. Es gab oft Streit, ihr Vater wurde immer wieder arbeitslos, ihre Mutter hielt die Familie dann mit Putzjobs und Nachtschichten bei der Post über Wasser. In diesen Zeiten musste Tamara den Familienalltag organisieren. Sie musste putzen, waschen, einkaufen, kochen und auch noch die Hausaufgaben ihrer jüngeren Schwester überprüfen. Du bist für sie verantwortlich, hatte ihr Vater gesagt.

Ellen wäre jetzt so alt wie sie … Tamara bückte sich und nahm ihre Glock aus der Umhängetasche. Nie wieder will ich mich ohnmächtig fühlen, hatte sie sich geschworen, als sie zum ersten Mal das kalte Metall einer Pistole in ihrer Hand gespürt hatte.

15

Es war fast Mitternacht, als Shane das Polizeipräsidium verließ und ins nur dreihundert Meter entfernte Hotel ging. Unter der Dusche versuchte er alle Informationen zu bündeln, in der Hoffnung, auf eine Spur zu stoßen, die ihnen bisher verborgen geblieben war. Er seifte sich ein. Die wulstige Narbe am Oberschenkel erinnerte ihn an Jacks Tod, und jedes Mal, wenn er sie sah oder befühlte, zog sein Herz sich zusammen, und eine tiefe Traurigkeit machte sich in ihm breit. Dass er schließlich den Täter gefunden hatte, vermochte ihn nicht zu trösten.

Er dachte an Carol. Schon viermal hatte er in der letzten Stunde versucht, sie zu erreichen, doch sie hatte offenbar keinen Empfang. Noch immer hatten er und Carol nicht entschieden, wo sie wohnen würden. Seine Wohnung würde er nicht aufgeben, genauso wenig wie sie ihr Haus an der Sunshine Coast. Vielleicht würden sie einfach wegfahren. Irgendwohin, wo es still und ruhig war, wo sie nur sich hatten. Er sehnte sich danach – und wusste zugleich, dass er diesen Ort vielleicht nie finden würde – wenn es ihm diesmal nicht gelang, den wahren Mörder zu fassen …

Er ließ das Wasser über seinen Kopf laufen und schloss die Augen. Für ein paar Stunden müsste er abschalten, sich ausruhen, schlafen – auch wenn es ihm widerstrebte, solange der Mörder da draußen herumlief, vielleicht auf der Suche nach neuen Opfern, jungen Frauen, die er bestialisch umbrachte.

Klopfte da jemand an die Tür? Er stellte das Wasser ab. Tatsächlich. Wieder ein energisches Klopfen. Wer sollte ihn besuchen? Rasch schlang er sich ein Badetuch um die Hüften und öffnete.

»Sie?«, hätte er überrascht ausrufen können, doch er sagte nichts. Diesmal wollte er ihr nicht die Chance geben, ihm eine polemische Antwort um die Ohren zu hauen. So musste *sie* den Anfang machen – und er konnte mit aller Härte darauf reagieren – wenn er wollte. Alex Winger stand vor der Tür – im dunkelgrauen Businessanzug.

Sie wartete offenbar auf eine Frage, doch er tat ihr den Gefallen nicht. So standen sie sich einige Sekunden gegenüber, wie zwei Schauspieler, die ihren Text vergessen hatten.

»Darf ich reinkommen?«, fragte sie schließlich.

Er machte es ihr nicht einfach, zögerte bewusst und trat erst dann zur Seite. Mit energischem Schritt ging sie an ihm vorbei durch den engen Flur ins Zimmer. Dort drehte sie sich zu ihm um.

»Es gibt eine Sache, über die ich mit Ihnen reden will.«

»Eine ungewöhnliche Zeit, finden Sie nicht?« Aus seinem Haar tropfte ihm Wasser in die Augen und brannte.

»Ich konnte nicht früher.« Warum, erklärte sie nicht.

Er wies zum einzigen Sessel. Sie setzte sich und schlug die Beine übereinander, aber ihre Haltung blieb angespannt.

»Möchten Sie etwas trinken?« Er musste sich überwinden, zu fragen.

»Nein, danke.«

»Ich muss mir nur was anziehen.«

Sie wippte mit der Fußspitze. Meinetwegen, aber beeil dich, hieß das, dachte er und ging ins Bad, wo er rasch Hose und Hemd überzog. Er musste sich unbedingt etwas zum Anziehen kaufen, jetzt, wo er länger in Darwin bleiben musste. Er hatte sich ja nur auf einen oder zwei Tage Verhandlung eingestellt.

»Was machen Sie denn so lange?«, hörte er sie rufen.

»Was glauben Sie wohl?«, gab er unfreundlich zurück. »Warte ab, was sie zu sagen hat«, murmelte er seinem Spiegelbild zu, »dann schmeißt du sie raus.«

Während er noch das Hemd zuknöpfte, ging er zurück zu ihr. Er rückte den Stuhl so, dass er ihr schräg gegenübersaß, dazwischen der runde Tisch mit dem Laptop, verschiedenen Zeitungen und einem gebrauchten Glas. Ihre blauen Augen wirkten nicht mehr ganz so kalt, aber vielleicht war auch sie mal müde. »Also, worüber wollen Sie mit mir reden?«

Sie musterte ihn, als überlegte sie sich gerade, ob sie nicht doch wieder gehen sollte. Doch dann sagte sie: »Den Absender des Drohbriefs haben Sie ja wohl noch immer nicht gefunden.«

»Nein.« Er würde sich nicht provozieren lassen.

»Nun … Es geht um Valerie Tate.«

Er wartete.

»Valerie hatte ein Verhältnis.«

Er war verblüfft, zeigte es jedoch nicht. »Warum haben Sie das nicht meinen Kollegen gesagt?«

»Ich mochte die Polizisten nicht.«

Schon wieder diese Arroganz! »Nun, im Gericht hatte ich nicht gerade das Gefühl, dass Sie *mich* mögen!«, sagte er.

Sie blieb ernst. »Das war in der Verhandlung.«

»Oh nein, Sie waren auch vor dem Gerichtssaal nicht gerade sehr nett.«

»Das gehörte auch zur Verhandlung.«

»Was? Die Unterstellung, ich wäre selbstherrlich und selbstgerecht?«

»Sie haben es sich gemerkt, nicht wahr?« Über ihr Gesicht flog ein kurzes Lächeln.

»Wenn Sie mich wieder provozieren wollen, werfe ich Sie raus.« Wieder war es ihr mit wenigen Worten gelungen, ihn auf die Palme zu bringen.

Sie wurde ernst, blickte auf ihre Hände, die sie auf ihrem übergeschlagenen Bein gefaltet hatte.

»Valerie hat es niemandem gesagt. Es war eine heikle Geschichte. Er ist verheiratet. Matthew Griffith. Er ist der Schwiegersohn des Besitzers eines großes Transportunternehmens: van Oosterzee. Sie müssten blind sein, wenn Sie noch keinen seiner Lastwagen oder Container gesehen haben.«

»Dann bin ich wohl blind.«

»Nicht gerade ein Pluspunkt für einen Polizisten.«

»Sie glauben gar nicht, was ein Blinder alles sehen kann …« Er musterte sie. Führte sie etwas im Schilde? »Könnte Griffith etwas mit ihrem Tod zu tun haben?«

»Ich weiß es nicht. Aber wäre es nicht besonders clever, einen Serienmord vorzutäuschen, wenn man sich jemanden vom Hals schaffen will?«

»Sie trauen diesem Griffith so etwas zu?«

»Ich habe schon einiges erlebt. Vielleicht hat er auch jemanden beauftragt? Jedenfalls erinnere ich mich, dass Valerie am letzten Nachmittag irgendwie nervös und unkonzentriert war. Aber sie wollte nicht sagen, was los ist.«

Er dachte nach. Wenn Alex Winger recht hatte, dann hatte dieser Mord rein gar nichts mit dem vor acht Jahren zu tun. Er könnte sich ins Flugzeug setzen und nach Hause fliegen. All das ging ihn nichts an. Er seufzte still, denn er wusste genau, dass er das niemals tun könnte.

»Warum fragen Sie mich nichts, jetzt, wo ich mich sozusagen in die Höhle des Löwen gewagt habe?«, sagte sie.

»*Höhle des Löwen* nennen Sie das?« Er lächelte. »Sie sind freiwillig gekommen, und Sie können jederzeit wieder gehen, Mrs Winger.«

»Alex. Nennen Sie mich Alex.«

Er sagte nichts. Sie musterte ihn, er musterte sie. Noch immer wurde er nicht schlau aus ihr.

»Wovor haben Sie Angst?«, fragte er schließlich.

»Wie kommen Sie darauf, dass ich Angst haben könnte?«

»Das sieht ein Blinder wie ich. Wie Sie dasitzen, dass Sie um diese Uhrzeit zu mir kommen ... Geben Sie's zu, Sie haben Angst!«

Sie schwieg. Der Punkt ging an ihn. »Wollen Sie nicht doch was trinken?« Er stand auf, holte eine Schale mit Eiswürfeln aus dem Gefrierfach des Kühlschranks und mixte zwei Gin Tonic.

Schweigend nahm sie das Glas entgegen und trank. Erst als sie es abstellte, sah sie ihn an. »Valerie sah mir ähnlich.«

»Ja, das ist mir auch aufgefallen. Ich dachte, sieh an, Alex Winger ist eine egomanische, narzisstische Anwältin.«

Für einen Moment flog ein kaum merkliches Lächeln über ihr Gesicht. »Wir suchen uns immer selbst«, sagte sie ohne Regung.

»Ich dachte, es heißt, wir suchen immer den Teil, der uns fehlt?«

»Sie sind gar nicht so dumm, wie ich dachte, Detective.«

»Sie haben mich also auch noch für dumm gehalten?« Ihre Unverschämtheit verblüffte ihn.

Sie trank und blieb eine Antwort schuldig.

Er verschränkte die Arme auf dem Tisch und sah ihr direkt in die Augen. »Wenn ich Sie richtig verstanden habe, fürchten Sie, dass der Mörder Frauen wie Sie und Valerie aussucht und dass Sie folglich sein nächstes Opfer sein könnten – falls es sich um einen Serientäter handeln sollte, richtig?«

Sie nickte. »Aber es gibt noch eine andere Möglichkeit.«

»Die wäre?«

Sie blickte kurz auf ihre manikürten Nägel. Erst jetzt fiel

ihm auf, dass sie ihre klimpernden Armreifen gar nicht trug. Dann sah sie wieder auf. »Der Mörder wollte nicht Valerie, sondern mich umbringen.«

»Und verraten Sie mir auch, warum er Sie hätte umbringen sollen?«

»Haben Sie noch was davon?« Sie hielt ihm ihr leeres Glas entgegen.

Er stand auf und goss ihr noch einen Drink ein. »Sie wissen, dass wir Brian Mason auf den Zahn gefühlt haben?«

Sie nickte. »Aber Sie haben ihn nicht festgenommen.«

»Nein, wir beobachten ihn. Wir haben nichts, aber auch gar nichts gegen ihn in der Hand. Auch sein Alibi scheint wasserdicht zu sein.«

Ihr Blick ging durch ihn hindurch. »Ich bekomme öfter Anrufe«, sagte sie auf einmal. »Anonyme. Mitten in der Nacht.«

»Haben Sie nicht die Nummer gewechselt?« Er unterdrückte seine Verärgerung.

»Meine Klienten müssen mich erreichen können. Ich kann nicht dauernd meine Nummer ändern.«

»Sie haben also nichts unternommen.«

»Nein. Ich dachte, das hört von selbst wieder auf. Aber inzwischen dauert es schon ein halbes Jahr.«

»Und was will er?«

»Es sind Schweinereien … Ich meine …« Sie trank wieder. »Sexuelle Anspielungen … Beleidigungen …«. Sie nahm noch einen kräftigen Schluck. »… widerliche Dinge …«

»Sie haben es der Polizei nicht gemeldet?«

»Was hätten die denn tun sollen?«

»Oh, es gibt eine Menge …«

»Ich *wollte* es diesen Typen nicht sagen!«, fiel sie ihm ins Wort. »Sie hätten ihren Spaß gehabt, mich gedemütigt …« Sie brach ab, starrte in ihr Glas und trank es dann in einem Zug leer.

»Ich glaube, Sie überschätzen Ihren Unterhaltungswert, Alex.«

Sie sah ihn verständnislos an. »Meinen Sie das im Ernst?« Mit Nachdruck stellte sie das Glas auf den Tisch und sah ihm direkt in die Augen. »Ich hatte mal ein Verhältnis mit Tony Costarelli.«

Er verschluckte sich beinahe an seinem Drink.

»Es ist nicht übertrieben, wenn ich das, was wir getrieben haben, als den geilsten Fick meines Lebens bezeichne«, sagte sie ungerührt.

Er wusste, dass er sie anstarrte, aber er konnte nicht anders.

»Wir haben es überall gemacht. Im Büro, auf dem Klo, im Auto, in einer Zelle. Der Sex mit ihm und das Warten darauf haben mich fast wahnsinnig gemacht.« Sie wollte trinken, doch sie merkte, dass ihr Glas leer war. »Was ist, schenken Sie Ihren Gästen nicht nach?«

Er stand auf, holte Eiswürfel, Gin und Tonic, stellte alles auf den Tisch und goss ihr ein.

»Nach einem halben Jahr hat er Schluss gemacht. Gesagt, es langweile ihn.« Sie trank. »Können Sie sich vorstellen, wie man sich danach fühlt? So einfach ausrangiert zu werden wie … wie … wie ein Paar Schuhe, das man durchgelaufen hat?« Ihre Hand hielt das Glas umklammert. Sie starrte auf den Tisch.

Er wartete, dass sie weiterredete, aber sie schwieg. »Und dann haben Sie Valerie Tate eingestellt. Sie sah Ihnen ähnlich.« Er überlegte. »Warum?«

»Warum? Sie haben doch vorhin selbst gesagt, dass ich egomanisch und narzisstisch bin.«

Er überlegte. »Hat Costarelli dann mit Valerie …«

Sie lachte auf. »Das hätte er gern, ja! Aber sie wollte nicht.«

»Okay, Valerie wollte nicht. Und Costarelli hat sich damit abgefunden.«

»Nein. Er war wie besessen davon, mit Valerie ins Bett zu gehen.«

Er goss sich Gin nach. »Und was hat die Geschichte mit dem Mord zu tun?«

»Was weiß ich! Sie können sich gar nicht vorstellen, wie durchgeknallt Costarelli ist!« Sie fuhr sich mit einer hektischen Bewegung durch ihr Haar und schüttelte es.

»Durchgeknallt? Nur weil er Sex haben will? Wissen Sie, wie das ist, dauernd unter Strom zu stehen?« Er erinnerte sich an die Zeiten, als er sich abreagieren und ablenken musste, als er die Bilder und Gerüche des Todes aus seinem Gehirn herausbekommen musste – und jede Möglichkeit dazu genutzt hatte.

»Oh ja, das weiß ich. Warum verteidigen Sie ihn?« Ihr Blick wurde durchdringend.

Er beugte sich ein wenig vor und fixierte sie. »Sie wollen doch wohl nicht ernsthaft behaupten, dass Tony etwas mit dem Mord zu tun hat?«

Sie zögerte. Eine Zeit lang drehte sie das Glas in ihren Händen, dann sagte sie: »Wir hatten hier vor einem halben Jahr einen Mord an einer Prostituierten. Sie wurde den Krokodilen im East Alligator River zum Fraß vorgeworfen. Es war Zufall oder Glück, dass man überhaupt noch Überreste von ihr gefunden hat. Sonst wäre diese Frau einfach verschwunden. Costarelli hat diese Frau öfter getroffen – auch am Abend vor dem Mord. Sie müssen wissen: Er hat Sex mit Prostituierten. Er beschützt sie, deckt sie – und kriegt dafür alles, was er will. Ein einfaches Tauschgeschäft, das mit mir nicht funktioniert hat.«

Sie räusperte sich. »Costarelli war einer der Letzten – oder sogar der Letzte, der diese Frau, Deborah Pitt, lebendig gesehen hat.«

Er wollte sie unterbrechen, doch sie redete weiter.

»Bei den Ermittlungen wurde diese Tatsache unterschlagen. Das weiß ich aus sicherer Quelle. Genauso wie ich aus anderer Quelle weiß, dass er sie getroffen hat. Aber das wurde vertuscht. Und jeder normal Denkende fragt sich: Warum?«

Er verfluchte sich. Warum hatte er ihr die Tür geöffnet? »Hören Sie, Mrs Winger ...«

»Alex.«

»Alex. Sie kommen nachts hierher, schwärzen Tony Costarelli an, auf den Sie offenbar ziemlich wütend sind. Ihre Anschuldigungen beruhen auf angeblichen Aussagen angeblich sicherer Quellen. Ich frage Sie: Wollen Sie sich an Costarelli rächen? Wenn ja, dann verschwinden Sie auf der Stelle!«

»Costarelli steht auf brutalen, harten Sex«, sagte sie leise und schnell.

Welche Geschütze würde sie noch auffahren? »Das macht ihn nicht zum Killer, oder? Genauso wenig wie Sie, Alex.«

Sie errötete und senkte den Blick. Als sie wieder aufsah, lag etwas Ängstliches in ihrem Ausdruck. Sie machte Anstalten, aufzustehen. »Ich habe Ihre Zeit lange genug in Anspruch genommen.«

»Moment.« So konnte er sie nicht gehen lassen. Immerhin war sie gekommen, weil sie sich fürchtete. Widerspruchslos blieb sie sitzen, als hätte sie darauf gewartet, dass er sie zurückhielt.

»Was sollen wir tun?«, fragte er.

»Wenn ich das wüsste, wäre ich nicht zu Ihnen gekommen.«

Der Satz klang aufrichtig. Sie betrachtete wieder ihre Fingernägel.

»Können Sie für eine Weile ausziehen oder, noch besser, Urlaub nehmen, wegfahren?«

Sie schüttelte heftig den Kopf. »Das ist ausgeschlossen. Ich habe zwei Fälle …«

»Polizeischutz?«

»Sind Sie verrückt?«

»Ziehen Sie um. Mieten Sie sich ein Hotelzimmer.«

Ihr Blick glitt über das unpersönliche und ganz sicher nicht ihren Geschmack treffende Mobiliar. »Ich werde darüber nachdenken. Und danke für die Drinks.«

Sie stand auf, und er hielt sie nicht zurück, sondern sagte nur: »Sie wollen jetzt aber nicht mit dem Auto fahren …«

»Nein. Keine Sorge.«

Er begleitete sie zur Tür. Sie ging, wie es Leute tun, die einen Schwips haben, kerzengerade zum Aufzug. Er schloss die Tür und überlegte, ob er Costarelli etwas von Alex Wingers Besuch sagen sollte. Er entschied, es zunächst einmal nicht zu tun. Ihre Wut auf Tony war allzu deutlich gewesen. Er zog sich aus und legte sich aufs Bett. Wie seltsam dieser Fall war! Ein Mörder mit fanatisch-religiösen Motiven schickte auch noch eine hämische E-Mail an die Polizei und einen Drohbrief an eine Anwältin …

16

Donnerstag, 14. Juni

Shane drehte sich um und warf einen Blick über die Schulter auf die große Wanduhr gegenüber der Anmeldung. 5 Uhr 15. Die gleiche Zeit wie auf seiner Armbanduhr. Hatte er gehofft, die Wartezeit ginge auf der offiziellen Uhr schneller vorbei? Sein Kopf schmerzte, und das grelle Neonlicht brannte in seinen Augen – er war einfach kein Frühaufsteher. Noch immer war es dunkel. Nur hin und wieder leuchteten hinter der Scheibe gelbe Punkte auf, Scheinwerfer der Flugzeuge von Theodoruou Pearls oder von Pearl Aviation.

Er saß in einer der fünf Sitzreihen aus orangefarbenen Plastikstühlen. Fast alle Plätze waren von Arbeitern in kurzen Hosen und mit schweren Arbeitsschuhen besetzt. Sie sahen gebannt auf das Sicherheitsvideo eines zweimotorigen Flugzeugs, das in dem Fernseher in der Ecke über der Fensterfront lief.

Der Mann neben Shane hatte die *Northern Territory News* zusammengefaltet auf den Knien liegen. Auch er starrte auf das Video, in dem ein Steward die Schwimmweste anlegte. »Fliegen Sie auch zur Goldmine?«, fragte er.

Shane wollte gerade verneinen, doch da wurde die Tür neben den Fenstern von außen geöffnet, und das hereindringende Dröhnen der Flugzeugmotoren ließ ihn verstummen. Mit dem Lärm strömte warme, feuchte Luft in den klimatisierten Raum. Es roch auf einmal nach Kerosin und Frangipani. Der Sicherheitsbeamte in schwarzer Montur brauchte kein Wort zu sprechen. Die Arbeiter standen auf und schlurften schweigend hinaus. Hinter ihnen schloss er wieder die Tür.

Shanes Nachbar war sitzen geblieben.

»Nein, ich fliege zu einer Perlenfarm«, antwortete Shane jetzt.

Der kräftige Mann, auf dessen Oberschenkeln sich blonde Löckchen ringelten, nickte nur. »Ich hatte gerade frei. Jetzt muss ich wieder für zwei Wochen raus.«

»Wohin?«

»Nach Westaustralien. Drei Stunden Flug. Mitten in die Wüste. Mitten ins Nichts.« Er schnaufte schwer. »Und wie lange bleiben Sie?«

»Nur ein paar Stunden.«

Der Mann musterte ihn. »Journalist?«

»So was Ähnliches, ja.«

Die Augen des Mannes leuchteten auf. Er zeigte mit dem Zeigefinger auf Shane. »Ich weiß es: Schriftsteller. Sie sind zum Festival da. *Writer's Storm*.«

Das war ihm bisher noch nicht passiert. Spätestens beim zweiten Versuch hatte jeder auf Polizist getippt. Er dachte an Costarelli und sagte Ja.

»Muss ich Sie kennen?« Er hatte augenscheinlich das Interesse des Mannes geweckt.

»Nein. Ich bin nicht berühmt.«

Der Mann nickte beruhigt, betrachtete ihn jedoch immer wieder von der Seite. Er schien sich den Kopf zu zerbrechen, ob er Shane nicht doch irgendwo mal gesehen haben könnte.

Im Fernsehen warb jetzt irgendein amerikanischer Hüne für sein Erfolgskonzept: »Stellen Sie sich zuerst die wichtigste Frage: Wonach hungere ich? Und dann setzten Sie alles daran, Ihren Hunger zu befriedigen!« Prominente oder zumindest solche, die es laut Untertitel sein mussten, berichteten glücklich und erfüllt, wie ihnen das Erfolgskonzept half, Karriere zu machen oder den Traumpartner zu finden.

Wieder öffnete sich die Tür. »Ihr Flug«, sagt der Angestellte und sah Shane an.

»Guten Flug! Und schreiben Sie ein tolles Buch!« Sein Nachbar nickte ihm zu.

»Sehen Sie zu, dass Sie Gold finden!«

»Geht klar, aber ich darf's ja nicht behalten!« Er lachte.

Shane stand auf und folgte dem breiten Rücken des Sicherheitsbeamten nach draußen. Noch immer war es stockfinster und schwül. Motoren dröhnten, Triebwerke heulten auf. Vier zweimotorige Maschinen konnte er in der Nähe ausmachen. Auf eine von ihnen steuerten sie direkt zu. Der weiße Lack des Flugzeugs reflektierte jeden Lichtschimmer. Der Sicherheitsbeamte blieb an der Leiter stehen und verabschiedete sich mit einem flüchtigen Griff an die Stirn. Shane stieg hinauf. Offenbar war er der einzige Passagier in dem für mindestens fünfzehn Personen konzipierten Flugzeug. Er setzte sich in die zweite Reihe auf der rechten Seite und schnallte sich an. Wenige Augenblicke später wurde das Dröhnen der Propeller lauter. Sein Blick fiel auf die Ohrstöpsel, die in kleinen Tütchen in einem Behälter an den Rückenlehnen der ersten Reihe hingen. Er nahm sich welche, obwohl er das Gefühl hasste, wenn die Dinger seine Ohren verstopften. Die Maschine begann zu zittern. Er beeilte sich, die Stöpsel in die Ohren zu stecken. Das Zittern ging in ein Rütteln über, dann rollte die Maschine an, beschleunigte und hob ab in den dunklen Himmel.

Er schloss die Augen und versuchte trotz des lauten Dröhnens ein wenig zu schlafen.

Irgendwann spürte er ein Rütteln. Er schrak hoch und realisierte, dass er tatsächlich geschlafen hatte. Laut seiner Uhr waren sie seit etwa einer Stunde unterwegs. Er sah zum Seitenfenster hinaus. Auf den strahlend weißen Tragflächen spiegelte sich ein leuchtend orangefarbener Streifen.

Bis in die fünfziger Jahre hinein, hatte er im Prospekt des Perlen-Unternehmens gelesen, als man noch nach Muscheln tauchte, um das Perlmutt zu verkaufen, und nur mit ganz viel Glück eine Perle fand, stiegen die Taucher mit schweren Metallhelmen und dicken Anzügen in die Tiefe. Vom Deck des Schiffs pumpte man durch einen Schlauch Luft in Anzug und Helm. Doch die Arbeit barg große Gefahren. Tödliche Gase konnten entstehen, und zu große Druckunterschiede konnten die Taucher in ihren Anzügen förmlich zerquetschen. Eine bestimmte Stelle an der Küste Westaustraliens nannte man daher auch *Friedhof der Perlentaucher.*

Als Perlentaucher hatte auch der junge Giannis Theodoruou angefangen. Seine Eltern waren während des Ersten Weltkriegs von einer griechischen Insel nach Westaustralien gekommen. Dort bot die Perlmutt-Industrie eine der wenigen lukrativen Arbeitsmöglichkeiten, und als Sohn Giannis alt genug war, heuerte er an. Wie im Märchen – so wurde es zumindest dargestellt – fand er eine wertvolle Perle, verkaufte sie und erwarb im Alter von achtzehn Jahren sein eigenes Perlentaucherschiff. Inzwischen – nach einigen Rückschlägen freilich – gehörte zum Theodoruou-Unternehmen eine ganze Flotte von Schiffen, außerdem Flugzeuge, Weingüter und sonstige Immobilien. Theodoruou war auf der ganzen Welt zu einer bekannten Luxusmarke geworden.

Der Himmel färbte sich erst pink und dann hellblau. Die Grenze zwischen Meer und Küste war eine türkisfarbene Linie. Ströme weißer Wolken flossen unter der Maschine hinweg. Shane entdeckte Landzungen unter sich, die sich ins Blau des Wassers vorschoben. Nach der Uhrzeit zu urteilen, müssten sie eigentlich jeden Augenblick die Vansittart Bay erreichen. Tiefblaues Wasser grenzte an dunkelgrün bewaldetes Land. Shane sah keine Straßen, keine Häuser, nur die feinen Linien schwarzer Bojen auf dem Wasser und ein weißes Schiff konnte er ausmachen. Die Maschine ging tiefer, der Wasserspiegel schien auf einmal greifbar nah, dann sprühte Gischt auf, als die Kufen sanft übers Wasser schlitterten. Die Propeller stoppten.

Er schnallte sich ab. Der Copilot öffnete die Luke. Schon steuerte ein Motorboot auf das Flugzeug zu. Der Copilot redete nicht, auch Shane schwieg. Vielleicht lag es an der Stille, die diese so unberührt erscheinende Bucht ausstrahlte.

Gegen das klare Licht des Morgens zeichnete sich die Silhouette eines Mannes ab, der das Boot steuerte. Der Mann hob den Arm, und Shane grüßte auf dieselbe Weise zurück. Das offene Aluminiumboot legte mit der Breitseite an, und Shane stieg ein.

»Dave Cameron«, stellte sich der Mann vor und streckte ihm die Hand entgegen. Er lächelte gezwungen. Shane musterte ihn und fragte sich, ob es vielleicht dieser Mann war, der ihm die hämische Botschaft geschickt hatte.

Der Copilot schloss die Ausstiegsluke, und kaum hatte sich das Boot etwa fünfzig Meter weit wegbewegt, startete der Pilot wieder die Propeller.

Dave Cameron trug ein weißes Poloshirt und blaue Shorts. Unter einer grünen Baseballkappe kam kurz geschnittenes, blond gelocktes Haar zum Vorschein. Sein Gesicht war offen und freundlich. Ein sauberer, aufrichtiger, sympathischer Mann, ging es Shane durch den Kopf. Zu ihm würden Frauen ins Auto steigen, ihm würden sie vertrauen … In seinem Polizistenleben waren ihm einige Mörder begegnet, die genau dasselbe ausgestrahlt hatten. Nein, man konnte sich nicht auf den ersten Eindruck verlassen. Dann dachte er an McNulty – er hatte den typischen Mörder abgegeben, wie man ihn sich gern vorstellte. Jetzt musste er einsehen, dass auch er sich von dieser Vorstellung hatte beeinflussen lassen.

»Die Bucht und das Land ringsum gehören einer Aborigine Community«, erklärte Dave, während er das Boot auf das große weiße Schiff zusteuerte, auf dessen Rumpf Shane den Namen *Mary-Anne* lesen konnte. »Theodoruou Pearls hat es gepachtet.« Dave redete überraschend leise, als wollte er die Stille der Natur nicht stören. Shane sah zurück und konnte das Flugzeug über einem bewaldeten Hügel verschwinden sehen. Dave hatte seinen Blick bemerkt.

»Der fliegt noch zwei weitere Buchten an und nimmt Leute an Bord. Die meisten arbeiten in Zwei-Wochen-Schichten. Manchmal kommen Ingenieure oder Techniker aber auch nur für ein paar Stunden.«

Shane war überrascht, wie auskunftsfreudig Dave war. Dave fuhr an die Leiter an der Bordwand heran, warf ein Seil nach oben, wo ein Mann es auffing und befestigte. Shane stieg an Bord.

»Hi!«, grüßte der japanisch aussehende junge Mann. Er war sicher nicht älter als fünfundzwanzig, trug T-Shirt und Shorts. Er war barfuß.

»Das ist Mike, mein Vertreter.« Dave stand nun auch an Bord. Strahlendes, sauberes Weiß, wohin Shane auch blickte – er dachte an Valerie Tates Wohnung, die genauso makellos war.

»Und das da ist Marcel, unser Koch.« Dave wies auf die andere Seite, wo ein schmächtiger Mann an der Reling lehnte und etwas aus einer Schüssel ins Wasser schüttete. Dave ging mit Shane zu ihm hinüber.

»Marcel, du weißt, dass wir sie nicht füttern sollen.«

Shane sah im türkisblauen Wasser unter sich drei etwa zwei Meter lange Haie geschmeidig und ruhig durch einen Schwarm kleiner gelb-blauer Fische ziehen. Er dachte daran, dass man früher zu den Perlen hinuntertauchen musste. Aber Haie waren dabei wahrscheinlich noch das geringste Problem gewesen. Er jedenfalls hätte jetzt nicht dahinunter gewollt.

»Erzählen Sie mir, Dave«, begann Shane, »was machen Sie hier so?« Er musste mit diesem Mann ins Gespräch kommen, etwas über ihn und seine Arbeit erfahren.

Dave musterte ihn mit einem skeptischen Blick, als vermutete er eine Falle. Schließlich streckte er den Arm aus und wies auf die Bucht. Shane entdeckte mehrere kleine Boote, die sich in regelmäßigen Abständen an Bojen entlang bewegten.

»Das da sind unsere Arbeitsboote, besetzt mit je drei Leuten. Die holen die Muscheln hoch, die in Netzen unter den Bojen hängen. Sie reinigen die Schalen, schrubben sie ab und lassen sie wieder runter ins Wasser.«

Shane nickte. »Und in diesen Muscheln wachsen die Perlen.«

»Ja. In die Muscheln werden Porzellankugeln eingepflanzt, um die herum sich dann innerhalb von zwei Jahren die Perlen bilden. Die große Südseemuschel, die *Pinctada maxima,* kann bis zu sechs Mal eine Perle produzieren, danach wird sie ausgesondert, Perlmutt und Muschelfleisch werden verkauft.«

»Und die Leute auf den Booten arbeiten zwei Wochen am Stück?«

»Ja. Sie fahren um sieben raus, kommen nach der Schicht um fünf zurück aufs Schiff, essen, schlafen, und am nächsten Tag geht's wieder los. Nach zwei Wochen haben sie eine Woche frei.«

»Ist nicht gerade 'ne leichte Arbeit, was?«

Dave schüttelte den Kopf. »Nein. Aber eine besondere Erfahrung. Wir haben einige Backpacker hier. Die können dann ihren Leuten daheim erzählen, dass sie Perlen haben wachsen sehen.«

Shane ließ seinen Blick über die friedliche Bucht wandern. Wie still es war. Welche Ruhe hier herrschte. Er überlegte, ob Dave auch ein dunkles Geheimnis in sich verschlossen hatte, wie die Muscheln ihre Perlen.

Sie standen am Heck des Schiffs, auf die weiße Reling gelehnt. Sie trugen Sonnenbrillen, weil es morgens um halb neun schon gleißend hell war.

»Lassen Sie uns reingehen«, sagte Dave.

Shane folgte Dave über das Deck. Vor der Tür zum Aufenthaltsraum zog er wie Dave seine Schuhe aus.

Der Aufenthaltsraum war in einen Küchen- und einen Speisesaalbereich aufgeteilt. Fest montierte Tische und Stühle möblierten den größten Teil des hellen, freundlichen Raums. Große Fenster gaben den Blick nach draußen auf die Bucht frei. Jedes Fenster eine vergrößerte Postkarte, dachte Shane.

»Wenn Sie Hunger haben ...« Dave wies auf die appetitlich aussehenden Platten mit Sandwichs und Obstscheiben, die auf der Küchentheke bereitstanden. »Das ist für die Leute hier an Bord, die anderen haben ihre Lunchpakete dabei.«

»Danke, später vielleicht«, sagte Shane.

Auch Dave nahm sich nichts und setzte sich gleich an den ersten Tisch mit dem Blick zur Tür. Er nahm die Kappe und die Sonnenbrille ab und legte sie vor sich auf den Tisch. Seine Augen waren blau. Nicht eisblau, wie die von Alex Winger, sondern dunkelblau, wie das Meer in der Bucht.

»Wann haben Sie Valerie Tate zum letzten Mal gesehen,

Dave? Immerhin waren Sie zur Tatzeit offenbar in Darwin und nicht hier, auf dem Schiff.«

Dave hatte die Hände auf dem Tisch übereinandergelegt und schwieg einen Moment. »Darf ich Sie zuerst etwas anderes fragen?«, sagte er dann. Auf einmal wirkte er angespannt. Er schluckte. »Haben Sie sie gesehen, ich meine … am Tatort?«

Shane schüttelte den Kopf. »Nein. Ich bin erst später dazugerufen worden. Ich habe die Fotos gesehen.«

Dave nickte und schien ein wenig beruhigt zu sein. »Wenn sie bei einem Unfall gestorben wäre, gut, das wäre schlimm genug, aber …« Er schluckte wieder. »… aber so.« Seine Hände hatten sich zu Fäusten geballt. Er merkte es und lockerte sie langsam wieder. Shane registrierte jede Veränderung, jede Reaktion seines Gegenübers. Nicht selten erkannte er anhand der Körpersprache, ob jemand log. Daves Entsetzen wirkte echt. Aber, das wusste Shane nach langen Jahren in der Homicide Squad, diese dramatischen Gefühle waren leichter zu spielen als die leiseren Töne, da verrieten sich viele. Grundsätzlich durfte er niemandem von vornherein Glauben schenken, er musste grundsätzlich davon ausgehen, dass die Menschen nicht die Wahrheit sagten oder dass sie die Wahrheit zumindest ein wenig zurechtbogen …

»Haben Sie ein Foto?«, fragte Dave.

»Von ihrer Leiche?« Er war sich nicht sicher, ob er Dave richtig verstanden hatte.

Dave nickte. »Ich kann nachts nicht mehr schlafen, meine Fantasien verfolgen mich. Überall wird von einem brutalen Mord berichtet – und von der grausamen Verstümmelung … Ich muss es sehen, verstehen Sie, Detective, ich muss es sehen, damit meine Fantasien aufhören, mich zu quälen.«

»Dave, sind Sie wirklich sicher?«

»Ja.«

Gut, dachte Shane, wenn du es willst. Mal sehen, wie du reagierst. Er zog eines der Fotos aus seinem dünnen Jackett, das er schon im Flugzeug abgelegt hatte. Es zeigte die tote Valerie in einer Aufnahme von oben. Alles war zu sehen: das Gesicht mit den gebrochenen Augen, der aufgeschnittene nackte Torso … Er legte es vor Dave auf den Tisch und behielt ihn im Blick. Dave starrte es an. Dann steckte Shane das Foto wieder ein. Als Dave aufsah, war er blass geworden.

»Wann haben Sie Valerie Tate zum letzten Mal gesehen, Dave?«, fragte Shane noch einmal.

Daves Hände zitterten. Er merkte es und verbarg sie unter dem Tisch. »Sie wissen, dass sie sich von mir getrennt hat?« Seine Stimme war leise geworden.

Ja, er wusste es. »Wann war das?«

»Am elften August letzten Jahres«, kam es ohne Zögern.

»Haben Sie sich seitdem noch mal gesehen oder getroffen?«

Dave zögerte.

»Kommen Sie, Dave, sie hat Sie abserviert, und Sie haben sich gar nicht mehr gemeldet? Haben Sie nicht versucht, sie zurückzukriegen?«

Dave atmete tief durch. »Ja«, sagte er schließlich. »Ich habe sie ein paar Mal treffen wollen. Ich habe sie angerufen, und ich habe auch mal vor der Kanzlei gewartet, aber sie hat mich abblitzen lassen«, fügte er bitter hinzu.

Shane konnte sich Valerie Tates Arroganz sehr gut vorstellen. »Und Sie haben sich das einfach so gefallen lassen? Sie sind brav wieder nach Hause getrabt und am nächsten Tag wiedergekommen und haben sich die nächste Abfuhr geholt?«

Dave presste die Lippen zusammen und wich Shanes Blick aus.

»He, Dave, meinen Sie, das glaube ich Ihnen? Kommen Sie. Wir waren bei Valeries Eltern, die haben behauptet, Sie hätten sie sogar manchmal geschlagen.«

»Das stimmt nicht!«, fuhr er auf und schüttelte dann den Kopf. »Das stimmt nicht«, murmelte er leise. »Ich hab sie mal ein bisschen hart angefasst, aber nur ein Mal. Ein einziges Mal.«

»Und was haben Sie gemacht?«

Dave zögerte wieder. »Nur weil ich sie mal an den Armen gepackt und geschüttelt habe, habe ich sie doch nicht … doch nicht … aufgeschlitzt!« Er starrte Shane an. Als hätten ihn seine eigenen Worte schockiert.

»Sie haben Valerie ins Gesicht geschlagen. Sie hatte ein Hämatom am linken Auge, hat ihre Arbeitgeberin ausgesagt. Alexandra Winger.« Costarelli hatte ihm davon erzählt.

Dave seufzte. »Es war nur ein einziges Mal«, sagte er kaum hörbar.

»Und beim nächsten Mal haben Sie sie härter angefasst.«

Dave fuhr auf. »Nein! Es war das einzige Mal. Sie hatte mich so mies behandelt, wie … wie das letzte Stück Dreck, und ich hab einfach die Kontrolle verloren!« Er sah sich erschrocken um, als hätte jemand unbemerkt den Raum betreten und mitgehört. Aber er und Shane waren noch immer allein.

Shane konnte sich Valerie Tates provozierende arrogante Art sehr gut vorstellen. Es wunderte ihn nicht, dass Dave die Beherrschung verloren hatte.

»Valerie Tate drohte damit, Sie anzuzeigen, Dave. Erinnern Sie sich?«

»Aber das hat sie dann doch nicht getan.«

»Und, haben Sie sich wenigstens bei ihr entschuldigt?«

»Das wollte ich ja! Aber sie hat mich überhaupt nicht mehr angehört! Wenn ich angerufen habe, hat sie gleich aufgelegt, und als ich vor ihrer Wohnung war, da hat sie mir durch die Sprechanlage gesagt, dass sie die Polizei holt, wenn ich nicht augenblicklich verschwinde.«

Shane dachte wieder an die kühle weiße Wohnung – nein, er konnte sich nicht vorstellen, dass Valerie Tate jemals etwas Warmes, Nachsichtiges und Versöhnliches ausgestrahlt haben könnte. »Und wie sind Sie damit umgegangen?«, fragte er weiter.

Dave zuckte mit den Schultern und starrte auf den Tisch. »Ich hab versucht, sie zu vergessen.«

»Und – haben Sie sie vergessen?«

Dave hob den Kopf. Sein Blick hatte sich verdüstert.

»Nein.« Es kam fast trotzig. »Ich habe sie aus der Ferne beobachtet. Ich konnte einfach nicht anders. Eines Tages hab ich mitgekriegt, dass sie einen neuen Freund hatte.«

Matthew Griffith, dachte Shane, wenn Alex Winger recht hatte. »Kennen Sie ihn? Oder wissen Sie seinen Namen?«

Dave schüttelte den Kopf. »Sie haben sich heimlich getroffen. Er hat seinen Porsche ein Stück weiter weg geparkt und ist zu Fuß gegangen. Ich hab die beiden aber zusammen einsteigen sehen. 699 KPO – das ist sein Kennzeichen.«

»Sie müssen doch verdammt wütend gewesen sein, Dave, oder nicht?«

Dave holte Luft und nickte langsam. »Ziemlich, ja, das gebe ich zu. Ich war total sauer. Doch dann hab ich von einem Freund gehört, dass Sie hier auf dem Schiff einen Manager suchen. Ich hab schon öfter für Theodoruou gearbeitet, während meiner Studienzeit. Ich hab mal ein paar Semester Medizin studiert.«

Ja, das wissen wir, und das macht dich noch ein bisschen verdächtiger, Junge, dachte Shane.

»Jetzt bin ich seit vier Monaten hier.«

Shane ließ seinen Blick durch den Raum wandern. Ein paar Plakate mit Abbildungen von leicht bekleideten weiblichen Models, die Perlenschmuck trugen, hingen an den Wänden. »Wie hält man es hier aus, zwei Wochen nur auf dem Schiff?«

Dave runzelte die Stirn. Er schien nach dem Hintergedanken in der Frage zu suchen. »Man gewöhnt sich dran. Ich fahr ab und zu zum Fischen raus oder rüber ans Ufer. Wir haben einen ganz guten Kontakt zu den Aborigines dort. Manchmal nehmen sie mich zu Wanderungen mit, zeigen mir Felszeichnungen in Höhlen, wo sonst kein Weißer hinkommt.«

Das musst du dir merken, dachte Shane, ich hab das Gefühl, das könnte noch mal wichtig werden. »Sie hatten die letzte Woche frei, das ist doch richtig?«

Daves Haltung versteifte sich, seine Züge waren wieder angespannt. Sein Ja kam vorsichtig.

»Was haben Sie am 11. Juni abends gemacht, Dave?«, fragte Shane fast beiläufig.

Dave zögerte. »Das war die Nacht, in der sie ermordet wurde, nicht wahr?«

Shane nickte.

»Wieso? Glauben Sie, ich hätte sie umgebracht?«

»Eine Routinefrage, mehr nicht.«

Dave erklärte, dass er mit einem befreundeten Kollegen, der auch auf einer der Perlenfarmen arbeitete, ein billiges Apartment gemietet hatte und dort wohnte, wenn er nicht auf dem Schiff war. Shane wusste das, aber er ließ ihn reden. »Ich habe die ersten Tage ausgeschlafen, dann bin ich in der Stadt rumgelaufen, habe CDs gekauft und ein paar Freunde getroffen. Am Montagabend habe ich mich mit einer Frau getroffen.«

Die Frau, erklärte Dave weiter, hieß Grit, war ein Backpacker aus Schweden und wohnte im Motel gegenüber des Café Roma in der McLaughlan Street. Er kannte sie vom Schiff her, wo sie zwei Wochen als Küchenhilfe gejobbt hatte. Mit ihr sei er dann bis zum frühen Morgen zusammen gewesen. Tagsüber habe er geschlafen, und am Abend sei er wieder in die Vansittart Bay geflogen.

»Und wo finde ich diese Grit?«, wollte Shane wissen.

»Ich sagte doch, sie wollte weiterreisen. Sie hatte vor, am nächsten Tag mit zwei anderen Europäern Richtung Broome loszufahren. Ich glaube, sie wollten durch die Kimberleys bis nach Perth.«

Ein prima Alibi, Dave! »Und wie ist ihr voller Name?«

»Brigitte Johansson.«

Immerhin, dachte er. Doch gleichzeitig fragte er sich, welchen Aufwand sie betreiben mussten, um drei Backpacker ausfindig zu machen, die irgendwo auf einer Strecke von zweitausend Kilometern Länge unterwegs waren und nicht in einem Hotel mit offiziellen Anmeldungsscheinen übernachteten, sondern irgendwo campten. Niemand wusste, ob sie tatsächlich nach Perth unterwegs waren. Sie könnten ihre Pläne auch kurzfristig geändert haben. Trotzdem würden sie den Versuch unternehmen müssen.

Shane blinzelte in die Sonne, die jetzt grell durch die Fenster hereinschien. »Und Sie haben während ihres einwöchigen Landaufenthaltes keinen Kontakt zu Valerie Tate aufgenommen?«

Dave schluckte. »Nein.«

»Auch nicht am Montag?«

»Nein! Ich sagte doch, nein!«

»Sie sind nicht zum Haus gefahren und haben auf sie gewartet?«

Dave schüttelte den Kopf.

Shane ließ nicht locker. »Wollten Sie nicht wissen, ob der Porsche-Fahrer noch aktuell ist?«

Er zögerte. »Ich bin nur mal vorbeigefahren. Vergangene Woche. An einem oder zwei Abenden.«

»Und?«

»Ja, ein Mal stand der Wagen da.«

Shane musterte den Mann, der da vor ihm saß. Er war nicht mehr der offene, freundliche Manager von heute Morgen. »Jetzt würde ich gern noch Ihre Kabine sehen.«

Dave zuckte mit den Schultern. Er wirkte niedergeschlagen und kraftlos. »Wenn Sie wollen …«

Shane folgte ihm durch den Raum hin zu einer Tür, hinter der eine steile Treppe einen Stock höher führte.

»Hier schlafen die Leute von den Arbeitsbooten.« Shane sah in einen dunklen schmalen Flur, von dem rechts und links Türen abgingen. »Je ein Etagenbett pro Kabine. Es sind insgesamt zwanzig Leute.«

Sie stiegen eine weitere steile Treppe hinauf und standen im Kontroll- und Steuerraum des Schiffs. Mike, der sich über eine Karte beugte, sah auf, als die beiden hereinkamen.

»Na, gefällt's Ihnen hier, Detective?«

Das Meer leuchtete durch die großen Scheiben. »Schönes Büro, ja. Wird es Ihnen nicht langweilig, immer nur an der einen Stelle?«

Mike lachte. »Von wegen! In der Erntezeit, ab Juli, kommt eins der großen Mutterschiffe hierher. Das nimmt die reifen Perlen an Bord. Dort werden sie von Spezialisten aus den Muscheln rausgenommen und durch neue kleine Kerne aus Porzellan ersetzt. Dann kommen die Austern wieder zurück ins Meer. Zwei Jahre später holen wir sie wieder raus und ernten die Perlen. Und in der Zwischenzeit werden sie regelmäßig abgeschrubbt und gereinigt. Und wenn ein Zyklon droht, gibt's auch 'ne ganze Menge zu tun. Die Bucht hier liegt zwar ziemlich geschützt, aber letztes Jahr mussten wir alle Leute aufs Festland fliegen und hier alles verankern, festzurren und sichern. Nur ich und Daves Vorgänger sind hiergeblieben. Aber wir hatten Glück. Der Zauber war einen Tag später vorbei, ohne größeren Schaden angerichtet zu haben. Immerhin haben wir hier in der Bucht vierhunderttausend Austern, und in jeder wächst eine Perle. Wenn sich die Bojen losgerissen hätten …«

»Haben Sie schon mal einen Zyklon erlebt, Detective?«, fragte Dave.

»Ja. Und Sie?«

Dave nickte, und sein Blick wanderte zum Fenster. »Es ist etwas Großartiges, wenn man diese Energie spürt. Ein Mensch ist nichts gegen die Natur …«

»Dave«, unterbrach ihn Mike, »ich kriege gerade durch, dass der Flieger schon im Anflug ist. Der kommt heute früher.«

Shane wandte sich an Dave, der irgendwie abwesend wirkte. »Jetzt zeigen Sie mir bitte noch Ihre Kajüte.«

Dave zögerte, doch dann deutete er zum Flur hinter dem Kontrollraum. »Das ist sie. Gegenüber sind die Kajüten des Kapitäns und des Ingenieurs.«

Er öffnete die Tür, und Shane blickte in einen kleinen, sorgfältig aufgeräumten Raum mit einem großen Fenster. Ein paar Bücher stapelten sich vor dem Bett, auf einem Schreibtisch stand ein Notebook, daneben an der Wand hing eine historisch aussehende Sternenkarte.

»Was ist das?«, fragte Shane.

»Ich beschäftige mich mit der Geschichte der Navigation. Wussten Sie, dass Polynesier schon vor achthundert Jahren

Tausende von Kilometer übers offene Meer bis nach Hawaii gesegelt und gerudert sind?«

Shane hatte einen Roman darüber gelesen, irgendwann einmal, vor vielen Jahren. »Auf ihren primitiven Schiffen haben sie ihre Götter mitgenommen, und dort, wo sie ankamen, haben sie Menschenopfer dargebracht, um einen Tempel zu bauen.«

Dave starrte ihn entsetzt an. »Ich … ich …«, stammelte er. »Ich hab mit dem Mord nichts …«

»He!«, rief Mike von draußen. »Der Flieger schwenkt bereits in unsere Bucht ein. Der Detective müsste sich beeilen. Die Piloten warten nicht gern.«

»Mike hat recht«, sagte Dave knapp und wandte sich zum Gehen.

»Eines hätte ich aber doch noch gern gewusst.« Shane hatte nicht die Absicht, sich von Bord drängen zu lassen. Die Piloten konnten sich seinetwegen ruhig ärgern.

Dave drehte sich um. Aus seinem Blick sprachen Argwohn und Vorsicht.

»Waren Sie jemals in der Nähe von Warwick?«

»Warwick? Nein. Nie.«

»Und wo haben Sie Weihnachten vor acht Jahren verbracht, Dave?«

»Glauben Sie, ich bin ein lebender Kalender?«

»Strengen Sie sich an.«

Dave zögerte wieder. »Ich weiß es nicht. Wahrscheinlich bei meiner Mutter in Rockhampton.«

»Danke. Das werden wir möglicherweise nachprüfen.«

Dave schwieg. Er war rot geworden. »Glauben Sie etwa … ich hätte das getan?«

»Wenn Sie an meiner Stelle wären, würden Sie sicher auch

jede Möglichkeit in Erwägung ziehen, Mister Cameron.« Er fixierte Daves Augen, bis dieser den Blick langsam abwandte.

Schweigend fuhren sie der Maschine entgegen. Das Meer glitzerte wie Quecksilber. Dave Cameron hatte die Kontrolle über sich zurückgewonnen und nickte Shane zum Abschied zu. Shane bückte sich und stieg durch die Luke, nahm einen der letzten freien Plätze in der zweiten Reihe ein, schnallte sich an und steckte sich die Stöpsel in die Ohren. Durch das Fenster sah er Dave Cameron im Boot stehen, das mühelos über das spiegelnde Wasser zurück zum Schiff glitt. Dann startete die Maschine, hob ab und drehte einen weiten Bogen über die Bucht, in der das Schiff weiß wie eine Perle strahlte. Was, zum Teufel, sollte er von Dave Cameron, dem Exverlobten von Valerie Tate, halten?

Als das falsche Blut von der Schneide auf den Boden tropft, zittert die Erde. In seiner linken Hand zuckt der lange nackte Hals.

Später hört er, dass die Menschen in der Stadt ins Freie laufen. Das war erst der Anfang, aber das wussten sie noch nicht.

Auch er wusste es nicht.

17

Das Blindenheim lag am östlichen Stadtrand. Sie war früh aufgestanden, um nicht im Stau zu stehen, aber ihre Rechnung ging nicht auf. Sowohl die Ausfallstraßen nach Norden in Richtung Sunshine Coast als auch die zur Gold Coast im Süden waren verstopft. Nur langsam kroch die Autoschlange vorwärts. Doch Tamara ging nicht davon aus, dass der blinde Hellman vorhatte, den Tag außer Haus zu verbringen.

Als sie schließlich auf den Parkplatz des Blindenheims rollte, war es halb elf. Sie hatte fast eine halbe Stunde länger gebraucht als veranschlagt.

Am Empfang saß ein freundlicher älterer Herr, der sie in die zweite Etage des vierstöckigen Gebäudes schickte. Auf dem Weg zum Aufzug kamen ihr zwei Blinde entgegen. Sie unterhielten sich miteinander, ihre Augen waren irgendwohin auf den Boden gerichtet. Tamara warf einen Blick zu dem Mann am Empfang. Sie und er waren Außenstehende – Sehende in einer Welt der Blinden. Als sie in den Aufzug trat, hatte sie das Gefühl, eine andere Welt zu betreten – eine, in der andere Gesetze herrschten als in der, aus der sie kam. Beunruhig stellte sie fest, wie sehr ihr die Konfrontation mit dem Blindsein zu schaffen machte.

Auf dem Flur, an dessen beiden Enden große Fenster Licht hereinließen, das die Welt der hier Lebenden nicht erreichte, kam ihr ein Mann entgegen, der sich an der Wand entlangtastete und stehen blieb, als sie an ihm vorbeiging. Sie glaubte zu sehen, wie sich seine Nase kräuselte.

Vor Zimmer 312 blieb sie stehen. Sie klopfte.

»Ja, bitte?« Die Stimme klang angenehm. Sie drehte den Türknauf und ging hinein.

»Detective Tamara Thompson?«

»Jake Hellman?«

Der Mann, der im Licht des geöffneten Fensters auf einem Stuhl gesessen hatte, stand auf und kam mit ausgestreckter Hand auf sie zu. Er war nicht größer als sie. Sein Körperbau war zart, er hatte weißes, zu einem Zopf gebundenes Haar und ein faltiges, sonnengegerbtes Gesicht. Sie hätte ihn für einen Künstler gehalten, einen Maler, wenn er nicht diese stumpfen Augen gehabt hätte, die er nicht hinter einer dunklen Brille versteckte. Er trug ein schwarzes T-Shirt über einer schwarzen Leinenhose und keine Schuhe.

»Es tut mir leid, ich habe mich verspätet, aber der Verkehr.«

»Kein Problem. Ich habe im Moment nichts zu tun. Gar nichts.«

Es klang nicht bitter. Er stellte einen zweiten Stuhl so hin, dass er schräg zu seinem eigenen stand.

»Bitte, nehmen Sie doch Platz.« Seine Augen, die nichts sahen, aber auf sie gerichtet waren, verunsicherten sie. Sie setzten sich, er allerdings nur auf die Kante des Stuhls. Er lehnte sich nicht an, sein Rücken blieb kerzengerade. Er hätte auch ein Tänzer sein können, dachte Tamara, oder ein Guru … Seine langen, schlanken Hände ruhten auf den Oberschenkeln, und seine Augen blickten starr in ihre Richtung.

»Mister Hellman …«

»Jake. Sagen Sie Jake.«

»Okay, Jake …«

»Wie alt sind Sie, Detective? Nur so eine Frage«, unterbrach er sie.

Einen Moment lang überlegte sie, ob sie die Antwort verweigern sollte, doch dann sagte sie sich, dass jeder Sehende ihr Alter schätzen und sich ein Bild von ihr machen könnte. Nur Jake Hellman nicht … »Ich bin sechsunddreißig.«

Er atmete tief ein, als hätte sie ihm eine geöffnete Flasche Rotwein zum Riechen gegeben oder eine besondere Zigarre …

»Sechsunddreißig …« Ein wehmütiges Lächeln flog über sein Gesicht. »Sechsunddreißig … Ich bin dreiundfünfzig.« Er lachte und zeigte gelbliche Zähne. »Sechsunddreißig …« Sein Blick blieb starr.

Sie nahm sich vor, keine weiteren Auskünfte über ihre Person zu geben, egal ob er blind ist oder nicht, dachte sie. Ich bin Polizistin, und er ist ein Zeuge. »Jake, ich habe Ihnen am Telefon gesagt, dass wir den Fall McNulty noch einmal aufrollen.«

»Das nutzt McNulty nichts mehr.«

Sie reagierte nicht auf seine Bemerkung, in der ein bitterer Unterton mitklang. »Erzählen Sie mir von Richard McNulty. Sie haben ihn betreut.« Hellmans leerer Blick berührte sie unangenehm.

»Ja, bis er nach anderthalb Jahren starb.«

»Er hat sich umgebracht, nicht wahr? Mit einem Kissen erstickt.«

»Ja. Ich habe ihn gefunden.« Er machte eine Pause. »Schreiben Sie sich nichts auf?«

»Nein. Ich merke es mir.«

»Das ist gut. Das trainiert das Hirn. Als mein Sehen zunehmend schlechter wurde, hab ich mir auch alles gemerkt, um nachher nicht hilflos dazustehen.«

»Wann sind Sie erblindet?«

»Oh, das fing schleichend an, vor etwa fünf Jahren. Seit einem Jahr sehe ich gar nichts mehr. Manchmal einen Schatten vielleicht.« Er lächelte sanft, als habe er sich mit seinem Schicksal angefreundet.

»Es tut mir leid«, glaubte sie sagen zu müssen.

»Das muss es nicht. Jeder hat sein Kreuz zu tragen, Tamara.«

Er nannte sie Tamara. Sie mochte das nicht – sie mochte auch die Art nicht, wie er seinen leeren Blick auf sie fixierte. Unwillkürlich rückte sie mit dem Stuhl ein Stück nach hinten.

»Ist alles in Ordnung?«, fragte er.

»Ja«, versicherte sie rasch. »Wie war er, McNulty?«

»Oh.« Er lächelte wieder, als hätte er den Grund für ihren raschen Themenwechsel durchschaut. »Ein sympathischer Mensch war er ganz bestimmt nicht. Eigentlich mochte ihn niemand. Das war in seinem Leben schon immer so gewesen. Er fühlte sich isoliert. Sie müssen wissen, er hat seine Eltern früh verloren.«

Sie hatte die Fotos von McNulty gesehen. Die eng stehenden Augen, die flache Stirn, die geduckte Körperhaltung – all das drückte Verschlagenheit und Unaufrichtigkeit aus.

»Er hatte wohl nie Freunde.« Hellman faltete die Hände auf dem Schoß. »Er hat immer wieder gesagt, Gott hat es so gewollt.«

Tamara hatte die Akten studiert und erinnerte sich an die Aussage.

»Irgendwann hat er angefangen, von seiner Rettung zu sprechen. Gott rettet mich, hat er gesagt.«

»Haben Sie an seiner Schuld gezweifelt, Mister Hellman?«

»Jake, ich habe Ihnen doch angeboten, dass Sie mich Jake nennen. Mögen Sie meinen Namen nicht?« Hellmans Mund verzog sich zu einem Lächeln, ohne dass er die Lippen öffnete.

Sie war sich nicht sicher, ob Hellman weise oder hochmütig war.

Sie antwortete nicht. *Sie* war der Cop. *Sie* leitete die Befragung. Das hatte sie jahrelang gelernt und trainiert. »Und, haben Sie ihn für unschuldig gehalten?«

Er zögerte. »Nein, das nicht, aber wir dürfen nicht vergessen, dass er Aborigine-Blut in seinen Adern hatte! Sie kennen kein Nein, jedenfalls nicht *unser* Nein. Und ich bin sicher, man hat ihn so unter Druck gesetzt, dass er alles zugegeben hätte. Stellen Sie sich vor, er hatte nur mit Weißen zu tun: weiße Polizisten, weiße Anwälte, ein weißer Staatsanwalt, ein weißer Richter, weiße Geschworene. Die Kleider des Opfers und die Mordwaffe lagen in seinem Kofferraum – na, ich möchte mal wissen, was Sie da an seiner Stelle noch hätten entgegnen könnten.«

»Behaupten Sie gerade, dass er zu einem Geständnis gezwungen wurde?«

Ein Lächeln überflog sein Gesicht. »Oh nein. Die Indizien sprachen eindeutig für ihn als Täter. Auf dem Rücksitz seines Wagens wurden Haare und Fasern, so heißt das ja wohl, von diesem Mädchen gefunden. Und er hat ihre Kleider verschenkt.« Er schüttelte den Kopf. »Er hätte gar keine Chance gehabt, zu leugnen. Oder wollen Sie etwa behaupten, Ihre Kollegen hätten ihm, einem ungebildeten, gewöhnlichen Aborigine, geglaubt, dass er unschuldig ist?«

»Sie haben ein schlechtes Bild von unserer Arbeit, Mister Hellman«, sagte sie knapp. Sie mochte Hellmans Überheblichkeit nicht, und sie war sich sicher, dass er das spürte. »Sie wissen, dass bei der Leiche ein Zeichen gefunden wurde«, fuhr sie fort. »Hat McNulty irgendwann einmal dieses Zeichen erwähnt, oder hat er selbst Zeichen benutzt?«

»Nein, von diesem Zeichen hat er nie gesprochen.«

»Hat McNulty Besuch bekommen? Post?«

Hellman überlegte, schüttelte dann den Kopf. »Nein, nein, ich glaube nicht.«

»Sie glauben?«

»Nun – ich hatte ja nicht immer Dienst, und all das ist doch schon so lange her.« Sein toter Blick ließ sie frösteln. »Sagen Sie, Tamara, Ihre Kollegen haben sich damals geirrt, nicht wahr?« Bevor sie etwas erwidern konnte, sagte er: »Ich habe gehört, dass in Darwin ein Mädchen auf dieselbe Art und Weise umgebracht worden ist.«

»Es gibt gewisse Parallelen, ja.«

Er lachte auf. »Verkaufen Sie mich nicht für dumm, nur weil ich nichts sehe! Ich höre Radio und auch Fernsehen. Der Mörder ist genauso vorgegangen wie angeblich McNulty. Sogar das Zeichen ist identisch! Jetzt müssen Sie sich eingestehen, dass Sie einen Fehler gemacht und den Falschen eingesperrt haben.«

Wut kochte in ihr hoch. Sie schluckte sie hinunter und sagte kühl: »Wir müssen uns gar nichts eingestehen, Mister Hellman. «

Sein Lächeln wurde dünn.

Jake Hellman wurde ihr immer unangenehmer. Sie stand auf. »Vielen Dank für Ihre Zeit.«

»Ganz meinerseits. Ich habe viel Zeit. Früher hatte ich nie das Gefühl, Zeit zu haben. Da hinten ...« Er streckte die dünne Hand aus und zeigte auf den Nachttisch, auf dem sich große Bände stapelten. »Die Heilige Schrift in Blindenschrift. Wie viel mehr wiegt ein Wort, das man berührt, anstatt es nur zu sehen! Glauben Sie mir.«

»Ja.« Sie ging zur Tür. »Sind Sie schon bis zu den Stellen mit den Opferungen gekommen? Das Buch Leviticus, im Alten Testament?«

»Ah, Sie kennen sich aus, Detective. Ja, das kenne ich sehr gut. Ich habe es ihm immer vorlesen müssen.«

Jetzt war sie sprachlos.

»Sind Sie noch da, Detective?« Sein Blick ging rechts an ihr vorbei.

Tamara kämpfte gegen ihre Wut an. Sie war sich sicher, Hellman hatte die ganze Zeit geplant, erst am Schluss die Bibel zu erwähnen. »Sie haben Richard McNulty diese Stellen vorgelesen?«

»Ja, das sagte ich gerade eben.« Er lächelte wieder sanft.

»Wie ist er daraufgekommen? War es seine Idee oder Ihre?«

Er lachte auf. »Natürlich seine. Lies mir das Buch Leviticus vor, sagte er.«

»Warum hat er es nicht selbst gelesen?« Ihr war nicht klar, ob Jake Hellman log. »Er konnte doch sicher lesen?«

»Ja. Aber er hatte es gern, wenn ich es ihm vorlas. Er mochte das. Heute kann ich das verstehen. Die Stimme eines Menschen gibt den Worten auf dem Papier eine neue Dimension.«

»Haben Sie sich nicht gewundert, dass er ausgerechnet diese Stellen hören wollte?«

»Nein, ich habe mich nicht gewundert. Es war seine Art, sich mit dem auseinanderzusetzen, was man ihm zur Last legte. Warum sollte das, was in der Bibel steht, falsch sein?«

»Warum? Mister Hellman, in der Bibel geht es nicht um Menschenopfer, sondern um Tieropfer!« Was trieb Hellman für ein Spiel mit ihr?

Er setzte wieder sein überhebliches Lächeln auf. »Sicher. Aber kennen Sie auch die Geschichte von Abraham?«

»Abraham, der seinen Sohn opfern soll?«

»Ja. Da hätten wir beinahe ein Menschenopfer gehabt, nicht wahr?«

»Beinahe, aber Gott hat es nicht zugelassen, soweit ich mich erinnere.«

»Richtig, er wollte sich nur Abrahams Gehorsam sicher sein.«

Tamara musterte Hellman, dem es ganz offensichtlich Freude machte, sie zu provozieren und zu irritieren. Er, der hilflos und für die Gesellschaft nutzlos geworden war, kostete die Macht aus, die er in diesen Minuten, in diesem Zimmer über sie hatte.

»Auf Wiedersehen, Mister Hellman.«

»Schade, dass Sie mich schon verlassen, Tamara. Ich hoffe, ich konnte Ihnen helfen.«

»Wir werden sehen.« Sie ging zur Tür.

»Ja.« Er lächelte nachsichtig. »*Sie* schon – ich nicht.«

Tamara hätte sich ohrfeigen können. Wie dumm hatte sie dahergeredet!

»Warten Sie!«, rief er. »Jetzt erinnere ich mich. Er hat doch Besuch bekommen.«

Sie ließ den Türknauf wieder los. »Von wem?«

»Von der Polizei.« Er grinste.

Sie wollte gerade auf die Fernbedienung des Autoschlüssels drücken, als ihr eine Frage in den Kopf schoss – eine Frage, die sie nicht gestellt hatte. Sie steckte den Schlüssel wieder ein und eilte zurück ins Haus.

Jake Hellman saß noch genauso da, wie sie ihn verlassen hatte. Er hob nur ein wenig den Kopf, als sie eintrat. »Haben Sie etwas vergessen, Tamara?«

»Woher hatte er die Bibel?«

»Sie war eines Tages plötzlich da.«

»Wer hat sie ihm gegeben?«

Er antwortete nicht sofort. »Ich weiß es nicht. Er hat es mir nie gesagt.«

18

Die schwüle Hitze nahm Shane den Atem, als er aus dem kühlen Flugzeugbauch hinaus auf den flimmernden Asphalt trat. Costarelli holte ihn mit dem Wagen ab und fuhr in die City. Unterwegs berichtete Shane von Dave Cameron, worauf Costarelli sofort die Suche nach Brigitte oder Grit Johansson und die Überprüfung des Porsche-Kennzeichens anordnete.

»Was hältst du von diesem Dave?«, fragte Costarelli.

»Ich bin mir nicht sicher. Er hat zwei Gesichter.« Shane sah zum Fenster hinaus auf die im gleißenden Mittagslicht liegenden Häuser und die üppigen grünen Bäume überall in den Vorgärten. Ein tropisches Paradies, könnte man glauben – wenn man nicht so genau hinsah.

Sie hatten die Innenstadt erreicht. Auf einer Holzbank vor *Woolworth* saß eine Gruppe Aborigines im Schatten, volle Plastiktüten vor sich. Als ein Taxi heranfuhr, standen sie auf und stiegen ein.

Costarelli parkte direkt vor einem Sushi-Restaurant. Eiskalte Luft schlug ihnen entgegen, als sie durch die Glastür traten. Um halb zwei waren sie die einzigen Gäste, die Geschäftsleute aus den umliegenden Büros saßen längst wieder an ihren Schreibtischen.

»Valerie Tate war ganz sicher nicht die Frau, die zu jedem ins Auto gestiegen ist. Ich frage mich, wie der Mörder Kontakt zu ihr aufgenommen hat.« Shane nahm ein Sushi vom Laufband, zwei Sashimi mit eingelegtem Ingwer und grünem Wasabi. »Entweder hat er sie gekannt, dann wären wir wieder bei Dave und bei unserem Porsche-Besitzer, oder aber er hat ihr was Besonderes versprochen.«

Costarelli schnappte sich etwas Frittiertes. »Na ja.« Er kaute. »Da müsste er aber schon was geboten haben. Valerie Tate war sicher nicht so leicht zu beeindrucken, wie wir wissen.« Er suchte nach einem weiteren Leckerbissen auf dem Laufband, das unablässig seine Runden drehte. Sein Blick folgte einem vielversprechend aussehenden Etwas, tennisballgroß und frittiert, doch konnte er sich nicht entscheiden und hielt nach einer anderen Verlockung Ausschau.

»Schmeckt's?« Der Mann der japanischen Besitzerin, Iannis, ein massiger, glatzköpfiger Grieche mit schweißglänzendem Gesicht, baute sich vor ihnen auf.

»Prima, du bist der Größte!« Costarelli griff diesmal rechtzeitig den frittierten Tennisball.

»Ich weiß, Tony! Ich wollte schon immer der Größte sein!« Er klopfte sich auf den Bauch. »Sagt mal …« Er kam näher. Shane fühlte sich an einen großen Seelöwen erinnert, mit seiner glatten Haut und der dicken Speckschicht darunter. »Gibt's was Neues in diesem Fall?«

Costarelli drehte sich auf dem Hocker zu ihm herum, stocherte hinter vorgehaltener Hand in seinen Zähnen nach Essensresten und sagte dann: »Sie war öfter bei dir zum Essen, oder?«

»Klar.« Der Seelöwe stemmte die Arme in die Seiten und wirkte noch mächtiger. »Du weißt doch, wo soll man schon hingehen, wenn man gutes Sushi haben will. Sie kommen alle, wie du weißt, die Anwälte.«

»Ist dir mal was aufgefallen? Gab es einen zudringlichen oder vielleicht auch netten Typen, der mit …«

Iannis hob den Zeigefinger und bewegte ihn langsam hin und her. »Sie war immer nur beruflich hier. Keine Verabredungen. Nichts Intimes.« Er schüttelte den Kopf. »Wenn ihr mich fragt: Die hatte nur ihre Karriere im Kopf.«

Und den Fahrer des gelben Porsche, dachte Shane.

»Ich rede sonst nicht über meine Kunden«, fuhr Iannis fort und machte eine bedeutungsvolle Pause. »Valerie Tate sah zwar ziemlich gut aus, aber das wusste sie auch – und das hat sie jeden spüren lassen. Sie hat sich als was Besseres gefühlt.« Er hob die runden, schweren Schultern und zog die Mundwinkel herunter. »Ich frag mich immer, warum so jemand so was nötig hat.«

»Das kann ich dir sagen, Iannis«, Costarelli kratzte sich am Kopf und runzelte die Stirn. »Weil man's ihr immer eingetrichtert hat. Das Töchterchen, das nicht mit den bösen Buben spielen darf. Aber glaub mir, Iannis, das törnt manche Typen ganz besonders an.«

Der Grieche seufzte. »Ist schon 'n komisches Gefühl, wenn's jemanden erwischt hat, den man gekannt hat.« Er hob die Hand zum Gruß. »Muss mal in die Küche – ach, und ihr seid eingeladen!«

»Iannis, das ist Bestechung!«, rief Costarelli ihm nach.

»Nein. Die Reste mussten weg!« Iannis verschwand durch die Schwingtür, hinter der die Küche neonhell leuchtete.

»So einfach kannst du Cops nicht vergiften, Iannis!«

Wie Shane das alles kannte! Die spendierten Drinks, die *kostenlosen* Essen, die Einladungen in teure Lokale! Wie viele Kollegen waren diesen Versuchungen erlegen, dachten sich, es ist doch nichts dabei, mal ein bisschen Spaß zu haben, den man sich mit dem dürftigen Gehalt sonst nicht leisten kann. Sie hatten ein paarmal Spaß – und dann kamen die kleinen Gefälligkeiten, um die man sie bat: hier mal einen Strafzettel unter den Tisch fallen lassen, da mal eine Alkoholprobe verschwinden lassen, hier ein Alibi *frisieren,* dort eine Aussage nicht so genau überprüfen. Schon saßen sie in der Falle, schon waren sie erpressbar.

Er hatte sich rausgehalten, so gut es ging. Auf den einen oder anderen Informanten konnte er allerdings auch nicht verzichten, und einen Informanten musste man hin und wieder belohnen – so lief das nun mal. Shane betrachtete sein Gegenüber und fragte sich, welche Deals er machte, um informiert zu sein.

Costarelli griff nach einem Teller mit einem frittierten Krabbenbällchen.

»Wir fragen uns doch«, begann Shane, »wie die Tate ihren Mörder kennen gelernt hat.« Er stellte eine leere Schüssel auf den Stapel.

Costarelli nickte kauend. »In den Pubs hat sich niemand an sie erinnert. Sie muss ihn auf dem Weg zu ihrem Auto getroffen haben – oder aber sie hat ihr Auto absichtlich stehen lassen, weil sie noch eine Verabredung hatte oder etwas erledigen wollte. Aber davon wissen wir noch nichts.« Er spießte etwas Großes, Unförmiges auf und steckte es in den Mund.

»Okay. Valerie Tate war verdammt ehrgeizig«, fuhr Shane fort.

»Allerdings!«, sagte Costarelli mit vollem Mund. »Moment!

Wieso haben die mir den Halter des Porsche noch nicht genannt?«

Er griff an seine Gürteltasche, um sich zu vergewissern, dass er sein Handy dabeihatte. »Die machen wohl gerade Mittag! Ich mach denen gleich Beine!« Schon zog er sein Handy heraus.

»Warte noch! Tony, ich frage mich: Wenn du ehrgeizig bist, womit kann man dich am besten kriegen?«

»Mit dem Versprechen, etwas zu bekommen, damit du dir einen Vorsprung …« Costarelli brach ab. »Meinst du, jemand hat ihr einen besseren Job angeboten?«

»Möglich. Oder eine besondere Information zu einem Fall.«

Costarelli kniff die Augen zusammen und schob das Kinn vor. Er dachte nach, wischte sich mit der Papierserviette den Mund ab, knüllte sie zusammen und warf sie auf den Geschirrstapel. »Okay, Shane: Ich lass mir von Alex Winger die schwebenden Verfahren zeigen. Dann knöpfen wir uns die entsprechenden Leute vor. Aber zuerst …« Er tippte auf eine Taste seines Handys. »… will ich wissen, wem der verdammte Porsche gehört.« Er blaffte ins Telefon, klappte es zu und stöhnte. »Fragst du dich auch manchmal, wie die das ohne dich schaffen sollen?«

»Ja. Und mein Vater und all die vor uns pensionierten Detectives haben sich diese Frage auch gestellt.«

Als sie gingen, ließen sie zwei hohe Stapel leerer Teller zurück. Costarelli, der darauf bestand, Shane einzuladen, zahlte dreißig Dollar – bestimmt nur ein Bruchteil der regulären Rechnung.

Draußen fiel die schwüle Hitze über sie her. Eine kleine Gruppe junger Backpacker mit Wanderstiefeln und schwerem

Gepäck ging vorbei. Sie unterhielten sich angeregt in irgendeiner fremden Sprache. Costarelli zündete sich eine Zigarette an und sah ihnen nach, und Shane bemerkte einen wehmütigen Ausdruck in seinen Augen. Doch schnell hatte sich Costarelli wieder losgerissen und ließ mit der Fernbedienung die Türöffner des Wagens aufspringen.

»He, Shane ...« Costarelli sprach ihn übers Autodach hinweg an. »Irgendwie hab ich das Gefühl, dass wir mit Cameron auf dem falschen Dampfer sind.«

»So? Und wo sollen wir sonst weitermachen?«

Costarelli hob den Blick in den Himmel. »Ich weiß nicht. Vielleicht bei einem, der irgendwas Besonderes erlebt hat?« Er warf die Zigarette weg und stieg ein. Shane setzte sich auf den Beifahrersitz und zog die Tür hinter sich zu.

»Irgendwas Besonderes«, wiederholte Shane.

»Ja. Irgendetwas muss ihm passiert sein, dass er auf diese Weise mordet. Irgendwas Schreckliches.«

»Vielleicht hat Dave Cameron ja so was Schreckliches erlebt. Oder der Porsche-Besitzer. Das wissen wir ja alles noch nicht.«

Bevor Costarelli antworten konnte, meldete sich sein Handy.

»Wer?«, blaffte er, brummte etwas, das sich wie »Danke« anhörte, und legte auf.

»Und?«

»Der Porsche-Besitzer ist der Schwiegersohn von Paul van Oosterzee. Eine ziemlich wichtige und einflussreiche Person hier. Der Alte wird nicht begeistert sein, wenn er hört, dass seine Tochter von ihrem Mann betrogen wird.«

»Tja, wir können uns unsere Mörder nicht aussuchen«, murmelte Shane.

Alison starrte auf das Schreiben. *Hallo Alison, umsonst war die Show nicht zu haben. Ich erwarte 10.000, sonst bist du dran, Süße. Und du kannst dir sicher vorstellen, wie schön das wäre! Ich rufe dich an – Darling.*

Sie bückte sich nach der übrigen Post, die ihr aus den Händen auf den Rasen gefallen war.

Darling, Süße – Wer wagte es, sie so zu nennen? Zitternd griff sie nach den Briefen. Auf einmal ekelte sie sich vor dem Geruch nach feuchten, verwesenden Blüten, und trotz der nachmittäglichen Hitze fröstelte sie.

Zehntausend Dollar! Dabei hatte sie doch schon tausend bezahlt. Phil. Das kann nur von Phil kommen! War er der grausame Mörder?

Ihre Zunge klebte am Gaumen. Sie stand wieder auf und sah sich um, ob jemand sie beobachtet hatte. Ein Nachbar, der sich vielleicht wunderte, welcher Brief sie so entsetzt hatte, dass sie stocksteif in der Garageneinfahrt stand. Aber da war niemand. Die Straße lag friedlich vor ihr, nur gedämpft drangen Stimmen aus dem gegenüberliegenden Garten herüber. Alles war wie sonst an einem gewöhnlichen Nachmittag in der Trockenzeit. Sie würde Christine zur Rede stellen. Und Phil! Aber … Wenn Phil tatsächlich etwas mit der Sache zu tun haben sollte, dann würde er es niemals zugeben.

Das Kuvert wog immer schwerer in ihrer Hand. Unschlüssig stand sie da. Zur Polizei zu gehen war mit diesem Brief ausgeschlossen. Dann müsste sie auch die tausend Dollar erwähnen, genauso wie Matthews Verhältnis mit Valerie Tate. Niemand würde ihr diese verrückte Geschichte abnehmen – und ganz sicher nicht die Polizei.

Sie dachte an die alte Aborigine vom Mindil Beach Market.

»Ich halte allein die Stellung!«, hatte Meg gesagt, »du kannst ruhig losgehen und was zu essen holen.«

Es war dunkel geworden. Der Halbmond leuchtete hell, und an den Ständen brannten Lichter und bunte Laternen. Kinder tollten umher, Melodien vermischten sich, Menschen lachten, Wolken von Essensdüften schwebten über der Promenade, bunte Drachen, von Kinderhänden gehalten, standen am Himmel, und draußen in der Bucht hob sich die Silhouette eines sanft schaukelnden Segelbootes vor der Dunkelheit ab. Zwischen den Ständen hatte das Gedränge nachgelassen, die meisten Besucher saßen jetzt auf dem Rasen, aßen, tranken, redeten mit Freunden. Die Stimmung war friedlich und beschwingt. Die Menschen genossen den Abend – alle außer ihr, so kam es Alison vor. Sie ging an dem hell erleuchteten vietnamesischen Stand vorbei, vor dem auch jetzt noch eine Menschenschlange ausharrte, schob sich an ihr vorbei zu einem Stand, an dem sich ein korpulenter, rotgesichtiger Mann abmühte, einem Didgeridoo einen Ton zu entlocken. Da spürte sie wieder den Blick – und diesmal hielt er sie gefangen, ließ sie nicht mehr los. Alison starrte in die dunklen Augen der Aborigine. Sie saß zwischen einem Verkaufstisch, auf dem Aborigine-Bilder ausgebreitet waren, und einem Stand, der Spiegel mit verschnörkelten Rahmen anbot. Sie hockte auf einem Klappstuhl, eine stämmige Frau in einem dunklen, weiten Kleid, das dichte, kinnlange graue Haar akkurat gescheitelt. Alison starrte sie an und ging langsam näher. Die Frau sah sie einfach nur mit ihren kohlrabenschwarzen Augen an. In diesem Augenblick glaubte Alison in einen Spiegel zu sehen, der ihren Blick tief in sich selbst lenkte und der sie ihre Unschuld erkennen ließ. Nein, sie war nicht für Valerie Tates Tod verantwortlich. Da hatte sich die Alte auf einmal abgewandt, und Alison war wieder zum Stand zurückgegangen.

Seltsam – aber seitdem fühlte sie sich entlastet.

Entschlossen zerriss sie den Umschlag mitsamt seinem Inhalt in kleine Schnipsel und warf alles in die Tonne für den Restmüll. Sollte der Kerl doch anrufen, sie würde einfach eine Weile nicht mehr ans Telefon gehen.

19

Die Nachmittagssonne schien durch die getönten Scheiben des Büros. Tamara goss sich den Rest Kaffee ein. Er war nur noch lauwarm und schmeckte scheußlich. Sie sollte sich wieder mehr um ihre Ernährung kümmern. Sie stellte fest, dass sie zugenommen hatte. Stress macht fett, dachte sie, und das hastige, ungesunde Essen, das sie im Stehen hinunterschlang, auch. Dabei hatte sie es nicht so weit kommen lassen wollen. Ganz am Anfang, als sie zur Mordkommission in Brisbane gekommen war, hatte sie auf Fitness und Ernährung geachtet. Doch seit einem halben Jahr verwahrloste sie, wie sie es selbst nannte. Sie wusste, dass es nicht nur an mangelnder Disziplin lag. Eigentlich lag es am wenigsten daran. Dass sie allein war – und dass sie nicht mehr allein sein wollte, das war der Hauptgrund. Sie war intelligent, attraktiv, ungebunden und sechsunddreißig. Gut, sie hatte einen anstrengenden Job mit Wochenend- und Nachtschichten. Es passierte mindestens einmal die Woche, dass sie nachts oder früh am Morgen aus dem Bett geklingelt wurde. Sie musste Einladungen absagen oder plötzlich von einer Party verschwinden – aber, mein Gott, dachte sie, das alles ist keine Entschuldigung dafür, dass ich mich gehen lasse! Tausende haben solche Jobs!

Sie setzte sich wieder an ihren Schreibtisch und vertiefte sich in die Bibel.

»Nimm deinen Sohn, deinen einzigen, den du lieb hast, den Isaak, und bringe ihn dort auf einem der Berge, den ich dir sagen werde, als Brandopfer dar!« So gingen sie hin.

Da sprach Isaak zu Abraham, seinem Vater: »Mein Vater, siehe, da ist das Feuer und das Holz, wo ist denn das Lamm zum Brandopfer?« Abraham erwiderte: »Gott wird sich das Lamm zum Brandopfer schon ersehen, mein Sohn.«

Als sie an den Ort kamen, den Gott ihm gesagt hatte, baute Abraham den Altar, schichtete das Holz auf, band seinen Sohn und legte ihn auf den Altar, oben auf das Holz. Dann streckte Abraham seine Hand aus, nahm das Messer, um seinen Sohn zu schlachten.

Da rief der Engel Jahwes vom Himmel her ihm zu und sprach: »Abraham, strecke deine Hand nicht nach dem Jungen aus, und tu ihm nichts zuleide. Denn nun weiß ich, dass du Gott fürchtest und mir deinen einzigen Sohn nicht vorenthalten hast.« Als Abraham seine Augen erhob, sah er einen Widder, der sich mit seinen Hörnern im Dickicht verfangen hatte. Abraham ging hin, nahm den Widder und brachte ihn an Stelle seines Sohnes zum Brandopfer dar.

Diese Stelle meinte Jake Hellman. Beinahe hätte Abraham ein Menschenopfer gebracht. Er war dazu bereit gewesen, seinen eigenen Sohn, den er liebte, zu töten.

Ihr war nicht klar, ob Hellman sich womöglich nur einen Spaß mit ihr machte. Sie wollte aufstehen und sich noch eine Tasse Kaffee eingießen, doch rechtzeitig fiel ihr ein, dass er scheußlich schmeckte. Seufzend blieb sie sitzen und nahm sich McNultys Lebenslauf vor.

Richard McNulty war am 19. April 1968 auf Bathurst Island geboren. Sie klickte auf eine Internetseite, die Bathurst Island näher beschrieb:

Bathurst Island ist nur durch eine schmale Wasserstraße von der Nachbarinsel Melville Island getrennt. Beide zusammen werden Tiwi Islands genannt. Die Inselgruppe liegt 80 Kilometer oder kaum zwanzig Flugminuten nördlich von Darwin in der Timor Sea.

Sie wurde im Jahre 1644 zum ersten Mal von Europäern gesichtet, als Abel Tasman von Batavia aus vorbeisegelte.

1818 wurde die Insel von Phillip Parker King erforscht und nach dem damaligen Britischen Staatssekretär für Krieg und Kolonien, Lord Bathurst, Bathurst Island genannt. Wegen schwieriger klimatischer Bedingungen und dem Widerstand der Einwohner stellte man Siedlungsversuche bald wieder ein.

Fast hundert Jahre später, im Jahre 1910, gründete der deutsche, aus dem Elsass stammende Bischof und Herz-Jesu-Missionar Francis Xavier Gsell auf Bathurst Island eine Mission für Aborigines. Indem er die jungen Frauen aus den polygamen Ehen mit älteren Männern »herauskaufte« und sie sich mit jungen, christlich erzogenen Männern verheiraten ließ, zerstörte er nicht nur die herrschende – und bis dahin funktionierende Gesellschaftsordnung, sondern er trug auch dazu bei, dass diese Menschen jegliche Verbindung zu ihrem Clan einstellten, ohne zugleich von der weißen Gesellschaft akzeptiert zu werden.

1978 wurde Bathurst Island den Tiwis zurückgegeben. Seitdem werden Bathurst und Melville Island vom Tiwi Land Council verwaltet.

Richard McNulty war dort zur Schule der Herz-Jesu-Missionare gegangen. Tamara lehnte sich zurück und überlegte. McNulty war mit der Bibel vertraut, doch das erklärte nicht sein besonderes Interesse für die alttestamentarischen Opferanleitungen.

Sie vertiefte sich wieder in McNultys Lebenslauf. Sein Vater starb, als er acht war. Richard wuchs bei seiner Mutter und seiner Großmutter auf. Er ging bis zum zwölften Lebensjahr zur Schule. Dann waren einige Jahre nicht dokumentiert. Seit seinem achtzehnten Lebensjahr arbeitete er auf Fischtrawlern. Viermal wurde er verhaftet wegen öffentlicher Ruhestörung, Hausfriedensbruch, Körperverletzung und versuchter Vergewaltigung – jedes Mal war Alkohol im Spiel. Insgesamt betrug die Zeit, die er im Gefängnis verbrachte, jedoch nicht mehr als ein Jahr. McNultys Biografie enthielt – gemessen an anderen Aborigine-Lebensläufen – nichts sonderlich Dramatisches.

An jenem Abend, als er Patty Benson ermordet haben sollte, gab er an, sei er von Brisbane aus aufgebrochen, um einen Freund zu besuchen. In seiner ersten Version sagte er, unterwegs, bei Warwick, müde geworden und in einen Seitenweg von der Hauptstraße weg gefahren zu sein. Daher habe man die Reifenspuren seines Wagens dort gefunden – dort, wo kaum dreißig Meter weiter die Leiche lag.

In einer zweiten Version, die sein Geständnis enthielt, gab er zu, in Brisbane angetrunken gewesen zu sein. Er habe sich mit Leuten vom Schiff gestritten – was bestätigt wurde – und sei wütend ins Auto gestiegen, das er sich mit zwei Cousins teilte, die auch auf Fischtrawlern arbeiteten. Auf dem Weg durch die Stadt habe er an einer Straßenecke eine Frau stehen sehen, die »fertig« ausgesehen habe und wohl irgendwohin mitgenommen werden wollte.

»Sie hat an mein Fenster geklopft, als ich da an der Ecke halten musste. Da hab ich gesagt, ich hab 'ne weite Fahrt vor mir. Das ist mir gerade recht, hat sie gesagt, und dann hab ich gedacht, he, mal sehen, was ihr noch recht ist, und hab sie einsteigen lassen.«

Der Gedanke, sie umzubringen, sei erst viel später gekommen. Nach zwei Stunden Fahrt. Da sei er an den Straßenrand gefahren und dann in einen Seitenweg, weil er ziemlich scharf geworden sei.

»He, dann hat sie mich ausgelacht und gemeine Sachen gesagt. Von wegen dass ich nur ein dreckiger Abo bin und so was. Da hab ich plötzlich mein Messer in der Hand gehabt. Ich wollte ihr vielleicht nur ein bisschen Angst machen. Ich hab sie gezwungen, auszusteigen. Sie wollte abhauen, zur Straße laufen, da bin ich ihr hinterher und hab sie zu den Felsen geschleppt und wollte ihr zeigen, was ein dreckiger Abo alles kann. Sie hat mich angespuckt. Da hab ich ihr den Hals aufgeschlitzt. Und dann ist es über mich gekommen. Ich hab ihr die Kleider ausgezogen und sie aufgeschlitzt. Ich weiß nicht, es war auf einmal, als wär sie ein großer weißer Fisch … Ich weiß auch nicht. Ich hab an gar nichts mehr gedacht.«

Nach der Bedeutung des Zeichens auf den Felsen befragt, behauptete er, es müsse schon vorher da gewesen sein.

Es klopfte an der Tür, und sie schrak hoch.

Tom McGregor kam herein und lächelte. Sein tadellos gekämmtes Haar und sein weißes, sorgfältig gebügeltes Hemd ließen nicht vermuten, dass er eine Nachtschicht hinter sich hatte. »Al sagt, du rollst diesen alten Fall wieder auf. Kommst du voran?«

Sie seufzte. »Ich weiß nicht. Ich bin auf einen Zeugen von

damals gestoßen und habe ein paar Details über McNulty erfahren. Bis jetzt kann ich nicht behaupten, etwas Neues herausgefunden zu haben.« Sie wies auf Shanes Platz. »Setz dich.«

Tom kam näher. »Was von Shane gehört?«

»Nein. Er fischt genauso im Trüben.«

Er lehnte sich zurück und strich sich nachdenklich über seinen sauber gestutzten Schnurrbart. »Es wäre besser gewesen, wenn er sich nicht mehr mit dieser alten Sache beschäftigt hätte.«

»Ja. Aber ich verstehe ihn.«

»Ja. Ich auch.«

»Tut mir leid, Tom. Ich kann dir keinen Kaffee anbieten, er schmeckt furchtbar.«

»Besser so. Ich trinke seit zwei Tagen keinen Kaffee mehr. Mal sehen, wie lange ich's durchhalte.«

Es war still im Raum bis auf das leise Brummen des Computers.

»Und, wie fühlst du dich so, als Senior Detective?«

»Ehrlich?«

»Ja, klar.«

»Älter.«

Sein Lachen wirkte ansteckend.

»Ach, Tom, es ist verrückt, wir haben uns doch so oft gestritten. Aber ich vermisse den alten Miesepeter. Und ich kann mir schwer vorstellen, was er den ganzen Tag ohne seinen Job macht.«

»Davor hat er immer Angst gehabt. Plötzlich ohne seinen Job zu sein.«

»Er hätte sich nach Jacks Tod eine Auszeit gönnen und sich erholen sollen.«

»Vielleicht hätte er ja dann beschlossen, nicht weiterzumachen. Wer weiß. He, Tamara? Warum denken wir nicht mal positiv? Sein neues Leben wird ihm gut tun.«

»Versuchen wir's«, sagte sie halbherzig.

Er stand auf. »Wenn du Hilfe brauchst, dann sag Bescheid.«

»Danke. Ach, Tom? Ich grübele schon die ganze Zeit darüber nach: Wenn McNulty es nicht getan hat, warum hat er sich dann aus der Bibel die Anleitungen zu Opferungen vorlesen lassen?«

»Hat er das denn?«

»Ja.«

Tom legte die Stirn in Falten und strich wieder über seinen Schnauzer. »Vielleicht hat er versucht, den Mörder zu verstehen.«

»McNulty war nicht besonders gebildet, Tom. Ich weiß nicht, ob das zu ihm passt.«

McGregor ließ den Türknauf los. »Du willst nicht wahrhaben, dass McNulty unschuldig sein könnte, stimmt's?«

»Nein.«

Tom nickte. »Verstehe.«

»Wir wissen bis heute nicht, mit wem diese Patty Champagner trinken wollte. Ist doch seltsam. Ihr Liebhaber meldet sich nicht. Und warum nicht?«

Er hob die Augenbrauen. »Er könnte Angst gehabt haben, dass er verdächtigt wird.«

»Oder weil sie zu zweit waren. McNulty und …«

Tom schüttelte den Kopf. »Glaubst du wirklich, McNulty hätte dann allein die Schuld auf sich genommen? Nein, glaub mir, Tamara. Du kanntest ihn nicht. Er war ein … ein durch und durch niederträchtiger Kerl. Er hätte jeden verraten.«

»So? Und warum hat er dann so schnell aufgegeben?«

»Warum? Es gab einfach keinen Ausweg mehr für ihn. Nein, Tamara, es kann nur eine Lösung geben.«

»Da bin ich aber gespannt.«

»In Darwin hat jemand McNulty kopiert. Es stand damals ja in allen Zeitungen.«

»Aber das Zeichen war nicht exakt wiedergegeben, Tom.«

Er schüttelte nachdrücklich den Kopf. »Tamara, es gab Journalisten, Anwälte, Polizisten, sie alle wussten, wie es aussieht. Glaub mir, Tamara, dieser Fall in Darwin hat nichts mit dem alten zu tun. Shane hat sich in was verrannt. Du solltest versuchen, ihn davon zu überzeugen.«

Sie nickte mechanisch. Er lächelte, und sie erinnerte sich an das warme Lächeln ihres Vaters, als sie und Sally noch klein waren – und er noch nicht trank.

»Denk mal drüber nach.« Als er die Tür hinter sich schloss, starrte sie dumpf auf die weiße Wand zwischen Kaffeemaschine und Fotokalender. Anwälte, Polizisten ... Tony Costarelli – tauchte wieder vor ihr auf. Warum irritierte sie dieser Name noch immer? Wieder lief ein Film vor ihr ab: die Fortbildung in Sydney. Der letzte Abend – sie war beschwipst, ihr Adrenalin, das sich während des anstrengenden Wochenendes in ihrem Körper aufgestaut hatte, brauchte ein Ventil. Da kam er, Tony Costarelli, strotzend vor sexueller Energie. Sein pockennarbiges Gesicht störte sie nicht, im Gegenteil, es versprach genau das, wonach sie sich sehnte: unsentimentalen, harten Sex. Er kam in ihr Hotelzimmer. Sie hatten Sex. Eine ganze Nacht lang. Niemals zuvor und niemals danach hatte sie sich so gehen lassen. Er war noch vor Morgengrauen aufgestanden. Und sie war froh darüber. Sie hätte ihm nicht in die Augen sehen können. Sie schämte sich für ihre Zügellosigkeit ... Und prompt dachte sie an Jeff Ellroy. Mein Gott,

Tamara, dachte sie und starrte auf ihr Handy, das vor ihr auf dem Schreibtisch lag. Sollte sie ihn anrufen? Aber warum? Was wollte sie von ihm?

Informationen natürlich, gab sie sich selbst zur Antwort, doch zugleich wusste sie, dass es auch noch etwas anderes war. Sie zuckte zusammen, als ihr Handy klingelte. Ohne auf die Nummer zu sehen, ging sie dran.

»Tamara … Schätzchen«, flötete ihre Mutter, und Tamara unterdrückte ein Aufstöhnen. »Hör mal, dieser Techniker hat unseren Fernseher abgeholt und gerade angerufen – er ist nicht mehr zu reparieren, stell dir das vor! Daddy ist schrecklich wütend. Immerhin haben wir ihn erst vor fünf Jahren gekauft!«

»Mum!« Tamara versuchte den Redefluss ihrer Mutter zu unterbrechen, doch die hörte gar nicht hin.

»*Das ist diese Billigware aus Asien!,* ruft Daddy gerade«, fuhr sie fort, »und er meint, ob du uns einen neuen besorgen könntest …«

»Mum, ich …« Weiter kam sie nicht.

»Also nur besorgen, nicht bezahlen! Wir haben doch von diesem ganzen technischen Zeug keine Ahnung mehr, die können uns Alten ja alles andrehen …«

»Mum, ich hab die nächsten Tage absolut keine Zeit …«

»Aber Schätzchen, für deine Eltern könntest du doch mal eine Stunde …«

»Das ist nicht in einer Stunde getan! Warum lasst ihr euch nicht einen von dem Techniker besorgen?«

»Da solltest du Daddy mal hören! Der Techniker verkauft doch nur Sachen, die wieder kaputtgehen – und zwar *nach* Ablauf der Garantie, damit er wieder was verdient! Nein, Schätzchen, das ist wirklich keine gute Idee! Da muss ich Daddy ausnahmsweise mal recht geben.«

In Tamara begann es zu kochen. »Mum, ich hab hier einen Mord …«

»Das hast du ja immer, aber der Tote ist doch schon tot, oder? Wenn du Ärztin wärst, dann …«

Sie konnte nicht fassen, was ihre Mutter da gerade sagte. »Weißt du was, Mum, behaltet einfach meinen Fernseher.«

»Aber Schätzchen, so war das doch nicht gemeint! Wir haben dich nur darum gebeten, auf unsere Kosten …«

Sie hörte nicht mehr zu, und als ihre Mutter Luft holte, sagte sie rasch. »Ich muss Schluss machen! Telefon! Behaltet ihn einfach!«, und legte auf. Sie kämpfte gegen das schlechte Gewissen an, das sich schon wieder in ihr breitzumachen drohte, und zwang sich, sich wieder auf ihre Arbeit zu konzentrieren. Woran hatte sie gedacht, als ihre Mutter anrief? Jeff Ellroy. Sie zögerte, doch dann griff sie zum Telefon und wählte seine Nummer. Es klingelte fünfmal, und sie rechnete schon damit, dass sich die Mobilbox einschaltete, als er sich mit einem *Hallo* meldete.

»Hi, hier Tamara, die Journalistin. Ich hoffe, ich störe nicht?«

Ein kurzes Zögern. »Ich habe gerade eine geschäftliche …«

»Ich wollte Sie nur noch etwas fragen.«

»Wenn es wieder um diese Geschichte geht, dann …« Sie hörte, wie er Luft holte. »Hören Sie, es war eine schreckliche Zeit. Die Polizei hat mich befragt, die Leute haben mich angestarrt, als ob *ich* es getan hätte …« Er räusperte sich. »Ich will nicht mehr daran erinnert werden, verstehen Sie?«

Sie sah ihn vor sich, in seinem Hemd mit Schulterklappen, mit dem kurz geschorenen bronzefarbenen Haar, einen verschlossenen, einsamen und – verletzten Mann. Dennoch, sie wollte mehr über Patty und diesen Abend erfahren und warum McNulty ausgerechnet Warwick als Tatort ausgewählt hatte, wo man die Steine von der Straße aus doch gar nicht sehen konnte. Rücksicht auf Jeff Ellroys Gefühle konnte und wollte sie nicht nehmen. Und dann war da noch etwas anderes … »Wo sind Sie gerade, Jeff?«

»Warum?«

»Nun, ich dachte, wir könnten uns noch einmal treffen.« Sie wusste, dass sie Gefahr lief, Berufliches mit Privatem zu vermischen.

Er antwortete nicht gleich. »Ich rufe Sie an«, sagte er schließlich.

»Gut. Es tut mir leid, dass ich im unpassenden Moment …«

Doch er hatte schon aufgelegt.

Irritiert starrte sie das Telefon an. Irgendetwas an ihm zog sie an. Vielleicht war es gerade seine Zurückhaltung. Er war gefangen – aber worin? Und warum?

Sie bekämpfte den Wunsch, aufzustehen und sich einen Kaffee einzugießen. Sie brauchte etwas, um wieder klar denken zu können. Aber was? Es war nicht leicht, etwas zu finden, das weder dick machte noch ungesund war. Ihr Blick fiel auf die Mineralwasser-Flaschen hinter der Tür.

Patty wollte Champagner kaufen, dachte sie, als sie widerwillig das warme Wasser trank. Am Boxing Day hatten fast alle Läden geschlossen. Nur einige Pubs nicht. Aber wieso war sie ausgerechnet in das Pub gegangen, in dem ihr Exliebhaber mit seinen Freunden feierte? Zufall? Oder wollte sie ihm demonstrieren, wie glücklich sie ohne ihn war, sodass sie sogar Champagner kaufte? Hatte sie jemanden provozieren wollen?

Wer war eigentlich ihr Exliebhaber?

20

Sieh dir all die netten Spielzeuge an! Die reinsten Sparbüchsen – ohne Boden.« Costarelli steuerte langsam an den blank gewienerten Oldtimern vorbei, die in Reih und Glied vor der alten Qantas-Halle standen. Die Strahlen der Nachmittagssonne flossen über das gewellte Blech und ließen die riesige Halle mit dem azurblauen Himmel dahinter wie ein monumentales Kunstwerk erscheinen.

Shane hätte Costarelli zugetraut, dass er den modernen, schmucklosen Dienstwagen mitten zwischen diese Schönheiten stellte, doch er parkte neben einem türkisfarbenen Honda und einem Nissan, mit denen wohl einige der Besucher gekommen waren. Matthew Griffith, hatte seine Sekretärin am Telefon gesagt, sei hier zu finden.

Costarelli hatte Shane während der letzten vier Minuten einen kurzen Abriss der Firmengeschichte gegeben. Der Vater des heutigen Besitzers hatte Ende der zwanziger Jahre mit einem Lastwagen angefangen. Er hatte Holz und Rinder zwischen Alice Springs, das damals noch Stuart hieß, und Darwin hin und her transportiert. Bald schon kaufte er einen zweiten Lastwagen hinzu und übernahm größere Transporte auch zu anderen Orten. Heute engagierte sich der Sohn Paul auch im Schiffs- und Bahntransport. Die Firma hatte mehr als hundert Angestellte, und Paul van Oosterzee zählte zu den einflussreichen Persönlichkeiten der Stadt. Nach dem Zyklon Tracy war er maßgeblich am Wiederaufbau der völlig zerstörten Stadt beteiligt gewesen. Mit seinen 63 Jahren hielt er noch immer die Zügel der Firma in der Hand, sein Schwiegersohn Matthew, obwohl Manager, musste jede Entscheidung von ihm absegnen lassen.

Am geöffneten Tor, dem Eingang zur Halle, hatte sich eine Schlange gebildet. Costarelli und Shane drängten sich vorbei in die Halle und sahen sich um.

»Das ist er …« Costarelli wies mit dem Kinn auf zwei Männer und eine Frau, die vor einem der ausgestellten alten Autos standen.

Matthew Griffith war wie aus dem Ei gepellt. Er trug ein blütenweißes, an den Ärmeln aufgekrempeltes Hemd über einer beigefarbenen, gebügelten Hose, sein Haar war sorgfältig gescheitelt – und er schwitzte nicht. Er unterhielt sich mit einem hochgewachsenen älteren Mann mit weißem Haar und schwerer Brille – ein ehemaliger Richter, wie Costarelli Shane erklärte – und einer Frau in einem dunkelblauen Kostüm, die laut Costarelli die Assistentin der Ministerin des Northern Territory war.

»So!«, murmelte Costarelli, »diesem Griffith versauen wir jetzt den Abend!« Er ging direkt auf die Gruppe zu, Shane folgte ihm. »Mister Griffith, dürften wir Sie mal stören?«

Bevor Griffith reagieren konnte, drehte sich der ältere Mann zu ihnen um.

»Ah, Detective Costarelli!« Er überragte Costarelli um mehr als einen Kopf. Er hatte ein auffallend längliches und asymmetrisches Gesicht, das sicher manchen Angeklagten – und auch Anwalt – irritiert hatte.

»Herr Richter!«, gab Costarelli zurück. »Was macht ihre Frau?«

»Sie hatte heute eine andere Einladung. Sie hat mich versetzt.« Sein hageres, faltiges Gesicht zog sich zu einem Lachen zusammen.

Shane bemerkte, dass Matthew Griffith nur mit Mühe seine plötzliche Nervosität unterdrücken konnte, während er sich mit der Assistentin der Ministerin unterhielt.

»Richten Sie ihr meine besten Grüße aus!«, sagte Costarelli. »Und entschuldigen Sie, wir sind nicht ganz privat hier.« Damit wandte er sich Griffith zu. »Mister Griffith?«

»Ja?« Griffith musterte Costarelli und zog dabei die Stirn kraus.

»Dürften wir Sie wohl einen Moment sprechen?«

Griffith warf Shane einen kurzen Blick zu. »Und worum geht es, wenn ich fragen darf?« Sein bedauerndes Lächeln, das er der Assistentin schenkte, wirkte angestrengt.

Du weißt schon, worum es geht, Griffith, dachte Shane, du schätzt jetzt deine Chancen ab …

»Wir sollten unter sechs Augen sprechen«, sagte Costarelli.

»Sie machen es aber spannend!« Er lachte zu laut und zu kurz. »Wie war doch gleich Ihr Name?«

Shane entging nicht, dass Costarelli sein Kinn vorschob, seine Augen zusammenkniff und auf den Fußballen wippte. All das signalisierte Kampfbereitschaft, und Shane ahnte, dass Costarelli diesen arroganten Schnösel am liebsten am Kragen gepackt hätte.

Griffith wandte sich an seine beiden Gesprächspartner und seufzte übertrieben: »Sie haben es gehört. Aber es kann nicht lange dauern.«

Er machte ein paar Schritte hin zu einem alten Lastwagen, der laut Hinweistafel 1958 von einem gewissen J. Miller irgendwo in der Wildnis gefunden und restauriert worden war. Shane und Costarellli folgten ihm.

»So, meine Herren.« Sein Lächeln war verschwunden, und er zeigte ganz offen, dass er ihr Auftauchen missbilligte. »Was gibt es so Wichtiges, dass Sie mich nicht morgen im Büro aufsuchen konnten?«

»Sie fahren einen gelben Porsche?« Costarelli ließ sich von

Griffith' herablassendem Ton weder einschüchtern noch provozieren.

»Was? Kommen Sie hierher, weil ich womöglich falsch geparkt habe?« Griffith hob die Augenbrauen, worauf Costarelli breit grinste.

»Wann haben Sie Valerie Tate zum letzten Mal gesehen, Mister Griffith?«, fragte Shane dazwischen.

Griffith reagierte nicht. Komm schon, dachte Shane, du musst doch kapieren, dass du keine Chance hast.

Auf einmal lächelte Griffith. »Meine Herren, sind Sie sicher, dass hier kein Missverständnis vorliegt? Wer, bitte schön, ist diese Dame? Wie, sagten Sie, heißt sie? Und was soll ich, beziehungsweise, was soll mein Wagen mit ihr zu tun haben?« Er warf demonstrativ einen Blick auf seine Armbanduhr. Eine Rolex, sah Shane, und die war sicher echt.

Wortlos zog Costarelli sein Handy aus der Hemdtasche, tippte eine Nummer ein und lächelte Griffith an. Irgendwo ertönte ein melodisches Klingeln. Griffith' Blick wanderte hinüber zum Richter und der Assistentin, die noch immer neben dem Oldtimer standen und sich unterhielten. Das Klingeln kam aus einem Jackett, das zusammengefaltet auf der Motorhaube eines roten Holden lag. Die Dame im Kostüm drehte sich zu ihnen um.

»Matthew, Ihre Jacke! Ich glaube, Ihr Handy klingelt!«

Griffith lief rot an, brachte noch ein »Danke« heraus und warf Costarelli einen tödlichen Blick zu.

»Gehen Sie ruhig dran, Mister *Burlington*.« Costarelli grinste und legte auf, worauf das Handy verstummte. »Also, Mister Griffith: Wann haben Sie Valerie Tate zum letzten Mal gesehen?«

Griffith gab sich geschlagen. »Also gut. Am Tag vor dem

Mord. Ich war bis spät nachts bei ihr.« Er räusperte sich. »Am nächsten Tag musste ich nach Broome.«

Er gab zu, das Verhältnis nicht nur vor seiner Frau geheim gehalten zu haben. »Ich arbeite in der Firma meines Schwiegervaters. Sie können sich vorstellen, was passiert wäre, wenn er davon erfahren hätte.« Seine Stimme war viel leiser als zu Anfang.

»Er hätte sie rausgeschmissen«, erwiderte Costarelli trocken.

Griffith lächelte gequält.

»War Valerie Tate eigentlich mit ihrer Rolle als Geliebte zufrieden? Wollte sie sich mit Ihnen immer nur im Geheimen treffen?«, fragte Shane. »Ich kann mir denken«, fuhr er fort, »eine junge Frau möchte doch auch ihr Leben planen. Sie hat ihren Verlobten verlassen. Vielleicht wollte sie ja Kinder haben? Vielleicht wollte sie auch ein Haus haben und mit Ihnen darin leben, Mister Griffith. Vielleicht wollte sie ein ganz normales Leben führen?«

Griffith sagte noch immer nichts. Es war ihm anzusehen, dass die Fragen ihn quälten.

»Mister Griffith …« Das kam von Costarelli. »Wollte Valerie Tate, dass Sie sich scheiden lassen?«

Er schüttelte heftig den Kopf. »Nein, das wollte sie nicht.«

»Wirklich nicht? Sie wollte so mit ihnen leben, im Geheimen?«

Griffith wurde unsicher. Sein Blick wanderte zwischen Shane und Costarelli hin und her.

»Mister Griffith«, begann Costarelli betont nachsichtig. »Es wäre verständlich, wenn Valerie Tate auf der Scheidung bestanden hätte.«

»Es war aber nicht so!«, fuhr er auf, sah sich jedoch sogleich ängstlich um, ob jemand ihn gehört haben konnte.

»Gut. Nur, wenn es so gewesen wäre, hätten Sie mit Sicherheit Ihren Job verloren.« Costarelli war noch nicht zufrieden. »Vielleicht hätten Sie auch Ihren flotten Porsche nicht mehr fahren können? Oder haben Sie genug gespart? Aber was hätte Ihre Frau von Ihnen monatlich bekommen? Und Ihre Tochter? Sie hätten sich abrackern müssen, Mister Griffith!«

Griffith schluckte. Er hatte aufgegeben.

»Wir haben auf Valerie Tates Anrufbeantworter drei nicht gelöschte Nachrichten gefunden.«

Griffith nickte nur noch müde. Costarelli zog ein Blatt Papier aus seiner Hemdtasche, faltete es auseinander und las: *»Val? Bist du da? Okay – hör zu, nur damit eines klar ist: Ich lasse mich nicht erpressen, von dir nicht und von keinem anderen. Ja? Ich hoffe, du hast das verstanden. Ich wiederhole mich ungern. Gute Nacht.«* Costarelli sah auf. »Kommt Ihnen das bekannt vor?«

Griffith nickte schwach.

»Und die zweite ...«, Costarelli las weiter vor. *»Jetzt bleib vernünftig, Val. Wir könnten mal wieder über ein verlängertes Wochenende verreisen. Ich muss beruflich nach Brisbane, wir könnten nach Hamilton Island* ... und so weiter.« Er sah auf. »Soll ich die dritte auch noch vorlesen?«

»Nein«, sagte Griffith kaum hörbar, und Costarelli faltete das Blatt wieder zusammen.

»Valerie Tate hat Sie unter Druck gesetzt. Ihr Tod kam nicht ganz unpassend für Sie, nicht wahr, Mister Griffith?«

Griffith war unter seiner sportlichen Sonnenbräune blass geworden. »Ich habe nichts damit zu tun.« Er schluckte. »Hören Sie, Sie dürfen meinem Schwiegervater gegenüber nichts davon erwähnen! Es wäre ... Es wäre fatal ...« Von seiner hochmütigen Art war nichts mehr übrig. Und sein Hemd hatte unter den Achseln hässliche dunkle Schweißflecken bekommen.

»Wir tun, was wir können, Mister Griffith«, sagte Shane zum Abschied, und Griffith nickte verunsichert.

Inzwischen waren noch mehr Besucher eingetroffen. Der Parkplatz hatte sich gefüllt, Menschen standen zusammen und unterhielten sich, andere bewunderten die restaurierten Fahrzeuge.

»Wie immer: Keiner hat was damit zu tun.« Costarelli schüttelte den Kopf und kramte in der Hosentasche nach dem Autoschlüssel.

»Wieso hat er das Handy immer noch in der Jackentasche spazieren getragen?«, fragte Shane und sah übers Autodach hinüber zur *Qantas*-Halle, die in der untergehenden Sonne bald bronzefarben leuchten würde.

»Aus Sentimentalität vielleicht.« Costarelli ließ sich auf den Fahrersitz fallen. Auch Shane stieg ein, wartete, dass er noch etwas sagte, doch er hatte es sich wohl anders überlegt und ließ den Motor an.

Ich hätte mich gar nicht mit Christine treffen sollen, dachte Alison. Sie saßen sich gegenüber, zwei Gläser kühlen Chardonnay zwischen sich. Am Kai der Stokes Hill Wharf waren alle Tische besetzt. Eine angenehme Brise wehte vom Meer her, und das Wasser schwappte sanft an die Kaimauer. Normalerweise hätte sie entspannt dagesessen, aber jetzt wäre sie am liebsten aufgesprungen und weggelaufen. Obwohl sie den Brief zerrissen hatte, hatte sich jedes Wort in ihr Gedächtnis eingebrannt und versetzte sie in Wut – und Angst. Sie blickte in Christines geschminkte Augen, auf ihren roten Mund, ihre blondierte Mähne. Christine nahm einen großen Schluck aus ihrem Glas. Wieso war ihr nie die Kälte in Christines Blick aufgefallen? Wieso hatte sie nie das ständige leichte Zucken der Mundwinkel wahrgenommen? Wieso hatte sie bei den Fingern mit den rötlich lackierten Nägeln nie an Krallen gedacht? Alison räusperte sich. Sie musste es jetzt sagen.

»Christine, ich werde erpresst.«

»Was?«

Alison erzählte ihr von dem anonymen Brief. »Christine, es gibt nur drei Menschen, die von der Sache wissen. Ich, du – und Phil.«

Sie merkte, wie ihre Schwester bei der Erwähnung ihres Exmanns leicht zusammenzuckte. Oder bildete sie sich das nur ein?

Christine nahm einen großen Schluck Wein. »Du willst doch wohl nicht behaupten, dass Phil dich erpresst … und … und der Mörder ist!«, sagte sie mit einem drohenden Unterton.

»Psst!« Alison sah sich um und beugte sich über den Tisch. »Sollen alle mithören?«

»Du bist doch verrückt, Alison!« Christine wurde kaum leiser.

»Ich bin nicht verrückt, das ist nur logisch!« Ein paar Gäste an den Nebentischen sahen sie an.

»Du glaubst, dass ich mit drinstecke, ja?« Christine war immer noch aufgebracht, aber sie flüsterte jetzt. Alison wollte Nein sagen, doch irgendetwas sperrte sich in ihr. Sie schluckte, und Christine nickte langsam. Aus ihren Augen sprach Enttäuschung, und Alison konnte ihr das nicht einmal verdenken.

»Ich versuche Phil zu erreichen«, sagte Christine und nahm ihr Handy aus der winzigen grasgrünen Handtasche, die wie ein Kästchen auf dem Tisch stand.

»Nein, lass *mich* ihn anrufen. Gib mir seine Nummer! Christine, bitte!« Sie traute ihrer Schwester nicht.

»Na gut, aber fahr ihn nicht gleich an, hörst du? Das kann er auf den Tod nicht ausstehen!«

Sie wollte sagen: *Und* ich *kann es auf den Tod nicht ausstehen, wenn mich ein Unbekannter* Schätzchen *nennt!* Doch sie schluckte die Bemerkung hinunter und sagte: »Gib mir am besten seine Handynummer.« Sie nahm ihr Handy aus der weißen Lederhandtasche.

»Ich weiß nicht, ob er eins hat …«

»Klar hat er eins! Man könnte glatt glauben, du und Phil …«

Christine schnitt ihr das Wort ab. »Pass gut auf, was du jetzt sagst, Alison!«

Bleib ruhig, sagte sie sich, es hat keinen Sinn, sich in dieser Situation mit Christine zu streiten. »Nun gib mir schon die Nummer!«

Christine stöhnte – und kapitulierte.

Phil meldete sich mit müder Stimme. Als Alison ihren Namen nannte, wurde er sofort unsicher. Er stammelte irgendwas und stritt entschieden ab, sie zu erpressen. Er versprach ihr, die tausend Dollar zurückzugeben, sobald er sie wiederbekommen hätte.

»Aber Christine hat gesagt, du hättest das Geld nicht weitergegeben!«

Christine warf ihr einen ermahnenden Blick zu, leiser zu sprechen.

»Ach, Alison …«, kam es gedehnt, »… du kennst doch Christine, sie sagt nicht immer die Wahrheit.«

Damit hatte er zwar recht, aber darum ging es jetzt nicht. »Phil, jetzt hör mir genau zu.« Sie bemühte sich, leise und in sachlichem Ton zu sprechen. »Dieser Kerl, dem du das Geld gegeben hast, ist ein brutaler Killer!«

Sie sah Phil vor sich, damals, während der zwei Jahre, in denen er mit Christine verheiratet war: einen jungen Mann, der sich gehen ließ, der ausgeleierte Shorts und löchrige T-Shirts trug, mit strähnigem und zu langem blonden Haar, die Augen glasig von zu viel Cola-Rum.

»Alison, die Sache ist komplizierter.« Wieder dieser gemächliche Tonfall, der sie noch aggressiver machte. »Dieser Typ hat jemand anderen beauftragt, und …«

»Was? Wie viele Leute hängen da noch mit drin?«

»Der Job ist einfach weitergegeben worden. Ich hab sofort wieder alles zurückgepfiffen, aber ich weiß im Moment nicht, wer jetzt das Geld hat.« Er seufzte. »Ehrlich gesagt, Alison, ich glaube nicht, dass irgendjemand es zurückgibt.«

Das konnte alles nicht wahr sein! Allmählich verlor sie die Geduld. »Phil, ich werde erpresst! Der Mörder droht mir! Er will auch mich umbringen! Das Mindeste, was du tun kannst, ist rauszufinden, wer das Geld hat!«

»Alison!«, zischte ihre Schwester mit einem Blick zu den Nebentischen.

Alison, die zu erschüttert und wütend war, um auf irgendjemanden Rücksicht zu nehmen, ignorierte sie.

»Aber, Alison, das ist nicht so einfach. Da will keiner sagen, mit wem er …«, redete Phil weiter.

»Das ist mir völlig egal, Phil! Ich will, dass du das rausfindest! Basta!«

Schweigen. »Liebe Alison, damit eins klar ist«, sagte Phil dann, und auf einmal klang seine Stimme ruhig und überlegen. Sie konnte sich vorstellen, wie er sich gerade in einem durchgesessenen Sessel herumlümmelte. »Ich muss *gar nichts.*

Du hast dir die Sache selbst eingebrockt. Warum hast du Matthew nicht einfach zur Rede gestellt? Es hat mich genug Arbeit gekostet, einen Kumpel zu finden, an den ich den Auftrag weitergeben konnte. Und damit ist mein Job erledigt.«

Sie kochte vor Wut. »Dann geh ich eben zur Polizei!«

Er lachte kurz. »Gut. Dann erklär denen bitte auch, dass du keinen Mord in Auftrag gegeben hast, sondern nur ein bisschen körperliche Gewalt!«

»Ich wollte nicht, dass man ihr weh tut! Man sollte nur mit ihr reden!«

»Leck mich mit deinen lumpigen tausend Dollar! Was bedeuten die schon für dich? Zwei paar Schuhe weniger! Tut mir leid, aber ich muss weg. Hab noch 'n Termin. Mach's gut.« Er beendete das Gespräch.

Alison hielt das Handy noch immer an ihr Ohr gedrückt. Sie bemerkte, wie ihre Hände vor Wut zitterten, als sie es in der Tasche verstaute.

»Und? Bist du jetzt beruhigt?« Christine hielt ihr Glas an die Lippen, um den letzten Schluck hinunterzukippen. Als Alison nichts erwiderte, sagte sie: »Du glaubst ihm nicht?«

Alison musterte ihre Schwester. Nein. Sie war auf einmal nicht mehr sicher, wie weit sie ihr vertrauen konnte. Sie nahm ihre Handtasche. »Ich muss los.«

»Was ist los, Alison? Du gehst einfach?«

»Ja.«

»Und was wirst du tun? Wirst du das Geld bezahlen?« Christine hatte noch immer nicht den letzten Schluck getrunken.

»Du meinst den Erpresser? Nein. Ich werde nicht zahlen.« Der Erpresser bluffte, das war ihr klar geworden – und Phil steckte mit ihm unter einer Decke.

»Und du hast keine Angst, dass …« Christine brach ab.

»Dass *was?* Dass ich umgebracht werde?« Sie konnte ein kurzes Auflachen nicht unterdrücken. Bestimmt klang es hysterisch. »Dass er die Polizei auf mich hetzt?« Sie spürte, wie die Wut ihr Kraft gab. »Nein, Christine, ich habe keine Angst. Der Erpresser ist ein mieser kleiner Gauner!«

»Wenn du dich da mal nicht täuschst.«

Alison stand auf. »Gute Nacht, Christine.«

»Hast du schon gezahlt?«

»Oh nein!« Alison tat überrascht. »Zieh es einfach von den tausend Dollar ab, Christine!« Sie lächelte, drehte sich um und ging zwischen den Tischen davon.

Sie überquerte die Wendeschleife, in der die Anfahrt zur Stokes Hill Wharf endete, um zu dem Parkplatz zu gelangen, wo sie ihren Wagen abgestellt hatte. Tief sog sie die kühle Nachtluft ein, die nach Salz roch. Jemand spielte ihr einen üblen Streich, das hatte sie endlich begriffen. Nein, sie würde sich nicht einschüchtern lassen. Mit festem Schritt ging sie weiter. Noch immer fuhren Taxen heran und brachten späte Gäste. Das Dach ihres Wagens glänzte im Licht der Laternen. Sie zog den Reißverschluss ihrer Handtasche auf, um den Autoschlüssel herauszufischen, als jemand »Hallo« sagte. Sie drehte sich um. Bert Horkay kam auf sie zu.

»Hallo, Alison! Na, so was!« Er lachte. Sein weißes Hemd leuchtete hell. Das kurze blonde Haar glänzte frisch gewaschen. Sie bemerkte einen angenehmen Duft nach Rasierwasser und Duschgel. »Gehen Sie gerade, oder kommen Sie?«, fragte sie und versuchte ihre plötzliche Erregung nicht zu zeigen.

»Ich habe einfach einen Spaziergang gemacht.« Er lächelte gewinnend. »Und Sie?«

Sie seufzte. »Ich hatte ein nicht sonderlich schönes Gespräch mit meiner Schwester.«

»Aha.« Er musterte sie. »Familienprobleme?«

»So was Ähnliches, ja.« Wie er die Dinge gleich begreift, dachte sie, und dann fiel ihr ein, was er über ihre Aura gesagt hatte.

»Die Menschen, die uns am nächsten stehen, vermögen es leider auch am ehesten, uns zu verletzen.« Nachdenklich ließ er den Blick über das dunkle Wasser schweifen, auf dem sich das spärliche Licht der Nacht spiegelte.

»Ja«, hätte sie am liebsten geantwortet, doch sie schluckte nur.

»Glauben Sie mir, Alison, ich weiß, wovon ich rede.« Er seufzte und setzte dann ein tapferes Lächeln auf.

Sie holte Luft, bekämpfte den Drang, ihm hier und jetzt ihr Herz auszuschütten – und besann sich ihres Autoschlüssels in der Hand. »Kann ich Sie wohin mitnehmen? Nach Hause fahren?«

Sein Lächeln wurde müde. Er nickte. Den Türgriff schon in der Hand, hielt er inne und sah hinauf in den sternenklaren Himmel. »Kaum zu glauben, dass von da oben einmal Bomben gefallen sind, genau dahin, wo wir gerade stehen. Die Japaner haben drei Schiffe versenkt. Und niemand hat damit gerechnet. Sie kamen einfach angeflogen – aus heiterem Himmel.«

Seine Worte beunruhigten sie. Auch in ihr Leben war das Unglück plötzlich und ohne Vorwarnung hereingebrochen. Während sie den Motor anließ, dachte sie darüber nach, warum Bert Horkay jenen Tag 1942 erwähnt hatte. Oder war es einfach nur ein »dummer Zufall«?

Bert Horkay schwieg, während sie durch die leichte Kurve der Werft fuhr. Rechts, auf der gut besuchten Terrasse des modernen Restaurants, flackerten die Windlichter, erhellten die weißen Tischdecken und glitzerten auf den Weingläsern. Sie passierte das flache Gebäude, in dem eine Dauerausstellung zur Geschichte der Perlenfischerei untergebracht war, und wollte gerade nach rechts auf den Tiger Brennan Highway einbiegen, als er sagte: »Könnten Sie einen Moment anhalten?«

Sie fuhr nach links in die Einbuchtung vor einer Toilettenanlage und sah ihn an. Das schwache Licht einer Straßenlaterne ließ die ihr zugewandte Hälfte seines Gesichts gelblich schimmern, die andere lag im Schatten. Von seinen Augen nahm sie nur den dunklen Glanz wahr.

»Ich habe Sie gestern auf dem Markt gesehen«, sagte er mit ruhiger Stimme, »als Sie bei der alten Aborigine saßen. Sie haben einen sehr erregten und … und … ja, einen bekümmerten Eindruck gemacht.« Seine Stimme klang sanft, keineswegs aggressiv, dennoch schlug ihr Herz bis zum Hals. Was wusste er noch? »Es stimmt, nicht wahr? Wenn Sie wollen, können Sie es mir anvertrauen. Ich kann Geheimnisse bewahren.«

Sie hörte ihren Atem, ihren Herzschlag, sie sah hinter den Bäumen den Lichtschein der auf dem Tiger Brennan Highway vorbeifahrenden Autos … Die Sekunden verstrichen, während sich ihre Gedanken, wie von einem Strudel erfasst, immer schneller drehten.

»Bert«, hörte sie sich auf einmal sagen.

»Ja?«

»Glauben Sie an die Macht der Gedanken?«

»Natürlich.« Er hatte keine Sekunde gezögert. »Ich frage mich immer, wieso es noch Menschen gibt, insbesondere Wissenschaftler, die das infrage stellen. Gedanken sind ja sogar messbar. Gedanken sind Energie. Materie ist auch Energie … Denken Sie nur an Schamanen, an Heiler …« Er verstummte, als hätte er etwas begriffen. »Was haben Sie so Schlimmes gedacht, Alison?«

Noch konnte sie das Thema abrechen, konnte einfach den Gang einlegen und wieder losfahren, doch sie sah geradeaus durch die Frontscheibe, sah die schmalen Blätter der Eukalyptusbüsche im fahlen Licht metallisch schimmern – wie kleine scharfe Messerklingen. Schon wollte ein Teil in ihr anfangen, alles zu berichten, doch da blitzten plötzlich Scheinwerfer im Rückspiegel auf, und der seltsame Bann, in den er sie durch seine Fragen gezogen hatte, war durchbrochen. So seufzte sie nur und sagte: »Ein andermal vielleicht, Bert.«

Sie schwiegen, bis sie vor Megs Haus anhielt.

Er schnallte sich los. »Es hat mit Ihrem Mann zu tun, nicht wahr?«

»Was? Wie kommen Sie darauf?« Sie spürte, wie schlecht sie sich verstellte, und als er nicht aufhörte, ihr in die Augen zu sehen, konnte sie nicht anders und nickte.

»Betrügt er Sie? Entschuldigen Sie, ich wollte nicht so direkt sein …«

»Schon gut.« Sie wischte sich über die Augen. Nein, sie würde jetzt nicht weinen!

»Wissen Sie«, sagte er, »manchmal muss man etwas Verrücktes tun, damit man sich wieder lebendig, frei – und jung fühlt. Und damit meine ich Sie!«

Sie musste ihn verständnislos angesehen haben, denn er lächelte und sagte: »Versuchen Sie, andere, ja, neue Dinge, Situationen und Menschen zu entdecken! Die Welt ist voll davon! Igeln Sie sich nicht ein! Gehen Sie raus! Wie heißt es so schön: *Verschwenden Sie sich*!«

Sollte das eine Einladung, eine Verführung sein?

»Verstehen Sie mich nicht falsch«, sagte er rasch. »Ich sage das ganz uneigennützig. Obwohl ich Ihre Nähe sehr …« Er brach ab. »Ich sollte jetzt besser gehen.«

Sie widersprach nicht, obwohl sie in diesem Moment nichts lieber getan hätte.

»Gute Nacht, Alison«, sagte er, dann stieg er aus, warf die Tür zu und tauchte in die Dunkelheit der üppigen Gummibäume in Megs Garten ein.

Verwirrt fuhr sie nach Hause. Der Hauch von seinem Rasierwasser hing noch lange im Wagen.

21

Freitag, 15. Juni

Costarelli malträtierte seine Tennisbälle. »Ob es von unserem Mister Griffith ist? Und ob er es wusste?«

Shane las den Bericht der Gerichtsmedizin ein zweites Mal durch. Valerie Tate war im dritten Monat schwanger gewesen. Das konnte Matthew Griffith natürlich stark unter Druck gesetzt haben. Shane lehnte sich zurück und dachte laut nach. »Was mich an dieser ganzen Geschichte stört, Tony, ist Folgendes: Auf der einen Seite haben wir Indizien, die dafür sprechen, dass derselbe Täter wie vor acht Jahren am Werk ist. Jemand, der ein seltsames Zeichen hinterlässt, der sich nicht mit einem einfachen Mord begnügt, jemand, der ein Ritual vollzieht. Auf der anderen Seite haben wir als Verdächtigen einen Ehemann, der panische Angst davor hat, dass sein Seitensprung bekannt wird, weil er ganz sicher Job, Auto, Haus verlieren wird. Und wenn er tatsächlich zu einem Mord fähig wäre, dann hätte er Valerie viel einfacher töten können.«

Costarelli knetete weiter seine Tennisbälle. »Wenn er aber clever ist?«

»Du meinst, der hat sich die Mühe gemacht, hat alte Zeitungsberichte studiert, um einen Mord zu kopieren?«

»Warum nicht? Ein perfekter Mord. Die Polizei glaubt, sie hat vor acht Jahren den Falschen eingesperrt, man rollt den alten Fall wieder auf, aber Matthew Griffith kommt darin überhaupt nicht vor. Nie würde man auf ihn kommen.« Costarelli schmetterte die Tennisbälle gegen die Wand neben der Tür. Sie flogen zurück, prallten gegen seinen Schreibtisch, landeten weich auf dem Teppich – und blieben mitten im Raum liegen.

Shane musste daran denken, was Alex Winger gesagt hatte, und er fragte sich, ob auch Costarelli ein solcher Plan, wie er ihn gerade beschrieben hatte, zuzutrauen wäre. Könnte er Valerie Tate aus Rache ermordet haben, weil er bei ihr nicht landen konnte?

»He, was ist, warum siehst du mich so an?«

Shane zögerte, doch dann entschied er sich, Costarelli direkt zu fragen. »Stimmt es, dass du mal was von Valerie Tate wolltest, sie aber nichts von dir wissen wollte?«

Costarelli fuhr sich mit beiden Händen durchs Haar, lehnte sich in seinem Sessel zurück und stöhnte auf. »Alex Winger, oder?«

»Das spielt keine Rolle, Tony.«

Costarelli suchte nach den Tennisbällen. »Was hat sie sonst noch gesagt?«

»Nichts«, log Shane. »Die Information hätten wir auch so bekommen, Tony.«

Costarelli erwiderte nichts. Seine Kiefer malmten, und er tat, als presste er Tennisbälle in seinen Fäusten.

»Wir sollten uns Griffith noch mal vornehmen, Tony.« Shane stand auf. »Kommst du mit?«

»Nein, ich bin jetzt nicht in der Stimmung.«

Shane stützte sich auf den Schreibtisch und sah Costarelli an. »Du lässt Alex Winger in Ruhe, okay?«

Der Gestank schlug Alison entgegen, als sie die Briefkastenklappe öffnete. Ein Schwarm Fliegen flog ihr entgegen. Sie wich entsetzt zurück und hielt den Atem an. Etwas Braungraues lag auf der übrigen Post, etwas, das schrecklich nach Verwesung stank. Sie unterdrückte ihren Ekel und betrachtete es näher. Es war ein toter alter Fisch. Sie bückte sich nach einem Zweig und zog den Kadaver damit aus dem Kasten. Er fiel auf den Rasen, und sofort stürzten sich wieder die Fliegen auf ihn. Alison schüttelte sich. Mit spitzen Fingern zog sie die Post heraus. Drei Kuverts, offensichtlich Rechnungen, die Werbebroschüre eines Sportladens und ein Zettel. Er hatte wohl unter dem toten Fisch gelegen, denn er war von Tran durchtränkt. Voller Ekel las sie den Satz, der darauf stand: *Denk dran: 10.000, und du bist frei.*

Sie schluckte gegen ein Würgen an. Wütend warf sie die gesamte Post in die Mülltüte in der Tonne, verknotete sie sorgfältig und ließ den Deckel herunterfallen. Wer machte denn so was? Christine? Phil? Wäre ihre eigene Schwester dazu im Stande? Nachdenklich stieg sie die Treppe zur Veranda hinauf. Auf ihrem Konto waren keine zehntausend Dollar, höchstens tausendfünfhundert. Mit ihrer Kreditkarte konnte sie pro Tag nur tausend Dollar abheben. Selbst mit der zweiten Karte bekäme sie insgesamt nur dreitausend zusammen. Sie und Matthew besaßen ein gemeinsames Aktiendepot. Wenn sie etwas davon verkaufte, würde es Matthew bemerken –

Aber, dachte sie dann, soll ich mich einschüchtern lassen? Von anonymen Briefen und einem alten, stinkenden Fisch?

Shane hatte Mühe, die Hausnummern zu erkennen, die meist von üppigen Pflanzen überwuchert waren. Carols Stimme klang ihm noch im Ohr. Sie hatte ihn gerade angerufen. Ganz im Gegensatz zu seiner Exfrau Kim hatte sie ihm keine Vorwürfe gemacht. Wie geplant, käme sie am Samstag in Brisbane an und würde dann die Küste hoch in ihr Haus nach Buderim fahren. »Ich weiß, dass du die Sache hinter dich bringen musst«, hatte sie zum Abschied gesagt – und das hatte ihm gutgetan. Vielleicht, dachte er, als er im Schritttempo durch die Victoria Street fuhr, kommen wir ja doch ganz gut miteinander aus …

Als er die Nr. 24 entdeckte, hielt er an. Zwischen dichten Büschen und Bäumen war das Haus kaum zu erkennen. Er stieg aus, warf die Autotür zu und bemerkte erst jetzt die Stille, die zwischen den Häusern herrschte. Vögel zwitscherten, der Tiger Brennan und der Stuart Highway, zwischen denen sich das Wohnviertel erstreckte, waren nur gedämpft zu hören. Er nahm an, dass die meisten Menschen tagsüber in der Stadt arbeiteten. Erst am Abend würde wieder Leben einkehren.

In Griffith' Büro hatte man ihm gesagt, Mister Griffith wolle erst am Nachmittag kommen und sei womöglich noch zu Hause. Shane ging über die betonierte Einfahrt zum Haus. Vor der Garage stand ein weißer Fiat Cabrio, ein altes Modell, das er aus italienischen Filmen kannte.

»Hallo!«, rief er, da er nirgendwo eine Klingel entdecken konnte und auch nicht wusste, für welche der beiden Treppen er sich entscheiden sollte: für die vordere, die zur Veranda hinaufführte, oder für die hintere, über die man womöglich auf eine weitere Veranda gelangte.

Nach dem zweiten »Hallo« hörte er Schritte über sich. Dann tauchte eine Frau am Ende der vorderen Treppe auf.

»Ja?«

Sie war schlank. Ihr blondes Haar trug sie kurz geschnitten. Das hellblaue Seidenkleid ließ ihre gebräunte Haut schimmern.

Er nannte seinen Namen und bemerkte, dass sie erschrak, sich aber Mühe gab, es zu verbergen. Ihr Mann sei nicht zu Hause, erklärte sie, und er dachte sich, dass es nicht schaden könnte, auch mit ihr zu reden.

»Ich bin gerade auf dem Sprung …«, wandte sie ein.

»Es dauert nicht lange.«

Sie nickte nur und bat ihn nach oben. »Möchten Sie etwas trinken, vielleicht ein Glas Wasser?«, fragte sie, nachdem sie ihm einen Sessel auf der Veranda angeboten hatte. Er lehnte ab. Sie nahm ihm gegenüber Platz und schlug die schlanken Beine übereinander. Mit hektischen Bewegungen versuchte sie, das Kleid über das Knie zu ziehen, aber es war zu kurz.

»Mrs Griffith, Sie haben von dem Mord an Valerie Tate gehört, nicht wahr?«

Sie nickte und begann wieder am Saum ihres Kleides zu nesteln.

»Haben Sie den Namen Valerie Tate schon einmal gehört? Ich meine, vor dem Mord?«

Sie schüttelte, ohne zu zögern, den Kopf. »Nein. Nie.«

»Ihr Mann hat diesen Namen nie erwähnt?«

»Nein.« Sie räusperte sich, ihr Blick huschte unruhig hin und her.

Shane war sich sicher, dass sie log, und er beschloss, sich Zeit zu lassen. »Wie lange sind Sie verheiratet, Mrs Griffith?«

Die Frage irritierte sie offensichtlich. »Seit achtzehn Jahren. Wir haben eine Tochter. Sie ist siebzehn, warum?«

»Und – wie würden Sie Ihre Ehe beschreiben?«

Sie errötete. »Wieso fragen Sie mich das?«, brachte sie hervor.

Sie war eine schlechte Lügnerin. Er überging ihre Frage. »Führen Sie und Ihr Mann eine … offene Beziehung?«

Sie schluckte, und in ihren Augen konnte er ein Aufflackern erkennen. Ob es Angst oder Wut war, wusste er nicht. »Sie meinen, ob wir andere Partner haben?«

Er nickte.

»Wie kommen Sie dazu, mich so etwas zu fragen?« Sie spielte die Empörte.

»Würden Sie sich von Ihrem Mann scheiden lassen, wenn Sie …«

»Jetzt sagen Sie mir endlich, was los ist!« Ihre Erregung war echt. So weit wollte er sie haben.

»Mrs Griffith, es gibt eine Verbindung zwischen Valerie Tate und Ihrem Mann.«

»Was für eine Verbindung?«

»Was hat Ihr Mann am Abend des elften Juni gemacht?«

»Warum antworten Sie nicht auf meine Frage, Detective?« Sie klang auf einmal hilflos.

»Mrs Griffith, Ihr Mann hatte eine Affäre mit Valerie Tate.«

Sie starrte ins Leere – sie wusste es längst.

»Was hat Ihr Mann am Montagabend, am Abend des elften Juni, gemacht? Wo war er?«

Es dauerte eine Weile, bis ihr Blick zu ihm zurückkehrte. »Am Montagabend?«, wiederholte sie mit unsicherer Stimme.

Er nickte. Sie spielte auf Zeit, kämpfte mit sich, ob sie sich jetzt an ihrem untreuen Mann rächen sollte.

Sie lächelte. »Er war hier. Den ganzen Abend. Wir haben zusammen gegessen, dann sind wir zu Bett, haben gelesen und dann geschlafen.« Sie lächelte immer noch. »Wissen Sie, er hat einen anstrengenden Job, und ich bin zurzeit auch sehr beschäftigt. Ich arbeite im Writer's Center. Am Wochenende beginnt das Writer's Festival, Sie können sich kaum vorstellen, was da zu tun ist!« Sie hatte geredet, ohne Atem zu holen, als wollte sie so jede Zwischenfrage von vornherein verhindern.

Er legte seine Visitenkarte auf den Tisch. »Falls Ihnen noch etwas einfällt, Mrs Griffith, dann rufen sie mich an.«

Sie wich seinem direkten Blick aus und setzte ein mechanisches Lächeln auf.

Als er die Treppe hinunterging, war ihm klar, dass sie ihm nachsah. Alison Griffith wusste von der Affäre ihres Mannes. Er startete den Motor, drehte und bog nach links ab, um auf den Tiger Brennan Highway zu gelangen.

Wenig später erreichte er das Meer. Es strahlte azurblau, die Boote im Jachthafen lagen ruhig da, zwei Schilder priesen den Verkauf von frischem Fisch an. Vor ihm, auf der felsigen Anhöhe über dem Meer, erhoben sich zwei, drei Bürohochhäuser – nicht besonders hoch, kein Vergleich zur Skyline von Brisbane City. Darwin erweckte den Eindruck einer friedlichen, überschaubaren kleinen Stadt, die sich mit ihrer isolierten Lage abgefunden hatte und nun versuchte, das Beste daraus zu machen, indem sie um Touristen warb, die sich nach Natur, Weite und der für Europäer so geheimnisvollen Welt der Aborigine-Traditionen sehnten. Er ließ die Abfahrt zur Stokes Hill Wharf und zum Deckchair Cinema links liegen, nahm die Auffahrt nach rechts zur Bennett Street, um zurück zur Mitchell Street zu kommen. Bevor er in die Tiefgarage fuhr, dachte er, jetzt haben wir *zwei* Verdächtige mit *einem* Motiv: den eifersüchtigen Dave Cameron und Matthew Griffith. Er steckte die Karte ins Lesegerät, und die Schranke hob sich. Irgendetwas passte in diesem Fall nicht zusammen. Ein Stück eines anderen Puzzles hatte sich unter die Teile gemogelt.

»Werden Perlen nicht auch *Tränen des Mondes* genannt?« Sein gewinnendes Lächeln ließ Jeannies Knie weich werden.

»Ja, so sagt man.«

Noch immer stand er nah vor ihr. Sein Rasierwasser stieg ihr in die Nase und verwirrte sie.

»Sie ist außerordentlich schön! Ganz wie ihre Trägerin!«

»Danke, Sie wird Ihrer Frau sicher gut stehen.«

»Oh, ich meinte Sie, Jeannie.« Ihr Name war auf dem angesteckten Schild zu lesen, fiel ihr ein, und sie begann, im Nacken am Verschluss der zehntausend Dollar teuren Perlenkette zu nesteln. Ein Kunde brachte sie in Verlegenheit. Das durfte nicht passieren! Sie hoffte nur, dass der Manager das nicht mitbekommen hatte. Allerdings kam es durchaus nicht so selten vor, dass eine Verkäuferin auf Wunsch des Kunden den Schmuck anlegte, für den er sich interessierte, damit er ihn am »lebenden Objekt« begutachten konnte.

»Warten Sie, ich helfe Ihnen!« Er trat hinter sie und drehte mit zärtlicher Langsamkeit den Verschluss auf. Ein älteres Paar mit weißem Haar blieb auf dem Bürgersteig stehen und betrachtete Jeannie durchs Schaufenster. Unsicher lächelte sie ihnen zu, und sie lächelten zurück.

»Bitte sehr!« Er ließ die Perlenkette in ihre Handfläche gleiten, Perle für Perle. »Wissen Sie, was ich vermute?«

Sie schüttelte den Kopf, worauf er hintergründig lächelte. »Ich bin sicher, wenn eine Frau diese Perlen auf ihrem Dekolleté spürt, beginnt sie zu strahlen! Von innen heraus. Und wissen Sie, warum?«

Wieder schüttelte sie den Kopf. Wie wortgewandt er war! »Ich sage es Ihnen: Weil sie endlich ihren eigenen Wert spürt – und erkennt!« Mit einem triumphierenden Lächeln ließ er das Ende der Kette los, die sich in ihre Hand rollte – wie eine Schlange.

Jo heißt der Hund. Ein braunweiß gefleckter Hund mit kurzem Fell, einem länglichen Kopf, aber einer runden Schnauze. Jo von Josesphine. Eines Tages wirft Jo sechs Junge.

»Such dir zwei aus, die anderen müssen wir töten«, sagt sein Vater.

»Aber warum?« Die kleinen Hunde sehen nackt aus, so kurz und zart ist ihr Fell, und sie stolpern über ihre eigenen Füße. Er streichelt Jo und ihre Jungen.

»Es gibt viel zu viele Hunde hier«, sagt der Vater.

Überall wimmelt es von den Hunden der Aborigines. Manche hinken, andere sind blind, haben nur drei Beine oder Bisswunden am Körper. Sie wühlen im Müll, sie fressen alles, was herumliegt und herunterfällt, sie vermehren sich, krepieren. Ja, sein Vater hat recht.

»Aber sie sind so süß«, wendet er ein.

»In einem Jahr sind sie groß und genauso wie all die anderen Hunde hier.«

»Aber es sind Jos Kinder.«

»Es sind Hunde.«

Der Junge überlegt. »Aber Jesus hat gesagt, du darfst nicht töten.«

»Damit meint er Menschen. Sonst dürften wir ja auch kein Fleisch und keinen Fisch essen, mein Junge.« Der Vater lächelt nachsichtig.

Der Junge schweigt.

»Nun, los, such die beiden aus.«

»Ich kann nicht.«

Die Augen seines Vaters werden schmal. Der Junge weiß, was jetzt kommen wird. Eine Ohrfeige.

Doch es kommt etwas anderes.

»Gut, wenn du nicht kannst, dann such ich sie aus«, sagt der Vater.

»Nein!«

Da packt ihn die harte Hand seines Vaters im Genick. Sofort zieht der Junge den Kopf ein.

»Bis vor dem Abendessen hast du zwei ausgesucht. Wenn nicht, töten wir sie alle«, sagt sein Vater.

Der Junge kann nicht mehr sprechen. Die Hand löst sich von seinem Nacken, und sein Vater geht zurück ins Haus. Der Junge kniet sich auf die Erde zu Jo, an deren Bauch die sechs Hundebabys liegen. Er hat einen Plan.

Am Abend präsentiert er seinem Vater zwei Babys, die er behalten will, doch als dieser dann mit ihm hinausgeht, um die anderen zu töten, sind weder sie noch Jo da.

»Sie muss weggelaufen sein«, sagt der Junge.

»Mit den Jungen?« Das Gesicht seines Vaters läuft rot an. »Du hast geglaubt, mich hintergehen zu können.«

»Aber nein!« Der Junge drückt die beiden kleinen Hunde an sich.

»Du hast sie versteckt!«

»Nein!«

»Gut, dann tötest du einen der beiden.«

»Nein!« Der Junge will weglaufen, doch da hat ihn der Vater schon wieder gepackt. »Gib sie mir!«

»Nein!« Der Junge drückt die Hunde noch fester an sich.

Eine Ohrfeige peitscht auf seine Wange, schleudert seinen Kopf zur Seite. Der Junge drückt die Tiere noch stärker an seine Brust.

»Schau, was du getan hast!« Sein Vater deutet mit dem Kinn auf die Hunde in seinen Armen. Die kleinen Köpfe hängen schlaff herunter. Der Junge kniet sich hin und legt die Tiere auf die Erde. Er berührt ihre Pfoten, streichelt ihr Fell, doch sie bewegen sich nicht mehr.

»Nun hast du sie beide getötet«, sagt sein Vater, dreht sich um und geht zurück ins Haus.

Der Junge wagt nicht, Jo und die anderen Jungen von den Aborigines zurückzuholen. Als Jo einmal mit ihm zurück nach Hause will, tritt er sie, wirft Steine, bis sie sich winselnd verzieht.

Auch das gehört zu seinem Traum …

22

Das flache, sonnengelb gestrichene Gebäude von Van Oosterzee Transport erstreckte sich zwischen einem Gebrauchtwagenladen und einem Geschäft für Autozubehör am Stuart Highway, jener zweitausendachthundert Kilometer langen Straße, die von Darwin bis nach Port Augusta den Kontinent in Nord-Süd-Richtung durchschneidet.

Shane trat hinter Costarelli durch eine Glastür in einen mit einem robusten grauen Teppichboden ausgelegten Raum. Die vergilbten Styroporplatten an der Decke, die fahle Neonbeleuchtung, die billigen Plastikstühle, der Haufen leerer Kartons in der Ecke, die abgestoßene Empfangstheke – all das deutete darauf hin, dass in dieser Firma kein Wert auf Äußerlichkeiten gelegt und das Geld in andere Sektoren investiert wurde. Oder anders gesagt, der Chef war geizig. Durch die hintere Glastür sah Shane ein auf Hochglanz poliertes Führerhaus eines Trucks.

»Der Alte ist ein verdammter Pfennigfuchser, heißt es«, raunte Costarelli ihm zu, als sie auf die Rezeption zusteuerten. Sein Porsche fahrender Schwiegersohn hatte nicht diesen Eindruck gemacht.

Costarelli zeigte der Empfangsdame, einer korpulenten Frau mit einer blonden Mähne aus kleinen Löckchen, gerade seinen Ausweis, als auf der gegenüberliegenden Seite die Tür aufgestoßen wurde und Matthew Griffith hereinkam. Bei ihrem Anblick blieb er wie angewurzelt stehen.

»Ja, zu Ihnen wollten wir, Mister Griffith!« Costarelli grinste.

Griffith sah demonstrativ auf seine Uhr. »Ich fürchte …«

»Es dauert nicht lange«, fiel Costarelli ihm ins Wort.

Griffith stand einen Moment lang da, überdachte seine Chancen und zeigte schließlich mit müder Geste auf eine Tür neben der Empfangstheke.

In dem Raum dahinter standen ein abgenutzter Schreibtisch, ein Sessel und zwei ältere Stühle mit braunem Kunstlederbezug. Matthew Griffith wies auf die Stühle, er selbst setzte sich in den Sessel.

An einer der weißen Wände hing ein Kalender, unter dessen Foto eines Trucks *Februar* stand. Die Wand gegenüber des Schreibtischs wurde von einem großen gerahmten Farbfoto dominiert: ein Porträt eines hageren Mannes mit einem breiten, eckigen Kinn und einer hohen, kantigen Stirn. Unter den buschigen weißen Brauen blickte ein blaues Augenpaar den Betrachter streng an. Paul van Oosterzee, dachte Shane, diszipliniert und unnachgiebig – und geizig. Einer, der seine Herrschaft bis zum letzten Tag aufrechterhält.

»Ich weiß nicht, was Sie noch von mir wollen, meine Herren.« Griffith sah wieder auf seine Rolex. Er trug ein weißes Kurzarmhemd mit einer hellblauen Krawatte.

»Valerie Tate war im dritten Monat schwanger.« Costarelli machte eine Pause. »Wussten Sie das?«

Griffith wurde rot, in seinen Augen flackerte es kurz. Er räusperte sich. »Nein, das habe ich nicht gewusst.«

Eine Weile herrschte Stille. Nur der Verkehr von der Straße drang durch das oben in die Wand eingelassene geöffnete Schiebefenster herein.

»Wollen Sie behaupten, Valerie Tate hat es vor ihnen geheim gehalten?«, fragte Shane.

»Ich will gar nichts behaupten!«, brauste Griffith auf. »Ich habe es nicht gewusst, weil sie es mir nicht gesagt hat. Ist doch ganz einfach, oder?« Seine Hände spielten mit einem Kugelschreiber.

»Wurden Sie von Valerie Tate erpresst?« Das war Costarelli.

Griffith lächelte zuerst Costarelli und dann Shane nervös an. »Wie kommen Sie auf so einen Unsinn! Sie wollen mir doch nicht im Ernst diesen Mord anhängen!«

»Mister Griffith, wir haben herausgefunden, dass Ihr Vater Tierarzt war. Ist das richtig?«

Costarellis Frage schien ihn zu irritieren. Er suchte in Shanes Blick nach einem Hinweis, fand jedoch nichts. »Ja, aber was hat das jetzt mit …«

Shane fiel ihm ins Wort. »Sie haben sicher öfter zugesehen, auch wie er Tiere töten und ausweiden musste?«

Zuerst wurde Griffith weiß, dann lief er rot an. »Ich weigere mich, weiter mit Ihnen zu sprechen.« Er streckte den Arm zum Telefon aus. »Ich rufe jetzt meinen Anwalt an. Von mir werden Sie nichts mehr erfahren.«

Costarelli winkte ab und stand auf. »Sparen Sie sich den Anruf. Danke, Mister Griffith.«

Griffith blieb sitzen, als sie gingen, und selbst als sie die Glastür nach draußen aufstießen, war er noch immer nicht aus dem kleinen Büro gekommen.

»Was meinst du, hat er es wirklich nicht gewusst?« Shane zog die Tür zu.

Costarelli schnaufte. »Möglich.«

»Weißt du, worüber ich die ganze Zeit nachgrübele, Tony?« Shane sah zum Seitenfenster hinaus, wo Trucks mit schweren, langen Anhängern in Richtung Süden donnerten. »Ich frage mich, ob der Mörder und der Absender der Mail mit dem Gruß an mich ein und dieselbe Person sind.«

»Wieso nicht?« Costarelli, der sich gerade in den Verkehr einfädeln wollte, blieb in der Parklücke stehen. »Wer sollte denn sonst so was schreiben?«

»Ich weiß es nicht. Aber ich werde das Gefühl nicht los, dass die beiden Sachen nicht zusammenpassen. Der Täter mordet, wie ein alttestamentarischer Priester opfert. Wieso sollte er sich dazu herablassen, einem Cop einen Gruß zu schicken und ihn damit zur Jagd auffordern?« Er schüttelte den Kopf. »Nein, das passt nicht, Tony.«

Costarelli fuhr los. Fünfhundert Meter weiter sprang die Ampel auf Rot, und Costarelli sah ihn eindringlich an. »Wer hat dann die Mail geschrieben, und warum?«

»Das frage ich mich auch. Jemand, der weiß, dass ich hier bin. Jemand, der mich unter Druck setzen oder mir eins auswischen will.« Während seiner Berufsjahre hatte er sich eine Menge Feinde gemacht: Verbrecher, Kollegen, Anwälte, Angehörige von Opfern, deren Mörder er nicht gefasst hatte …

Die Ampel sprang auf Grün, Costarelli fuhr an.

Shane dachte weiter nach. »Es könnte jemand sein, der durch die Morde einen großen persönlichen Verlust erlitten hat. Einer, der verbittert zusehen muss, wie ein Mord ungesühnt bleibt.«

»Hm. Dann wäre es ja ein Angehöriger der Opfer von damals.« Costarelli warf ihm einen kurzen Blick zu. »Denn so schnell wird ein Angehöriger oder Bekannter von Valerie Tate nicht herausbekommen haben, dass vor acht Jahren etwas Ähnliches geschehen ist und du der Ermittler warst. Es sei denn, er hat deine Karriere genau verfolgt.«

So verrückt das klang, es war durchaus möglich. »Was ist mit dieser Brit? Habt ihr die gefunden?«, fragte er.

Costarelli kratzte sich am Kopf. »Brit?«

»Ja, diese Freundin von Dave Cameron.«

Costarelli reagierte nicht.

»He, Tony?«

Costarelli wirkte auf einmal müde. »Brit? Nein, die haben wir noch nicht gefunden.«

»Tony, ist bei dir alles in Ordnung?«

Er zog einen Mundwinkel in die Höhe und grinste schief. »Alles in Ordnung, Shane. Machen wir unseren Job.«

Shane schloss die Augen und lehnte den Kopf an die Kopfstütze.

Irgendetwas irritierte ihn an seinem Partner.

Dampf stieg auf. Alison schüttelte das Sieb mit den Spaghetti über der Spüle und stellte es ab. Das Telefon klingelte. Es war das vierte Mal, seit sie nach Hause gekommen war. Sie bewegte sich nicht, atmete nicht – als müsste sie sich vor dem Anrufer verstecken, der allein durch sein Klingeln in ihr Haus eindringen konnte. Endlich schaltete sich der Anrufbeantworter ein. Bisher hatte niemand draufgesprochen. Alison lauschte, aber auch diesmal schien niemand eine Nachricht zu hinterlassen. Sie drehte den Wasserhahn auf und schreckte die Nudeln ab. Auf der Herdplatte schmorten Zwiebeln und Knoblauch in einer Pfanne. Shitake-Pilze lagen geputzt in einer Schüssel. Wenn Zwiebeln und Knoblauch glasig geworden waren, würde sie sie dazugeben. Zum Schluss würde sie ein wenig Petersilie drüberstreuen. Kochen lenkte sie von ihren düsteren und bedrohlichen Gedanken ab. Wenn es doch nur möglich wäre, alles zu vergessen! Diese Valerie Tate – genauso wie ihren Tod … Wenn sie und Matthew vergessen könnten, dann … dann wäre es vielleicht möglich, noch einmal miteinander anzufangen … Sie mussten nur alles vergessen – auch Bert Horkay. Sollten sie es nicht versuchen?

Das bekannte Röhren des Porsche wurde lauter und erstarb, dann hörte sie Matthews Schritte, wie er jeweils zwei Stufen auf einmal nahm. Gleich käme er über die vordere Veranda –

»He, da brennt was an!«, waren seine ersten Worte, und sofort schob er die Pfanne mit Zwiebeln und Knoblauch von der Herdplatte. »Riechst du das denn nicht?«

Ja, jetzt roch sie es auch. Zwiebeln und Knoblauch waren schon ganz braun geworden. So schnell, dachte sie, so schnell ist alles wieder vorbei. Warum hatte er sie nicht einfach … einfach umarmt?

Plötzlich fühlte sie sich kraftlos. Sie stellte das Sieb mit den Nudeln in die Spüle. Er musterte sie. Er hasst mich, dachte sie, er missachtet mich, er vergleicht mich mit … mit ihr. Doch kampflos wollte sie nicht aufgeben. Ein wenig Schmerz sollte auch er zu spüren bekommen. »Die Polizei war heute Morgen hier«, sagte sie und kostete seinen erschreckten Blick aus.

»Was … was wollte die?« Er versuchte sich unbeeindruckt zu geben.

Sie drehte ihm den Rücken zu und schüttelte wieder das Sieb mit den Spaghetti, obwohl längst kein Wasser mehr heraustropfte. Jede Sekunde seines Erschreckens kostete sie aus.

»Sag schon, was wollte die?«

Wie sie ihn beunruhig hatte!, stellte sie triumphierend fest. Sie sah ihm wieder ins Gesicht. Ja, er machte sich Sorgen. »Ach, sie haben mich über Valerie Tate ausgefragt und wollten wissen, wo du am Montagabend gewesen bist«, sagte sie betont beiläufig.

»Und, was hast du denen gesagt? Jetzt lass dir doch nicht jedes Wort aus der Nase ziehen, Alison!«

Befriedigt nahm sie wahr, wie Panik in ihm aufwallte – und schämte sich zugleich dafür. Sie zuckte mit den Achseln, wusste, dass ihn ihre gespielte Gleichgültigkeit noch nervöser machte. »Ich habe gesagt, ich kenne sie nicht.« Sie griff in den Hängeschrank, holte eine Schüssel heraus und schüttete die Spaghetti hinein.

»Gut, gut!« Er nickte heftig. »Und was hast du ihnen gesagt, wo ich am Montag gewesen bin? Ich war in Broome. Das hast du ihnen doch gesagt, oder?«

Sie sah in seine Augen. Aber er ließ sie nicht in ihn eindringen. Sein Inneres, seine wahren Gefühle und Gedanken, verschloss er vor ihr. Vielleicht war das schon immer so gewesen, und sie hatte es nur nicht bemerken wollen.

»Komm schon, was hast du gesagt?« Er war gereizt.

Nein, das Unglück brachte sie nicht näher zusammen. Es

ließ die Kluft zwischen ihnen noch weiter aufbrechen, die Kluft, die ihr noch vor Wochen wie ein mit der Zeit entstandener harmloser Riss vorgekommen war, den man mit ein paar schönen Wochenenden kitten könnte. »Ich habe gesagt, dass du *hier* warst«, erwiderte sie und musste an die Visitenkarte des Polizisten denken, die sie gleich in den Mülleimer geworfen hatte.

Er sah ihr argwöhnisch in die Augen. »Warum hast du das gesagt?«, fragte er schließlich. »Ich war doch in Broome.«

Ihre Mundwinkel zuckten verächtlich. Er schluckte und wich ihrem Blick aus. Ein Sieg, dachte sie und schmeckte gleich darauf die Bitterkeit.

»Du hasst mich, nicht wahr?« Seine Stimme war ganz leise. Nun versuchte *er,* in ihre Augen einzudringen, doch sie ließ es nicht mehr zu. Zu spät. Sollte sie ihm sagen, dass er recht hatte? Sie hatte für ihn gelogen – nicht aus Liebe, sondern um sich zu schützen. Ihr Leben und das von Prudence. Sie ahnte, wie ihr Vater reagieren würde, wenn er von Matthews Affäre erführe. *Ich hab's immer gewusst,* würde er auftrumpfen. *Warum bist du auf so einen reingefallen?* Deshalb hatte sie für ihn gelogen. Nicht aus Liebe.

»Du hasst mich. Ich weiß es. Sag es mir ins Gesicht, komm, sag's mir!« Matthew machte einen Schritt auf sie zu. Jetzt war sie es, die den Blick von ihm löste. Sie konnte ihm nicht mehr in die Augen sehen und mit Nein antworten. Wortlos nahm sie die Pfanne und wollte die verbrannten Zwiebeln in den Mülleimer leeren, als er ihr Handgelenk packte und sie zwang, ihn anzusehen.

»Sag mir, ob du mich hasst!« Seine Lippen zitterten, und seine Augen flackerten bedrohlich. Aber es war allein die körperliche Berührung, die sie so wütend machte. Er hatte Valerie

Tate berührt, er hatte sie mit dieser Hand gestreichelt … Einen Augenblick später verwandelte sich die Wut in Hass, dann wurde der Hass zu Kälte – und dann blieb nur noch Leere zurück. Leere, die zu Müdigkeit wurde.

»Lass mich los«, sagte sie ruhig. Er öffnete seine Hand, und ihre rutschte heraus. In diesem Augenblick klingelte im Wohnzimmer das Telefon. Schlagartig war sie wieder hellwach. Sie musste zum Telefon, bevor Matthew abnehmen könnte … »Ich geh schon dran!« Sie hastete an Matthew vorbei ins Wohnzimmer, wo das schnurlose Telefon auf dem Tisch mit den Magazinen lag.

»Ja?«

»He Alison, Schätzchen!« Die Stimme klang krächzend und verzerrt, wie der Ansager auf einem billigen Jahrmarkt. Wahrscheinlich hatte er ein Tuch oder etwas Ähnliches über die Muschel gelegt.

»Ich bin nicht Ihr *Schätzchen*!«, sagte sie wütend und sah sich schnell nach Matthew um, doch er war nicht da.

Ein hämisches Lachen folgte, das sie ekelte. Sie versuchte, sich Phils Stimme in Erinnerung zu rufen, und fragte sich, ob er sich so verstellen konnte.

»Na, na, na! Warum so kratzbürstig? Hör zu, du bringst morgen die zehntausend Dollar …«

»Ich hab das Geld nicht!«, fiel sie ihm ins Wort. Oh, wie wütend sie war!

»He, he, he! Nur ruhig Blut!« Beim Wort *Blut* überlief sie ein kalter Schauder. »Also, mal ganz langsam, Alison. Die Sache ist ganz simpel: Entweder du beschaffst das Geld, oder du musst dran glauben. Das ist doch zu kapieren, oder?«

Sie schluckte. Ihr Ja kam leise.

»Was hast du gesagt? Ich hab dich nicht verstanden.«

Dieses gemeine Schwein! »Ja«, presste sie hervor.

»Brav! Dann ist ja alles in Butter.« Erneut dieses widerliche Lachen. »Also, pass gut auf, Alison: Du packst die zehntausend in Fünfzigern und Hundertern in eine Plastiktüte. Und zwar in eine von Woolworth. Du weißt schon: *The Fresh People*!« Er lachte wieder. »Bist du noch dran, Alison?«

»Ja.«

»Gut, du fährst morgen zum Parkplatz von Woolworth, und zwar zu dem in der McLaughlan Street. Hinter der letzten Reihe sind Mülleimer. Du stellst die Tüte genau um fünfzehn Uhr in den ersten von der Straße aus gesehen. Dann fährst du sofort los. Denk bloß nicht, du kannst mich verarschen! Ich beobachte dich. Hast du mich verstanden, Alison?«

»Ja.« Wut und Angst drohten ihre Stimme zu ersticken.

»Schön. Also, dann bis morgen, *Schätzchen*.« Es knackte in der Leitung.

Zehntausend Dollar. Dieser Kerl wollte zehntausend Dollar! Und wenn er übermorgen noch einmal zehntausend Dollar verlangte? Als sie den Hörer auf den Tisch legte, nahm sie in den Augenwinkeln eine Bewegung wahr.

Matthew stand im Raum. »Wer war das?«

Vielleicht hätte sie unter normalen Umständen gesagt: *He, das geht dich gar nichts an!*, und sie hätte gelacht, oder vielleicht hätte sie wütend gesagt: *Das geht dich überhaupt nichts an!* Doch die Umstände waren ganz und gar nicht normal, und so sagte sie: »Ich habe gerade mit Christine gesprochen. Ich soll dir schöne Grüße ausrichten.«

Er erwiderte nichts, warf ihr nur einen prüfenden Blick zu und verschwand wieder. Bald darauf hörte sie das Wasser der Dusche laufen.

Sie versuchte sich an Phils Stimme zu erinnern. War er der

Anrufer? Die Polizei könnte diese Frage sicher schnell klären, mithilfe ihrer Sprachcomputer –

Zehntausend Dollar! Sie überlegte, ob sie sich damit ihre Unschuld zurückkaufen könnte.

23

Shane lehnte mit verschränkten Armen an der Wand und beobachtete Brian Mason, der seit einer Viertelstunde schweigend am Tisch des Verhörzimmers hockte, ab und zu seinen schwarzen Bart kraulte und Costarelli hasserfüllt ansah. Masons schwarzes T-Shirt mit dem riesigen Totenkopf verströmte einen beißenden Schweißgeruch.

Costarelli trug sein Schulterhalfter mit der Glock über seinem gelben Polohemd. Das schüchtert sie alle ein, hatte er noch gesagt, als er und Shane sich auf den Weg nach unten gemacht hatten.

Costarelli schlug mit der Faust auf den Tisch. Brian Mason zuckte nur kurz mit den Augen.

»Also, noch mal von vorn! Du bist seitlich an sie rangefahren, und dann?«

Brian Mason reagierte nicht. Seine Augen fixierten einen Punkt auf der Wand hinter Costarellis Rücken.

Shane fragte sich, wie lange Mason diese Tour noch durchhalten würde. Eine junge Frau, Amber Goodwill, hatte gestern Nacht die Polizei angerufen. Vor ihrem Haus hatten ihr um ein Uhr nachts zwei Männer aufgelauert. Sie waren hinter den Büschen hervorgesprungen, hatten sich auf sie gestürzt, sie zu Boden geworfen und ihr ein langes Messer an den Hals gedrückt. »Wenn dein Mann nicht die Schnauze hält, schlitzen wir dich auf, bestell ihm das!«, hatten sie ihr gedroht. Mit einem Rippenbruch, einigen Schürfwunden und panischer Angst war sie davongekommen.

Was die Männer aber nicht bedacht hatten: Amber hatte es vorgezogen, die Polizei zu informieren, anstatt die Botschaft an ihren Mann weiterzugeben. Das Ereignis in der Nacht hatte ihr den Anstoß für eine lange aufgeschobene Entscheidung gegeben: Sie wollte endlich ihren Mann verlassen. Dass er mit den Hell's Angels hin und wieder Geschäfte machte, hatte ihr noch nie gefallen.

Trotz ihrer Panik hatte sich Amber Goodwill das Kennzeichen eines der Motorräder gemerkt, und als Brian Mason heute Nachmittag mit seiner Harley vor sein Gartentor gefahren war, war er dort gleich von vier Polizisten im Empfang genommen worden.

Seit zwei Stunden war er nun in polizeilichem Gewahrsam und seit einer Viertelstunde mit Costarelli im Verhörzimmer, aber er schwieg, obwohl Amber ihn eindeutig identifiziert hatte. Die Zeit, die ihnen noch blieb, bis Brians Anwalt kam und ihn gegen Kaution herauspaukte, wollte Costarelli nutzen, um ein Geständnis aus ihm herauszubringen, doch die Aussichten standen schlecht. Mason schaltete auf stur und nannte auch den Namen seines Kumpels nicht.

Shane brauchte einen Kaffee, und so wie die Sache aussah, hielt Mason durch, bis der Anwalt kam. Er gab Costarelli ein Zeichen, dass er den Raum verlassen würde.

»Schick mir Mark rein, damit er sich an den Anblick von solchen Kotzbrocken gewöhnt«, brummte Costarelli übelgelaunt.

Gerade als Shane die Hand zur Tür ausstreckte, durchfuhr

ihn ein Zittern. Unter seinen Sohlen vibrierte es. Der Plastikbecher mit Kaffee, der auf Costarellis Seite des Tischs stand, zitterte. Alles schien plötzlich unter Strom zu stehen.

Brian Mason sprang auf. »He, lasst mich raus, Mann!«

Blitzschnell hatte Costarelli ihn wieder auf den Stuhl gedrückt. »Du bleibst hier.« Niemand bewegte sich. Nur die Erde vibrierte.

Das Zittern wurde zu einem Stoßen, dann wieder zu einem Zittern.

»He, ich will raus!« Brian Mason krallte sich am Tisch fest. »Das ist ein Erdbeben!« Aus dem bockigen, durch nichts zu erschütternden Kerl war in wenigen Sekunden ein Haufen Angst geworden. Er schlotterte, seine Augen starrten an die Decke, als erwartete er, gleich unter ihr begraben zu werden. »Ich will hier raus!«

Doch Costarelli stand breitbeinig und furchtlos vor ihm und sah wie ein Racheengel mitleidlos auf ihn hinunter.

Es folgten weitere Stöße. Shane dachte, es wird verdammt ungemütlich, aber hier drin ist es wahrscheinlich am sichersten. Unwillkürlich betrachtete er die Wände, untersuchte sie nach Rissen – doch da war nichts.

»Das ist Folter, was ihr macht!«, jammerte Mason.

»Halts Maul!«, schrie Costarelli ihn an, worauf Mason erschrocken zurückwich, nur um gleich wieder loszujammern. »Lasst mich raus!«

»Nur wenn du mir alles sagst, früher nicht«, sagte Costarelli betont ruhig.

Die Stöße wurden heftiger. Dann plötzlich: nichts mehr. Niemand sagte etwas. Alle warteten. Sekunden vergingen. Nichts. Dann zitterte die Erde noch einmal. Vier, fünf, sechs Stöße, zählte Shane.

Brian Mason krallte sich an die Tischkante. »Ich war's!«, brachte er mit letzter Kraft hervor.

»Sag das noch mal zum Mitschreiben!« Ungerührt schaltete Costarelli das Aufnahmegerät auf dem Tisch ein.

Der Plastikbecher wackelte, das Vibrieren wurde stärker, und Shane fürchtete allmählich, dass doch etwas einstürzen könnte.

»Ja, ich war's!«, rief Mason atemlos. »Ich wollte sie einschüchtern …«

In diesem Augenblick hörte es auf. Mason verstummte, Costarelli hielt in seiner Bewegung inne. Stille erfüllte den Raum.

Costarelli atmete durch. »So, dann müssen wir das alles nur noch aufschreiben, Brian, und du darfst hier raus.«

»Ich will *jetzt* hier raus! Ich sag's Ihnen draußen! Bitte, ich will hier raus!« Er war zu einem Häufchen Elend geschrumpft.

Doch Costarelli ließ sich nicht erweichen. »Erst machen wir hier alles fertig, kapiert? Dann darfst du hier raus, keine Sekunde früher!«

Obwohl Shane sich gesagt hatte, dass der Raum sicher war, beeilte er sich jetzt, hinauszukommen. Erdbeben in geschlossenen Räumen zu erleben, auch wenn sie noch so sicher gebaut waren, widersprach wohl dem menschlichen Instinkt – oder überhaupt den Instinkten von Lebewesen. Tiere flohen ja auch … Mark, der vor der Tür gewartet hatte, schluckte. »Ich hab 'ne Scheißangst vor Erdbeben.«

»Das Gebäude ist doch erdbebensicher gebaut, oder?«, fragte Shane, und er versuchte lässiger zu klingen, als er sich tatsächlich fühlte.

Mark nickte. »Ich glaube schon.«

»Gehen Sie rein, Mark, Tony wartet auf Sie.«

Mark bemühte sich, tapfer auszusehen.

»Gehen Sie schon«, ermunterte ihn Shane und machte sich auf den Weg in sein Büro. Er brauchte ein Glas Wasser.

Vicky Chen lief ihm auf dem Flur über den Weg. Sie errötete ein wenig. »Haben Sie das Beben auch gespürt? Wir haben gleich im Überwachungszentrum angerufen. Das kommt hier öfter vor.« Sie betrachtete ihn mit einem prüfenden Blick. »Ist alles in Ordnung?«

»Ja, ja. In diesem Verhörraum war es nur ziemlich stickig. Kommen Sie, Vicky, sagen Sie mir lieber, was es Neues gibt.«

»Ach ja.« Sie sah auf die Papiere in ihrer Hand. »Wir haben eine Mail aus Thailand und eine aus Indonesien bekommen.«

Die Kollegen aus Bangkok schrieben, dass ein aufgeschlitzter und ausgeweideter weiblicher Körper am 3. Januar 2005 in der Nähe von Bangkok aufgefunden worden war. Die Ermittlungen waren jedoch schnell im Sand verlaufen, da alle Kräfte der Polizei durch die Katastrophe gebunden waren, die der Tsunami kaum eine Woche zuvor ausgelöst hatte. Die Kollegen boten an, ihre Untersuchungsergebnisse nach Darwin zu schicken, und wünschten Tony Costarelli viel Erfolg. Die andere Nachricht stammte von der Polizei in Jakarta. Sie besagte, dass am 27. Dezember 2003 eine wie beschrieben zugerichtete weibliche Leiche gefunden worden war.

»Das Zeichen haben sie in Thailand nicht erwähnt«, sagte Vicky.

»Vielleicht ist es ihnen entgangen? Wenn man bedenkt, dass damals bei der Tsunami-Katastrophe eine Viertelmillion Menschen umgekommen ist«, wandte er ein. Sie waren in seinem Büro angekommen, und er goss sich ein großes Glas lauwarmes Mineralwasser ein. »Davon will ich Ihnen lieber nichts anbieten«, sagte er und trank das Wasser so schnell wie möglich aus.

»Oh, ich trinke ausschließlich Wasser, das Zimmertemperatur hat.« Vicky lächelte und errötete dabei.

»Soll gesünder sein, ich weiß, aber es schmeckt furchtbar«, brummte er, worauf sie nickte. »Man gewöhnt sich dran.«

»Ich hab mich zu sehr an kühles Bier gewöhnt.«

Sie lachte, und er musste grinsen. Er ging zur Wandkarte, auf der Australien und der ostasiatische und pazifische Raum zu sehen waren.

»Wir haben jetzt Tatorte bei Brisbane, auf Papua-Neuguinea, bei Bangkok, Jakarta und Darwin. Wenn wir davon ausgehen, dass es sich um einen einzigen Mörder und nicht um eine Gruppe handelt, dann würde ich sagen, dass er einen Beruf hat, der ihn herumkommen lässt. Er reist viel.« Davon waren sie damals auch ausgegangen, und McNulty war tatsächlich weit herumgekommen.

»Was ist mit Brian Mason?«, fragte Vicky.

»Er hat eine verdammte Angst vor Erdbeben, was ich ihm nicht verdenken kann. Aber ob er der Mörder ist? Im Moment sieht es eher so aus, als wollten er und sein Kumpel einem Typen Angst einjagen, indem sie seine Frau bedrohten.«

Er nahm die an der Seite auf der Legende steckenden roten Fähnchen und platzierte sie dort, wo die Leichen entdeckt worden waren: in Thailand, Papua-Neuguinea, Jakarta, Warwick und Darwin. Er trat zwei Schritte zurück und versuchte, ein Muster zu erkennen. Auf dem Schreibtisch lag die Kopie des Zeichens mit den ziselierten Ornamenten, den beiden Rädern, die ineinandergriffen. Vielleicht mangelte es ihm an Fantasie …

Vicky stellte sich mit schräg gelegtem Kopf neben ihn.

»Vielleicht sollten wir noch die zeitliche Komponente einfügen.« Sie beschrifteten fünf selbstklebende Zettelchen mit den Daten der Morde und hefteten sie neben die jeweiligen Fähnchen. Auf einem Zettel notierte er die Daten untereinander:

3. August 1996 in Papua-Neuguinea
26. Dezember 1999 bei Brisbane
27. Dezember 2003 in Jakarta
2. Januar 2005 in Thailand
11. Juni 2006 in Darwin

Er legte den Stift weg und wartete auf eine Eingebung. Doch sie blieb aus.

Vicky räusperte sich. »Wissen Sie, was mir aufgefallen ist? Die Häufung im Dezember und dann noch der Januar …« Sie trat näher an die Karte und drehte sich dann um. »Was meinen Sie, Shane, wir könnten ja speziell den Dezember und Januar nach Morden abfragen? Vielleicht bekommen wir dann andere Antworten. Ich könnte mir gleich mal Australien vornehmen. Womöglich sind Vermisste gemeldet …«

»Tun Sie das, Vicky. Ist eine gute Idee!«

Sie errötete wieder, nickte eifrig und verabschiedete sich rasch. Er wurde den Eindruck nicht los, dass sie ihn bewunderte. Sie wusste ja nicht, wie es in ihm aussah. Er ließ den Blick über die Karte wandern. Es musste ein Muster geben, nach dem der Mörder vorging. Es gab immer ein Muster.

Er nahm einen gebrauchten Umschlag und begann die Namen, die in diesem Fall aufgetaucht waren, zu notieren. Er ordnete sie so an, wie er glaubte, dass die Personen zueinandergehörten.

Valerie Tate – Alex Winger – Dave Cameron – Matthew

Griffith – Alison Griffith – Brian Mason. Als letzten Namen schrieb er: McNulty. Zwischen den Namen zog er Verbindungslinien, manche wurden dick, andere waren nur gestrichelt. Er wartete. Die Namen standen auf dem Papier – doch sie sprachen nicht mit ihm.

»Shane?«

Er fuhr herum. Mark stand in der offenen Tür. »Ich soll Ihnen von Tony ausrichten, dass Mason gestanden hat. Er hat den Überfall auf Amber Goodwill begangen und auch den Drohbrief an Alex Winger geschrieben.«

»Danke, Mark.« Damit waren also wieder zwei Fragen beantwortet.

»Ach, und ich soll Ihnen sagen, dass Tony sich ein bisschen hingelegt hat. Ich glaube, es geht es ihm nicht so besonders.«

Shane sah ihn fragend an. »Das ist mir auch schon aufgefallen. Was hat er?«

Der junge Polizist zuckte mit den Schultern. »Er sagt es nicht.«

»Warum nicht?«

»Na ja …« Mark steckte verlegen die Hände in die Taschen. »Er ist hier doch der Boss, immer unter Strom, hat alles unter Kontrolle.«

»Hm. Soll ich zu ihm gehen?«

»Nein, nein, er will allein sein.« Mark schloss die Tür.

Shane dachte nach. Auch er hatte früher nie zugegeben, dass es ihm nicht gut ging, dass er sich den Aufgaben nicht mehr gewachsen fühlte. Er hatte es ja fast ein Jahr lang noch nicht einmal vor sich selbst zugegeben … Er lehnte sich zurück und ließ seinen Blick über die Gegenstände wandern. Die große Landkarte, auf dem kleinen Regal ein paar Trophäen und Wimpel von Cricket-Turnieren der Polizeimannschaft, drei Urkunden, eine davon reich verziert in einer asiatischen Schrift, die er nicht lesen konnte, ein Foto der ganzen Abteilung mit Costarelli in der Mitte.

Er, Shane, hatte seine Auszeichnungen nicht im Büro in Brisbane aufgehängt. Sie lagen in der untersten Schublade seines Schreibtischs, den er nächste Woche räumen musste. Sofern er es überhaupt bis dahin schaffte, zurückzukehren. Wenn nicht, würde sein Nachfolger einfach den Inhalt der Schubladen in einen Karton leeren, den Shane dann irgendwann abholen könnte. Warum machten ihm die Gedanken an sein Ausscheiden noch immer so zu schaffen? Schließlich war es seine eigene Entscheidung gewesen. Niemand hatte ihn dazu gezwungen. Er starrte auf die Fähnchen der Landkarte. Hör auf sentimental zu werden, Shane.

Das Läuten des Telefons riss ihn aus seiner Grüblerei. Es war Mark, der atemlos verkündete, sie hätten einen neuen Hinweis.

Die Nacht hat die Dämmerung verschluckt. Kein Vogel ist zu hören, kein Insekt, nur das Knacken des Feuers. Aufgeregt schlagen die zwischen den quadratischen Felsblöcken gefangenen Flammen hoch. Die Nadeln und Blätter der Büsche und Bäume des lichten Waldes ringsum verströmen ihren beißenden Atem, den sie in der Hitze des Tages angehalten haben. Zwischen den dürren Baumstämmen hindurch schimmert der knochenbleiche Strand. Dahinter lauert ein Meer aus Pech. Am nachtschwarzen Himmel blitzen ab und zu Sterne so klein wie Nagelköpfe auf. Dann zeigt sich manchmal für Momente auch der sichelscharfe Mond.

Schweiß rinnt ihm übers Gesicht. Er zieht den rindenlosen Ast von dem Haufen, zu dem das gesammelte Holz aufgeschichtet ist, und schiebt ihn in die sich nach neuer Nahrung reckenden Flammen. Er sieht eine Weile zu, dann beugt er sich über den Pappkarton, in dem Dosen mit Baked Beans geliefert wurden, kniet sich auf den warmen Stein und nimmt die Katze heraus, der er zuvor die Beine zusammengebunden hat. In das Maul hat er ein Stück Holz geklemmt, um sie am Beißen zu hindern. Das Tier stößt schrille Schreie aus und windet sich in seinen Armen. Er zuckt zurück, als sich Krallen in sein Fleisch graben. Er packt die Katze am Nacken. Er zittert vor Zorn und vor Schmerz, er muss sich beherrschen, sie nicht einfach auf dem Felsen zu zerschmettern. Doch er fasst sich wieder, legt das Tier auf den felsigen Boden und presst seine Hand auf den Kopf. Mit der anderen Hand zieht er in einer blitzschnellen Bewegung die blanke Klinge seines Jagdmessers quer über ihren Hals. Blut spritzt, ein Aufbäumen, Zucken, Zittern – dann erschlafft der Körper. Mit dem Messer schlitzt er den Bauch des Tiers auf, reißt die Organe heraus und legt sie in eine geflochtene Schale. Das Feuer brennt hell zwischen den beiden Felsblöcken.

Zuerst legt er den Körper in die Flammen, dann die gefüllte Schale. Der Geruch des verbrennenden Fleischs erfüllt die Luft. Er sieht dem Rauch nach, der immer höher in den Nachthimmel aufsteigt, und er weiß, dass es gut ist.

»Ich bring sie dir«, murmelt er und verstaut das Klebeband, einen neuen Plastikumhang und neue Handschuhe in der Einkaufstüte. Wenn sie ihn doch endlich in Frieden lassen würde!

24

21 Steps las Shane auf dem Schild über der Treppe und parkte direkt am Bordstein. Aufgrund eines Artikels in den *Northern Territory News* hatte sich die Besitzerin eines Esoterik-Ladens gemeldet und behauptet, das Ornament schon einmal gesehen zu haben. Shane hatte nach Costarelli gefragt, aber der sei irgendwo unterwegs und nicht erreichbar, hatte es geheißen. Daraufhin war Shane allein losgefahren.

Das Sonnenlicht war milder geworden, bald würde die Dämmerung hereinbrechen. Hauswände und Asphalt strahlten die im Laufe des Tages gespeicherte Hitze ab. Seit fünf Uhr hatten die meisten Läden geschlossen, nur die Türen des Weinladens waren noch geöffnet. Vom Eingang an der McLaughlan Street, unweit der Kreuzung mit der Knuckey Street, führte eine Holztreppe hinauf in den ersten – und damit obersten Stock des Gebäudes. Shane verzichtete darauf, die Stufen zu zählen. Er war noch nicht ganz oben, da wurden seine Sinne schon von klimpernden Windspielen, dem süßlichen Duft von Räucherstäbchen und leiser Sphärenmusik empfangen. An der offenen Tür plätscherte ein kleiner Zimmerbrunnen.

»Hi!« Die Frau strahlte ihn an. »Ich bin Petra.«

Er betrat einen großzügigen, luftigen Raum, an dessen Decke Ventilatoren kreisten, und folgte ihr zwischen Verkaufstischen hindurch, auf denen er – obwohl er kein Fachmann war – die üblichen esoterischen Produkte erkannte: Essenzen, Seifen, Schmuck, Steine, Amulette …

Außer ihnen beiden war niemand mehr im Laden. Bei einem niedrigen runden Tisch mit drei ebenso niedrigen Hockern aus geflochtenem Rattan blieb Petra stehen.

»Bitte.« Sie wies auf die Hocker und goss ihm aus einem Krug, in dem Zitronen- und Orangenscheiben schwammen, ein Glas Wasser ein. Rötliches Abendlicht fiel durch die großen, offen stehenden Fenster herein, der leichte Wind ließ alle Windspiele im Laden leise klingen.

»Ich hoffe, ich kann Ihnen helfen«, sagte sie und setzte sich. Ihr Strahlen war verschwunden. Doch ihr Blick in seine Augen war genauso intensiv wie zu Anfang.

Er zog ein Blatt Papier aus der Brusttasche seines Hemdes, faltete es auseinander und gab es ihr.

Petra warf nur einen kurzen Blick darauf, dann lächelte sie plötzlich wieder. »Ja, wie ich vermutet habe: Das ist der Abdruck einer Powerformplatte.«

»Einer *was*?«

»Einer Powerformplatte«, wiederholte sie in einem Ton geduldiger Nachsicht und legte den Bogen auf den Tisch. »Was wissen Sie von Energiearbeit?«

»Nun …« Er hatte nicht die geringste Ahnung, wovon sie redete. Er war sich sicher, Tamara hätte gleich gewusst, was sie meinte.

»Verstehe.« Sie grinste. »Ich versuche es ganz einfach und kurz zu machen.«

»Danke.«

»Materie ist Energie.«

Er nickte. So weit kam er mit.

»Gut«, fuhr sie fort. »Unser Körper umgibt ein elektrisches Spannungsfeld. Nervenleitungen, Muskelspannungen, all das ist Energie und entsprechend veränderbar.«

Auch das war nichts Neues. Man konnte das Spannungsfeld eines Menschen sogar mit normalen Geräten messen, wusste er.

»Schließen wir uns an Energiepotenziale an, können wir selbst unser eigenes Energiepotenzial erhöhen. Also, nehmen Sie zum Beispiel …« Sie sah sich kurz um, stand auf und kam mit einer faustgroßen Quarzpyramide zurück. »… das hier. Dieses Gebilde strahlt Energie aus. Manchen Menschen gelingt es, damit ihre Energien zu bündeln, klarere Gedanken zu fassen, sich selbst oder auch andere zu heilen.«

Er nickte und räusperte sich.

Sie lächelte. »Das können Sie sich nicht wirklich vorstellen, oder?«

»Nun …«

»Macht nichts.« Sie legte die Pyramide neben das Blatt mit dem filigranen Symbol. »Dieselbe Funktion, nämlich die Bündelung von Energie, um etwas zu beeinflussen, in eine andere Bahn zu lenken, um etwas zu reinigen – die hat diese Powerformplatte, um es mal einfach auszudrücken.« Sie lächelte sanft und verständnisvoll. »Wir führen so etwas auch.« Sie stand auf, ging zu einem der Tische, auf denen Steine und Muscheln lagen, und kehrte mit einer blauen ovalen Scheibe aus Plastik zurück. Sie war so groß wie zwei Handflächen. »Im Gegensatz zu Kristallen, die sehr unterschiedliche Energiepotenziale und ein eigenes Innenleben haben, sind diese Platten in ihrem Energiepotenzial konstant.« Sie fuhr mit dem Finger über die filigranen Linien und feinen Durchbrüche. »Sie haben eine gleichbleibende Schwingung.«

»Verstehe«, murmelte Shane. Er gab sich redliche Mühe, wirklich zu begreifen.

»Nehmen Sie sie.« Schon hatte sie ihm die Platte in die Hand gelegt. »Sie unterstützen jede spirituelle Handlung, indem sie negative Energie in positive Energie umwandeln. Sie harmonisieren Körper, Geist und Seele mit dem Göttlichen.« Er starrte auf die ziselierten Ornamente, auf die beiden sich in der Mitte der Platte überschneidenden Kreise, die in sich wieder Kreise hatten, und je länger er hinsah, desto mehr Kreise entdeckte er, und auf einmal begannen sie alle zu rotieren …

»Die Platten«, fuhr Petra mit sanfter Stimme fort, »spiegeln unsere besten positiven Energien auf uns zurück, wie es wahre Freunde tun. Sie unterstützen uns dabei, Lebensenergie, inneres Gleichgewicht und spirituelle Erfüllung zu erfahren.«

Das klang wie aus einem Verkaufsprospekt.

»Hm.« Er wollte ihr die Platte zurückgeben.

»Nein, nein, behalten Sie sie.« Sie sah ihm wieder mit diesem intensiven Blick in die Augen. »Diese Platte hier, genau wie die auf dem Papier, wird *das Portal* genannt. Es filtert irdische Verwirrung heraus, sodass wir leicht in Kontakt mit unserem höheren geistigen Selbst treten können. Das Portal stimmt uns auf unsere höchste Wahrheit ein. Werden irdische Begrenzungen umgangen, kann unser Geist frei in die Höhe steigen.«

Er verstand nur die Hälfte von dem, was sie sagte. »Irdische Begrenzungen? Sie meinen, den Körper?«

Sie lächelte glücklich, offenbar hatte er verstanden. »Ja, aber auch Widrigkeiten, Geldmangel, Entfernungen, andere Menschen, die uns von etwas abhalten …« Sie sah ihn eindringlich an. »Wir können so glücklich und kraftvoll sein …« Sie verstummte. Offenbar besann sie sich wieder auf ihn, der wohl nicht den Eindruck machte, als würde er ihr folgen können.

»Wie lange gibt es schon diese Platten?«, fragte er.

»Oh, ganz sicher seit den Siebzigern. Sie wissen schon …« Sie lächelte wieder.

»Und was bedeutet dieses Zeichen in Verbindung mit einer Leiche?«

Ihr Lächeln verschwand, und ihr Gesichtsausdruck bekam etwas Zorniges. »Dieses Zeichen ist etwas Positives, Lebensbejahendes. Es passt ganz und gar nicht zu einem Mord, verstehen Sie?«

»Der Mörder hat dieses Zeichen also missbraucht?«

»Ja!« Sie nickte mehrmals und betrachtete dann wieder die Platte in seiner Hand.

»Könnte der Mörder sie dafür benutzt haben, um seiner …« Er suchte nach den passenden Worten in dieser Sprache, die ihm fremd war. »… um seiner spirituellen Handlung mehr Kraft und Nachdruck zu verleihen?«

Sie schüttelte den Kopf. »Ich weiß nicht. Es erscheint mir so widersprüchlich.« Ihr Blick glitt über ihn hinweg, irgendwohin in die Weite des Raums. »Vielleicht …«, sagte sie langsam, »… vielleicht wollte er ja auch seiner Handlung das Negative nehmen.«

»Er wollte … negative Energie in positive umwandeln?«

»Nun ja. Vielleicht tun ihm die Opfer leid?«

Das klang plausibel.

»Wo gibt es diese Platten, Petra?«

»Oh, die bekommen Sie in vielen Esoterik-Läden in Amerika, in Europa … Sicher können Sie sie auch über das Internet bestellen.« Ihre Stimme klang wieder wie zu Anfang, doch das Strahlen ihrer Augen war verschwunden, und an seine Stelle war etwas Düsteres getreten. Vielleicht dachte sie an all die Steine und Platten in ihrem Laden, deren Energie missbraucht werden könnte.

»Hat in letzter Zeit jemand bei Ihnen eine solche Powerplatte gekauft?«, fragte er.

Sie seufzte. »Sie sind nicht gerade der Renner. Ich kann mich an zwei Frauen innerhalb des letzten halben Jahres erinnern.« Sie schüttelte den Kopf. »Aber nicht an einen Mann. Und Sie gehen doch sicher von einem männlichen Täter aus?«

»Zunächst schon. Ich danke Ihnen, Petra, für Ihre Hilfe.« Er stand auf.

»Moment«, sagte sie am Ausgang und nahm eine CD aus einem Regal. »Für Sie.« Über ihre Augen hatte sich ein wehmütiger Schleier gelegt. »Damit Sie Kraft schöpfen für die schwere Aufgabe, die vor ihnen liegt.«

Als er die Stufen hinunterstieg, fühlte er sich schwindlig. Vor acht Jahren hatten sie Kunstexperten und Orientalisten aufgesucht, und keiner hatte das Zeichen eindeutig zuordnen können. Jetzt stieß er in einem Esoterik-Shop am äußersten Zipfel des Kontinents auf die Lösung. McNulty hatte sich nicht zu dem Zeichen geäußert. Er hatte nur darauf gestarrt und geschwiegen. Natürlich: Denn er hatte keine Ahnung gehabt, was es bedeutete.

Er ließ den Motor von Costarellis Dienstwagen an. *Klärung und Umwandlung von Karma aus früherem Leben*« las er auf der CD. Er schob sie in den Player und fuhr los. Das letzte Blau verschwand vom Himmel. Die Autos hatten die Scheinwerfer eingeschaltet. Nur wenige Menschen waren noch auf der Straße. Erst in der Mitchell Street war wieder mehr Leben auf den Bürgersteigen.

Eine angenehm tiefe, männliche Stimme ertönte: *Diese Visualisierungsübungen können Ihnen helfen, die Seelenwunden auf der Zeitlinie zu heilen und die Aura auszugleichen. Sie werden Sie in der Transformation von Mustern unterstützen, die Ihr jetziges Leben beeinträchtigen.* Sanfte Klaviermusik erklang und lullte ihn ein. *Suchen Sie sich einen ruhigen Platz, an dem Sie sich gern aufhalten. Atmen Sie tief und ruhig. Ein und aus und ein und aus und ein und aus und …* Er drückte auf *Stopp* und schaltete die CD erst wieder ein, als er direkt vor dem Polizeipräsidium in einer Lücke einparkte. Eigentlich war er überzeugt, dass er für solche Dinge nicht empfänglich war, aber vielleicht ja doch. Einen Versuch war es jedenfalls wert.

Wir öffnen nun unsere Chakren … Er lehnte den Kopf an die Kopfstütze. Wie verspannt er war! Wie verkrustet er sich vorkam! Er folgte den Ansagen des Sprechers und atmete tief ein und aus. Langsam entspannte er sich. Ein wohliges Gefühl breitete sich aus, als öffnete er gerade seinen Panzer, mit dem er sich umgab …

Ein plötzlicher Schlag auf das Autodach ließ ihn zusammenfahren.

»Shane, verdammt!« Costarellis pockennarbiges Gesicht tauchte am Seitenfenster auf. Shane ließ die Scheibe herunter.

»Sag mal, machst du hier was Unanständiges?« Costarellis Stimme kam ihm noch lauter und rauer vor als sonst. Nikotingetränkter Atem drang herein.

Nun öffnen wir unsere Chakren, damit …, kam es aus den Lautsprechern.

Costarelli schien wieder ganz der Alte zu sein – nicht die geringsten Zeichen eines Schwächeanfalls waren zu erkennen. »Was hörst du denn da?« Er zeigte mit der brennenden Zigarette in der Hand auf den CD-Player und dann auf Shanes Oberschenkel. »Woher hast du das?«

»Eine Powerplatte aus dem Esoterik-Laden in der McLaughlan Street.« Shane drückte auf *Stopp* und nahm die CD heraus. »Wie geht's dir?«

Costarelli machte eine wegwerfende Handbewegung und sog wie zum Beweis, dass er in bester Verfassung war, tief an der Zigarette. »Nicht der Rede wert. Aber das da …« Er zeigte wieder auf die Powerplatte. »Das sieht dieser verdammten Zeichnung ja wirklich verflucht ähnlich …«

»Sie ist nicht ähnlich, sie ist *identisch,* Tony.«

Ein plötzlicher Hustenanfall schüttelte Costarelli. Verärgert warf er die Zigarette weg.

Oben im Büro berichtete Shane ihm von seinem Besuch bei *21 Steps.*

»Und, hat dir diese Petra den Mörder auch gleich vorgestellt?«, fragte Costarelli bissig.

»Leider nein.« Shane wollte sich nicht provozieren lassen.

»So wie die Sache jetzt aussieht, Shane«, Costarelli lehnte sich zurück und strich sein Haar glatt, »könnte unser Mörder ein durchgeknallter Eso-Freak sein – es sei denn, er will uns mit diesem Zeug an der Nase herumführen.« Er warf einen verächtlichen Blick auf die Powerplatte auf seinem Schreibtisch. »Oder was meinst du, Shane?« In seiner Stimme schwang etwas Herausforderndes mit, und Shane fragte sich, ob Costarelli ihm die Entdeckung der Powerplatte neidete.

»Es könnte auch der Versuch des Mörders sein, seine Schuld abzuschwächen, indem er etwas *Gutes* für das Opfer tut.«

Costarelli hob die Augenbrauen. »War das deine Idee?«

»Petras.«

»Aha.« Mit gerunzelter Stirn betrachtete Costarelli das ovale Stück Plastik. »Ganz schön clever, diese Petra, was?«

Shane hatte genug. »Hör zu, Tony: Erspar mir deine zynischen Bemerkungen. Ich weiß nicht, was mit dir los ist, aber du hast dich entschieden, diesen Fall mit mir zusammen aufzuklären, also, dann tu es gefälligst auch!«

Eine paar Sekunden lang herrschte angespannte Stille. Es würde mich nicht wundern, wenn Tony jetzt losbrüllen würde, dachte Shane.

Doch langsam verschwand der verächtliche Zug von Costarellis Gesicht. »Okay, Shane. Ich will, dass wir ihn schnappen.« Er ließ seinen Blick über die Gegenstände auf seinem Schreibtisch und über die Wände wandern. Dann sah er Shane in die Augen. »Ich will einen sauberen Abgang.«

Shane betrachtete den Kollegen, seine muskulösen Arme, die er vor der Brust gekreuzt hatte, seinen kräftigen Hals. Und dennoch: Er wirkte erschöpft, als hätte er keine Reserven mehr. »Warum willst du so bald deinen Abschied nehmen, Tony?«

Über Costarellis Gesicht flog ein kurzes schmerzhaftes Lächeln. »Shane, so wie die Dinge stehen, ist es scheißegal, was ich will.«

Bevor Shane fragen konnte, was er damit meinte, war Costarelli schon aufgestanden. »Wir sehen uns morgen Früh.«

Shane fragte nicht nach, weil er wusste, dass er doch keine ehrliche Antwort bekommen würde. »Hast du die Schlüssel zu Valerie Tates Wohnung?«

»Sind in der zweiten Schublade.« Dann zog er die Tür zu.

Shane stand auf und ging ans Fenster. Doch im Zimmer war es zu hell und draußen schon zu dunkel, sodass er nicht mehr als Umrisse und die Lichter der Autos und Laternen erkennen konnte. Sirenengeheul wurde lauter. Immer wieder brachten sie Betrunkene unten in den Keller. Tony hatte ihm die Ausnüchterungszellen gezeigt, in denen meist Aborigines saßen. Wände und Boden waren mit abwaschbarer Farbe gestrichen, und die Bank aus Kunststoff hatte abgerundete Kanten. In manchen Zoos wurden Tiere so gehalten, damit man ihre Gehege mühelos ausspritzen konnte …

Kaum einen halben Kilometer entfernt war das Meer, wusste er, und etwa genauso weit war es bis zum Supreme Court, wo man vor drei Tagen vergeblich auf Valerie Tate gewartet hatte. Wem war sie auf dem Weg aus dem Gericht begegnet? Warum war sie nicht in ihren Wagen gestiegen? Hatte Dave Cameron ihr doch aufgelauert, und war sein vermeintliches Alibi nichts wert? Oder hatte Matthew Griffith auf sie gewartet, weil er mit ihr wegen der Schwangerschaft reden oder mit ihr Schluss machen wollte? Er dachte an ihre Wohnung. Womit hatte sich Valerie Tate beschäftigt, wenn sie nach Hause gekommen war? Sie war kein Mitglied in einem Fitness-Center gewesen, hatte nur hin und wieder DVDs ausgeliehen, hatte kaum Freunde – und eine heimliche Affäre mit einem verheirateten Mann. Was für ein Leben für eine junge Frau …

Manchmal, dachte er, wissen wir erst, in welchen Verhältnissen wir gelebt haben, wenn alles hinter uns liegt. Wie oft hatte er mit Frauen gesprochen, die von ihrem Mann jahrelang misshandelt worden waren, aber dennoch nie gewagt hatten, sich von ihm zu trennen. Warum? Weil sie sich gar nicht vorstellen konnten, dass es ein anderes Leben für sie geben könnte. Wir sind viel zu anpassungsfähig. Darüber hatte er schon mehrmals mit Eliza Lee, der Gerichtsmedizinerin, in Brisbane diskutiert. Wir sind viel zu anpassungsfähig, deshalb haben wir es geschafft, alle anderen Lebewesen mehr oder weniger zu beherrschen, hatte sie gesagt. Es gibt bald sieben Milliarden von uns, und wir bauen den ganzen Planeten um, sodass jedes Jahr Tausende von Spezies oder vielleicht auch Hunderttausende ausgelöscht werden, wir zerstören und verschmutzen alle Ressourcen, und wir vermehren uns immer weiter – weil wir so anpassungsfähig sind. Ja, Anpassungsfähigkeit hat uns zu Herrschern über den Planeten gemacht – und wird auch zu unserem Untergang führen.

Er warf einen Blick auf die Kaffeemaschine und war erleichtert, dass kein Kaffee mehr in der Wärmekanne stand. Er nahm die Schlüssel aus Costarellis Schreibtisch und ging hinaus.

Jeannie stieg in ihren Wagen und fuhr nach Hause.

Die Sonne ging über dem Meer unter und verlieh ihm einen bronzefarbenen Glanz. Im Radio lief einer ihrer Lieblingssongs, und sie begann zögerlich mitzusummen. Bald wurde sie mutiger, und aus dem Mitsummen wurde ein Mitsingen.

Er hatte sie gefragt, ob er sie morgen zum Mittagessen einladen dürfe. Sie hatte zugesagt. Was ist nur mit mir los, hatte sie gedacht, dass mich innerhalb von zwei Tagen zwei Männer ansprechen?

Wanda war zuversichtlich. »So geht es öfter im Leben, hier erlebst du eine Enttäuschung, und dort wirst du beschenkt!«

Sie bog in ihre Straße ab, wurde langsamer, noch eine Biegung nach links, zwei nach rechts, und dann rollte sie auf den Innenhof des Apartmenthauses. Inzwischen war die Sonne fast untergegangen. Graue Schatten hatten sich über die Häuser und Bäume geworfen, ein Hund bellte in einer Wohnung.

Sie stieg aus.

»Hi!«

Sie drehte sich nach der Stimme um. Überrascht sah sie ihn an. Er machte eine abwehrende Handbewegung. »Sorry. Ich glaube, ich muss Ihnen etwas erklären.« Er hielt die Autotür auf.

Einen Moment zögerte sie, dann ging sie auf ihn zu.

25

Das Haus lag dunkel hinter den dichten Gummibäumen. Wenn er es nicht besser gewusst hätte, würde er glauben, hier wohnte niemand. Gegenüber leuchtete wie letztes Mal das Neonlicht der Holiday Apartments. Er schloss die Haustür auf. Es war still. Die Bewohner schienen überall lieber zu sein als in ihren Wohnungen. Diesmal roch es im Treppenhaus noch nicht einmal nach Essen. Dafür glaubte er einen leichten Geruch nach Putzmittel wahrzunehmen. Er stieg in den ersten Stock hoch und schloss die Tür auf.

Das Licht reflektierte auf den weißen Wänden und blendete ihn kurz. Er erinnerte sich an den schwachen Parfümduft, der ihm beim ersten Besuch aufgefallen war. Wohnungen von überraschend verstorbenen Menschen hatten immer dieselbe Ausstrahlung: In ihnen lebte noch das fort, was der Tod nicht hatte zerstören können – die Vorliebe für bestimmte Farben, der Sinn oder auch der fehlende Sinn für Schönheit oder Dekorationen, eine bestimmte Ordnung, ein Musikgeschmack, und in den Schränken hing die Kleidung, die einst ausgewählt oder geschenkt worden war …

Er stand vor dem Bücherregal. Valerie Tate interessierte sich für Krimis. Ein paar amerikanische Bestseller-Autoren kannte er. Er betrachtete sich die Titel genauer. Valerie Tate liebte Gerichtskrimis. Im unteren Fach fielen ihm Bücher auf, die sich mit dem Schreiben selbst beschäftigten. *Creative Writing* las er auf einem der Buchrücken … Valerie Tate gab sich also nicht mit dem Lesen zufrieden. Er ging in die Knie und fand zwischen den Büchern ein schmales schwarzes Heft. Er zog es heraus, blätterte es durch. Handgeschriebene Seiten. Um ein Tagebuch schien es sich nicht zu handeln, eher um Valerie Tates Schreibversuche …

Er legte das Heft auf den Schreibtisch, er würde es nachher mitnehmen. Er zog die beiden Schubladen auf, die die Leute von der Spurensicherung schon durchgesehen hatten. Sie hatten nach Kalendern, Notizbüchern und Fotos gesucht. Den Rest hatten sie dagelassen. Es war sowieso nicht viel drin gewesen, hieß es. Valerie Tate hatte keine vollgestopften Schubladen. Ein Stapel Karteikarten, Briefmarken, selbstklebende Aufkleber, eine Schachtel mit Büroklammern. In der zweiten Schublade fand er auf einem Block ein zusammengefaltetes Blatt Papier. Er nahm es heraus. Eine Anmeldebestätigung zum Schreib-Workshop. Am Sonntag bei Bert Horkay. Bert Horkay? Diesen Namen hatte er doch gerade gelesen? Er bückte sich wieder vor das Regal und zog ein Taschenbuch heraus. *Bert Horkay: Die Spur des Dornenteufels.* Er legte es zu Valeries Heft und ging ins Schlafzimmer.

Im Kleiderschrank betrachtete er ihre Kleider, griff in die Taschen, in der Hoffnung, noch irgendetwas zu finden, was sie weiterbringen konnte. Manchmal waren ihm alte Fahrkarten, Taschentücher mit DNA-Spuren, Parkscheine, Kinotickets in die Hände gefallen und hatten geholfen, einen Fall aufzuklären. Doch heute hatte er kein Glück. Die Taschen waren leer. Valerie Tate war auch in dieser Hinsicht ordentlich. Er nahm also das Heft und das Buch, sah sich an der Tür noch einmal um und ging hinaus.

Manche Menschen gingen spurlos durchs Leben, um dann in einem furiosen Tod zu enden. In seinem Beruf lernte er viele Menschen erst durch ihren Tod kennen – eine seltsame Art, Bekanntschaften zu machen. Er entwickelte zu den Toten eine intensive Beziehung. Und manchmal berührten ihn diese Beziehungen mehr, als ihm lieb war. Als sie noch lebte, war Valerie Tate ihm unsympathisch gewesen. Doch seit sie tot war, durchsuchte er ihren Kleiderschrank, berührte ihre Wäsche, setzte sich auf ihren Platz auf der Couch, las ihre Bücher. Die Toten hatten kein Anrecht mehr auf Intimität – das war die andere Erkenntnis, die er in seinen Berufsjahren gewonnen hatte. Die jahrelang gehüteten Geheimnisse, die Absonderlichkeiten, Ängste und Leidenschaften – all das gehörte den Toten nicht mehr, das entriss er ihnen. Er tat es für die Lebenden, für die Angehörigen – und für die anderen, die noch am Leben waren. Damit er sie vor dem gleichen Schicksal bewahren konnte. Darin lag seine Aufgabe – seine Verantwortung. Bis Montag. Dann trug er keine Verantwortung mehr.

Eine Weile blieb er im Auto sitzen. Valerie Tate hätte ein ganz anderes Leben führen sollen, dachte er, sie hätte nicht hier, in dieser trostlosen, dunklen Straße wohnen sollen, nicht in diesem weißen Apartment.

Tamara sah auf die Uhr. Punkt elf. Kein Wunder, dass sie sich erschöpft fühlte. Ihre Augen brannten vom angestrengten Lesen im hellen Licht der Schreibtischlampe. Noch höchstens eine Stunde, sagte sie sich und setzte sich wieder an den Schreibtisch. Steve Whitlam, der ehemalige Freund von Patty, hatte vor einer halben Stunde endlich zurückgerufen, und sie hatte ihn zu einem Treffen am nächsten Morgen in der Stadt überreden können.

Sie erschrak, als es an der Tür klopfte. Al Marlowe sah herein, blieb aber draußen stehen, den Türknauf in der Hand. »Hi, Tamara! Noch am Arbeiten?« Al sah überraschend gut aus. Auch wenn sich sein Geschmack, was Kleidung anging, nicht verändert hatte, doch das grobe Gesicht des ehemaligen Boxers wirkte um diese Uhrzeit erstaunlich entspannt. Er hatte mal wieder eine neue Geliebte, hieß es. Nun, sie schien ihm gutzutun.

Sie winkte ab. »Es ist nicht leicht, in einem Jahre zurückliegenden Fall nach Spuren zu suchen, Al.«

»Ich weiß.« Er seufzte. »Neues von Shane?«

»Nein.«

Er ließ den Türknauf los. »Sag mal, hättest du nicht ein bisschen mehr unternehmen können, um Shane umzustimmen?«

»Was soll das heißen?« Sie unterdrückte ihren Ärger. Al hatte es schon immer verstanden, sie mit wenigen Bemerkungen zu reizen. »Hätte ich ihn Carol ausspannen sollen, oder was meinst du?«

Er hob die dichten Augenbrauen. »Wir verlieren einen unserer Besten, Tamara.«

Tamara wusste: Shane hatte Al mit seinem Gesuch überrascht. Al selbst kündigte schon seit Jahren seinen Ruhestand an, doch er war noch immer auf seinem Posten. Er konnte nicht loslassen – Shane schon.

»Also …« Er zog wie so oft den Bund seiner Hose hoch. »… du hast noch das Wochenende, dann sollen die in Darwin den Fall allein übernehmen.«

Sie hatte nicht erwartet, dass er ihr auch nur einen Tag länger zugestand, trotzdem versuchte sie, etwas mehr herauszuholen. »Al, das sind gerade mal noch zwei Tage.«

»Das sind zwei Tage und drei Nächte, Tamara.« Er grinste schief. »Wir haben keinen Beweis in der Hand, dass McNulty es damals *nicht* war.«

»Aber er ist tot«, wandte sie ein, »und in Darwin war dasselbe Zeichen …«

»Das verdammte Zeichen!«, fiel er ihr ins Wort. »Das kann sich jeder abgeguckt haben!«

»Aber Al, versteh doch, Shane will sich nicht vorwerfen müssen, damals den Falschen …«

Er machte eine wegwerfende Handbewegung. »Tamara! McNulty hat gestanden! Er war am Tatort! Er hat die Kleider des Opfers und die Tatwaffe im Auto gehabt! McNulty war's!« Er schüttelte den Kopf. »Ich weiß nicht, auf welchem Trip Shane gerade ist. Warum überlässt er den Kollegen in Darwin nicht ihre Morde?«

Weil er jeden Zweifel ausschließen will, weil er mit dem leisesten Zweifel nicht in Ruhe aufhören kann, wollte Tamara antworten, doch da klingelte ihr Handy. Al drehte sich um.

»Hi. Hier ist Jeff. Jeff Ellroy.«

Mit seinem Anruf hatte sie am wenigsten gerechnet. Sie wusste nicht, ob sie sich freuen oder ärgern sollte. Al ging hinaus und schloss die Tür hinter sich.

»Es tut mir leid, dass ich gestern so knapp am Telefon war.«

Sie erwiderte nichts. Was sollte sie davon halten? Woher dieser Stimmungswandel?

»He, Sie sagen nichts. Sie sind noch verärgert, oder?«, fragte er.

»Nein, nein, es ist spät …«, begann sie. Sie merkte, dass sie an ihren Locken zupfte, dabei konnte er sie doch gar nicht sehen.

»Halb elf …«

Sie sah auf die Uhr. »Nach elf.«

»Nach elf schon? Ah, ja. Und … und … Sie arbeiten noch? Was für einen Artikel schreiben Sie gerade?« Wieso war er plötzlich so gesprächig? Sie ärgerte sich, dass sie weiterhin die Rolle der Journalistin spielen musste. Aber jetzt, am Telefon, konnte sie ihm unmöglich die Wahrheit sagen. »Über Wünschelruten. Sie haben mich da auf eine Idee gebracht.« Keine schlechte Lüge.

»Wirklich?«

»Ja.«

Sie wartete. Soll er sich mal anstrengen, dachte sie. Sie hörte ein Räuspern, aber es folgte keine Antwort.

»Vielleicht können Sie mir ja bei Gelegenheit etwas darüber erzählen?« Tamara, was tust du da gerade?

»Meinen Sie nicht, dass Sie im Internet bessere Informationen finden?« Es hörte sich an, als ob er ein Lachen unterdrückte.

»Oh, das weiß ich erst, wenn ich weiß, welche Informationen Sie haben.« Was machte sie da gerade? Flirten? Und er? Lachte er wieder?

»Na, da haben Sie recht«, sagte er. »Wenn Sie wollen – ich ... ich wollte Ihnen vorschlagen, am Wochenende raus nach Warwick zu kommen ...« Es klang etwas schüchtern, aber offenbar war das der wirkliche Grund für seinen Anruf.

Und, Tamara, was tust du jetzt? Wolltest du nicht genau das? Aus privaten – und aus beruflichen Gründen? »Eine nette Idee!«, beeilte sie sich zu sagen.

»Schön. Sie kommen also?«

»Ja. Wann? Am Samstag?«

»Am Samstag wird es etwas knapp – aber sagen wir, Sonntag? Um zwölf Uhr mittags? Passt Ihnen das?«

»Ja, klar.«

Er gab ihr noch die Wegbeschreibung durch und verabschiedete sich.

Seufzend beendete sie das Gespräch. Sie hatte sich gerade mit einem Verdächtigen – oder vielleicht sogar dem Mörder –

in dessen Haus verabredet. Dummheit oder Kühnheit, Tamara? »Hör auf!«, murmelte sie verärgert. Sie stand auf und ging im Büro auf und ab, versuchte sich wieder an Details ihrer Begegnung mit Jeff Ellroy zu erinnern. Auf seinem roten Wagen hatte *Norman Field Engeneering* gestanden. Wenige Sekunden später hatte sie im Internet die Homepage der in Brisbane ansässigen Firma für Bau und Messungen von Pipelines und Rohren, Abwasser- und Bewässerungssystemen gefunden.

Gleich halb zwölf. Mitten in der Nacht. Wer sollte jetzt noch ans Telefon gehen? Sie wollte gerade wieder auflegen, als sich eine freundliche weibliche Stimme meldete. Die Telefonistin erklärte, dass Tamara beim 24-Stunden-Notdienst gelandet sei, der, wie der Name sagte, eben nur bei einem Notfall angerufen werden sollte. Alle anderen Anfragen müssten in den normalen Bürostunden gestellt werden. Erst als Tamara drohte, ein Verfahren gegen sie einzuleiten wegen Behinderung der Staatsgewalt, und ein paar kompliziert klingende Begriffe fallen ließ, versprach sie, so rasch wie möglich zurückzurufen. Tatsächlich läutete nur drei Minuten später ihr Telefon.

»Jeff Ellroy ist seit drei Jahren bei uns beschäftigt.« Die Frau sprach merkwürdig gedehnt, als habe sie den Mund voller Kaugummi. »Aber warum interessiert Sie das? Hat er ein Problem?«

Tamara ging nicht darauf ein. »Können Sie mir sagen, ob Jeff Ellroy im Januar 2005 in Thailand zu tun hatte?«

»Nach dem Tsunami?«

Der Tsunami. Richtig. Am 26. Dezember 2004. Die Leiche war Anfang Januar bei Bangkok gefunden worden, wenige Tage nach der Katastrophe, der eine Viertelmillion Menschen zum Opfer gefallen war –

»Wir hatten einige Projekte in Thailand … Ich muss erst mal in unseren Unterlagen nachsehen.«

»Ja, tun Sie das. Ich warte.«

»Ich kann Sie auch zurückrufen.«

»Nein, ich warte.« Die Frau am anderen Ende der Leitung stöhnte leise auf. Es dauerte kaum eine Minute, bis sie sich erneut meldete. »Wir haben Gespräche wegen einer Abwasserfilteranlage … Ach, das interessiert Sie wahrscheinlich gar nicht … Ja, Jeff Ellroy war mit zwei Kollegen ab dem 22. Dezember in Bangkok und Umgebung. Sie sollten eigentlich am 3. Januar zurückfliegen. Doch wegen der Katastrophe waren keine Flüge zu bekommen. Am 10. Januar fand hier in Brisbane ein Meeting statt, da waren alle wieder da.«

»Wissen Sie, was die Leute dort in der Zwischenzeit gemacht haben?«

»Nein. Das steht nicht in unseren Unterlagen. Wir bespitzeln unsere Mitarbeiter nicht.«

»Das habe ich auch nicht gemeint.«

»Hören Sie, wenn Jeff Ellroy Probleme hat, dann sollten wir als Arbeitgeber das erfahren.«

»Es ging lediglich um eine Information. Nichts weiter. Und vielen Dank für Ihre Hilfe.« Tamara legte auf.

Jeff Ellroy war also zur Mordzeit in Bangkok gewesen. Er war auch zu der Zeit, als Patty ermordet wurde, am Tatort. Alles Zufall? Aber: Nur weil Jeff Ellroy zum Zeitpunkt des Mordes in Thailand war, wie Tausende anderer Australier auch, musste er nichts damit zu tun haben. Außerdem hatte man bei dem Mord in Thailand nichts von einem Zeichen erwähnt. Vielleicht gehörte dieser Mord ja gar nicht in die Reihe ihrer Ermittlungen?

Sie merkte, wie sich ihr Nacken verspannte und sich Kopfschmerzen einstellten. Den Mord in Papua-Neuguinea am 3. August 1996 hatte sie noch nicht überprüft.

In den Vernehmungsprotokollen von 1999 hieß es, dass Jeff Ellroy als Ingenieur bei einer Firma namens *Lindsay & Brothers* in Brisbane angestellt war. Vielleicht war er auch schon 1996 bei dieser Firma gewesen? Sie griff zum Telefon. Doch diesmal hatte sie kein Glück. Lindsay & Brothers unterhielt keinen Notdienst. Ein Anrufbeantworter verwies auf die Bürozeiten.

Nach Mitternacht, stellte sie fest. Sie war völlig übermüdet.

26

Vielleicht war es der Wunsch nach Seelenverwandtschaft, vielleicht auch einfach der Widerwille, allein in sein Hotelzimmer zurückzukehren oder sich an einer Bar zu betrinken, der ihn davon abhielt, an der Straßenkreuzung dem Schild *City* zu folgen, und der ihn stattdessen in Richtung Airport abbiegen ließ.

Costarelli hatte ihm auf dem Weg zu Griffith sein kleines Haus am Vanderlin Drive gezeigt, an der Straße, die entlang des Flughafens stadtauswärts nach Osten verlief. Dort hauste er seit mehr als zehn Jahren, wie er sich ausgedrückt hatte. Wie willst du es sonst nennen, das, was du allein in zwei Zimmern tust, in denen du schläfst, morgens Kaffee und abends vorm Fernseher Bier trinkst?

Mit geschlossenen Fenstern, ausgeschaltetem Radio und nur leise rauschender Klimaanlage glitt Shane über die schwach beleuchtete mehrspurige Straße, immer geradeaus.

Irgendwann kam ihm die Ansammlung von Häusern auf der linken Seite bekannt vor, und er begann, nach Costarellis Adresse Ausschau zu halten. Sein Orientierungssinn ließ ihn nicht im Stich. Wenige Minuten später hielt er vor dessen Haus. Aus einem der Fenster drang Licht. Shane stieg aus, ging zum Eingang und klopfte an die Holztür des flachen, schuhkartonförmigen Hauses.

Die Tür gab nach. Irritiert wich Shane zurück. Tony schloss offensichtlich nicht ab. »He, Tony! Ich bin's, Shane!«

Keine Antwort.

Bilder drängten in ihm hoch. Oft genug hatte er Wohnungen betreten, in denen eine unangenehme Überraschung auf ihn gewartet hatte. Ohne solche Bilder im Kopf konnte er eine nicht abgeschlossene, stille Wohnung gar nicht mehr betreten. Er nahm seine Glock aus dem Halfter und entsicherte sie. Dann tastete er über die Stelle an der Wand, wo er den Lichtschalter vermutete. Neonröhren flackerten auf. Sie erhellten einen trostlosen Raum: ein mit fleckigem Teppichboden ausgelegtes Viereck von etwa zwanzig Quadratmetern. In der Mitte standen eine schäbige Couch mit zerknautschten Kissen und einem Gewühl von bunt gemusterten verfilzten Decken und ein einzelner Sessel. Vom niedrigen Tisch mit unzähligen hellen Ringen, dort wo Gläser gestanden hatten, löste sich das Furnier ab, zwei leere Flaschen standen noch auf der Platte. An der Wand gegenüber stand auf einem niedrigen Sideboard, das vom Flohmarkt stammen konnte, ein alter, klobiger Fernseher. Daneben stapelten sich unordentlich Videokassetten.

»Tony?« Er lauschte. Keine Antwort.

Auf der anderen Seite des Raums befand sich eine Küchenzeile. Tassen und Kaffeekanne häuften sich im Spülbecken, ein paar leere Bierflaschen und ein voller Aschenbecher standen auf der Ablage, Kronkorken lagen daneben und eine zusammengeknüllte Chipstüte. Es roch nach ungewaschener Wäsche und Zigarettenqualm. Neben der Küche war eine Tür angelehnt, die wahrscheinlich zum Schlafzimmer führte. Shane hielt die Waffe im Anschlag und ging auf die Tür zu. Durch den Spalt konnte er das Bett sehen. Er stieß die Tür auf und schaltete das Licht an. Eine Schirmlampe auf dem Nachttisch ging an und tauchte den Raum in ein schummriges rötliches Licht. Laken und Kissen waren zerwühlt. Auf dem Boden lagen Kleidungsstücke verstreut herum. So lebst du also, Tony, dachte er und sah den stets sportlich gekleideten, frisch geduscht wirkenden Kollegen vor sich.

Er steckte die Waffe ein und setzte sich aufs Bett. Warum verließ ein Polizist seine Wohnung und schloss nicht ab? Wo parkte Tony sein Auto? Vor dem Haus hatte Shane es nicht bemerkt. Sein Blick wanderte über die gelblichen, früher wohl weiß getünchten Wände. Gegenüber vom Bett stand ein weiterer Fernseher, auf dem Boden lag ein Haufen DVDs und Videokassetten. Über dem Bett hing ein großformatiges, in Rottönen gehaltenes Bild in Airbrush-Technik, das eine sich räkelnde Frau zeigte, nackt – bis auf die roten Highheels. Mann, Tony, dachte er. Auf dem Nachttisch stapelten sich polizeiliche Fachzeitschriften, zwei Kugelschreiber lagen oben drauf, ein altmodischer Radiowecker zeigte in roten Leuchtziffern 22:56 an. Er ging hinaus und schaltete das Licht aus.

Als er die Haustür hinter sich zuziehen wollte, sah er ein blinkendes Auto vors Haus rollen. Die Kegel der Scheinwerfer blendeten ihn. Er hörte, wie sich die Autotür öffnete.

»He, Shane, was machst du denn hier?« Die Stimme von Costarelli.

Shane hielt schützend seinen Arm vors Gesicht, gegen das Licht konnte er Costarelli nicht sehen. »Mach mal die Empfangsbeleuchtung aus!«

Das Licht ging aus, und Shane nahm den Arm vom Gesicht. »Warum schließt du nicht ab, Tony?«

»Das Schloss ist kaputt. Warst du drin?«

»Es war Licht an …«

Tony warf die Autotür zu. »Willst du noch ein Bier?«

»Genau deshalb bin ich gekommen.«

Ein müdes Grinsen huschte über Costarellis Gesicht. »Dann geh schon mal rein. Im Kühlschrank sind ein paar Biere. Ich muss erst mal unter die Dusche.«

Shane ging voraus, während Costarelli das Auto abschloss. Er nahm zwei Bier aus dem Kühlschrank, setzte sich auf die alte Couch und hörte, wie im Bad das Wasser zu laufen begann. Einen Moment lang schloss er die Augen, und das Rauschen des Wassers ging über in die sanfte Stimme der CD aus dem Esoterik-Laden. Hörte der Mörder auch diese CD, oder benutzte er die Powerplatte nur zur Markierung seiner Opferstätten?

»Schläfst du schon?« Costarellis raue Stimme holte ihn aus seinen Gedanken.

»Ich hab gerade wieder an diese Powerplatte gedacht. Dabei fällt mir immer dieser Dave Cameron ein.«

Costarelli ließ sich in den alten Sessel fallen und strich sein feuchtes Haar nach hinten. Ein frischer Duft nach Seife ging von ihm aus, und Shane fragte sich, ob er vielleicht gerade von einer Frau gekommen war. Hatte Alex Winger nicht behauptet, er ginge öfter zu Prostituierten?

»Warum der?« Costarelli griff an die Brusttasche seines frischen Poloshirts, fand darin jedoch keine Zigarettenpackung.

Er stand auf, verschwand noch einmal im Badezimmer und kam mit einer brennenden Zigarette zurück.

»Er hat irgendwie Sinn für solche Dinge.« Shane dachte an Camerons sanfte Stimme, seinen Sinn für Ruhe und die Schönheit der Natur. »Fassen wir doch mal zusammen ...« Shane stellte die Bierflasche ab. »Dave Cameron war zur Tatzeit in Darwin. Brit Johannson, die ihm ein Alibi geben könnte, ist noch nicht gefunden.

Dave Cameron hat medizinische Kenntnisse, hat Valerie Tate schon mal ein blaues Auge verpasst, er war eifersüchtig auf ihren Geliebten ... Er ist an Dingen wie Höhlenmalerei und mystischen Sternenkarten interessiert, und er hat Kontakte zu Aborigines.« Er musste zugeben, das Dave Cameron in mancher Hinsicht als Täter infrage kam.

Costarelli schloss die Augen, nahm einen Lungenzug und ließ die Luft langsam aus den Nasenlöchern quellen, bis er zu husten begann. Es war ein lauter, trockener Husten. Costarelli krümmte sich zusammen.

»Sag mal, meinst du, das Rauchen tut dir gut?«, fragte Shane.

»Nein«, war die knappe Antwort. Costarelli nahm einen weiteren Zug, dann lehnte er sich wieder zurück und streckte die Beine aus. »Dave Cameron, also ...« Er runzelte die Stirn.

»Er wirkt irgendwie verschlossen, aber ich weiß nicht, ob es wegen eines Geheimnisses ist oder wegen eines Unglücks.«

»Tja, manche machen auch aus einem Unglück ein Geheimnis«, sagte Costarelli und sah gedankenverloren den Rauchringen nach.

Shane fragte nicht nach. Er würde sowieso keine richtige Antwort bekommen. Also fuhr er fort: »Dann hätten wir Matthew Griffith. Könnte er seine Geliebte getötet haben, weil sie ihn – sagen wir mal – erpresst hat? Er hängt am Geld. Und so wie ich Paul van Oosterzee einschätze …« Shane erinnerte sich an das Bild in Griffith' Büro, auf dem van Oosterzee nicht gerade nachsichtig, gütig oder großzügig wirkte. »… so wie ich den Alten einschätze, legt er größten Wert auf Loyalität, und er hat ganz bestimmt kein Erbarmen mit Männern, die seine Tochter – und damit auch ihn – betrügen.«

Costarelli nickte, sagte aber nichts.

»Und Brian Mason hat offensichtlich die Gunst der Stunde genutzt, um sich mit diesem Drohbrief an Alex Winger für seine Zeit im Gefängnis zu rächen. Den Auftrag, Amber Goodwill einzuschüchtern, hat er einfach so übernommen. Ich frage mich, wenn er ein Serienkiller ist, würde er dann so einen Auftrag übernehmen, wie Amber Goodwill einzuschüchtern?«

Costarelli betrachtete schweigend das glühende Ende seiner Zigarette. Draußen fuhr ein Truck vorbei und ließ die Fensterscheiben leise vibrieren.

Warum ist es nur so schwer, in diesem Fall voranzukommen?, dachte Shane. Seit Tagen stochern wir mal hier, mal dort herum, und nichts kommt dabei raus.

»Soll ich dir mal was vorlesen? Von meinem Roman?«, sagte Costarelli auf einmal.

»Du schreibst einen Roman?«

»He, hab ich dir das nicht gesagt?«

»Nein.«

Costarelli holte zwei Flaschen Bier aus dem Kühlschrank, machte die Kronkorken runter und warf sie nachlässig ins Spülbecken. »Es geht um einen Cop.«

»Tatsächlich?« Shane klang belustigt.

Costarelli schien es nicht zu hören. »Man soll über das schreiben, was man versteht, heißt es.«

»Ja, dann …«

Costarelli verschwand im Schlafzimmer, Shane hörte ihn eine Schublade aufziehen, wahrscheinlich die des Nachttischs. Kurz darauf kam Costarelli mit ein paar Bogen Papier zurück und ließ sich wieder in den Sessel fallen. »Willst du's wirklich hören?« Er fischte eine Zigarette aus der Schachtel und ließ das Feuerzeug aufschnappen.

»Aber klar.«

Costarelli nahm einen tiefen Zug und musterte Shane mit zusammengekniffenen Augen. »Jim Banks heißt der Cop.«

Shane nickte.

Costarelli räusperte sich und begann zu lesen: »*Hier ist es immer schwül. Die Klamotten kleben dir auf der Haut. Deine Füße kochen im eigenen Saft. Du kannst in der Hitze nicht denken. Du willst ein Bier und im Schatten sitzen. Du willst aufs Meer sehen und hin und wieder ficken. Mehr nicht. Einfach sein. Jim Banks aber weiß, dass das nicht funktioniert. Das Verbrechen macht auch kein Nickerchen.*« Er sah auf. »Wie findest du das?«

Shane suchte nach einer diplomatischen Antwort. »Hm. Es ist noch ein bisschen wenig …«

»Nur Geduld. Es geht ja noch weiter.« Costarelli räusperte sich wieder und nahm das Blatt wieder hoch. »*Jim Banks steckt seine Glock in den Gürtel. Heute ist ein neuer Scheiß-Tag, denkt er. Und morgen wieder. Und trotzdem will ich lieber solche Scheiß-Tage haben als gar keine mehr, wie mein Bruder.*« Costarelli sah auf. »Sein Bruder wurde nämlich in Amerika zum Tode verurteilt.«

»Aha.« Shane fühlte sich unbehaglich.

»Und?«

»Hm. Ich weiß nicht. Ich verstehe nicht viel von Literatur.« Das war nicht gelogen, und er hoffte, Costarelli würde sich damit zufrieden geben – und aufhören zu lesen.

»Kurze Sätze, nichts Überflüssiges! Hemingway hat dafür den Nobelpreis gekriegt.«

Shane war sicher, Hemingway hatte ihn für etwas anderes als solche Sätze gekriegt …

Costarelli stellte die Bierflasche auf den fleckigen Tisch. »Komm schon. Sag's!«

»Du willst sie ehrlich hören, meine Meinung?«

»Aber ja. Ich kann Kritik vertragen. Komm schon!«

»Ehrlich, Tony, ich finde es Scheiße.«

»Scheiße? He, ich hab drei Tage dafür gebraucht, und du sagst einfach: Scheiße?«

»Tut mir leid, Tony. Such dir einen anderen Kritiker.«

Costarelli schüttelte den Kopf und sah wieder auf seinen Text. »Mann, Shane, du hast recht, du hast wirklich keine Ahnung.«

»Was hältst du davon, einen Kurs bei Bert Horkay zu machen?«

»Was?«

»Creative Writing bei Bert Horkay. Valerie Tate wollte so einen Kurs machen.«

Noch immer machte Costarelli nicht den Eindruck, als nähme er Shanes Einwand ernst. »Bert Horkay?« Er kratzte sich am Kopf.

»Ist wohl ein bekannter Autor und Reisejournalist«, sagte Shane.

»Und was wollte Valerie Tate von ihm?«

Shane zuckte mit den Schultern. »Schreiben lernen.«

»Valerie Tate? Aber warum?«

»Tony? Das fragst *du?* Warum willst *du* denn schreiben?«

Costarelli sah ihn an, als hätte er etwas Unerhörtes gesagt. Costarelli war in einer merkwürdigen Stimmung. Es ist besser, wenn ich jetzt gehe, dachte Shane und stand auf. »Ich muss ins Bett.« Er legte Costarelli kurz die Hand auf die Schulter und ging zur Tür. Dort drehte er sich noch einmal um, doch Costarelli starrte nur müde auf den fleckigen Teppich.

27

Samstag, 16. Juni

Der junge Mann rührte sich nicht. Er stand da, den Kopf gesenkt, das gelockte schwarze Haar wirr, die Arme schlaff. Das Porträt des siegesgewiss lächelnden Rennfahrers Michael Schumacher auf dem schwarzen T-Shirt, das er über der schwarzen Sport-Bermudas trug, ließ ihn nur noch schwächer erscheinen. Die Frau hingegen stand unverrückbar neben ihm, bereit, ihren Neffen gegen alles und jeden zu verteidigen. Ihren mächtigen Körper umhüllte ein ärmelloses dunkelblaues Kleid, dessen blütenweiße Knopfleiste in der Sonne leuchtete. Das graue Haar war dicht und leicht gewellt und endete knapp über den Schultern. Sie mochte Mitte vierzig sein, vielleicht auch fünfzig. Die beiden verharrten regungslos. Nichts von der Nervosität, mit der die Polizisten gestikulierten und sich bewegten, hatte sich auf sie übertragen. Sie würden warten – egal, wie lange. Das ging Shane durch den Kopf, als er sich ihnen näherte – und auch noch, als er schließlich vor ihnen stand und kurz nickte. Die Frau sah ihn an, ohne die Geste zu erwidern. Der junge Mann hob leicht den Kopf, blickte ihm aber nicht in die Augen. Er hatte fischen gehen wollen. Da hatte er die Leiche entdeckt: einen aufgeschlitzten Frauenkörper, berichtete die Frau in knappen Worten.

Die Luft um acht Uhr morgens war klar und frisch. Wenn der Anlass ein anderer gewesen wäre, hätte Shane die großartige Aussicht von der Klippe über das türkisblaue Meer genießen können. Unter ihm rollten die Wellen heran, liefen langsam und leise über dem Geröll aus. An stürmischen Tagen würden die Wellen herandonnern, die Gischt würde schäumen und spritzen und tote Fische und ausgerissene Algen auf die Steine schleudern.

Ein paar hundert Meter weiter östlich ging das Geröll in feinen Sand über. Dort, von hier nicht zu sehen, auf einer grünen Wiese, auf der Zelte für das Festival aufgebaut waren, erhob sich das moderne flache Gebäude des Darwin Museums, in dem, so hatte man ihm gesagt, die Geschichte des Ortes ausgestellt wurde.

»Sie sind Larakija People, nicht wahr?«, fragte Shane.

Die Frau nickte.

Er versuchte irgendwie zu ihr vorzudringen, zu erkennen, was in ihr vorging, doch da war diese unüberwindbare Mauer, die sie aufgerichtet hatte.

»Ist das hier ein besonderer Platz für Sie?«

Diesmal nickte die Frau nicht, sondern sagte mit einer tiefen, klaren Stimme: »Ja.«

»Ein heiliger Platz?«

»Ein wichtiger Platz, kein heiliger Platz.«

»Verstehe«, sagte er. Aber was verstand er schon von heiligen Plätzen, was wusste er von ihrer Geschichte – und ihrer Leidensgeschichte? Sicher, er hatte gelesen, dass die hier ansässigen Aborigines bis in die dreißiger Jahre des letzten Jahrhunderts in Lager zusammengetrieben wurden und billige oder gar kostenlose Arbeitskräfte für die Weißen waren. Er wusste auch, dass man einen ihrer wichtigen, wenn nicht sogar heiligen Plätze unten beim Hafen zum militärischen Sperrgebiet erklärt hatte. Somit war er für sie nicht mehr zugänglich. Wie würde er sich fühlen, wenn er einer von ihnen wäre? Würde er sich nicht auch vor den weißen Machthabern verschließen?

»Sie arbeiten hier im Museum, nicht wahr?«

»Ja.«

»Was könnte es für eine Bedeutung haben, hier eine Leiche abzulegen?«

Jetzt bewegte sich die Frau, sie drehte ihren Kopf zum Meer. Als sie sich Shane wieder zuwandte und ihm für einen Moment in die Augen sah, sagte sie: »Sie müssen darüber nachdenken.«

»Das tue ich ja, aber können Sie mir nicht helfen?«

Ihr Blick wanderte über ihn hinweg zum Meer und kehrte schließlich zu ihm zurück. »In den Zehn Geboten heißt es, du darfst nicht töten.«

»Ja.« Es überraschte ihn, dass sie die Bibel erwähnte. Womöglich war sie in einer konfessionellen Schule erzogen worden. Sie sprach ein einwandfreies Englisch.

»Jesus ist für uns am Kreuz gestorben«, fuhr sie fort.

»Ja, ich weiß, aber … was hat das mit dem Ort hier zu tun? Er hat keine besondere Bedeutung für Christen, soweit ich weiß.«

Er wartete auf eine weitere Erklärung, doch sie sagte nur leise etwas in ihrer Sprache zu dem jungen Mann, der kaum hörbar und ohne den Kopf zu heben etwas erwiderte.

»Shane!« Das war Costarelli. »Sag ihnen sie können gehen. Wir werden uns wegen weiterer Fragen an sie wenden.«

Shane wandte sich der Frau zu, die nickte nur und entfernte sich. Ohne Shane noch einmal anzusehen, folgte ihr der junge Mann und trottete mit gesenktem Kopf an ihm vorbei. Auf einmal blieb die Frau stehen, drehte sich zu Shane um, streckte ihren langen dunklen Arm aus, deutete zu einer Stelle am Strand weiter östlich und sagte: »Dariba Nunggalinya, Old Man Rock.«

Er erkannte einen in Strandnähe aus dem Wasser aufragenden Felsen.

»Was ist damit?«

Die Frau sah ihn mit ihren durchdringenden dunklen Augen an. »Du siehst ihn von hier.« Mit diesen Worten ging sie davon, und Shane blickte ihr und dem jungen Mann nach, wie sie barfuß quer über den Hügel marschierten und hinter den Büschen auf der Anhöhe verschwanden. Dem breiten, asphaltierten und bequemen Weg dort hinauf hatten sie keinerlei Beachtung geschenkt, als existiere er gar nicht.

Shane sah wieder zu dem etwa zwei Meter aus dem Wasser herausragenden Felsen, an dem sich die Wellen brachen. Sollte der Mörder wirklich den Ort ausgewählt haben, um bei der Tat den Felsen zu sehen? Er erinnerte sich an die beiden auffälligen Felsen, bei denen Patty Benson ermordet worden war. Und am Fundort von Valerie Tates Leiche hatte es eine Steinplatte gegeben. Die Hinweise schienen immer eindeutiger auf einen Mörder hinzudeuten, der sich Aborigines verbunden fühlte, mit ihrem Leben und ihrer Weltsicht vertraut war, einer, der von ihren Plätzen und deren Bedeutung wusste …

Shane ging zum Tatort hinüber, wo die weiß gekleideten Männer von der Gerichtsmedizin die Leiche gerade in einen schwarzen Leichensack legten. Die Frau hatte schulterlanges blondes, offensichtlich mit Strähnchen durchzogenes Haar. Valerie Tate war dunkelhaarig gewesen und sicher ein paar Jahre jünger. Und Patty Benson war zierlich und dunkelblond gewesen. Der Mörder schien keinen besonderen Typ zu bevorzugen.

»Hier!« Costarellis raue Stimme riss ihn aus seinen Betrachtungen. Shane sah, dass dessen Zeigefinger auf das bekannte Zeichen wies, das neben der Leiche auf einen großen, eckigen Stein gesprüht worden war.

»Sind Sie fertig?«, fragte Costarelli den Fotografen, einen kleinen, gedrungenen, südländisch aussehenden Mann.

»Alles fertig«, antwortete dieser, während er auf dem Display die Fotos überprüfte.

Costarelli holte tief Luft und trat an den Rand der Klippe. Shane beobachtete, wie er hinaus aufs Meer sah, wo sich in der Ferne schemenhaft ein dunkler Schatten erhob. Es mussten die Tiwi Islands sein. Und ihm fiel ein, dass McNulty dort geboren war.

Costarelli drehte sich um, wischte sich mit dem Unterarm den Schweiß von der Stirn.

Shane sah, dass seine Unterlippe zitterte. »Ist dir nicht gut, Tony?«

»Jeannie Reid. Letzten Monat dreißig geworden.«

»Du kanntest sie?«, fragte Shane.

Costarelli seufzte. »Fahren wir ins Büro.«

Steve Whitlam hatte das Café als Treffpunkt vorgeschlagen. Obwohl er Tamara nicht kannte, würde er sie sicher sofort erkennen. Sie war der einzige Gast, der allein an einem Tisch saß, alle anderen waren von Familien mit Kindern oder Paaren besetzt. Sie war zehn Minuten früher gekommen, weil sie schneller als erwartet einen Parkplatz gefunden hatte. Sie sah durch die große Scheibe nach draußen.

Der Riverside Quai in Brisbane war voller Menschen. Die Stände des Flohmarkts waren oberhalb und unterhalb der breiten Treppe aufgebaut, die von der Straße hinunter zum Fluss führte, auf dem gerade die blaue *Citycat,* das Wassertaxi, heranglitt. Auch entlang der Uferpromenade, die sich am Fuß der modernen Apartmenthäuser erstreckte, wurden bunte Tücher, Holzmöbel, Aquarelle, Töpferware, Puppen und tausend andere Dinge angeboten. Es war halb elf, und es war nicht zu heiß, denn hin und wieder schob der Wind Wolken vor die Sonne. Außer den zahlreichen Touristen waren auch viele Einwohner der Stadt unter den Besuchern, die sich von Stand zu Stand treiben ließen oder in einem der Cafés die Aussicht auf den Markt und den Fluss genossen.

Der Kellner brachte ihr einen Caffè Latte. Sie fühlte sich schlecht. Seit Tagen recherchierte sie, und was war dabei herausgekommen? Der Täter hatte in Darwin ein weiteres Mal zugeschlagen. Shane hatte sie heute Morgen angerufen. Kaum eine halbe Stunde später brachten sie es in den Nachrichten. Als sie Shane von ihren Ermittlungen berichtete, schwieg er zunächst. Sie wusste, wie schwer es ihm fiel, Gefühle zu zeigen, geschweige denn, über Gefühle zu reden. Sie versprach, ihn auf dem Laufenden zu halten, und verabschiedete sich. Ihre Einladung bei Jeff Ellroy erwähnte sie nicht.

Wieso zog sie Ellroy überhaupt in Erwägung? Warum wollte sie ihn unbedingt als Täter entlarven? Es schmerzte, ehrlich zu sich selbst zu sein: Aber suchte sie nicht bloß einen Grund, ihre Gefühle zu verleugnen? Jeff Ellroy hatte vom ersten Augenblick an etwas in ihr ausgelöst, und das durfte sie sich nicht gestatten. Sie rührte in ihrem Glas, und als sie aufsah, bemerkte sie einen Mann, der sich suchend umblickte.

»Detective Tamara Thompson?« Er streckte die Hand aus.

»Steve Whitlam? Ich danke Ihnen, dass Sie gekommen sind.« Tamara stand auf und schüttelte dem Mann in heller Leinenhose und weitem weißen T-Shirt die Hand. Er war Anfang vierzig, wie Ellroy, doch längst nicht so durchtrainiert. Sein schon graues Haar war dicht und gewellt. Die schlaffen hängenden Wangen und auch der Bauch, über dem sich das weite T-Shirt blähte, ließen auf einen Liebhaber von gutem Essen und Trinken schließen, der sich nur hin und wieder zu einem Strandlauf aufraffte.

»Schon in Ordnung. Ich hatte gehofft, das alles vergessen zu können, aber …« Er schüttelte langsam den Kopf und legte die Stirn in Falten. »… als ich in den Nachrichten gehört habe, dass in Darwin …« Er brach ab, zog den Stuhl zurück und nahm ihr gegenüber Platz.

»Ich verstehe, Mister Whitlam.«

»Meine Kinder lieben den Flohmarkt und meine Frau sowieso.« Jetzt lächelte er.

Tamara fand seine Stimme angenehm, und als sie ihm jetzt gegenübersaß, dachte sie, dass die sympathischen Männer leider meist schon vergeben waren. »Ich war schon lange nicht mehr hier.« Sie blickte hinunter auf die bunte Menge.

»Sie sind wahrscheinlich zu sehr damit beschäftigt, Verbrecher zu jagen.« Er lächelte wieder und steckte sie diesmal damit an.

Der Kellner fragte nach seinem Wunsch, er bestellte eine Cola.

Ich finde in letzter Zeit zu viele Männer nett, sagte sie sich, das ist nicht gut. Sie konzentrierte sich auf die Fragen, die sie Steve Whitlam stellen wollte. Aus zwei Gründen traf sie sich mit ihm: Sie wollte wissen, ob Jeff ihr die Wahrheit gesagt hatte, und sie wollte sich ein genaueres Bild von jener Nacht machen, in der Patty ermordet worden war. »Sie haben damals gesagt«, begann sie, »Patty sei sehr aufgedreht gewesen, als sie zu Ihnen und Ihren Freunden ins Pub kam.«

Er holte Luft, und für einen Moment schloss er die Augen. Als er sie wieder öffnete, sagte er: »Wissen Sie, das alles kommt mir vor, als wäre es in einem anderen Leben passiert. Aber ja, sie war ziemlich … wie soll ich sagen … quirlig. Sie sprach zu laut, sie lachte zu laut … sie …« Er ließ die Hände auf den Tisch fallen. »Ich weiß, dass ich in diesem Moment froh war, sie los zu sein. Ich kam mit ihrer … ihrer Sprunghaftigkeit – andere nennen es Spontaneität – nicht klar.«

»Um nochmals auf diesen Abend zurückzukommen, Steve: Glauben Sie, dass Patty verliebt war?«

»Ja.« Er nickte mehrmals. »So wirkte sie. Und sie sagte ja auch, dass sie eine Flasche Champagner kaufen wollte. Also, das Ganze muss sehr spontan gewesen sein. Also, ich hätte in diesem Pub keinen Champagner gekauft.« Sein Mund verzog sich zu einem schiefen Grinsen.

»Warum nicht?«

»Keine große Auswahl. Nur das Nötigste, drei verschiedene Weißweine, drei Rotweine, drei Biersorten und vielleicht einen Champagner.«

Der Kellner brachte die Cola.

»Aber Patty hatte Ihnen nichts von einer neuen Liebschaft erzählt?«

»Nein. Wir sind nicht besonders … wie soll ich sagen …« Er kratzte sich am Kopf und strich über sein Haar. »… freundschaftlich auseinandergegangen. Wenn Sie verstehen, was ich meine.«

Sie konnte es sich vorstellen. Er legte beide Hände um das angelaufene Glas.

»Wieso ist Patty dann aber doch auf Sie zugekommen, im Pub?«

»Zu mir ist sie nicht gekommen. Sie hat mich total ignoriert, aber meine drei Kumpels hat sie freundlich begrüßt. Sie kannte sie aus der Zeit mit mir. Wahrscheinlich wollte sie mir noch mal eins auswischen.« Er lächelte gequält. Was wollte er damit erreichen? Mitleid?

»Wie hat sie sich denn Ihrem Freund Jeff Ellroy gegenüber verhalten?«, fragte sie weiter.

»Oh, Jeff! Den mochte sie schon immer. Ich würde es fast als Anmache bezeichnen, was sie da geliefert hat. Aber Jeff ist dann mit ihr raus und hat ihr ein Taxi bestellt.«

So stand es in den Akten. »Wie war Jeff, als er wieder hereinkam?«

Steve lehnte sich zurück und verschränkte die Arme. Er schien nachzudenken. »Was meinen Sie?«

»Na ja, war er aufgewühlt? Verärgert?« Was wollte sie hören?

»Das ist alles schon so lange her.« Er klang bedrückt. Als er einen kleinen Schluck von der Cola nahm, verzog er das Gesicht. »Die machen immer zu viele Eiswürfel rein, finden Sie nicht?«

Wollte er Zeit gewinnen? Tamara sah ihn unverwandt an.

»Nun, er war den ganzen Nachmittag und Abend ... ja ... ein bisschen zurückhaltend, würde ich mal sagen. Gedämpft. Aber er hat gesagt, er hätte eine anstrengende Woche hinter sich.«

»Also er war nicht anders, als er von draußen hereinkam?« Dachte sie, Ellroy hätte sie da schon ermordet und in sein Auto gelegt?

»Nein, kann ich nicht behaupten. Aber wie gesagt, das ist alles schon so lange her, und wir waren angetrunken, wer achtet da noch drauf, ob sich der andere irgendwie verändert …«

Er hatte recht. Vielleicht waren ihre ganzen Bemühungen unsinnig. In der Erinnerung veränderten sich die Fakten. Wer konnte noch sagen, wie es wirklich gewesen war? Bring die Sache hier zu Ende, sagte sie sich. »Und um halb zwölf sind alle nach Hause gefahren?«

»Ja. Wir haben Taxen genommen. Bis auf Jeff.«

»Und wo stand Jeffs Auto?«

»Auf einem Parkplatz in der Nähe.«

»Und als Sie Ihr Auto am nächsten Tag abgeholt haben, da war Jeffs nicht mehr da?«

»Nein. Er sagte, er wollte ein paar Stunden im Auto schlafen und dann zu seinem Vater nach Warwick fahren.«

»Machte er so was öfter? Das ist doch eher ungewöhnlich. Nachts im Auto schlafen, wenn man eine Wohnung hat.«

»Manchmal hat er das gemacht. Er hat es immer gehasst, ein Taxi zu bestellen und am nächsten Tag das Auto irgendwo abzuholen. Er hatte einen großen Kombi.« Er sah sie einige Augenblicke lang an. »Sagen Sie, warum stellen Sie mir all diese Fragen über Jeff?«

Bingo!, dachte sie. »Ich versuche mir ein Bild von diesem Abend zu machen, Steve.«

Obwohl er langsam nickte, war er nicht ganz überzeugt, das las sie aus seinem Gesicht ab. »Jeff war immer okay. Auch Frauen gegenüber. Er war nie ausfallend oder hat sich schäbig benommen. Er war immer anständig, hat auch nie blöde Witze über Frauen gemacht. Ich gönn ihm eine wirklich nette Frau. Schade, dass er noch nicht die Richtige gefunden hat.«

Sie merkte, wie Hitze in ihr hochschoss.

»Ich glaube, er hat Angst. Angst vor Nähe«, fuhr er nachdenklich fort. »Er hat seine Mutter früh verloren, da war er acht oder zehn, und zu seinem Vater hatte er ein distanziertes Verhältnis.«

Ein Hinweis? Machte ihn das nicht noch verdächtiger? »Und Sie, haben Sie keine Angst vor Nähe?«, fragte sie, obwohl sie wusste, dass es eine zu private Frage war.

Er lächelte und sah hinunter auf die Promenade. »Da unten, sehen Sie diesen blau-weißen Schirm? Für sie hab ich den Sprung gewagt – und ich habe es nie bereut.«

Tamara sah hinunter. Eine Frau mit hochgestecktem roten Haar drapierte zwei Batiktücher über einen Ständer. Zwei kleine Kinder, ein Junge und ein Mädchen, vielleicht drei und vier Jahre alt, packten Kartons aus. So sieht das Glück aus, dachte sie, und einen Augenblick lang sehnte sich sich genau danach. Doch dann dachte sie, dass sie keine Lust hätte, Tücher zu bemalen … »Sagen Sie, Steve, haben Sie damals – und sei es auch nur kurz – in Erwägung gezogen, dass Jeff es getan haben könnte?«

Sein Blick war plötzlich voller Abwehr. »Nie«, sagte er mit fester Stimme. »Wir kannten uns seit zehn Jahren. Nein. Ich habe keine Sekunde lang geglaubt, er könnte es gewesen sein. Er war immer fair, immer … korrekt und anständig.«

»Haben Sie noch Kontakt zu ihm?«

»Leider kaum noch. Die Arbeit – und dann die Familie …« Sein Bedauern klang nicht wirklich aufrichtig. Er führte längst ein anderes, ein glückliches Leben und sehnte sich nicht zurück.

»Ach … Warum ist Jeff zu seinem Vater gefahren, wenn er doch ein distanziertes Verhältnis zu ihm hatte?«

Steve lächelte sanft. »Es war doch Weihnachten. Und sein Vater hatte nur noch ihn.«

Ja, das klang plausibel.

»Danke, Mister Whitlam, dass Sie sich die Zeit genommen haben.«

Er atmete erleichtert auf. »Ich hoffe, ich konnte Ihnen helfen.«

Er legte Geld für seine Cola auf den Tisch und hielt dann inne. »Haben Sie Ihren Kaffee schon bezahlt?«

»Ja.«

Er lächelte. »Schade. Ich hätte Sie gern eingeladen.«

Sie sah ihm nach, wie er mit großen Schritten zum Ausgang ging und die Stufen hinunter zum Quai nahm. Nachdenklich stand sie auf und drängte sich zwischen den Ständen hindurch zur Tiefgarage. Eine Frau, beladen mit schweren Plastiktüten, eilte schwer atmend an ihr vorbei und erinnerte sie an die Einkaufsliste, die ihr ihre Mutter heute früh telefonisch durchgegeben hatte. Wieder hatte sie nicht Nein sagen können. Jeff Ellroy hatte also Angst vor Nähe … Aber hatte sie die nicht auch?

28

Der nicht frankierte Brief war in der Post gewesen, jemand hatte ihn durch den Schlitz des Briefkastens vom Art Center geworfen, heute Morgen, am Samstag. Alison versuchte, sich Meg gegenüber nichts anmerken zu lassen. Beide waren seit halb sieben im Büro, um die E-Mails durchzusehen, Ticketbestellungen zu ordnen und tausend andere Kleinigkeiten zu erledigen, die vor einem Festival anfielen.

»Was ist, Alison?« Meg hielt die Kaffeekanne in der Hand und sah ihr über die Schulter.

»Ach, nichts.« Alison faltete das Blatt rasch zusammen, steckte es in den Umschlag zurück und verstaute ihn in ihrer Handtasche.

Meg musterte sie. »Alison, wenn irgendetwas ist, dann sag es mir. Ich kann dir vielleicht helfen.«

»Danke, Meg.« Sie lächelte. »Aber es ist alles in Ordnung. Mir ist nur gerade etwas eingefallen, ich muss noch mal weg.« Sie stand auf, nahm ihre Handtasche und hängte sie sich über die Schulter. »Bin in einer halben Stunde wieder da. Soll ich dir ein Sandwich mitbringen?«

Meg schüttelte den Kopf. Ihre Miene hatte sich nicht verändert. Noch immer musterte sie Alison skeptisch. »Weißt du, ich kann verstehen, dass du dich schuldig fühlst, aber glaub mir, niemand ist ein Engel. Ich hätte ihr auch sonst was an den Hals gewünscht.«

Wieder lächelte sie, wieder bedankte sie sich. Oh, wie sie sich dafür hasste. »Bis gleich, Meg.«

Sie hastete über die Straße und über den großen Parkplatz zwischen Woods Street und Cavenagh Street. Die Sonne brannte unbarmherzig. Schon nach wenigen Minuten war sie schweißgebadet. Sie betrat das angenehm kühle Lokal, in dem nur wenige Tische besetzt waren. Zielstrebig steuerte sie auf die Theke zu, über der der Fernseher angebracht war. »Gibt es etwas Neues in den Nachrichten?«, fragte sie die bleiche junge Frau mit dem Ring in der Lippe.

Sie zuckte mit den Schultern. »Keine Ahnung, ich guck nicht hin. Was wollen Sie denn wissen?«

In diesem Moment tauchte das Bild auf, das sie gefürchtet hatte. »Könnten Sie es ein bisschen lauter machen?«

Die junge Frau zuckte wieder mit den Schultern. »Von mir aus. Aber wenn der Chef kommt, muss ich es wieder leiser drehen.«

»Ja, ja. Aber bitte, machen Sie es lauter!« Sie musste sich zurückhalten, um die Frau nicht anzubrüllen, endlich den Ton aufzudrehen.

Die junge Frau streckte sich und drückte auf einen Knopf. Alison bekam gerade noch den Schluss mit.

»... sein Opfer wie vor vier Tagen. Die Polizei bittet um Ihre Hilfe.«

Dann wurde das Foto der Toten eingeblendet. *Jeannie Reid* stand da. Alison hörte nicht mehr zu. *Geh in ein Café, und sieh dir die Nachrichten an, Süße! Das war eine Warnung, Schätzchen, damit du endlich kapierst, dass ich es ernst meine.* Das stand auf diesem Bogen Papier in ihrer Handtasche. Benommen drehte sie sich um und strebte dem Ausgang zu.

Die Hitze nahm ihr den Atem. Sie ließ sich auf einen der freien Stühle unter einem Sonnenschirm sinken. Ihr Herz setzte aus, stolperte, stach, ihr Kopf drohte zu platzen, und vor ihren Augen verschwamm alles. Nur gedämpft nahm sie wahr, wie sich am Nebentisch eine Frau zu ihr umdrehte.

»Ist Ihnen schlecht?«, hörte sie sie fragen.

Dann hielt Alison auf einmal ein Glas Wasser in der Hand.

»Trinken Sie, Sie müssen trinken!«, sagte die Frau, deren Gesicht plötzlich ganz nah war. Vielleicht half ihr die Frau, jedenfalls spürte sie den harten Rand des Glases an ihren Lippen und dann etwas Lauwarmes, das sich in ihren Mund ergoss und ihre Kehle hinunterrann.

»Geht es jetzt besser?«

Alison sah wieder klar und wollte aufstehen.

»Bleiben Sie doch noch ein bisschen sitzen«, sagte die Frau.

Alison schüttelte den Kopf. »Nein, nein, es geht schon wieder. Haben Sie vielen Dank.« Sie nahm alle Kräfte zusammen und hievte sich aus dem Stuhl. Ihre Beine zitterten. Im Schatten unter dem Dach der Post an der Cavenagh Street holte sie ihr Handy heraus und rief Christine an. Viermal vertippte sie sich, bis sich Christine endlich meldete.

»Hast du die Nachrichten gesehen?«, brüllte sie ins Telefon.

»Alison, beruhige dich erst mal. Wenn du so schreist, verstehe ich kein Wort.«

»Christine! Ich bin fix und fertig! Hast du gehört, was er mit den Frauen macht?«

»Ja, ja, ich verstehe dich ja, Alison. Aber wir müssen jetzt einen klaren Kopf behalten.«

Alison atmete mehrmals tief ein und aus. Ja, sie musste einen klaren Kopf behalten. Zwei Aborigines schlurften gemächlich auf dem Bürgersteig an ihr vorbei, ohne von ihr Notiz zu nehmen.

»Alison, du musst mir jetzt vertrauen. Ich bin deine Schwester, auch wenn ich nicht mehr so richtig zur Familie gehöre. Hörst du? Ich bin deine Schwester, und ich werde immer deine Schwester sein.«

»Ja, ich weiß.« Christines Stimme schien sie tatsächlich zu beruhigen.

»Gut. Hör zu: Phil hat mir hoch und heilig geschworen, dass er nichts, absolut nichts mit der Sache zu tun hat. Er ist kein Mörder, verstehst du? Er hat vielleicht ein paar krumme Dinger gedreht, aber er ist kein Mörder. Hast du das verstanden?«

»Ja.«

»Dann sind wir schon ein Stück weiter. Pass auf: Wenn du zur Polizei gehst und ihnen alles erzählst, dann sage ich dir, was passieren wird: Die Bullen werden Phil auseinandernehmen. Dann werden sie mich durchleuchten. Gut, das kann ich ertragen. Aber anschließend werden sie wissen wollen, wofür du das Geld bezahlt hast. Und wieso sollten sie dir glauben, dass es nur tausend Dollar waren, und nicht zehntausend, mit denen man einen Killer beauftragen kann?« Alison hörte Christine kurz Luft holen, vielleicht rauchte sie auch eine Zigarette. »Du kannst nicht beweisen, wie viel Geld du Phil gegeben hast. Denn sie werden ihm nicht glauben, auch wenn er bestätigt, dass es nur tausend und nicht zehntausend waren. Und zuletzt, Alison …«

»Ja?« Welches schlagende Argument hatte ihre Schwester noch auf Lager? Sie war schon jetzt überzeugt, dass es unsinnig wäre, zur Polizei zu gehen.

»Und zuletzt, Alison: Was, glaubst du, kann die Polizei für dich tun? Glaubst du, sie gewährt dir Polizeischutz? Ich höre immer nur, wie wenig Leute sie haben! Nein. Sie werden dein ganzes Leben durchleuchten und auch das von Prudence. Sie haben dich in ihren Klauen, und sie geben dich erst wieder frei, wenn sie einen haben, dem sie alles anhängen können.«

Sie hörte, wie am anderen Ende der Leitung ein Feuerzeug aufschnappte.

»Bleiben wir mal ganz cool«, redete Christine weiter. »Was sind schon zehntausend Dollar für dich?«

»Aber Christine, versteh doch: Ich habe doch gar keine Garantie, dass es bei den zehntausend bleibt. Wer einmal zahlt, zahlt immer.«

»Ja, und du hast schon mal gezahlt.«

Damit hatte alles angefangen … »Christine! Du bist überhaupt keine Hilfe!«

»Alison, bitte beruhige dich. Entschuldige, aber ich glaube

wirklich, dass es das Einfachste ist, wenn du das Geld bezahlst und ihm damit klarmachst, dass es das letzte Mal ist.«

Alison seufzte. »Wie soll ich das jemandem klarmachen, der Frauen aufschlitzt?« Ihre Lage war ausweglos.

Christine stöhnte. »Er wird wissen, dass er nicht zu viel verlangen kann. Er wird den Bogen nicht überspannen, denn er weiß, dass er dann verliert: Dann gehst du nämlich zur Polizei, und er bekommt gar kein Geld mehr.«

Alison versuchte den letzten Rest klaren Verstandes zu sammeln. Hatte ihre Schwester nicht recht? Sollte sie es nicht noch einmal probieren und ein letztes Mal bezahlen?

»Und?«, tönte Christines Stimme aus dem Hörer.

»Was *und*?«

»Hast du dir überlegt, was du tun wirst?«

Alison atmete tief ein und langsam wieder aus. Dann sagte sie: »Ich zahle ein letztes Mal.«

»Alison?«

»Ja?«

»Wenn du willst, kann ich dabei sein und die Stelle beobachten. Vielleicht schnappen wir den Kerl, oder wir können ihn zumindest verfolgen …«

Alison zögerte. »Ich weiß nicht, Christine …«

»Ach, komm schon, es ist ja kein Risiko dabei. Er kennt mich nicht. Du sagst mir, wann und wo er das Geld haben will, und ich könnte mich in der Nähe verstecken und das Geld im Auge behalten.«

Der Plan klang harmlos, aber war er das auch? »Bist du sicher, dass das eine gute Idee ist, Christine?«

Die Antwort kam ohne Zögern: »Ja.«

Zehntausend Dollar, hämmerte es in Alisons Kopf. Sie musste zehntausend Dollar organisieren. Heute, am Samstag …

Tony Costarelli klatschte die Mappe vor sich auf den Tisch und rieb sich mit beiden Händen über das Gesicht, als müsse er endlich aus einem Traum aufwachen. Er nickte Vicky zu, die ihre Notizen aufblätterte und vorlas:

»Am Freitagabend war Jeannie Reid in ihren Wagen gestiegen und nach Hause gefahren. Man fand ihren Wagen auf dem hauseigenen Parkplatz. Der Mörder wartete entweder dort auf sie, oder sie ist noch einmal zu Fuß weggegangen. Sie arbeitete als Verkäuferin bei Theodoruou, im Showroom. Jeannie Reid lebte allein. Niemand hat sie vermisst – bis sie heute Morgen nicht zum Joggen bei ihrer Freundin und Arbeitskollegin Wanda erschien. Wanda erzählte uns, dass Jeannie am Freitag von einem attraktiven Kunden zum Essen eingeladen worden wäre.« Vicky sah auf. »Wir haben uns das Überwachungsvideo des Verkaufsraums angesehen. Leider ist es von sehr schlechter Qualität. Die benutzen die alten Kassetten immer wieder.«

Auf ihr Zeichen schaltete Nat den Monitor auf dem Tisch an der Wand an. Die Kamera war relativ weit oben über der Kasse angebracht und nahm extrem weitwinklig auf. Die Bildqualität ließ sehr zu wünschen übrig, außerdem machte die Kamera nur alle fünf Sekunden ein Bild, sodass der Film wie zerhackt wirkte. Die Glastür ging auf. Ein Mann in Shorts und Poloshirt kam herein, bewegte sich zu den Auslagen, stand mit dem Rücken zur Kamera. Dann trat Jeannie Reid auf ihn zu, er drehte sich um, doch schon war sein Gesicht wieder zur Seite gewandt. Nat hielt das Band an, ließ es zurücklaufen, stoppte wieder, und dann, für einen kurzen Moment, erfasste die Kamera das Gesicht. Doch der Schirm der Baseballmütze tauchte es in grauen Schatten.

Nat ließ seine Fingerknöchel knacken, sonst war es still.

Costarelli schnaufte. »Was haben wir noch?«

Mike, der farblose Officer, räusperte sich. »Wir haben keinen Schuhabdruck finden können. Der Boden ist zu hart.«

»Was ist mit dem Messer?«, fragte Costarelli.

»Es wurde eine ähnliche oder womöglich sogar dieselbe Klinge verwendet, beidseitig geschliffen, etwa zwanzig Zentimeter lang.«

»Noch was?«

»Wir haben diesmal bei den Eingeweiden ein zusammengeknülltes Stück Klebeband gefunden. Außerdem kleben ein paar Fasern dran. Vielleicht von einem Teppich, eventuell von dem in Jeannies Haus, vielleicht aber auch von dem in seinem Auto.«

»Na, immerhin.«

Vicky Chen meldete sich zu Wort. »Die Kollegen von Jeannie haben ausgesagt, dass sie eine Perlenkette trug. Sie gehörte ihr. Sie konnte sie als Angestellte etwas günstiger kaufen. Sie haben gesagt, dass sie sie fast jeden Tag getragen hat, auch an ihrem letzten. Und in ihrer Wohnung haben wir sie nicht gefunden.«

Der Mörder hat diesmal also nicht nur ihre Kleider, sondern auch ihren Schmuck mitgenommen, dachte Shane. Eine Trophäe vielleicht. Vielleicht will er sie aber auch einfach nur verkaufen.

»Vicky, besorg dir eine genaue Beschreibung der Kette. Und auch von ihrer Kleidung«, ordnete Costarelli an. »Dann übernimmst du die Nachbarn, befrag sie noch mal, ob sie jemanden gesehen haben. Und du, Nat, nimmst dir noch jemanden und durchsuchst die Mülltonnen in der Nähe des Hauses und dort, wo die Leiche abgelegt worden ist.«

Nat schnaufte und verschränkte trotzig die Arme über der Brust. Das goldene Kreuz an der schweren Kette blitzte auf.

Wie hält Vicky es nur mit ihm aus?, dachte Shane. Ein gegensätzlicheres Paar hätte man kaum im Ermittlerkreis finden können. Was dachte sich Tony eigentlich dabei, die beiden zusammenzustecken?

»Haltet euch fest!« Das war Mark, der gerade die Tür aufriss. »Dave Cameron hat vorgestern Urlaub genommen und ist weder in seiner Bude noch auf dem Schiff!«

Costarelli warf Shane einen kurzen Blick zu und sagte: »Dass Dave Cameron Urlaub genommen hat, heißt noch gar nichts. Was meinst du, Shane?«

Alle Augen ruhten auf ihm. Was sollte er auf die Frage antworten? Obwohl er selbst noch am gestrigen Abend all die Punkte aufgezählt hatte, die für Dave Cameron als Täter sprachen, konnte er sich nicht vorstellen, dass dieser Dave Cameron ihn all die Jahre an der Nase herumgeführt hatte und ihn jetzt herausforderte. »Bei McNulty haben wir geglaubt, hundertprozentig sicher zu sein, und hatten sogar ein Geständnis, aber es war nichts wert.« Shane sah in die Gesichter der Officer. In einigen glaubte er Verwunderung und Unverständnis zu lesen, in dem von Vicky Neugierde. »Aber ich denke …« Er tauschte einen Blick mit Costarelli, der nach seiner Schachtel Zigaretten in der Brusttasche tastete. »Egal, ob mir der Täter passt oder nicht – wir sollten eine Fahndung rausgeben!«

Costarelli nickte. Shane wartete, bis alle das Zimmer verlassen hatten. »Tony?«

Costarelli, der schon Zigarette und Feuerzeug in der Hand hatte, um unten vor dem Eingang endlich rauchen zu können, blieb stehen und drehte sich um.

»Ja?«

»Woher kanntest du Jeannie Reid?«

Costarelli schnaufte. Auf einmal ließ er die Schultern hängen.

»Mann, Shane, ich lebe hier seit Jahrzehnten ...«

»Tony, mach mir nichts vor!«

»Ich mach dir nichts vor ...«

»Komm schon, Tony!«

Costarelli seufzte. »Ich hatte mal was mit ihr. Letztes Jahr.« Er betrachtete die Zigarette in seiner Hand und schniefte. »Ich komm nachher hoch.«

Shane sah ihm nach, wie er im Flur verschwand. Er dachte an die Geschichte mit der ermordeten Prostituierten und den verschwundenen Akten.

In seinem Büro steckte er ein weiteres Fähnchen auf seine Karte. Er war noch bis morgen Nacht 0.00 Uhr Detective. Ohne den Täter gefasst zu haben, würde er nicht gehen können. Shane ließ sich in seinen Sessel fallen. Dave Cameron – der Mann mit der sanften Stimme. Dave, der Schauspieler? Auf seinem Schreibtisch lagen die Bücher, die er aus Valerie Tates Regal genommen hatte. Bisher war er noch nicht dazu gekommen, hineinzusehen. Er kam wieder nicht dazu, denn Vicky meldete, dass eine Frau aus dem neuseeländischen Auckland angerufen und angegeben habe, sie sei vor vier Jahren einem Mann entkommen, der offenbar dasselbe mit ihr vorgehabt habe, was er mit Valerie Tate, Patty Benson und nun auch Jeannie Reid getan hatte.

29

Auf dem Parkplatz vor dem *Woolworth*-Supermarkt herrschte wie jeden Samstag reger Verkehr. Alle Plätze unter dem Schatten spendenden Wellblechdach waren besetzt, nur in der äußeren, der vom Eingang am weitesten entfernten nicht überdachten Reihe konnte Alison ein paar Lücken entdecken, als sie langsam in ihrem Auto vorbeirollte. Vielleicht saß er schon in einem dieser Wagen und beobachtete sie? Sie hielt in den abgestellten Fahrzeugen nach verdächtigen Insassen Ausschau. Aber wer war schon *verdächtig?*

Der Zeitungsleser da in dem roten Wagen? Oder der Dicke, der ihr den Rücken zugekehrt hatte und unzählige Tüten in den Kofferraum seines Autos lud? Oder der auf der Bank mit dem tief ins Gesicht gezogenen Hut?

Weiter hinten in einer Parklücke entdeckte sie Christines Wagen. Sie selbst musste sich irgendwo anders versteckt halten. Wo, hatte die Schwester ihr nicht verraten. »Damit du nicht so auffällig nach mir Ausschau hältst«, hatte sie am Telefon gesagt. Es war vereinbart, dass ihre Schwester den Mülleimer im Auge behalten und sich das Kennzeichen des Autos merken sollte, mit dem der Erpresser abfahren würde. Falls er zu Fuß fliehen sollte, könnte sie ihm unauffällig folgen.

Alison streckte die Hand nach der Plastiktüte auf dem Beifahrersitz aus. Die Bündel mit Einhundert- und Fünfzig-Dollar-Scheinen lagen darin. Andrew Nollenheim, Anlageberater bei der National Bank, hatte sein Versprechen eingelöst und ihr die fehlenden siebentausend Dollar vorgestreckt, die er am Montag durch den Verkauf eines ihrer Aktienpakete wieder hereinbekäme. Ja, er war sogar erleichtert gewesen, endlich den großen Gefallen zurückzahlen zu können, den sie ihm letztes Jahr erwiesen hatte, indem sie sich seiner verunglückten Mutter angenommen hatte, als er unerreichbar im Kongo gewesen war. Damals hatte sie sie ins Krankenhaus gebracht und die ersten Rechnungen übernommen.

Mit einem Bündel Geld in einer billigen Plastiktüte, das dem Monatslohn eines höheren Managers entsprach, fühlte sie sich wie eine Rebellin. Geld war ihr oft wie eine Last vorgekommen. Geld verlangte verantwortliches Handeln. Und es verlangte Dankbarkeit und Folgsamkeit gegenüber ihrem Vater, so war sie erzogen worden. Doch jetzt würde sie zehntausend Dollar einfach in einen Mülleimer werfen!

Sie merkte, wie sich ihr Mund zu einem kurzen Grinsen verzog. Eine Minute vor drei zeigte ihre Uhr. Trotz eingeschalteter Klimaanlage schwitzte sie. Es war so weit. Sie fuhr los in Richtung Ausfahrt, zählte die Mülleimer, hielt am letzten mit laufendem Motor an, stieg aus, legte die Tüte in die halbmeterhohe Tonne aus Metall, riskierte einen sekundenschnellen Blick nach rechts und links, stieg wieder ein, zog die Tür zu, fuhr zur Ausfahrt vor und bog nach links ab. Erst jetzt wagte sie in den Rückspiegel zu sehen. Doch niemand näherte sich dem Mülleimer. Sie bog gleich noch einmal links ab und parkte am Hintereingang von *Woolworth.* Auf ihrer Uhr rückte der Sekundenzeiger mit unendlicher Langsamkeit vorwärts – und ihr Handy schwieg. Christine würde sich melden, sobald sich etwas am Mülleimer tat. Vier Minuten und zwanzig Sekunden nach drei. Der Schweiß sickerte am Bauch durch ihr Kleid. Ihre Oberschenkel klebten, und ihr Herz hämmerte. Drei junge Männer in Shorts und ausgeleierten T-Shirts, mit vier schweren Woolworth-Plastiktüten beladen, schlurften mit ihren Gummilatschen über den heißen Asphalt. War ihre Plastiktüte darunter? Hinter ihnen kam ein ausgemergelter Mann in einem ölverschmierten ärmellosen Hemd über gelb glänzenden Sportshorts auf dem Bürgersteig vorbei. Auch er trug zwei Woolworth-Tüten.

Als das Handy schrillte und sie danach greifen wollte, entglitt es ihr vor Aufregung. Fluchend bückte sie sich hinunter in den Fußraum, zog es zwischen den Pedalen hervor und drückte endlich auf die Taste. »Ja?«

»Stell dir vor …« Christine war außer Atem »… ein dunkler Van ist vor den Mülleimer gefahren, hat mir die Sicht versperrt, und als er wieder wegfuhr, bin ich ihm hinterher. Dann hielt er vor einer Ampel. Ich bin ausgestiegen – und weißt du, wer drin saß?«

»Nein! Jetzt sag schon!«

»Eine Frau mit einem Kleinkind!«

»Na und, vielleicht hat er ja seine Frau geschickt? Hast du das Nummernschild?«

»Alison …«

Etwas in der Stimme ihrer Schwester machte sie stutzig. »Christine, wir hatten vereinbart, dass du die Nummer …«

»Mein Gott, ja! Aber … du bist ja völlig hysterisch!«

»Ich darf hysterisch sein! Unter diesen Umständen darf ich so hysterisch sein, wie ich will!«

»Hör zu. Die Sache ist die …« Sie zögerte. »Die Tüte ist weg.«

»Christine, du hast mir versprochen …«

»Ich hab dir gar nichts versprochen, ich hab dir nur meine Hilfe angeboten …«

»Schöne Hilfe!«

»Ich konnte doch nicht ahnen, dass …«

»Mensch, Christine, das war alles deine Idee! Ich hätte mich auf diese Sache überhaupt nicht einlassen sollen!«

»Es tut mir leid, Alison.« Christine klang ungewohnt kleinlaut.

»Was hast du eben gesagt?«

Sie hörte, wie Christine Atem holte. »Dass es mir leidtut.«

Nein, das hatte sie noch nie von ihrer Schwester gehört, und irgendwie war sie gerührt.

»Alison? Ich war zu aufgeregt, um … es tut mir leid … wirklich …« Christine verstummte. »Alison, bist du noch dran?«

Die Stimme ihrer Schwester hallte in ihren Ohren. »Schon gut, Christine.« Sie drückte auf die Beenden-Taste, lehnte sich zurück und starrte nach vorn durch die staubige Scheibe. Sie hatte sich freigekauft – oder nicht?

Shane hatte es vor ihr gewusst – und ihr nicht Bescheid gegeben!

Gekränkt stieß Tamara den Einkaufswagen vor sich her. Sie hatte ihn mit Lebensmitteln und Toilettenartikeln vollgeladen, die ihre Mutter in krakeliger Handschrift auf einem kleinen karierten Zettel notiert hatte.

»Er nimmt meine Recherchen nicht ernst«, murmelte sie. Wie sonst ließ es sich erklären, dass er ihr erst etwas von der Entdeckung der Powerplatte gesagt hatte, nachdem sie ihm von Steve Whitlams Bemerkung über Patty Bensons Besuch beim Esoterik-Kurs berichtet hatte? *Arbeiten wir zusammen oder nicht?,* hatte sie ihn wütend angefahren. Schließlich hatte er sich entschuldigt, die Sache mit Costarelli habe ihn durcheinandergebracht. Trotzdem, immerhin sind wir noch bis Sonntagnacht Partner!, dachte sie.

An den Kassen stauten sich lange Schlangen, wie immer am

Samstag, und bevor sie sich für eine Reihe entschied, kontrollierte sie zum dritten Mal die Liste, um sicherzugehen, dass sie nicht etwas übersehen hatte. Dann, das wusste sie, wäre ihre Mutter tödlich beleidigt und würde ihr vorwerfen, sie und ihren Vater nicht ernst zu nehmen, sondern lieblos und undankbar – und egoistisch zu sein. Diesen Auftritt wollte sie allen – und vor allem sich selbst, da war sie wirklich egoistisch – ersparen. Toilettenpapier, Zahnpasta, Watte, Barbecue-Chips, Käse-Chips, Sauerrahm-Chips, Cheddar-Käse, Zwiebel-Dipp, Brot, Aspirin … Sie hatte alles – bis auf den Alkohol, den sollten sie sich selbst kaufen.

Für sich hatte sie nur das Nötigste in den Wagen geladen. Sie wusste einfach nicht, was sie für sich kaufen sollte. Sie reihte sich in die kürzeste Schlange ein und hoffte, dass es hier tatsächlich am schnellsten ging. Während sie wartend dastand, fiel ihr Blick auf die Schlagzeile einer der Zeitungen im Regal vor der Kasse.

»Entschuldigen Sie, ich möchte nur die Zeitung«, murmelte sie und drängte sich an der Frau vor ihr vorbei zum Zeitungsstand.

Erneut Erdbeben in Darwin stand auf der ersten Seite der *Northern Territory News.*

Das Erdbeben … damals … die Hochzeit ihrer Schwester. Wie oft war das alles schon in ihrem Kopf abgelaufen? Es war noch früh am Morgen gewesen, als sie ihrer Schwester die Haare föhnte. Beth, Sallys beste Freundin, war gerade eingetroffen, um die Braut zu schminken. Tamara erinnerte sich, dass sie zuerst das Klappern der Nagellack- und Parfümfläschchen auf dem Glastisch bemerkte. Dann hörte sie das leise Klirren der Scheiben und spürte den Boden unter sich zittern. »Ein Erdbeben! Raus, kommt raus hier!« Beth stürzte aus dem Haus auf die Straße. Ihre Schwester schoss vom Stuhl hoch, kreidebleich im Gesicht, und murmelte: »Warum heute?« Dann packte Tamara sie am Handgelenk und zog sie mit nach draußen. Tamara erinnerte sich, dass sie selbst keine Angst hatte. Nicht zum ersten Mal erlebte sie ein Erdbeben, und keins war besonders heftig gewesen. In den Wänden hatten sich Risse gebildet, oder hin und wieder waren Scheiben geplatzt oder Bücher aus den Regalen gefallen. Aber das war schon alles gewesen. Auch diesmal blieb sie ruhig, und selbst als das Zittern der Erde zu einem Rucken und Stoßen wurde, war sie davon überzeugt, dass es gleich vorüber sein musste.

»Miss?« Die junge Frau an der Kasse lächelte sie an.

Jetzt erst bemerkte sie, dass sie zwar die Waren auf das Band gelegt, aber keine Anstalten gemacht hatte, zu zahlen. Rasch zückte sie die Kreditkarte und murmelte eine Entschuldigung.

»Das war ein schlechtes Zeichen!«, hatten später einige Gäste vor der Kirche getuschelt. »Ich würde an so einem Tag nicht heiraten.«

Grübelnd lud sie die Plastiktüten in den Wagen.

30

Evelyn Fitzpatrick saß vor einem schneebedeckten Berggipfel. Hinter ihr erstreckte sich ein weites Tal mit einem dichten grünen Wald. Shane musste zugeben: Die Kollegen in Auckland hatten sich reichlich Mühe gegeben, um für eine schöne Dekoration zu sorgen. »Verstehen Sie mich, Miss Fitzpatrick?«

Sie nickte.

Shane warf einen Blick nach links, wo Vicky und der Techniker am Mischpult saßen. »Gut. Danke, dass Sie sich gemeldet haben.« Shane bemerkte, dass er den Hals angestrengt nach vorn zum Mikrofon reckte. Im fensterlosen Videoraum war die Kamera auf ihn gerichtet und würde der Zeugin in Neuseeland sein Brustbild zeigen. Allerdings konnte er ihr nicht ein solch schönes Hintergrundbild bieten.

Costarelli hatte sich entschuldigt, er habe einen Arzttermin, und hinzugefügt: »Nichts Schlimmes.« Shane hatte darauf verzichtet, nach Details zu fragen. Costarelli würde sowieso nur abwinken. Allerdings konnte er nicht verbergen, dass seine Gesichtsfarbe grauer geworden war. Aus seinen Augen war der Glanz gewichen. Costarelli war krank, das stand fest.

Evelyn Fitzpatrick war einunddreißig und geschieden. Sie arbeitete als Webdesignerin. Sie hatte feine Gesichtszüge, blondes Haar und wache Augen. Insgesamt machte sie einen gefassten, konzentrierten und keineswegs nervösen Eindruck. Nachdem sie sich vorgestellt hatte, ließ Shane sie ihre Geschichte erzählen.

Es war an Weihnachten vor vier Jahren gewesen. Sie hatte mit Freunden in deren Wohnung mitten in der City in Auckland gefeiert. Um halb zwölf war sie weggegangen, weil sie sich nicht gut gefühlt hatte. Seit Tagen war sie schlapp, und sie glaubte, sich eine Erkältung geholt zu haben. Auf dem Weg von der Wohnung der Freundin zu ihrem Wagen sprach ein Mann mit einem Stadtplan in der Hand sie an. Er war weder betrunken noch aggressiv, er behauptete, einen Freund besucht und sich nun auf dem Weg zu seinem Wagen verlaufen zu haben. Sie beugte sich gerade über den Stadtplan, als er sie blitzschnell von hinten packte, ihr ein Tuch mit einem stechenden Geruch auf die Nase drückte – und sie in ein Auto zerrte.

Dann konnte sie sich erst wieder an den Moment erinnern, als sie die Augen aufschlug und in den Sternenhimmel sah. Als sie sich aufrichtete, merkte sie, dass er ihr die Bluse aufgerissen hatte und dass rings um sie herum Bäume standen. Doch von dem Mann war keine Spur mehr zu sehen. Als sie in der Ferne Motorengeräusche hörte, versteckte sie sich, weil sie glaubte, er käme zurück, bis ihr klar wurde, dass die Geräusche von einer Straße kommen mussten. Sie rappelte sich auf und irrte im Dunkeln durch einen Wald. Im Morgengrauen stieß sie endlich auf den Highway, wo ein Lastwagen sie mitnahm und zur nächsten Polizeistation brachte. Dort erstattete sie Anzeige, und man versuchte, ein Phantombild zu erstellen, doch der Mann wurde nie gefunden.

Shane beugte sich zum Mikrofon. »Danke, Miss Fitzpatrick. Können Sie uns sagen, wie Sie darauf kommen, dass der Mann derselbe war wie der, der die Frauen getötet hat?«

Sie räusperte sich, nahm ein Glas Wasser, trank, stellte es wieder ab und sah direkt in die Kamera. »Ich bin noch am selben Tag mit der Polizei zu dem Ort gefahren. Ich habe ihn gleich wiedergefunden. Es war ein besonderer Ort. Ein großer runder Felsbrocken lag dort, und darauf war ein Zeichen gesprüht. Es sah genauso aus wie das, das jetzt in den Nachrichten gezeigt wurde.«

Warum war diese Information bei ihren Recherchen nicht aufzufinden gewesen? Womöglich war sie noch nicht einmal von der Polizei dokumentiert worden, da man gar nicht daran dachte, dass das Zeichen eine Bedeutung haben könnte.

»Würden Sie ihn wiedererkennen, Miss Fitzpatrick, wenn wir Ihnen ein Foto zeigen würden?«, fragte er.

Evelyn Fitzpatrick rührte sich nicht mehr. Sie starrte mit offenem Mund in die Kamera.

Shane drehte sich um. Der Techniker drückte rasch ein paar Knöpfe und rückte seinen Kopfhörer zurecht. »Gleich, Shane, ich hab's gleich. Miss Fitzpatrick, hören Sie mich?«

»Ja, ich höre Sie. Gibt es ein Problem?« Evelyn Fitzpatrick redete, doch auf dem Bildschirm war sie zum unbewegten Foto geworden.

»Wir haben es gleich.« Der Techniker drehte wieder an irgendwelchen Knöpfen. »Miss Fitzpatrick, wir haben gerade ein technisches Problem, entschuldigen Sie.«

»Kein Problem.«

Es hörte sich an, als würde sie lächeln. Der Techniker nickte Shane zu. Im selben Moment bewegte sie sich wieder.

»Können Sie den Mann beschreiben?«, fragte Shane.

»Ja.« Evelyn Fitzpatrick beschrieb einen Mann Ende dreißig. Um die eins achtzig, drahtig bis muskulös. Seine Haarfarbe konnte sie nicht erkennen. Es war Nacht gewesen, und er trug eine Baseballmütze. »Er hatte eine angenehme Stimme. Irgendwie beruhigend.«

Die Beschreibung irritierte Shane. Trotzdem hob er ein Foto hoch, das Dave Cameron zeigte. »Sah er so aus?«

Die Zeugin konzentrierte ihren Blick auf die Bildmitte. Es war seltsam, jemandem beim Anschauen eines Fotos in die Augen zu sehen.

»Nein.« Sie schüttelte den Kopf und seufzte. »Wissen Sie, ich dachte, dass ich das Gesicht nie vergessen würde – und jetzt stelle ich fest, dass sich dieses Gesicht im Lauf der Jahre in meiner Erinnerung verändert hat.« Sie lächelte gequält.

»Das ist normal, Miss Fitzpatrick. Versuchen wir es trotzdem noch einmal.« Er nahm ein anderes Foto.

Evelyn Fitzpatrick betrachtete es lange. Doch dann schüttelte sie den Kopf. »Nein, so sah er auch nicht aus.«

Shane legte das Foto von Matthew Griffith zurück auf den Tisch.

Der Vollständigkeit halber zeigte er ihr noch das von Brian Mason. Doch wie erwartet verneinte sie.

Er wusste nicht, was er die Zeugin noch fragen könnte. Daher bedankte er sich und wünschte ihr alles Gute. »Und geben Sie uns bitte Bescheid, falls Ihnen noch irgendein Detail einfällt. Irgendetwas an seiner Kleidung, seinem Auftreten, seiner Stimme, seinem Geruch … was auch immer.«

»Selbstverständlich.«

Das Bild gefror, der Techniker nahm die Kopfhörer ab und drehte stirnrunzelnd an den Knöpfen auf seinem Pult. »Verstehe nicht, woher dieser Fehler kam«, hörte Shane ihn murmeln.

Shane lehnte sich zurück und starrte auf die lächelnde Frau vor sich. Ein Opfer, das nicht zum Opfer wurde … warum nicht?

Soll ein Gemeinschaftsopfer die Opfergabe sein, und will jemand ein Rind darbringen, so muss er ein fehlerloses männliches oder weibliches Tier darbringen. Er lege die Hand auf den Kopf seines Opfers und schlachte es.

»Augenblick noch!«, rief Shane, und der Techniker sah auf. »Rufen Sie die Kollegen in Auckland an, ich brauche Evelyn Fitzpatrick noch mal!«

Der Techniker sah ihn nur an, während Vicky bereits zum Telefonhörer griff. Wenige Minuten später bewegte sich Evelyn Fitzpatrick wieder. Allerdings saß sie nun vor einem einfachen grauen Hintergrund.

»Miss Fitzpatrick, entschuldigen Sie, dass ich Sie zurückgeholt habe … Sie sagten vorhin, Sie seien mit aufgerissener Bluse aufgewacht?«

Sie nickte.

»Sonst waren Sie noch bekleidet?«

»Ja.«

»Entschuldigen Sie die Frage, aber gibt es irgendetwas an Ihrem Oberkörper, das … das …« Er suchte nach einem passenden Wort.

»Sie meinen, ob es irgendetwas gibt, das nicht normal ist?«, half sie ihm.

»Ja.«

Sie zögerte einen Moment. »Sie können mich sehen, nicht wahr?«, fragte sie dann.

»Ja, ich kann Sie gut sehen.«

Sie hob ihre Hand und führte sie an ihre Bluse. Ihren Blick hielt sie direkt in die Kamera gerichtet. Sie knöpfte die Bluse auf und schob die beiden Stoffhälften auseinander.

Shane musste schlucken. Es war ein Schock … ihre Brust … mein Gott!

»Ich dachte damals vor acht Jahren, als ich die Diagnose erfuhr, ich würde sterben«, sagte Evelyn Fitzpatrick. »Aber jetzt sieht es so aus, als ob mir der Krebs das Leben gerettet hat, oder?« Sie knöpfte die Bluse wieder zu.

Shane räusperte sich. »Danke, Miss Fitzpatrick. Alles Gute für Sie.«

Sie sah fest und ernst in die Kamera. »Detective, ich will, dass Sie den Kerl kriegen. Ich will es um der anderen Frauen willen.«

»Ja, Evelyn, ich verspreche es Ihnen. Wir kriegen ihn.«

Ihr Lächeln blieb wie eingebrannt auf dem Monitor.

Als Shane sich zu Vicky und dem Techniker umdrehte, sah er noch die Bestürzung in ihren Gesichtern.

Zu Shanes Überraschung saß Costarelli bereits im Büro, als er die Tür öffnete. »Wie war's beim Arzt?«

Costarelli winkte müde ab. »Ich hab ein paar Vitaminpillen gekriegt. Ich hab doch gesagt, es ist nichts Ernstes.«

Shane glaubte ihm nicht. Costarelli war nicht der Typ, der, weil er ein wenig erschöpft war, zum Arzt ging. Aber er fragte nicht weiter. Costarelli musste selbst wissen, was er mitteilen wollte und was nicht.

»Und, was ist dabei rausgekommen, Shane?« Er wippte in seinem Sessel mit der hohen Rückenlehne und knetete einen Tennisball.

Shane berichtete ihm von Evelyn Fitzgeralds Auftritt.

»Tony, dieser Kerl opfert. Und in der Bibel steht: Ein Opfer muss rein sein. Er hat sie laufen lassen, weil ihre Brust amputiert war. Sie hat Glück gehabt.«

»Ja, das hat sie auch gesagt.«

Shane wusch sich die Hände am Waschbecken und warf einen Blick in den kleinen Spiegel. Die dunklen Ränder unter seinen Augen sahen nicht besser aus als die von Costarelli.

»Und, hat sie ihn beschreiben können?«, wollte Costarelli wissen.

»Nein. Aber es war weder Dave noch Griffith.«

Costarelli nickte langsam und schien einen Moment lang abwesend zu sein. Schließlich kehrte sein Blick zurück. »Verdammt, Shane, wir haben nicht mehr viel Zeit. Wir müssen uns beeilen und ihn endlich schnappen!«

»Hör auf mit deinen letzten Tagen, Tony! Ich verstehe einfach nicht, warum du nicht noch ein paar Monate verlängerst. Und ich, ich werde auch noch ein paar Tage herausschlagen können.«

»Lassen wir das Thema, Shane.« Costarelli knetete weiter seinen Tennisball.

Shane wandte sich zum Fenster. Auf der Wiese unter dem

Baum mit den Luftwurzeln hatten sich schon wieder vier Aborigines mit einem Pappkanister Wein eingefunden. Er drehte sich abermals zu Costarelli um, der gerade aufstehen wollte. Doch er sank zurück. Er verdrehte die Augen, begann zu husten und nach Luft zu ringen. Er stemmte sich wieder hoch, wankte kurz, doch dann knickten seine Beine ein. Shane bekam ihn gerade noch rechtzeitig unter den Armen zu fassen, bevor er zu Boden gestürzt wäre, und setzte ihn in den Sessel zurück.

»Bring mich zu Dr. Singh!«, brachte Costarelli keuchend heraus. »Royal Hospital.«

»Was hast …?«

»Dr. Singh, schnell!«, flüsterte Costarelli.

Shane riss die Tür auf und wäre beinahe über Nat gestürzt.

»Das Royal Hospital – wissen Sie, wo das ist?«

Nat warf einen Blick auf seinen kraftlos im Sessel sitzenden Chef und nickte.

Kaum fünf Minuten später schoss der Polizeiwagen mit Nat am Steuer, Shane auf dem Beifahrersitz und Costarelli auf der Rückbank die Auffahrt der Tiefgarage hinauf. Mit Blaulicht und Sirene raste Nat durch die abendliche Stadt. Er trat das Gaspedal durch, riss im letzten Moment das Steuer herum, umkurvte einen Wagen, scherte aus und gab wieder Gas. Shane krallte sich am Griff über der Tür fest und sah nach hinten. Costarelli hatte die Augen geschlossen und atmete schwer. Seine Haut war gelblich und wächsern. Schweiß stand ihm in dicken Perlen auf der Stirn. »Ich wollte euch damit verschonen«, brachte er irgendwann heraus. »Sie nennen es Sarkom.« Sarkom – Weichteilkrebs.

Aussichtslos, wusste Shane. »Wo ist es?«

Costarelli ächzte und verzog das Gesicht. »Ich schätze, dieses Scheißding frisst mich auf.«

Eine fahrbare Trage und zwei Sanitäter standen schon bereit, als Nat kaum fünfzehn Minuten später vor dem Eingang des Royal Hospital anhielt. Wenige Minuten später wurde Costarelli in einen Untersuchungsraum geschoben. Ein schmächtiger Arzt mit strähnigem Haar eilte herbei, der offene Kittel gebläht wie ein Segel.

»Dr. Singh?«, fragte Shane.

Der Arzt nickte kurz. »Ihr Kollege?«

»Ja.«

»Rufen Sie später an.« Und schon schloss eine Schwester hinter ihm und Costarelli die Tür.

Shane drehte sich zu Nat um. »Hat er nie gesagt, was ihm fehlt?«

Nat schüttelte wie betäubt den Kopf. Seine Goldkette schien ihm auf einmal zu schwer zu sein. »Ich versteh nicht …« Zum ersten Mal hatte Nat seine Coolness verloren.

31

Schweigend saß sie Matthew am Küchentisch gegenüber. Nur das Klacken von Metall auf Porzellan unterbrach die Stille. Seit der Geldübergabe bei *Woolworth* versuchte sie sich einzureden, dass nun alles erledigt sei. Sie hatte nichts mehr mit der Sache zu tun. Doch immer wieder quälte sie sich mit der Frage, ob es nicht doch falsch gewesen war, einem Erpresser und Mörder einfach so ihr Geld gegeben zu haben. Wie hatte sie sich nur dazu hinreißen lassen können? Befreit hatte sie sich nur einen kurzen Moment lang gefühlt.

Matthew redete nicht mit ihr. Warum aß sie überhaupt mit ihm zu Abend? Warum verleugnete sie ihre Gefühle so sehr? Hatte sie sich nicht schon längst meilenweit von Matthew entfernt? Hatte sie sich nicht schon längst entschieden, dass sie so nicht mehr weiterleben wollte?

Er starrte an ihr vorbei, während er eilig Reis und Gemüse in sich hineinschaufelte. Hin und wieder streifte er sie mit einem argwöhnischen Blick.

Schließlich hielt sie es nicht mehr aus. »Was ist, Matthew?«

Er aß weiter. Wenn sie ganz ehrlich war, dann fürchtete sie die Antwort. Was sollte er ihr auch antworten? Dass er den Tod von Valerie Tate niemals vergessen würde? Dass das immer zwischen ihnen stehen würde? Sie unterdrückte ein Seufzen. Wäre es nicht wirklich besser, zu schweigen?

Plötzlich ließ er Messer und Gabel auf den Tellerrand fallen. »Hast du von dem Mord an Jeannie Reid gehört?«, fragte er.

Ihr Magen krampfte sich zusammen. »Ja. In den Nachrichten.« Sie hatte ihrer Stimme etwas Neutrales geben wollen, doch sie brachte keinen Ton heraus, sodass sie sich räuspern musste.

»Du hast sie gekannt, oder?«, fragte er scharf.

»Nein! Ich habe den Namen zum ersten Mal in den Nachrichten gehört.« Sie mochte nicht in seine Augen sehen, die sie kalt musterten.

»Sie hat im Showroom bei Theodoruou gearbeitet«, fuhr er fort, »da warst du doch auch schon. Ich erinnere dich nur an deine Ohrringe und an dein Armband.«

Worauf wollte er hinaus? »Aber die hast du mir doch geschenkt, Matthew!«

Wieder sein lauernder Blick. »Ja, aber *du* hast das Armband enger machen lassen, Alison.«

Sie war sprachlos. Was unterstellte er ihr?

»Nicht wahr?« Aus schmalen Augen sah er sie an, wie ein Raubtier, das auf den richtigen Moment wartet, um die Beute anzuspringen …

»Ja, ich bin da gewesen.« Sie zuckte mit den Schultern. »Aber ich kann mich beim besten Willen nicht mehr an die Verkäuferin erinnern. Und erst recht nicht an ihren Namen.«

Er schob den fast leeren Teller weg und legte die Arme auf den Tisch. »Okay, Alison. Wozu hast du das Geld gebraucht?«

Ihr Atem stockte. Jetzt war alles aus. Sie musste ihm alles sagen –

»Ich habe Andrew getroffen«, redete er weiter. » Du warst bei ihm.« Über Matthews Gesicht flog ein gehässiges Lächeln. »Du weißt doch, diese Tunten können einfach nicht den Mund halten.«

Jetzt legte auch sie das Besteck weg. Sie hatte sich wieder im Griff und sah ihm direkt in die Augen. »Dieses Geld gehört auch mir.«

»Trotzdem. Wir haben es in unser gemeinsames Depot getan.«

»Sagst *du* mir, wie viel dein Wagen in der Werkstatt kostet?«

Er lachte wieder. »Also, komm schon, Alison! Reden wir nicht drum herum? Was hast du mit dem Geld gemacht?«

Nein, in seinen Augen war keine Spur von Liebe, von Verständnis oder Vergebung. Diese Klarheit gab ihr Mut, das auszusprechen, was sie schon längst hätte tun müssen. Gleich als sie von seiner Affäre erfahren hatte. Vielleicht war es schon zu spät, um noch etwas zwischen ihnen zu retten. Vielleicht konnte sie diese Frage auch nur deshalb stellen: »Wann hast du angefangen, mich zu hassen? Als du Valerie Tate kennen gelernt hast oder schon früher?«

Er erwiderte nichts.

»Wann? Vielleicht als Prudence zur Welt kam? Oder doch später?«

»Hör auf!«

»Warum? Ich will doch nur eine ehrliche Antwort.« Ihre Ruhe überraschte sie, und das Maß ihrer Wut über die Kränkung erschreckte sie.

Er holte Luft, er öffnete den Mund, und sie fürchtete schon ein niederschmetterndes Bekenntnis, doch er stand auf, murmelte eine Entschuldigung und ging in die Küche. Und sie saß da, die Teller vor sich, die kaum angerührte Flasche Weißwein im Kühler. Ein Auto fuhr unten auf der Straße vorbei, und im Nachbarhaus hörte sie das Telefon läuten. Auf einmal wurde ihr etwas klar. Sie sprang auf. Er saß im Wohnzimmer auf der Couch vor dem Fernseher und sah überrascht auf.

»*Du* hast Jeannie Reid gekannt!«, schrie sie ihn an.

Er antwortete nicht, sondern wandte sich wieder den bunten Bildern im Fernsehen zu.

»Und du hattest etwas mit ihr!« Das war ihr plötzlich klar geworden.

Noch immer sah er sie nicht an.

»Du hattest eine Affäre mit ihr, genauso wie mit Valerie Tate!« Mit einem Schritt war sie am Fernsehgerät und schaltete es aus.

Ein falsches Lächeln flog über sein Gesicht. Er schüttelte den Kopf. »Wie kommst du nur auf solche Gedanken, Alison?«

»Valerie war nicht die Erste, mit der du mich betrogen hast!«

»Aber …«

»Hör auf zu lügen!«, schrie sie.

Er war erschrocken über ihrer Heftigkeit.

Sie wartete, wartete wie auf einen Dolchstoß, auf den tödlichen Stich ins Herz.

»Gut.« Er nickte. »Du hast recht. Ich hatte etwas mit Jeannie Reid. Es ist mindestens zwei Jahre her und hat gedauert … Willst du es exakt wissen? Es hat genau zwei Nächte gedauert.«

Da war er, der Stich. Doch seltsamerweise tat er nicht weh.

Beinahe hätte sie angefangen, laut zu lachen. So schnell gestand er einen Betrug? »Dann sollte ich dich wohl besser fragen: Wie oft hast du mich betrogen?«

Er antwortete nicht. »Komm her«, sagte er schließlich. Als sie sich nicht rührte, streckte er den Arm aus. »Komm her, Alison. So können wir doch nicht weitermachen.«

Warum ging sie nicht einfach aus dem Zimmer? Warum ließ sie sich von ihm auf die Couch ziehen? Warum stand sie nicht auf, als er den Arm um sie legte? »Alison, du musst mir vertrauen.« Er sah sie eindringlich an.

Sie wollte etwas erwidern, wollte sagen, dass er es war, der ihr Vertrauen missbrauchte, sie wollte von ihm wegrücken, doch sein Arm über ihrer Schulter hielt sie fest, und sie sagte nichts. Sie dachte an ihr Leben, all die Tage, die Nächte, die sie in dem Glauben verbracht hatte, seine einzige Frau zu sein. Wie dumm war sie gewesen! Wie verblendet!

»Alison, mit keiner Frau hat es mir wirklich etwas bedeutet. Du musst mir glauben.«

»Mit keiner Frau? Wie viele gab es?«

»Alison, lassen wir das! Es war alles unbedeutend. Eine dumme Abwechslung, ein … Ich weiß nicht. Es war nicht wichtig!«

Seine Worte hingen im Raum und klangen immer unehrlicher. »Und warum fragst du mich nach Jeannie Reid?«

»Ich hatte einen Moment lang gedacht, es könnte jemanden geben, der alle Frauen umbringt, die ich kenne.« Er grinste schief. »Idiotisch, was?«

»Und ich könnte die Auftraggeberin sein?« Wie absurd diese ganze Geschichte wurde!

Er lachte auf. »Ich weiß auch nicht, es war einfach nur dumm.« Er seufzte gekonnt. »Vielleicht war es das schlechte Gewissen, das mir diesen Streich gespielt hat! Alison, ich liebe nur dich. Das musst du mir glauben.«

Wie sehr hatte sie das glauben wollen. Aber jetzt war es zu spät.

»Ich mach dir einen Vorschlag«, sagte er in sanftem Ton. »Ich gehe jetzt unter die Dusche, und dann machen wir eine Flasche Champagner auf, na? Findest du nicht, dass wir endlich die Sache vergessen sollten?«

Sein Gesicht war plötzlich ganz nah. Seine Augen suchten ihre, wollten in sie eintauchen. Für einen Moment ließ sie es zu – und erschrak. Wie konnte sie sich nur so täuschen lassen. »Du hast vergessen, dass ich zum Festival muss«, sagte sie barsch.

»Ach ja!« Er griff sich an die Stirn. »Klar, da bist du natürlich unabkömmlich.« Der verächtliche Unterton war nicht zu überhören.

Rasch befreite sie sich aus seiner Umarmung und stand auf. »Ja, richtig«, sagte sie knapp und ging hinaus.

»Die Flasche läuft uns ja nicht weg«, rief er noch.

Draußen auf der Terrasse schaukelte der Dornenteufel im Wind. Sie dachte an Prudence in Adelaide, die keine Ahnung von dem Drama hatte, das sich zwischen ihren Eltern abspielte. Alison atmete tief durch, nahm ihre Handtasche und ging die Treppe hinunter. Im Auto wählte sie Christines Nummer. Sie musste ihr von Matthews Geständnis berichten. Sie musste es jemandem sagen.

»Christine?«

»Hi, Alison!«

Das war Phils Stimme. Sie klang gut gelaunt. Bestimmt war er beschwipst.

»Wo ist Christine?« Wieso ging er an Christines Telefon?

»Chrissy! Beweg deinen süßen nackten Arsch her! Deine Schwester ist am Telefon!«, hörte sie ihn rufen. Sie wunderte sich. Wärmte Christine die alte Beziehung wieder auf? Davon hatte sie ihr nichts gesagt. »He, Alison, hast du auch so einen geilen Arsch wie deine Schwester?« Phil lachte anzüglich.

Sie wollte ihn gerade zurechtweisen, als sich Christine meldete. »Alison, was gibt's schon wieder?« Sie war betrunken. Im Hintergrund hörte sie jetzt Musik. »Alison?«

Ein ungeheurer Verdacht stieg in ihr auf. Sie feierten …

»Alison, was ist jetzt?«, fragte ihre Schwester ungehalten.

Es konnte nicht sein …

»Ich leg gleich auf!«, kam es von ihrer Schwester.

Alison holte Luft. »Das hätte ich nie von dir gedacht!«

»Was denn, um Himmels willen?«

»Du und Phil, ihr habt mich reingelegt. Der tote Fisch, die Anrufe, die Plastiktüte mit dem Geld …«

Sie hörte Phil im Hintergrund lachen.

»Quatsch! Du spinnst ja, Alison!«, lallte ihre Schwester. Die Musik wurde lauter.

»Wenn du Geld gebraucht hast, warum hast du mich nicht einfach drum gebeten?«

»Gebeten?«, schrie ihre Schwester plötzlich. »Ich habe es satt, um Geld zu bitten! Bin ich weniger wert als du? Warum muss ich bitten, während du es einfach kriegst?«

»*Ihr* wart es also! Christine, wie konntest du nur? Ich …«

»Ach, reg dich ab!«

»Ihr habt mich erpresst!«

»Das musst du uns erstmal beweisen!« Jetzt brüllte Phil in den Hörer.

Sie nahm das Telefon vom Ohr und hielt es noch eine Weile in der Hand. Aus dieser Entfernung nahm sie nur noch Gekrächze wahr. Dann drückte sie die Beenden-Taste. Benommen startete sie den Motor. Wie viele Enttäuschungen kann ein Mensch ertragen?, fragte sie sich. Auf einmal nahm sie einen Geruch in ihrem Wagen wahr. Es war Bert Horkays Rasierwasser.

32

Und du glaubst wirklich, dass das Erdbeben eine Rolle spielt?«, fragte Tom McGregor.

»Es besteht ein merkwürdiger Zusammenhang, findest du nicht?«, erwiderte Tamara und rief die Internetseite *www.bom.gov.au* auf.

Tom McGregor stand hinter ihr, die Zeitung mit der Schlagzeile vom Erdbeben in Darwin noch in der Hand. »Ich weiß nicht, manchmal konstruiert man auch Zusammenhänge, weil man glaubt, alles muss logisch sein.« Er beugte sich über ihre Schulter, um besser zu sehen.

»Pass auf«, sagte sie und ignorierte seinen Einwand, der sie in ihren Ermittlungen nicht weiterbringen würde. Sie gab den 26. Dezember 1999 ein, den Tag, an dem Patty Benson ermordet wurde. Fehlanzeige, kein Erdbeben in der Region Brisbane. Sie klickte weiter. Auch auf der *www.neic.usgs.gov*-Seite fand sich kein Hinweis auf ein Erdbeben. Sie veränderte das Datum. Doch die Region war ein halbes Jahr lang ruhig geblieben.

»Und?« Tom zog die Augenbrauen hoch.

Doch so schnell wollte sie ihre Theorie nicht fallen lassen. »Gut, sagen wir, er braucht nicht immer ein Erdbeben.«

»Sondern?«

»Er braucht ein Opfer an Weihnachten.«

Tom rieb sich den Nacken. »Okay Tamara. Nehmen wir mal an, deine Theorie stimmt. Die Erde bebt, und unser Mörder nimmt das als Zeichen, einen Mord zu begehen.«

»Ein Opfer zu bringen, ja.«

»Und er braucht ein Opfer an Weihnachten. Warum?«

»Aber, Tom! Weihnachten hat für Christen eine große Bedeutung.«

»Ja, aber es ist ursprünglich kein christliches Fest. Und in vielen christlich geprägten Ländern wird Weihnachten an unterschiedlichen Tagen gefeiert. Außerdem soll ein Christ nicht töten.« Er schüttelte den Kopf. »Tamara, ich weiß nicht, aber ich glaube, du hast dich in was verbissen.«

Er hatte sie genau an ihrem wunden Punkt getroffen. »Du glaubst also nicht, dass Jeff Ellroy was mit der Sache zu tun hat?«

Er ließ sich in Shanes Schreibtischsessel fallen. »Jeff Ellroy? Den haben wir uns damals ziemlich genau angesehen. Wir haben ihn durch die Mangel gedreht. Und er hat keinen Moment lang abgestritten, Patty zu kennen, nach Warwick gefahren zu sein und für Stunden kein Alibi zu haben. Jeff Ellroy war genau der Typ, der zur falschen Zeit am falschen Ort war. Ihm ist genau das passiert, was für jeden Menschen der absolute Horror wäre.«

»Und was soll ich deiner Meinung nach tun, Tom?«

Er strich wieder über seinen Schnauzer und runzelte die Stirn. »Unser Mann tötet, wenn die Erde bebt – und er tötet an Weihnachten. Aber was ist mit Valerie Tate? Da hat die Erde doch *nach* dem Mord gebebt.«

Sie rief erneut die Seite mit den Daten zu Erdbeben auf und sah die Wochen vor dem Mord an Valerie Tate durch. »Und was sagst du dazu, Tom?« Sie drehte den Monitor in seine Richtung. Zwei Wochen vorher hatte die Erde in Darwin auch gebebt, wenn auch nur mit einer Stärke von 3,1.

»Dann muss der Täter aber auch zu dieser Zeit in Darwin gewesen sein und das Beben miterlebt haben, oder?«, überlegte er.

»Sieht ganz danach aus. Der Täter lebt in Darwin – oder ist zumindest für einige Zeit dort.«

»Da fällt dein Mister Ellroy weg, oder?«

Sie seufzte.

Er grinste kurz. »Warum bist du nicht froh darüber? Dieser Typ scheint dich ja ganz schön zu beschäftigen.«

»He, wie kommst du darauf, Tom?« Sie versuchte, überrascht zu klingen, doch sie wusste, dass ihr das nicht überzeugend gelang.

Er grinste breiter. »Ach, komm schon! Seit Tagen ist er der Einzige, für den du dich interessierst.«

»Bist du etwa eifersüchtig, Tom?«

Er lachte. »Du weißt Tamara, dass ich glücklich verheiratet bin.«

Ja, seit sechs Jahren, dachte sie, mit Tim Bloom, Rechtsanwalt und äußerst charmant und attraktiv. Sie lächelte und merkte, dass sie endlich anfing, sich zu entspannen.

»Gut, dass du mich dran erinnerst!« Er sah auf seine Uhr. »Schon halb eins! Ich muss heim, ich brauche wenigstens fünf Stunden Schlaf.« Er stand auf. »Ruf Shane morgen an, und erklär ihm alles, was du herausgefunden hast.«

Sie hob die Hand, als er ging.

Halb eins. Was hatte Jeff gestern am Telefon gesagt? *Es ist schon halb elf.* Doch es war elf gewesen. Versteifte sie sich tatsächlich auf eine fixe Idee? *Der Täter muss in Darwin sein,* hatte Tom gesagt. Darwin liegt in einer anderen Zeitzone als Brisbane. Wenn es in Darwin halb elf ist, ist es in Brisbane elf. Sollte Jeff sie also tatsächlich aus Darwin angerufen haben? Ich muss die Airlines checken. Halb eins? Keine Chance. Und der frühere Arbeitgeber von Jeff Ellroy hatte keine Unterlagen mehr über die Auslandsaufenthalte seiner Mitarbeiter … Ihre Gedanken bewegten sich im Kreis.

33

Die Luft in seinem Hotelzimmer war stickig. Er schaltete die Klimaanlage an und stürzte zwei Gläser Wasser hinunter. Er hatte tagsüber viel zu wenig getrunken und kaum etwas gegessen. Doch allein der Gedanke an etwas Essbares ekelte ihn. Er musste an Tony denken. Als der ihn am Dienstag aus dem Flugzeug geholt hatte, schien er vollkommen gesund zu sein.

Ein Klopfen an der Tür ließ ihn zusammenfahren. »Alex hier, ziehen Sie sich was an!«

Diesmal war er weniger überrascht. Sie trug wieder einen dunklen Anzug und Pumps, in der linken Hand hielt sie eine Aktentasche. Ihr Haar fiel ihr offen auf die Schultern.

»Kommen Sie jetzt aus dem Büro?«, fragte er.

»Nicht nur Cops arbeiten hart, Shane.« Jede andere Frau hätte wahrscheinlich zumindest den Anflug eines Lächelns gezeigt – The Shark nicht.

Er ließ sie nur widerwillig herein.

»Warum schlafen Sie noch nicht?«, fragte sie, als sie an ihm vorbeiging, als sei es ihre Wohnung.

»Ich muss Ihnen wohl über meine Schlafgewohnheiten keine Rechenschaft ablegen, oder?«

Sie zeigte zum unberührten Bett. »Geben Sie doch zu, dass Sie noch nicht schlafen können.«

»Sind Sie gekommen, um das festzustellen?«, fragte er gereizt.

Jetzt lächelte sie, kurz, sehr kurz. »Ich wohne auch hier im Hotel.«

»Ach?«

»Ja, ich habe mir Ihren Rat zu Herzen genommen.«

»Aber Brian Mason ist doch gefasst. Sie haben nichts mehr zu befürchten.«

»Wollen Sie etwa, dass ich mich dafür persönlich bei Ihnen bedanke?«

»Wenn Sie jemanden zum Streiten suchen, hauen Sie besser ab!«

»Schon gut, Detective. Mit Ihnen würde ich mich doch nicht anlegen.« Sie lächelte herausfordernd.

»Haben Sie die Absicht, länger zu bleiben, oder wollen Sie sich nur vergewissern, dass ich nicht schlafen kann?«

»Ich dachte, ich bleibe kurz, wir können uns ein wenig unterhalten, dann gehe ich wieder.« Wieder ihr kurzes Lächeln. Konnte sie überhaupt länger lächeln? Konnte sie überhaupt lachen?

»Ich bin müde. Also, machen Sie's kurz. Ich habe außerdem keinen Gin mehr.« Warum warf er sie nicht einfach raus?

»Egal. Ich wäre sogar mit einem Tee einverstanden.« Sie setzte sich an den Tisch, schlug die Beine übereinander. Er füllte Wasser in den Elektrokocher und hängte Teebeutel in zwei Tassen. »Milch, Zucker?

»Milch. Soll ich Ihnen was anvertrauen? Ich bin erleichtert. Er hat eine andere getötet. Und die sieht mir nicht im Geringsten ähnlich.« Sie lächelte schief. So unsicher hatte er sie noch nie erlebt. »Verstehen Sie mich nicht falsch, ich finde es natürlich schrecklich, dass diese Frau getö…«

»Ich weiß, was Sie meinen.« Er konnte auf scheinheilige Entschuldigungen verzichten. Er schüttete das kochende Wasser in die Tassen und ging damit zum Tisch. Schweigend starrten sie in die Tassen und warteten darauf, die Teebeutel herausnehmen zu können.

»Ich habe von Tonys Krankheit gehört«, sagte sie schließlich. »Es tut mir leid.« Sie sah auf. »Würden Sie ihm das sagen, wenn Sie ihn besuchen?«

»Ja.

Sie zupfte am Faden des Teebeutels. »Ich informiere mich gern über die Leute, mit denen ich zu tun habe.«

»Aha, und warum erzählen Sie mir das jetzt?«

Sie zog den Teebeutel heraus und legte ihn in den Aschenbecher. »Sie haben wohl schlechte Laune?«

»Korrekt«, brummte er und trug den Aschenbecher mit ihrem Teebeutel zur Spüle.

Sie trank ihren Tee und musterte ihn dabei über den Rand der Tasse. »Sie kommen in dem Fall nicht weiter, oder?«

»Was wollen Sie, Alex? Mich noch mal fertigmachen? Hat Sie Ihr Auftritt im Gerichtssaal noch nicht befriedigt?« Er stand vor ihr, die Arme auf seine Stuhllehne gestützt. Am liebsten hätte er sie am Kragen gepackt und rausgeworfen.

Unbeeindruckt setzte sie die Tasse ab. »Ich stelle eins klar, Shane: Ich habe nur meinen Job gemacht. Mein Mandant wird ins Gefängnis wandern, keine Sorge. Diesmal bin ich gekommen, um Ihnen meine Hilfe anzubieten. Doch Sie sind ja so sehr mit Ihrem Selbstmitleid beschäftigt, dass Sie gar nichts anderes mehr wahrnehmen.« Sie machte Anstalten, aufzustehen.

»Moment. Wie kommen Sie darauf, dass ich mich selbst bemitleide?«

»Ach, kommen Sie, Shane! Sie lecken Ihre Wunden, tun sich leid, dass Sie den Täter noch nicht haben und Tony nicht helfen können!« Sie sah ihm direkt in die Augen.

»Und, ist das so schlimm?«

»Nein, aber es bringt nichts. Sie verschwenden Ihre Energien.«

Sie wollte wieder aufstehen.

Er setzte sich und deutete auf ihre volle Tasse. »Erst trinken Sie Ihren Tee aus.«

»Sie brauchen das. Die Oberhand über andere.«

»Wie Sie, nicht wahr?«

Sie erwiderte nichts. Er sah ihr zu, wie sie trank. Als sie die Tasse auf den Tisch stellte, sagte er: »Also, worin besteht Ihre Hilfe?«

Auch jetzt lächelte sie nicht, sondern sah ihn nur mit ihren blauen Augen an. Dann beugte sie sich zu ihrer Aktentasche hinunter, öffnete sie, nahm ein Stück Papier heraus und schob es über den Tisch. »Ein Beleg«, sagte sie. »Valerie hatte ihn ein paar Tage vor ihrem Tod in die Abrechnung gegeben.«

Er betrachtete die Quittung des Darwin Casino-Restaurants über hundertachtzig Dollar. Mehrere Drinks, zwei Vorspeisen, zwei Hauptgerichte, zwei Desserts, zwei Espressi. »Und was ist daran merkwürdig?«

»Drehen Sie ihn um.«

Auf der Rückseite waren handschriftlich zwei Namen notiert: Valerie Tate und Chris Bonnet.

Er zuckte mit den Achseln. »Und?«

Jetzt lächelte sie. »Ich mache hin und wieder Stichproben, was die Abrechnungen meiner engsten Mitarbeiter angeht. Gesundes Misstrauen, würde ich sagen.«

»Kontrollfreak«, warf er ein.

Sie grinste. »Ich werde nicht gern um mein sauer verdientes Geld betrogen.« Sie wurde wieder ernst. »Chris Bonnet ist Unternehmer.«

»Warum lädt Valerie Tate ihn zum Essen ein?«

»Klientenpflege.«

»Also durchaus normal. Was ist dann so merkwürdig, dass Sie mir diese Quittung nachts in mein Hotelzimmer bringen?«

»Wissen Sie, was ich an Ihnen mag, Shane?«

»Nein, bisher hatte ich nicht das Gefühl, dass Sie überhaupt etwas an mir mögen.«

Ihre Mundwinkel verzogen sich spöttisch. »Ich mag es, wie Sie Ihre Wut gegen mich unterdrücken.«

Früher, bevor er Carol kennen gelernt hatte, hätte ihn diese

Art von Frauen durchaus interessiert. Doch jetzt nervte sie ihn nur. »Gut, dann ist das also zwischen uns geklärt. Sagen Sie mir jetzt, was an dieser Quittung so merkwürdig sein soll?«

Sie räusperte sich. »An diesem Abend war Chris Bonnet nachweislich mit seiner Frau im La Piazza, einem italienischen Restaurant unten in Cullen Bay. Ich habe die beiden zufällig getroffen.« Ihre Armreifen klimperten, als sie sich eine Strähne aus der Stirn strich.

Er begriff noch immer nicht. »Und was hat das mit dem Mord zu tun?«

Wieder lächelte sie spöttisch. »Aber, Detective, sind Sie auf einmal auf den Kopf gefallen? Das bedeutet: Valerie Tate war mit jemand anderem im Casino essen.«

»Na und? Sie hatte einen Liebhaber. Matthew Griffith.«

»Der war es nicht. Und Dave Cameron war es auch nicht. Ich habe mich erkundigt.«

»Aber sie muss ja nicht gleich mit ihrem Mörder essen gewesen sein.«

Sie hob die fein geschwungenen Augenbrauen. »Nein. Aber vielleicht doch?«

»Vielleicht hat sie das öfter gemacht, Alex. Vielleicht hat sie Sie schon jahrelang um Ihr sauer verdientes Geld betrogen. Wieso sollte es diesmal ausgerechnet ihr Mörder gewesen sein? Und außerdem: Das Essen liegt mehr als zwei Wochen zurück!«

»Nun, ich weiß nicht, Detective, ob Sie es sich beim Stand Ihrer Ermittlungen leisten können, diesen Hinweis einfach lächerlich zu finden?«

»Ich finde ihn nicht lächerlich, es ist nur …«

»… nur *was?* Weil ich ihn bringe? Der Kellner könnte Ihnen helfen, ein Phantombild zu erstellen.«

Sie sah ihn eindringlich an, und Shane stellte sich vor, dass sie auf diese Weise auch ihre Mandanten und beruflichen Gegenspieler in ihren Bann zu zwingen versuchte. »Sie haben doch sonst keine Spur, Shane.« Sie wartete nicht auf eine Antwort und stand auf.

»He, vergessen Sie nicht Ihre Quittung, damit Sie Ihr sauer verdientes Geld von der Steuer zurückkriegen!«

Mit einer raschen Bewegung riss sie ihm das Papier aus der Hand. »Ehrlich gesagt, ich habe gedacht, Sie sind cleverer als die anderen Cops. Aber ich hab mich wohl getäuscht.« Sie ging an ihm vorbei.

»Wenn Sie nicht bekommen, was Sie wollen, werden Sie sauer, nicht wahr?«, sagte er noch. Doch sie hatte schon die Tür hinter sich zugezogen.

Er stöhnte auf. Alex Winger wollte sich profilieren, oder sie war so sehr verbittert, dass sie die Realität aus den Augen verlor.

Er ging ins Bett und versuchte zu schlafen, doch es gelang ihm nicht. Er verschränkte die Arme unter dem Kopf und starrte ins Dunkel. Fernsehen wollte er nicht, lesen auch nicht. Was las er denn überhaupt? Nur Berichte, Protokolle, Polizei-Zeitschriften …

Ein Gefühl der Leere breitete sich in ihm aus. Es fühlte sich an wie Hunger. Hunger nach einem Geschmack, der bisher nur in seiner Vorstellung existierte. Was, wenn er an Costarellis Stelle wäre? Wenn ihm nur noch ein paar Wochen blieben? Was würde er in dieser Zeit tun? In den letzten zwanzig Jahren war sein Lebensmittelpunkt das Verbrechen gewesen. Seine Gedanken kreisten um Morde, Vergewaltigungen, Gewalt, um die Frage, ob jemand die Wahrheit sagte oder log, um vermurkste Kindheiten, nicht erwiderte Liebe, um alkoholisierte

Eltern, Aggressionen, Schuld, perverse Sexualität … War das wirklich das ganze Leben? *Sein* ganzes Leben?

Er sah Carol vor sich. Sie trug ein buntes Sommerkleid und stand mitten in einem üppigen tropischen Garten auf Vanuatu. Im Hintergrund breitete sich das klare Türkis des Pazifiks aus. Sie lachte, warf ihren Kopf in den Nacken … Er wollte sie anfassen, doch er wusste ja, sie war nur ein Bild. Durfte er überhaupt ein anderes Leben führen als das eines Ermittlers? Hatte er sich nicht für diesen Beruf entschieden, weil er hier nützlich war? Aber hatte er nicht auch das Recht, sich anders zu entscheiden? Musste er sein ganzes restliches Leben lang diese Schuld abtragen? Er hielt inne. Schuld abtragen. War das tatsächlich seine Motivation? *Wir machen die Welt ein bisschen besser,* hatte sein Vater zu ihm gesagt, als er noch ein kleiner Junge war, und Shanes ältere Schwester hatte ernst genickt. Aber sie hatte die Aufgabe nicht bewältigt. Sie hatte kapituliert. Bilder tauchten auf, Bilder, die er unter Verschluss hielt, die es nur selten schafften, dem tiefen Verlies, in das er sie eingesperrt hatte, zu entfliehen.

Sein Telefon schrillte.

Ein reflexartiger Sprung, ein Griff auf den Tisch, ein Gedanke: der nächste Mord.

»Ja?« Er schaltete das Licht an.

»Shane?«

»Carol!«

»Hab ich dich geweckt? Ich wollte unbedingt deine Stimme hören.« Sie klang sanft und verführerisch.

»Vermisst du mich?«

»Ja. Sehr. Aber wie geht es dir?«

»Oh, mir geht es großartig.« Was für eine Lüge!

»Shane? Du machst dich jetzt nicht über mich lustig, oder?«

»Nein, Carol. Nein, ich meine es ernst. Ich …«

»Wann begreifst du endlich, dass du mir nichts vormachen musst?«

Er sagte nichts. Warum versuchte er immer wieder dieselbe Masche?

»Was ist passiert, Shane?«

»Ich kann es dir nicht so einfach erklären, es ist …« Er berichtete ihr von Costarellis Krankheit, dabei hatte er sie eigentlich nicht damit belasten wollen. »Carol, ich muss nur noch diesen einen Fall lösen. Diesen einen. Dann … dann fange ich ein neues Leben an.«

Er hörte sie seufzen. Es war ein ungläubiges Seufzen.

»Carol?«

»Ich habe diesen Satz schon so oft im Kino gehört, Shane, und dann ist der Held bei diesem letzten Fall gestorben …«

»Ach, Carol! Der Fall ist nicht gefährlich. Ich muss ihn nur lösen.«

»Ja.« Es klang weder überzeugt noch zuversichtlich. »Shane, mein Akku ist gleich leer. Ich rufe dich morgen wieder an. Versprich mir, dass du auf dich aufpasst.«

»Carol?«

»Ja?«

»Ich liebe dich. Und ich werde diesen letzten Fall lösen und nicht sterben.«

»Ich liebe dich auch. Schlaf gut. Mein Akku …«

»Ja, ich weiß, gute Nacht.«

Es klickte in der Leitung, er legte auf und gönnte sich noch einige Sekunden lang Gedanken an sie. Er würde wirklich ein neues Leben anfangen. Sie würden miteinander glücklich sein.

Sein Blick fiel auf Ben Horkays Buch neben der Nachttischlampe. Er war noch nicht dazu gekommen, es durchzublättern. Er stopfte das Kissen in seinen Rücken und schlug den Buchdeckel auf. Auf der ersten Seite stutzte er. Da stand in steiler Handschrift: *Für Valerie – Bert Horkay.* Valerie Tate kannte also Bert Horkay persönlich. Na und, dachte er, deshalb muss er sie nicht ermordet haben.

Aus dem Inhaltsverzeichnis konnte er entnehmen, dass es sich nicht um einen Roman handelte, sondern um Reiseerzählungen. Horkay hatte sich auf Südostasien spezialisiert: Malaysia, Philippinen, die Salomonen, die Fidjis. Unter den einzelnen Erzählungen, die, soweit er das beim flüchtigen Durchsehen beurteilen konnte, neben Reiseerlebnissen auch historische und ethnologische Fakten enthielten, war das jeweilige Reisejahr angegeben. Er wäre ein schlechter Cop gewesen, wenn er nicht fast reflexartig die Daten und Orte mit denen der Morde verglichen hätte.

War es Zufall, dass Horkay 2005 in Thailand gewesen war? Valerie Tate hatte bei Bert Horkay einen Schreibkurs gebucht.

Und dann das Writer's Festival. Alison hatte es erwähnt, und ihm waren die Plakate in der Stadt aufgefallen. Bert Horkay war in Darwin …

Er blätterte das Buch durch und stieß auf ein Foto von Horkay. Er sah mit zwingendem Blick in die Kamera. Keine Spur von Selbstzweifel oder Unsicherheit. Ein gut aussehender sportlicher Typ. Er dachte an Evelyn Fitzpatricks Beschreibung. Der Mann hatte eine Baseballmütze getragen. Die Haarfarbe war nicht zu erkennen gewesen. Außerdem war es dunkel. Könnte Valerie Tates unbekannter Essensgast im Casino-Restaurant Bert Horkay gewesen sein?

Jetzt, mitten in der Nacht, konnte er Bert Horkay unmöglich aus dem Bett klingeln, schließlich hatte er nichts gegen ihn in der Hand. Einen Haftbefehl aufgrund des Buchs und einer Quittung bekäme er auch nicht. Trotzdem: Er hielt es nicht mehr aus im Bett, stand auf und zog sich an.

Eine Viertelstunde später saß er in seinem Büro und durchforstete das Internet. Über Bert Horkay fand er ein paar persönliche Angaben: 1963 in Adelaide geboren als einziges Kind von Istvan, Ethnologe und Schriftsteller, und Marika Horkay, beide 1956 aus Ungarn nach Australien emigriert. Shane fragte sich, ob dieser Horkay der Mann war, der ihn all die Jahre zum Narren gehalten hatte. Er las weiter. Bert Horkays Vater Istvan hatte von 1977 bis 1982 eine Professur an der Universität in Adelaide inne, Fachbereich Ethnologie. Er hatte wissenschaftliche und populäre Artikel und Bücher über die Aborigines in Arnhemland, auf Groote Eylandt, Bathurst und Melville Island verfasst.

Bert Horkay selbst hatte in Adelaide und Sydney Ethnologie und Psychologie studiert und bis vor zwei Jahren als Auslandskorrespondent im Südpazifik für die Melbourner Tageszeitung *The Age* gearbeitet. Er veröffentlichte Reiseerzählungen sowie Sammlungen seiner Reportagen. Und er unterrichtete Creative Writing.

Ja, dachte Shane, und einen dieser Kurse hatte Valerie Tate gebucht. Heute würde Horkay einen Workshop leiten. Da könnte er ihn sich vornehmen.

Sein Nacken schmerzte, und seine Augen brannten. Ich muss ein paar Stunden schlafen, dachte er und lehnte sich im Sessel zurück. Sein Blick glitt über die Wände mit Costarellis Auszeichnungen und Glückwünschen zum Geburtstag oder zu Dienstjubiläen. *Port Moresby, Papua-Neuguinea* konnte er auf einer der Urkunden entziffern, und *Bangkok, Thailand, 2005.* Er stand auf und trat an die hinter Glas hängenden Dokumente. Die Kollegen aus Thailand dankten dem australischen Team, das ihnen nach der Tsunami-Katastrophe bei der Identifizierung der Leichen geholfen hatte. Nachdenklich ging Shane zum Fenster, einem schwarzen Rechteck in der Wand. Er schaltete das Licht aus. Erst jetzt konnte er draußen etwas erkennen. Unter dem großen Baum mit den Luftwurzeln, die sich wie lange Finger in die Erde zu bohren schienen, lagen wie so oft Aborigines im Gras, Weinkartons neben sich. Sie schliefen längst. Costarelli war also auch zur Zeit des Mordes in Thailand gewesen, dachte Shane, und er fragte sich, warum Tony das nicht erwähnt hatte.

34

Sonntag, 17. Juni

Schwer und grau hingen die Wolken am Himmel. Eine Regenfront nähere sich vom Landesinnern, hieß es in den Nachrichten. Tamara streckte die Arme aus, lehnte den Kopf an die Kopfstütze und versuchte sich zu entspannen. Neben ihr auf dem Beifahrersitz lag ihre Handtasche mit dem Aufnahmegerät. Es verfügte über ein exzellentes Mikrofon: einen verzierten Knopf, außen über dem Verschluss der Tasche. Ihre Glock lag im Handschuhfach. Die kleine Beretta trug sie unter der weiten Leinenhose an der Wade. Sie fuhr in gleichmäßigem Tempo, der Verkehr war jetzt um die Mittagszeit nicht besonders dicht. Sie würde wenig mehr als eine Stunde brauchen.

Sie hatte am Morgen Shane angerufen und ihm von ihrem Verdacht berichtet, doch er hatte behauptet, einen Schriftsteller namens Bert Horkay im Visier zu haben. Sie solle sich einen schönen Sonntag machen und ihn den Fall zu Ende bringen lassen. Einen Moment lang hatte sie tatsächlich überlegt, die Sache aufzugeben. Doch dann hatte sie zum Hörer gegriffen und bei Qantas nachgefragt, ob am gestrigen Samstag oder am Freitag ein Jeff Ellroy auf der Passagierliste der Flüge Darwin – Brisbane gestanden hätte. Aus Datenschutzgründen hatte man ihr diese Auskunft verweigert. Leider waren alle drei Kontaktpersonen, die ihr sonst solche Anfragen – wenn auch inoffiziell – beantworten konnten, verreist oder krank.

Wieso waren Shane und Tom nur so sicher, dass sie alles über Jeff Ellroy wussten?

Vor einer halben Stunde hatte sie im Bottle Shop eine Flasche Champagner gekauft. Dabei hatte sie Patty vor sich gesehen, wie sie an jenem Abend das Pub betrat, in dem ihr Exfreund Steve mit seinen Freunden trank.

»Den Kühler gibt es gratis dazu«, sagte der Verkäufer. Tamara zahlte und nahm den kühlen neuseeländischen Champagner, der jetzt in einer dunkelgrünen isolierenden Verpackung steckte und neben der Tasche mit dem Aufnahmegerät auf dem Beifahrersitz lag. Seltsame Mitbringsel, dachte sie, aber passten sie nicht genau zu ihren widerstreitenden Absichten?

Sie entdeckte die alten Eukalyptusbäume vor der Einfahrt zum Haus, die er ihr beschrieben hatte, und bog ein. Ein Schwarm rosafarbener Galah-Papageien flog vor dem Wagen auf. Es war ein einfaches Holzhaus, sicher dreißig Jahre alt. Die weiße Farbe blätterte ab, und die Fenster mit den Fliegengittern waren verwittert. Von seinem Auto keine Spur. Sie parkte, nahm Handtasche und Champagner und stieg aus.

Ein kühler Wind – Vorbote des Regens – wehte, und sie war froh, dass sie die lange Hose angezogen hatte. Vielleicht gab es eine Garage, und sein Wagen stand dort, dachte sie, als sie über den von der Sonne verbrannten Rasen zwischen grauen dornigen Büschen hindurch zum Eingang ging. Sie zog die Fliegentür auf und klopfte an die massive Holztür. Niemand öffnete.

Ihr erster Gedanke war: Er hat es mit der Angst bekommen und ist abgehauen. Ihr zweiter: Das ist eine Falle. Bevor sie noch andere Möglichkeiten durchdenken konnte, bog sein roter Firmenkombi auf die unebene Einfahrt ein.

»Sorry! Sie sind aber pünktlich!«, rief er beim Aussteigen. Er lächelte und war mit wenigen Schritten bei ihr. »War ich zu direkt mit meiner Einladung?« Diesmal trug er ein beigefarbenes Hemd mit Achselklappen und eine Hose in derselben Farbe. Wieder der Ranger, dachte Tamara und sagte: »Sie sehen ja, ich habe nicht gekniffen.«

»Allerdings.« So gut gelaunt und entspannt hatte sie ihn bei ihrer ersten Begegnung nicht erlebt. Im linken Arm hielt er zwei große weiße Plastiktüten, mit der rechten Hand schloss er die Tür auf. Als sie neben ihm stand, bemerkte sie seinen Geruch nach frischem Duschgel. Das kurz geschorene rotblonde Haar glänzte im Sonnenlicht. Doch die Falten um seine Augen wirkten tiefer. Zeichen von zu wenig Schlaf, dachte sie und machte auf ihrer gedanklichen Verdachtsliste ein Kreuzchen.

»Ich mache ziemlich gute Steaks. Ich hoffe, Sie sind keine Vegetarierin?« Er stieß die Tür auf.

»Nein.«

Er grinste. Was machte ihn nur so gut gelaunt?

Das Innere des Hauses wirkte genauso, wie es das Äußere vermuten ließ: Es bedurfte dringend einer Renovierung. Die gelblichen Wände des schmalen Flurs wiesen graue Schatten auf, wo früher einmal Bilder gehangen haben mussten, der gelb und beige gemusterte PVC-Boden löste sich an den Rändern ab.

»Ich weiß, es müsste dringend was gemacht werden …« Er drehte sich zu ihr um. »… aber ich habe einfach keine Zeit!« Sie folgte ihm mit Handtasche und Champagnerflasche geradeaus in Küche und Wohnzimmer. Der hellbraune, an einigen Stellen abgetretene Teppichboden wellte sich. Jeff setzte die Tüten auf der gelben Kunststofftheke ab. Ein abgestandener Geruch nach alten Möbeln und faulem Obst hing im Haus.

»Entschuldigen Sie den Geruch! Würden Sie mir helfen, alle Fenster aufzureißen?« Schon machte er sich daran, die Verandatür aufzuschieben.

Er lebte allein. Jeder Raum legte Zeugnis davon ab. *Ein* durchgesessener Sessel im Wohnzimmer neben einer alten gelblichen Plüschcouch, *ein* Stuhl an einem kleinen Tisch, *eine* Tasse im Spülbecken. Als sie die Tür am hinteren Ende des Flurs öffnete, blickte sie in ein kleines, helles, rosafarben tapeziertes Zimmer. Eine rötliche Tagesdecke war über das Einzelbett gebreitet, ein großes Kissen lag dekorativ am Kopfende. Ein Stuhl, ein zierlicher weiß gestrichener Tisch und ein dazu passender Schrank vervollständigten das Mobiliar. Zu beiden Seiten des Fensters, von dem aus man auf den gemähten Rasen sah, hingen rötliche Vorhänge, auf dem PVC-Boden lag ein billiger bunt gewebter Bettvorleger. Ein hübsches Zimmer für eine brave, etwas naive junge Frau, dachte Tamara und fügte noch das Wort *altmodisch* hinzu.

Sie wollte gerade die dem Badezimmer gegenüberliegende Tür öffnen, als sie ihn rufen hörte: »Da nicht!«

Überrascht und irritiert drehte sie sich zu ihm um. Er kam langsam auf sie zu.

»Und warum nicht?«, fragte sie.

»Sie sind neugierig, nicht wahr?« Er lächelte. Er stand jetzt direkt vor ihr. Das durch das Mädchenzimmer in den Flur fallende Licht warf hinter ihm ein helles Muster an die Wand, in dem sich die Äste eines Buschs abbildeten. Sie hätte jetzt einfach die Hand vom Türknauf nehmen können, aber sie tat es nicht, sondern setzte stattdessen ein herausforderndes Lächeln auf. »Hüten Sie darin etwa ein Geheimnis?«

Sein Blick blieb auf sie gerichtet. Es fiel ihm augenscheinlich schwer, eine passende Erwiderung zu finden. Was verbarg er da hinter der Tür? Seine Trophäen? Dinge, die seinen Opfern gehört hatten? Erinnerungsstücke an einen übermächtigen Vater? Filme und Fotos, die seine Taten dokumentierten? Oder war es nur ein harmloses unordentliches Zimmer mit geschmacklosen Gardinen und altmodischen Tapeten?

»Was halten Sie von einem Glas Champagner, oder wollen Sie ihn wieder mitnehmen?« Seine Stimme riss sie aus ihren Fantasien.

»Nein, ich hab ihn extra gekauft.«

Sie glaubte in seinen Augen ein Leuchten zu erkennen. In ihrer Handtasche befand sich das Aufnahmegerät, und an ihrer Wade steckte die kleine Beretta … Sie spürte, dass sie wachsam und sprungbereit war. Das Spiel konnte beginnen. Gut, sie hatte es so gewollt.

Im großen weißen Zelt diskutierten vier Autoren auf einem Podium vor einem gebannt lauschenden, überwiegend weiblichen Publikum. Vom Meer her blies eine leichte Brise, und die hohen Bäume am Saum der Wiese spendeten angenehmen Schatten. Ein süßer Blütenduft lag in der Luft. Nichts erinnerte daran, dass gestern kaum fünfhundert Meter entfernt eine Leiche gefunden worden war. Gestern – als noch keiner von Tony Costarellis Krankheit wusste. Shane hatte schon zweimal im Krankenhaus angerufen. Tony Costarelli, hieß es, ging es den Umständen entsprechend. Auf eine genauere Antwort ließ sich der Dienst habende Arzt nicht ein.

Shane gab den beiden Polizisten, die ihn begleiteten, ein Zeichen, zu warten, und ging auf eine korpulente Dame zu, deren Gesicht er vom Festivalprogramm her kannte. Meg Rowan war ihr Name, erinnerte er sich. Sie war damit beschäftigt, an einem Tisch Bücher zu verkaufen. Er schlug seinen Ausweis auf. »Können Sie mir sagen, wo ich Bert Horkay finde?«

An Megs Hals hatten sich rote Hitzeflecken gebildet. »Oh, er müsste da drüben sein.« Sie streckte ihren Arm aus, an dessen Handgelenk bunte Holz- und Glasperlenarmbänder hingen. »Sehen Sie, da hinten auf der Terrasse! Der Workshop müsste gleich eine Pause machen. Gehen Sie ruhig hin!«

Shane entdeckte Alison Griffith mit ihrem kurzen blonden Haar und einem roten Oberteil im Schatten der Museumsterrasse. Sie saß an einem der voll besetzten Tische und wirkte sehr konzentriert.

»Sind Sie Schriftsteller?« Meg Rowan musterte ihn durch große runde Gläser einer altmodischen Brille.

»Nein.«

»Komisch, ich hätte geschworen, Sie zu kennen.« Sie setzte ein mädchenhaftes Lächeln auf.

Er kümmerte sich nicht weiter um sie und ging über den grünen Rasen, vorbei am weißen Zelt zur Terrasse. Bert Horkay bedankte sich gerade bei den Teilnehmern. Sie klatschten, einige standen auf und strebten, mit Stift und Buch bewaffnet, auf den Schriftsteller zu. Als Alison Shane über die Wiese kommen sah, versteifte sich ihre Haltung, und sie schien nicht mehr zuzuhören. Sie rechnete wohl damit, dass er zu ihr kam, und sie wirkte fast enttäuscht, als er ihr nur zunickte und auf Bert Horkay zusteuerte, der damit beschäftigt war, Autogramme und Widmungen zu schreiben.

Shane drängte sich an der Schlange vorbei. »Bert Horkay?«

Der Mann drehte sich um. Seine Augen waren hellblau und zeigten weder Erstaunen noch Angst. »Ja?«

»Homicide Squad. Wir müssen Ihnen einige Fragen stellen.« Shane klappte seinen Ausweis auf und zu. Horkay zögerte zuerst, doch dann steckte er widerspruchslos den Kugelschreiber in die Brusttasche seines gebügelten dunkelblauen Hemdes und stand auf.

Alison war aufgesprungen. »Was …?« Sie brach ab, als Bert ihr ein Zeichen gab.

»Unsere Pause wird nur etwas länger dauern, Alison.« Horkay lächelte. »Wir holen die zwei Stunden morgen nach, ja?« Er sprach mit ruhiger, sanfter Stimme. Er schien keineswegs beunruhigt.

Alison nickte, während ihr Blick bei Shane vergeblich eine Antwort suchte.

Auf Shanes Zeichen hin näherten sich die beiden Polizisten. Als Bert Horkay sie bemerkte, lächelte er gezwungen. »Das wäre nicht nötig gewesen, Detective.«

Shane antwortete nicht. Zusammen mit Horkay ging er zum Wagen. Die beiden Polizisten folgten ihnen.

»Wohin bringen Sie mich?« Horkay wandte sich an Shane, als einer der Polizisten die Türen öffnete. »Warum fragen Sie mich nicht hier, was Sie wissen wollen?«

»Im Büro können wir uns ungestörter unterhalten, Mister Horkay«, antwortete Shane.

Der Schriftsteller verzog das Gesicht und setzte sich auf den Rücksitz. »Wenn Sie meinen.«

35

Shane führte Horkay in den kleinen Vernehmungsraum im ersten Stock. Der stahlblaue Teppich, die schallgedämpften weißen Wände und das Neonlicht verliehen ihm etwas Kaltes, und die Tatsache, dass er kein Fenster hatte und die Isolierung jeden Laut schluckte, ließ bei den Befragten rasch das Gefühl aufkommen, ausgeliefert zu sein. Genau das, was man als Polizist manchmal brauchte.

Bert Horkay sah sich kurz um, bevor er sich auf den einen der beiden Stühle an dem schmalen Tisch setzte. Er schätzte wohl gerade ab, wie ernst diese Unterhaltung werden würde.

»Einen Moment noch«, sagte Shane und ließ ihn allein. Er wollte Horkay ein wenig schmoren lassen.

»Shane …« Vicky eilte auf ihn zu. »Wir haben gerade einen Anruf vom Krankenhaus bekommen. Tony geht es schlecht, wir sollten möglichst bald zu ihm fahren.«

Er hatte damit gerechnet und nickte.

»Für eine Unterhaltung ist es hier recht ungemütlich«, sagte Horkay, als Shane die Tür hinter sich schloss und sich auf den anderen Stuhl setzte.

Shane ging nicht darauf ein und stellte ein Aufnahmegerät auf den Tisch. »Sie haben nichts dagegen, wenn ich unser Gespräch aufzeichne?«

»Was würden Sie tun, wenn ich Nein sage?« In Horkays Ton lag etwas Herausforderndes.

»Dann würde ich jemanden holen, der mitschreibt.«

Bert Horkay verzog den Mund. »So etwas dachte ich mir.«

Er blieb betont aufrecht sitzen, den Rücken gegen die Lehne gedrückt, die Hände auf den Schenkeln.

Shane faltete die Hände auf dem Tisch und musterte Horkay. Sportlich, muskulös, gebräunt, gepflegte Zähne, blondes Haar – trotz seiner fast Mitte vierzig ein jugendlicher Typ, der seine Wirkung auf Frauen sicher nicht verfehlte. Die klaren, wachen Augen verrieten ihn als einen Menschen, der seine Umgebung beobachtete, der von sich selbst jedoch nur wenig preisgab. Sein Mund mit den weichen, etwas üppigen Lippen ließ den Schluss zu, dass er es verstand, zu genießen.

»Mister Horkay«, fing Shane an, »kannten Sie Valerie Tate?«

»Sie ist die Frau, die ermordet wurde, nicht wahr?«

»Richtig.«

Bert Horkay zuckte nicht mit der Wimper, als Shane die Fotos der ermordeten Valerie Tate vor ihn auf den Tisch legte.

»Eine Studentin von Ihnen. Sie müssten Sie kennen«, sagte Shane.

Bert Horkay rührte sich nicht. »Es melden sich viele zu meinen Schreibkursen an. Ich kann mich nicht an jedes Gesicht erinnern.« Er räusperte sich. »Wollen Sie mir nicht endlich sagen, warum ich hier bin?«

Shane legte das Buch auf den Tisch, das er aus Valerie Tates Regal mitgenommen hatte. »Ihre Widmung steht da drin.«

Horkay lachte auf. »Das ist lächerlich, Detective!« Er schüttelte den Kopf. »Sie haben doch gerade selbst die Schlange gesehen, als ich Autogramme gegeben habe. Bin ich deswegen verdächtig, wenn einem dieser Menschen etwas zustößt?«

Shane antwortete nicht. *Er* hatte die Fragen zu stellen.

»Wo waren Sie am vergangenen Montagnachmittag, Mister Horkay?«

»Ich bin in der Stadt herumgewandert«, kam es ohne Zögern. Seine Haltung, seine Stimme, seine prompten Antworten – all das drückte aus: Ich habe nichts zu verbergen, ich beantworte dir jede Frage. Ich habe keine Angst. Ich bin dir überlegen.

Doch Shane war schon zu lange im Geschäft, um sich darüber zu ärgern oder davon beeindrucken zu lassen, und so machte er einfach weiter. »Allein?«

»Ja.«

»Haben Sie Zeugen, haben Sie irgendwo etwas gekauft?«

»Nein.«

»Erinnern Sie sich, wo Sie Weihnachten 1999 waren?« Als Patty Benson ermordet wurde, hätte er am liebsten hinzugefügt.

Ein überheblich wirkendes kurzes Grinsen. »Selbstverständlich. Ich habe Bekannte in Byron Bay besucht.«

»Sie haben ein erstaunliches Gedächtnis, Mister Horkay. Oder haben Sie diese Frage erwartet?«

Horkay verzog nur den Mund.

Shane legte die Powerplatte auf den Tisch. »Wissen Sie, was das ist?«

Horkay warf nur einen kurzen Blick darauf. »Das ist eine sogenannte *Powerplatte.* Ihr Abdruck wurde bei den Leichen gefunden. Das stand in den Zeitungen. Damit können Sie mich nicht in die Falle locken, Detective.« Ein Grinsen breitete sich über Horkays Gesicht aus. »Verdächtigen Sie mich tatsächlich, Valerie Tate und diese andere Frau umgebracht zu haben?«

»Ich überprüfe nur diejenigen, die zu den Opfern Kontakt hatten, Mister Horkay.«

»Diese andere Frau kenne ich nicht.«

»Oh, doch, Sie waren im Perlenladen.«

Horkay lachte auf und schlug mit der Handfläche auf den Tisch.

»Das ist doch lächerlich. Fast jeder Tourist in Darwin geht in den Laden!«

»Also waren Sie dort?«

Schlagartig wurde Horkay ernst.

Shane hatte geblufft und offenbar ins Schwarze getroffen. »Nun, Mister Horkay, Sie kannten also Valerie Tate und Jeannie Reid …«

»Das ist also Ihre Tour. Gut, dann will ich jetzt einen Anwalt.« Er verschränkte die Arme vor der Brust. Seine Lippen waren zusammengepresst.

Shane legte sein Handy auf den Tisch. »Bitte.«

Horkay starrte auf das Gerät.

»Mister Horkay, warum tut jemand so etwas?«

»Woher soll ich das wissen, Detective?«

»Sie sind Schriftsteller, Sie haben Fantasie, Sie studieren Charaktere. Warum, glauben Sie, tut jemand so etwas?«

Horkay faltete die Hände auf dem Schoß und betrachtete sie. Schließlich sah er auf. »Weil er glaubt, es tun zu *müssen.*«

»Er hört also zum Beispiel eine Stimme, die ihm befiehlt, zu töten?«

»Vielleicht.« Horkay nickte langsam. »Oder er sieht ein Zeichen, oder …« Er brach ab.

»Ja?«, fragte Shane und ließ ihn nicht aus den Augen.

»Oder er weiß einfach, dass er es tun muss.«

»Haben Sie auch schon Zeichen gesehen oder Stimmen gehört, Mister Horkay?«

Horkays Augen wurden schmaler. »Jeder hat das. Bestimmt auch Sie. Aber ich höre keine Stimme, die mir befiehlt, dass ich jemanden töten muss.« Er lächelte dünn. »Ich schreibe noch nicht einmal Krimis, Detective.«

Shane musterte sein Gegenüber. Noch immer saß er aufrecht, die Hände auf dem Schoß gefaltet. Noch immer hatte er keine Anstalten gemacht, zu telefonieren. Shane nahm sich Horkays Buch und begann, langsam darin zu blättern. »Ihre Familie hat jahrelang bei Aborigines gelebt, Mister Horkay. Sie sind mit Gleichaltrigen initiiert worden, Sie erklären ihre Gesetze und die Strafen – das alles beschreiben Sie in Ihren Büchern.«

»Ja. Ich bin von klein auf gereist. Ich war oft mit meinem Vater unterwegs. Wir haben Höhlen erforscht. Wir wollten alles über die Malereien und das Leben der Eingeborenen wissen.«

In diesem Augenblick öffnete sich die Tür. Mark machte eine entschuldigende Geste, wurde jedoch schon von einem älteren, ihm nur bis zur Schulter reichenden Chinesen zur Seite geschoben.

»Jim Chang«, blaffte dieser mit einem kurzen Blick auf Shane und ging mit ausgestreckter Hand auf Bert Horkay zu. »Ich bin Alisons Anwalt. Sie schickt mich, um Sie hier rauszupauken.« Schon warf er eine abgewetzte Aktentasche auf den Tisch, setzte sich neben seinen Mandanten auf den letzten freien Stuhl und sagte: »Also, gleich mal vorweg: Mein Mandant muss auf keine Ihrer Fragen antworten.« Dabei sah er Shane durch eine unmoderne Metallrandbrille mit leerem Blick an. Shane wusste sofort, dass Jim Chang ein harter Knochen war, der ihm sein Verhör vermiesen würde. Jim Chang, klein, Ende sechzig, mit wenigen, dafür aber langen Haaren, die kunstvoll um seinen Schädel gelegt waren, hatte große, vorstehende gelbe Zähne und eine dunkle, von Altersflecken übersäte gelbliche Gesichtshaut, er roch nach Schweiß, und sein weißes Kurzarmhemd schlotterte ihm an Hals und Oberarmen. Er sah auf seine Uhr, die von einem abgetragenen schwarzen Lederarmband fest wie von einer Fessel am Handgelenk festgehalten wurde. »Detective, Sie sollten sich um einen Haftbefehl und eine Anklage gegen meinen Mandanten kümmern, sonst spaziere ich nämlich in spätestens fünf Minuten mit ihm hier raus«, sagte er mit schnarrender Stimme.

»Sie spazieren erstmal nirgendwohin, Mister Chang«, erwiderte Shane gelassen und wandte sich wieder Horkay zu. »Mister Horkay, haben Sie hier ein Auto? Haben Sie eins gemietet? Wir können das auch so herausfinden, aber …«

»Sie müssen darauf nicht antworten, Mister Horkay. Auf gar keine Frage von diesem Detective.« Jim Chang schüttelte den Kopf, wobei seine große Brille ein Stück die Nase herunterrutschte. Er schob sie mit dem Mittelfinger wieder nach oben.

Horkay zuckte mit den Schultern. »Meg Rowan leiht mir ab und zu ihren Wagen, oder Alison nimmt mich mit.«

»Sie leben allein, Mister Horkay?«

»Detective«, schaltete sich Chang wieder ein, »ich warne Sie, Ihnen bleibt nicht mehr viel Zeit, meinen Mandanten hier unter fadenscheinigen Verdächtigungen festzuhalten.«

»Mister Chang, ich kann mir in kürzester Zeit einen Haftbefehl besorgen«, erwiderte Shane, »und dann würde es wesentlich unangenehmer für Ihren Mandanten!«

In diesem Moment steckte Mark den Kopf zur Tür herein. »Entschuldigung«, flüsterte er, und Shane ging zur Tür. »Costarelli«, flüsterte Mark. »Er hat angerufen. Er will, dass Sie in seine Wohnung fahren und etwas ansehen. Es ist in einem Karton, unten links im Kleiderschrank.«

»Hat er gesagt, was drin ist?«

»Nein. Sie sollen ihn dann mit ins Krankenhaus bringen.« Mark seufzte und hob die Schultern. »Ich weiß auch nicht … aber …«

Auch wenn die Anweisung mysteriös klang, Shane war sich sicher, dass Costarelli einen Grund dafür hatte. »Gut.« Er wandte sich an Chang und Horkay, die ihn beobachteten. »Wir machen eine Pause. Wir lassen Ihnen etwas zu essen bringen.«

»Nein!« Chang schüttelte den Kopf »Wir …«

»Ich …« Shane schnitt ihm das Wort ab. »Ich habe das Recht, Mister Horkay noch ein paar Stunden festzuhalten. Und das tue ich hiermit, Mister *Cheng*.«

»Chang«, berichtigte der Anwalt.

Shane war sich seiner billigen Beleidigung bewusst. »Mark, kümmern Sie sich um das Essen.« Und zu Horkay und Chang sagte er: »Ich bin gleich wieder da.« Auf dem Weg in die Tiefgarage bestellte er einen Wachmann hinauf zum Verhörraum.

36

»Ich muss sagen, ich war ziemlich überrascht, dass Sie mich hierher eingeladen haben.« Tamara nippte an ihrem Glas und beobachtete Jeff Ellroy. Sie standen auf der Veranda und sahen in den grauen, wolkenverhangenen Himmel. Ein leichter Wind strich durch das Gestrüpp, das irgendwann mal ein Garten gewesen sein mochte.

»Ich dachte, es ist mal was anderes, als sich irgendwo in der Stadt zu verabreden.« Er atmete tief und ließ seinen Blick über den Garten wandern. »Außerdem hatte ich den Eindruck, dass Sie wieder in diese Gegend kommen wollen.«

Sie musterte ihn. Was meinte er damit? Das Klingeln ihres Handys riss sie aus ihren Gedanken. »Entschuldigung«, murmelte sie und griff nach ihrer Handtasche an der Stuhllehne.

»Kein Problem. Ich hab noch in der Küche zu tun.« Er drehte sich um und ging hinein.

Spencer war am Apparat. Sie hatte ihn gebeten, zum Flughafen zu fahren und sich um die Passagierlisten zu kümmern. »Ich hatte kein Glück, Tamara. Bei Qantas haben sie nichts rausgerückt, aber ich hab Ann, einer Bekannten, die bei Qantas in der Ticketabteilung arbeitet, auf die Mobilbox gesprochen. Sie soll dich anrufen, sobald sie was weiß. Ich hoffe, sie schläft nicht einen Samstagnacht-Rausch aus.«

»Danke, Spence.« Sie konnte ein Seufzen nicht unterdrücken.

»Schon okay. Bist du sicher, dass ich nicht vorbeikommen soll?«

»Was willst du hier tun? Händchen halten?«

»Vielleicht. Aber melde dich, wenn du Hilfe brauchst.«

»Danke, Spence, und genieß den restlichen Sonntag!« Hoffentlich meldete sich Ann – aber welche Nachricht sie sich von ihr wünschte, wusste sie nicht. Sie ließ ihr Handy in die Tasche gleiten und sog die nach Eukalyptus duftende Luft ein. Warum war alles nur so kompliziert? Warum konnte sie nicht einfach auf ihr Gefühl hören? Wäre es nicht wunderschön, ein Leben zu leben, in dem Verbrechen, Grausamkeiten und Misstrauen nur die Ausnahme wären? Warum hatte sie sich nicht für ein *normales* Leben entscheiden können?

»Und, gefällt es Ihnen hier?«

Sie fuhr herum. Jeff stand lächelnd hinter ihr und goss

Champagner nach. Seine Nähe jagte ihr einen Schauer über den Körper. Zum ersten Mal stand er so nah, zum ersten Mal sah sie so tief in seine Augen, zum ersten Mal nahm sie seine Körperwärme wahr.

»He, ist alles okay?«

Als er das Glas an seine Lippen führte, fühlte sie sich hypnotisiert.

»Wollte Ihr Redakteur wissen, wie weit Sie mit der Story sind?«

»Nein, es waren meine Eltern. Ihr Fernseher ist kaputt.«

Er lachte. »Das ist natürlich eine Katastrophe!«

»Ja.« Sie nahm noch einen Schluck. Tamara, du hast einen Job zu erledigen. Wenn du damit fertig bist, kannst du was anderes tun. Aber erst dann. Sie trat einen Schritt zurück. »Erzählen Sie mir etwas über sich. Was haben Sie die letzten Tage so gemacht, Jeff?«

Kein Zögern, kein Zucken, nichts Verräterisches. »Oh, ich war unterwegs.«

»An einem interessanten Ort?«

»Nein, es war eher ziemlich langweilig.«

»Schade, also keine schöne Stadt?«

»Schön? Ich weiß nicht. Welche Stadt finden Sie schön?« Er sah ihr in die Augen, was sie für einen Moment irritierte.

»Sydney ist schön. Oder Darwin. Kennen Sie Darwin?« Wie plump und durchsichtig, Tamara!

»Darwin? Ist mir zu feucht und zu touristisch.«

»Wann waren sie zum letzten Mal dort?«, versuchte sie es erneut.

»Sie sind wirklich sehr neugierig, Tamara.«

»Ich bin interessiert«, sagte sie mit einem zweideutigen Unterton und erwiderte seinen direkten Blick.

»Nun, dann sind Sie vielleicht auch an einem Steak interessiert? Ich habe nämlich Hunger.« Er erwartete keine Antwort, trank sein Glas aus, stellte es auf den Tisch und ging hinein.

Hätte sie ihn nicht doch ins Präsidium bestellen und dort befragen sollen? Ihr Vorgehen war nicht gerade professionell, und doch schien es ihr die einzige Möglichkeit zu sein, da sie weder hieb- und stichfeste Beweise noch die Unterstützung von Shane oder Tom McGregor hatte. Sie setzte sich an den runden Tisch auf der Veranda und beobachtete ihn, wie er die Steaks auf den Gasgrill legte. Warum sollte Tom McGregor nicht doch recht haben? Und hatte Shane nicht schon einen Verdächtigen in der Mangel?

»Worüber grübeln Sie nach, Tamara? Sind Journalisten immer so?« Mit der Grillzange in der Hand sah er zu ihr herüber.

Wären die Umstände andere, hätte sie sein Lächeln genossen und ihm endlich ihren wahren Beruf genannt. Doch so sagte sie nur: »Ich mache mir über Sie Gedanken.«

»Und was denken Sie so über mich?«, fragte er belustigt.

»Ich frage mich, wie Sie wohl aufgewachsen sind und wie Ihr Vater war?«

Er widmete sich wieder den Steaks auf dem Rost. »Mein Vater? Wie soll er schon gewesen sein? Wie viele Väter wahrscheinlich. Er hatte seine eigenen Vorstellungen von seinem Sohn. Er redete nicht viel. Eigentlich hab ich ihn nie richtig kennen gelernt. Keiner hat das. Selbst meine Mutter nicht. Sie hat es wahrscheinlich irgendwann aufgegeben, ihn zu verstehen.«

»Und haben Sie Ihre Mutter richtig kennen gelernt … und verstanden?«

Er zuckte mit den Schultern.

»Ich glaube, meine Mutter wollte nicht verstanden werden. Sie hat sich in ihre eigene Welt zurückgezogen.«

»Woran ist sie gestorben?«

Er kehrte ihr den Rücken zu. Hatte er ihre Frage nicht gehört, oder wollte er nicht antworten? Sie wusste, dass es ihr eigentlich nicht zustand, eine solche Frage zu stellen.

»Sie hat sich umgebracht«, sagte er dann.

In den Akten stand nichts von einem Suizid, erinnerte sie sich. Mrs Ellroy war bei einem Unfall gestorben, hatte es geheißen. Warum log er sie an? »Das tut mir leid, Jeff ...«

»Ist schon lange her.« Sie bemerkte, wie er Luft holte. Er zuckte wieder mit den Schultern, als er zu ihr herübersah. »Damals war ich zehn. Nicht besonders witzig für einen Jungen mit zehn.«

Tamara schwieg. Ob Selbstmord oder Unfall, was spielte das für eine Rolle? Vielleicht war Jeff ja ein notorischer Lügner, ein Mensch, der immer log, der gar nicht anders konnte? »Denken Sie noch oft an sie?«, fragte sie weiter.

Er drehte die Steaks mit der Zange um und warf sie zurück auf den Rost. »Wir sollten über was anderes reden«, sagte er knapp.

Ihre Fragerei hatte ihn gereizt ... vielleicht auch nervös gemacht. »Und was ist mit Ihrer Schwester?«

Er fuhr herum. »Meine Schwester?«

»Ja, das Zimmer da am Ende des Flurs sieht nach einem Mädchenzimmer aus.« Laut den Akten hatte er keine Schwester, aber vielleicht dichtete er sich ja eine an. »Nein.« Er versuchte zu lächeln. »Ich habe keine Schwester.« Er kam mit den Tellern an den Tisch. »Steaks sind das Einzige, das mir beim Kochen immer gelingt.«

»Ich koche selten«, sagte sie. »Und wer wohnt sonst in diesem schönen Zimmer?« Sie sah überraschend von ihrem Teller auf, direkt in seine Augen. War er zurückgezuckt, oder hatte sie sich das nur eingebildet?

»Niemand«, antwortete er. »Es ist ein Gästezimmer, das kaum benutzt wird. Aber ab jetzt …« Er verzog den Mund zu einem Lächeln. »… werden keine Fragen mehr zur Familiengeschichte gestellt!«

Mal sehen, dachte sie und lächelte zurück.

Er setzte sich und reichte ihr die Salatschüssel. »Was essen Sie sonst so?«, fragte er, während er sich Salat auf den Teller füllte.

»Fertigsalate, ab und zu mal eine Pizza, Joghurt, Müsli, manchmal Nudeln …«

»Zuerst hab ich gedacht, Sie essen kein Fleisch.«

Nein, sie würde ihm nicht ihre Familiengeschichte erzählen. Sie nahm das Besteck und steckte ein Stück Salatblatt in den Mund. Auch Jeff begann zu essen. Mein Gott, dachte sie, worauf habe ich mich eingelassen? Warum kann ich mir nicht eingestehen, dass Shane und alle anderen recht haben und ich verzweifelt nach einem Grund suche, etwas gegen diesen Mann zu haben, der mir eigentlich gefällt? Sie seufzte. »Sagen Sie, Jeff, geht es Ihnen auch manchmal so?«

Er hob erwartungsvoll die Augenbrauen.

»Es ist seltsam«, fuhr sie fort, »obwohl ich mich oft nach Nähe sehne, fürchte ich mich auch davor.«

Er erwiderte nichts, sondern goss ihnen den Rest Champagner ein.

»Man glaubt, wenn man niemanden an sich herankommen lässt, dann schmerzt es auch nicht, wenn man jemanden verliert. Nicht wahr?«

Er starrte auf sein Glas und antwortete nicht.

Bingo, dachte sie und verbot sich, darüber nachzudenken, ob sie ihn aus privatem oder beruflichem Interesse ausfragte. »Ich war fünf«, erzählte sie, »als meine heiß geliebte Großmutter überfahren wurde. Von einem Tag auf den andern konnte ich sie nicht mehr in ihrem Haus besuchen, nicht mehr mit ihr in den Garten gehen … Es hieß, sie sei nicht mehr da. Und wissen Sie, was ich geglaubt habe?« Es war die Wahrheit, die sie ihm offenbarte – und er schien durch sie hindurchzusehen. »Ich habe geglaubt«, fuhr sie fort, »dass sie wegen mir weggegangen ist, dass sie mich nicht mehr sehen wollte.« Sie lächelte kurz. Diese Geschichte hatte sie nicht erfunden. »Komisch nicht?«

Er schnitt ein Stück Fleisch ab, dann hielt er inne. »Nein. Kinder beziehen alles auf sich. Und sie glauben sehr schnell, dass sie die Schuld für etwas tragen.« Er betrachtete seine Gabel mit dem aufgespießten Stück seines Steaks.

»Haben Sie auch geglaubt, am Tod Ihrer Mutter schuld zu sein?« Die Frage war direkt, ja, aber was spielte das noch für eine Rolle?

Seine blauen Augen musterten sie.

»Tamara, warum erzählen Sie mir das alles?«, fragte er dann.

»Ich dachte, Sie wollten etwas über mich erfahren?«

Er zögerte, schien etwas erwidern zu wollen, doch dann blickte er besorgt zum Himmel, an dem schwer die grauen Wolken hingen. Schweigend steckte er das Stück Fleisch in den Mund.

Die Sache läuft aus dem Ruder, dachte sie. Lass dir verdammt noch mal was einfallen, Tamara! »Ich habe übrigens Steve getroffen«, sagte sie beiläufig.

Stirnrunzelnd sah er sie an.

»Welchen Steve?«

»Steve ... den Exfreund von Patty.«

Befremdet musterte er sie. »Ich hab ihn schon seit Jahren nicht mehr gesehen. Wieso haben Sie ihn ...«

»Hat Patty den Champagner damals für Sie gekauft?«, fragte sie überhastet.

Er schob den Teller von sich, auf dem noch gut ein Drittel des Steaks lag. »Warum haben Sie eigentlich meine Einladung angenommen, Tamara?« Seine blauen Augen bekamen etwas Kaltes.

Sie wollte ihre Hand vom Tisch nehmen und das Aufnahmegerät einschalten, doch im selben Moment legte er seine Hand auf ihre und hielt sie fest. Ein Schauer lief über ihren Körper. Derselbe Schauer wie damals ... Dr. Tom Jenkins tauchte vor ihr auf, obwohl er nicht die geringste Ähnlichkeit mit Jeff hatte. Der nette Englischlehrer und sein Büro ... Auf dem Schreibtisch spiegelten sich die Strahlen der Nachmittagssonne wie eine Sammlung Messerklingen. *Ich hätte eventuell einen Job für Sie ...*

»Wer sind Sie wirklich, Tamara?«, hörte sie Jeff fragen.

Jetzt reiß dich zusammen, ermahnte sie sich und zwang sich zu einem Lächeln. »Ich bin von Berufs wegen neugierig.«

Er sagte nichts, ließ aber auch ihre Hand nicht los. Erst als sie sie ein wenig bewegte, zog er seine weg. Er seufzte. »Die Geschichte lässt Sie nicht los, nicht wahr? Sie glauben, ich könnte es gewesen sein ...«

Wie sollte sie den Blick seiner blauen Augen deuten? Angst? Unsicherheit? Um Mitleid und Verständnis bittend? Und: War er echt oder aufgesetzt?

»Und? Waren Sie es?« Das Tonbandgerät war ihr jetzt gleichgültig. Er war jetzt genau da, wo sie ihn haben wollte ...

Ein schiefes Lächeln flog über sein Gesicht. »Sie sind ziemlich kaltblütig! Warum kommen Sie hierher, wenn Sie so etwas für möglich halten? Allein? Fürchten Sie sich denn nicht davor, mit einem Mörder, der Frauen aufschlitzt, ein Steak zu essen?«

Sie sah ihn herausfordernd an. War er wirklich der Mörder, der Frauen ausweidete wie ein Jäger das Wild? Oder wie ein Priester das Opfer? »Würden Sie mir denn was antun, Jeff?«

Seine Lippen wurden schmal, sein Blick drückte Enttäuschung aus. »Schreiben Sie über den Fall von damals?«

Sie schüttelte den Kopf. »Nicht direkt. Aber natürlich habe ich über diesen Fall recherchiert. Und ich weiß, dass Sie entlastet wurden. Trotzdem geht es mir nicht aus dem Kopf: Sie haben die Tote gekannt, Sie haben sie als Letzter gesehen, Sie sind hierhergefahren, Sie wohnen hier … Das sind eine Menge Zufälle.«

Er musterte sie. Was würde er jetzt tun? Sie hinauswerfen? Beschimpfen? Sie wartete ab. Sie war bereit, entsprechend zu reagieren. Das Adrenalin floss durch ihre Adern, und in diesem Moment wusste sie, warum sie dieses Leben gewählt hatte.

»Gut. Sie wollen also wissen, was wirklich passiert ist.«

»Ja.« Sie war sich sicher, er würde ihr nicht die Wahrheit sagen.

Er lehnte sich zurück und verschränkte die Arme. »Okay. Ich werde es Ihnen erzählen.« Er räusperte sich, warf ihr wieder einen skeptischen Blick zu und begann: »Patty war die Exfreundin von Steve. Wir waren zu viert und hatten uns ein Pub gesucht, das am Boxing Day geöffnet hatte. Keiner von uns hatte Lust, bei sich zu Hause zu feiern. Wir waren alle solo und wollten uns betrinken. Es war ziemlich voll im Pub. Jedenfalls kam Patty plötzlich rein und spazierte direkt auf uns vier zu. Ich merkte schon, wie Steve wütend wurde. Die beiden hatten sich im Streit getrennt. Patty hatte ihn fertiggemacht, ihm vorgeworfen, sich nicht für sie zu interessieren, und solche Dinge. Nun, die Stimmung wurde gereizt, und ich hab Patty zur Seite genommen und sie gebeten, zu gehen. Sie war überraschenderweise auch gleich einverstanden. Ich weiß immer noch nicht, weshalb sie überhaupt ins Pub gekommen ist, was sie damit bezweckt hat …« Er starrte eine Weile gedankenversunken vor sich hin. »Wenn sie nicht gekommen wäre, wäre sie vielleicht immer noch am Leben … oder wenn sie einfach im Pub geblieben wäre …« Er schüttelte den Kopf. »Das ist wie mit den Menschen, die in letzter Minute noch ihr Flugzeug erreichen – das dann abstürzt.« Er stützte die Ellbogen auf den Tisch und faltete die Hände. »Neben dem Pub war eine schmale Seitenstraße, eher eine Einfahrt. Es war ziemlich dunkel. Sie hat mich dort reingezogen und gesagt, sie wäre schon immer in mich verliebt gewesen. Eigentlich wollte ich nicht mit ihr mitgehen. Ich wollte Steve nicht hintergehen, obwohl die beiden ja nichts mehr miteinander hatten. Aber sie ließ nicht locker. Sie hat mich in diese Einfahrt gezogen und … und wollte Sex.«

»Aber stand nicht in der Zeitung, dass Sie ihr ein Taxi gerufen hätten?« Was für eine Show zog er hier ab? Und wozu?

»Ich wollte nicht noch verdächtiger werden! Sicher hätten die Cops behauptet, ich hätte was von ihr gewollt, doch sie hätte mich abgewiesen, und deshalb hätte ich mich grausam an ihr gerächt!« Er schüttelte wieder den Kopf.

Was erzählen Sie da, Jeff?, wollte sie sagen, bremste sich aber rechtzeitig. »Und?«, fragte sie nur.

»Es klappte nicht. Ich hatte schon zu viel getrunken, und, wie gesagt, ich wollte ja nicht wirklich.«

Tamara stellte sich die Situation vor. Patty merkte, dass sie versagt hatte. Sie wurde wütend …

»Sie wurde ausfallend.« Er fuhr sich mit der Handfläche über sein kurzes Haar. »Sie hat mich beschimpft. Aber ich wollte keinen Streit. Ich bin einfach gegangen und hab sie stehen lassen. In der dunklen Einfahrt, mitten in der Nacht. Ich denke so oft, ich bin schuld, weil …« Er redete schnell weiter. »Ich hab die Nacht im Auto verbracht, auf einem Parkplatz. Da hat mich aber niemand gesehen. Morgens bin ich weitergefahren … und bin ziemlich fertig hier angekommen. Einen Tag später war die Polizei hier. Meine Freunde hatten ausgesagt, ich wäre ziemlich lange mit Patty draußen gewesen. Und ich wäre sehr aufgewühlt gewesen, als ich zu ihnen zurückgekommen bin. Ich hatte für sieben Stunden kein Alibi, ich wohne keine halbe Stunde vom Fundort der Leiche entfernt, an meiner Kleidung fand man Haare von Patty.« Er hob kurz die Hände und ließ sie wieder auf seine Oberschenkel fallen. »Die Details haben sich gegen mich verschworen.« Er seufzte. »Ich war unendlich erleichtert, als sie diesen McNulty hatten und mich in Ruhe ließen.«

Das hörte sich sehr plausibel an, zu plausibel … »Und warum erzählen Sie mir jetzt die … die Wahrheit? Haben Sie keine Angst, dass ich zur Polizei gehe und Ihre Falschaussage von damals aufdecke?«

Seine Mundwinkel zogen sich leicht nach oben. »Was hätten Sie davon, Tamara? Wenn Sie so was tun würden, hätte ich Sie falsch eingeschätzt.«

Wenn du wüsstest, dachte sie und fühlte sich schäbig.

»Hat die Polizei Sie nicht wegen der neuen Mordfälle in Darwin wieder überprüft?«

Er fasste sich schnell und setzte ein überlegenes Grinsen auf. »Was sollte ich damit zu tun haben?«

»Ich weiß nicht, aber die neuen Morde scheinen dem an Patty Benson ja zu ähneln.«

Er versuchte, in ihren Augen zu lesen. Sie hatte ihn verunsichert.

»Nun, wenn Sie nicht in Darwin waren …« Sie lächelte. »… dann haben Sie ja nichts zu befürchten.«

Seine Züge wurden hart. »Ich habe Sie eingeladen, weil ich … ach, was soll's! Ich hab mich in Ihnen geirrt! Sie wollen eine Story, wie alle Journalisten!«

»Nein.«

Erstaunt sah er sie an.

»Nein. Ich will keine Story. Ich will nur die Wahrheit.« Wenigstens war das nicht gelogen.

»Die Wahrheit …« Er legte die Stirn in Falten. »Wissen Sie, als ich Sie eingeladen habe, da … da habe ich gedacht, wie schön es wäre, Sie näher kennen zu lernen … Sie haben mich interessiert … es gibt nicht viele Frauen, die mich interessieren …«

»Jeff, ich …« *Sie* war es, die log, die sich sein Vertrauen erschlich, die mit falschen Karten spielte …

»Okay, ich mache Ihnen einen Vorschlag«, sagte er.

»Ja?«

»Sie wollten doch das Zimmer sehen, oder?«

»Ja …«

»Ich zeige es Ihnen. Das wollen Sie doch, oder?« Er lächelte müde.

»Weil Sie glauben, ich hab Leichen drin versteckt, nicht wahr? Oder meinen Vater mumifiziert?«

»Solange Sie es mir nicht gezeigt haben …« Sie versuchte zu spaßen.

Einen Moment lang sah er sie eindringlich an. »Okay. Aber

unter einer Bedingung: Wenn Sie nichts finden, dann reden wir endlich von was anderem und genießen den Nachmittag.«

Sie streckte ihm die Hand entgegen. »Abgemacht.« Du bist eine falsche Schlange, Tamara!, flüsterte ihre innere Stimme.

»Also, sehen wir uns das Zimmer mit den Leichen an!«

Sie zögerte, dachte an ihre Tasche und das Aufnahmegerät.

»Was ist los? Haben Sie plötzlich Angst bekommen, Tamara?«

»Aber nein«, log sie und wollte ihre Tasche nehmen.

»Die wird Ihnen nicht geklaut, lassen Sie sie ruhig hier. Oder haben Sie darin eine winzige Waffe versteckt?«

Nein, die trage ich an meiner Wade. Sie ließ die Tasche am Stuhl hängen und folgte ihm durch den Flur.

37

Er hatte vergessen, nach Costarellis Schlüssel zu fragen. Jetzt stand er vor verschlossener Tür. Warum, Tony, hast du das Schloss reparieren lassen? Mit einer Taschenlampe bewaffnet, ging er um die Ecke, in der Hoffnung, ein offenes Fenster zu entdecken – und hatte Glück. Tony, ein Polizist, der vergaß, abzuschließen, der Fenster offen ließ …

Beim Einsteigen wurde ihm schmerzlich bewusst, dass er nicht mehr so gelenkig war. Gott sei Dank war das Fenster so groß, dass er sich nicht allzu sehr verrenken musste. Er schaltete das Licht ein. Durch das Bad ging er direkt ins Schlafzimmer. Das Bett war wie letztes Mal zerwühlt, getragene Kleidung lag herum, DVDs und Videokassetten türmten sich auf dem Boden.

Er öffnete die Türen des Kleiderschranks, die genauso vergilbt waren wie die Wände. Ein paar ungebügelte Hemden und vier Poloshirts hingen nebeneinander, dazu eine blaue Windjacke. Der Schrank war viel zu groß für Costarellis Garderobe. Er bückte sich. Neben Sporttaschen und einem zusammengerollten Schlafsack fand er in der linken unteren Ecke einen Karton. Er nahm ihn heraus. Es war ein alter grauer Schuhkarton. Die Schrift war schon verblasst und die Pappe von der hohen Luftfeuchtigkeit aufgeweicht. Shane setzte sich aufs Bett und hob den Deckel. Sein Blick fiel auf eine weiße, durchsichtige Plastiktüte. Er nahm sie heraus und breitete ihren Inhalt auf dem Bett aus: ein dünner Stapel Fotos, Zeitungsausschnitte, zwei Briefkuverts, ein längliches und ein sehr kleines schwarzes. Tony, welche Geheimnisse hütest du?, murmelte er und betrachtete zuerst die Fotos. Ein junger Mann in beigefarbener Polizeiuniform, sehr italienisch aussehend mit seinem schwarzen Haar und seinem dunkel gebräunten Gesicht, auf dem die Pockennarben kaum auffielen, hielt eine junge blonde und zierliche Frau im Arm. Beide lächelten glücklich. Im Hintergrund leuchtete ein türkisfarbenes Meer.

Shane fiel ein, dass er Tony nie gefragt hatte, ob er mal verheiratet gewesen war. Er schätzte ihn auf diesem Foto auf Ende zwanzig. Auf dem nächsten Foto hielt dieselbe junge Frau ein Baby im Arm. Weitere Fotos zeigten mal das Paar, mal Tony mit dem Baby. Auf einem Bild lachte ein etwa einjähriges pausbäckiges Mädchen mit dunklem Haar in die Kamera.

Shane legte die Fotos auf den Nachttisch neben den Radiowecker und nahm sich die Zeitungsausschnitte vor. Der Name der Zeitung war weggeschnitten. Doch das Datum konnte er lesen.

27. Dezember 1976
Tragödie auf Bathurst Island

Auf der westlichen der Tiwi Islands, auf Bathurst Island, wird seit vorgestern die zweijährige Mary-Jane Costarelli vermisst. Die Tochter des jungen Polizisten Detective Tony Costarelli und seiner Frau Jane spielte im Garten hinter der Polizeistation.

»Ich war in der Küche, habe den Truthahn vorbereitet«, berichtet Jane Costarelli. Ihr Mann kam gerade von einer Inspektionstour zurück. »Ich rief Mary-Jane zum Essen herein, doch sie kam nicht.«

Ein eilig zusammengestellter Suchtrupp kehrte am Abend erfolglos zurück. Nach wie vor fehlt jede Spur des kleinen Mädchens.

Die Eltern sind verzweifelt. Detective Tony Costarelli, der erst seit zwei Monaten auf Bathurst Island die Polizeistation leitet, stand für ein Interview nicht zur Verfügung. Sein Kollege Ron Byron sagte: »Wir tun alles, um das Kind zu finden.« Vermutungen, dass die umherstreunenden Hunde der Aborigines das Baby verschleppt haben und darüber hergefallen sein könnten, wollte er nicht ganz ausschließen. Vertreter der Aborigines wiesen jedoch jede Verantwortung von sich.

Shane nahm sich den nächsten Artikel vor.

Trotz intensiver Suche fand sich auch nach einer Woche noch kein Lebenszeichen von der kleinen Mary-Jane Costarelli. Die zweijährige Tochter von Detective Tony Costarelli und seiner Frau Jane ist am 26. Dezember aus dem Garten des Hauses auf Bathurst Is-

land spurlos verschwunden. »Wir beten jeden Tag zu Gott, dass er uns unsere Tochter zurückbringt!«, sagt die verzweifelte Mutter.

Vermutungen, dass ein streunender Hund das Kind verschleppt haben könnte, halten Experten für unwahrscheinlich. Dass die Zweijährige sich im Busch verlaufen haben oder gar im Meer ertrunken sein könnte, sei wahrscheinlicher. Doch nach wie vor wird auch ein Gewaltverbrechen nicht ausgeschlossen.

Shane griff zu dem länglichen Briefkuvert. *Tony* stand in kleiner, zittriger Schrift darauf. Er drehte ihn um. Der Umschlag war nicht zugeklebt. Er zog eine gefaltete Seite heraus. In derselben Schrift stand da:

Vergib mir, Tony.
Ich kann nicht mehr.
Jane

Als Letztes öffnete er den kleinen schwarzen Umschlag. Darin lagen eine dunkle Locke von feinem Kinderhaar – und zwei goldene Eheringe.

Immer wieder betrachtete er die Fotos, die Eheringe, das Kinderhaar, den Abschiedsbrief. Costarelli hatte alles verloren … Shane dachte an Carol und dann auch an seine Tochter. Er packte die Sachen zurück in den Karton.

Tony, dachte er, als er wieder im Wagen saß, warum hast du nichts gesagt?

Fünfzehn Minuten später stellte er den Wagen auf dem Krankenhausparkplatz ab und hastete in den ersten Stock des Hauptgebäudes.

Costarelli lag im Bett, angeschlossen an ein Gerät, das seinen Herzschlag überwachte, und starrte an die Decke. Man hatte ihm eine Infusion gelegt, irgendetwas floss mit schnellen Tropfen in seine Venen. Er war allein im Zimmer, das von einer an der Decke angebrachten Neonröhre grell ausgeleuchtet wurde. Das Licht entzog dem ohnehin blass gewordenen Gesicht jeden Rest von Farbe. Er wandte den Kopf, als Shane hereinkam, und hob müde die Hand.

»Wie geht's, Tony«, sagte Shane, auch wenn er wusste, dass es nicht die richtigen Worte waren. Aber die richtigen Worte gab es für eine solche Situation sowieso nicht.

»Weißt du, wie lange die verdammten Ärzte mir noch geben? Noch vier Wochen, höchstens.« Costarelli lachte, was mehr wie ein Röcheln klang. »Sag mal, hast du schon mal so was gehört? Da lebst du mehr als ein halbes Jahrhundert so vor dich hin, und dann heißt es: höchstens noch vier Wochen.«

»Vielleicht irren sich die Ärzte ...«

»Die Ärzte irren sich bei so was immer seltener, leider. Aber danke für den Trost.« Er musterte Shane und schluckte. »Hast du's gefunden?«

»Ja.« Shane stellte den Karton auf den Nachttisch.

Costarelli schloss einen Moment lang die Augen. »Du hast alles gelesen?«, fragte er, als er sie wieder öffnete.

»Ja.« Shane zog sich einen Stuhl heran. »Warum hast du es nicht früher gesagt?«

Costarelli hob die Hand ein wenig und ließ sie wieder auf die Bettdecke fallen. »Ich hab das alles so viele Jahre lang vergessen wollen. Manchmal, da hab ich's tatsächlich vergessen.« Er schluckte wieder. Sein Adamsapfel bewegte sich schwerfällig auf und ab. »Jetzt werd sogar ich sentimental ...«

»Jane war deine Frau?«

Costarellis Augen schienen plötzlich zu glänzen. »Verdammt, ja, die beste Frau …« Er hustete und wischte sich über die Augen. »Glaub mir, ich hab im Leben alles versiebt. Dabei wollte ich alles richtig und gut machen, wollte, dass alle stolz auf mich sind.«

»Die Leute sind stolz auch dich. Du hast eine Menge Verbrecher gefasst.«

Costarelli lächelte müde. Von draußen drang die Sirene eines Krankenwagens herein.

Shane zögerte. »Deine Tochter …« Er brach ab.

»… wurde nie gefunden.«

»Es tut mir leid, Tony.«

Costarelli drehte den Kopf zur anderen Seite und murmelte: »Ich hab noch nicht mal mehr Lust auf 'ne Zigarette.«

Auf dem Gang näherten sich Schritte und entfernten sich wieder.

»Als du damals McNulty gekriegt hast«, begann Costarelli und sah ihn wieder an, »hab ich kurz überlegt, rüberzukommen und ihn wegen Mary-Jane zu fragen.«

Shane begriff nicht. »Wieso?«

Costarelli atmete langsam ein und aus. »Er hat damals auf Bathurst Island gelebt. Als Mary-Jane verschwand, war er zehn.«

»Was? Warum, zum Teufel, hast du es nicht gemacht?«

Wieder die Hand, die sich müde hob und dann auf die Decke zurückfiel. »Ich wollte das alles nicht noch mal durchmachen.«

Konnte der damals zehnjährige McNulty die zweijährige Tochter von Costarelli *geopfert* haben?

»Wir hatten damals natürlich gleich die Aborigines in Verdacht«, sprach Costarelli weiter. »Wenn sie sich stritten, dauerte es nicht lange, bis sie ihre Speere in der Hand hatten und sich gegenseitig bedrohten. Und es blieb ja nicht bei den Kampfhähnen, nein, es kamen alle Verwandten zusammen, um ihre Angehörigen zu unterstützen. Da hat sich nicht viel geändert. Streit, Verletzte, Gewalt. Jeden Tag, jede Nacht steht jemand bei der Polizei vor der Tür und will, dass Hilfe kommt. Wir, Jane und ich, waren sehr idealistisch damals.«

Shane kannte einige Aborigine-Communities auf dem Festland. Oft waren Stämme aus unterschiedlichen Regionen dort zusammengelegt worden, die sich seit alters her bekämpften oder sich aus dem Weg gingen. Alkohol, Benzin als Schnüffelstoff, sonstige Drogen – all das half den Menschen, ihr armseliges Leben zu ertragen. Und die Jugendlichen, vor allem die männlichen Jugendlichen, arbeitslos und ohne Bildung, gerieten fast automatisch in den Teufelskreis von Gewalt, Drogenmissbrauch – und Gefängnis.

»Vor einem halben Jahr war ich erst wieder da.« Costarellis Stimme war lauter geworden. »Rechts und links der Straße Häuser in Reih und Glied, Häuser, wie man sie in jedem Vorort hätte finden können. Doch sie hatten die Fenster und Türen herausgerissen und verfeuert! Sie hatten die Matratzen auf die Veranda oder einfach vors Haus gelegt! Sie können nicht in einem geschlossenen Raum leben und schlafen! Diese Häuser haben Millionen Dollar gekostet, und die Weißen sehen ihren verwahrlosten Zustand nur als Zeichen für die Verkommenheit der Aborigines! Die Weißen glauben, sie zahlen sich dumm und dämlich für die Aborigines, die ja doch nur alles, was man ihnen gibt, zerstören! Mit Recht sagen sie: Uns baut niemand ein Haus! Die verdammten Engländer, die haben sich als der Nabel der Welt betrachtet! Alles musste ihren Gesetzen gehorchen! Shit! Heute sind es die Yanks und morgen Moslems oder die Chinesen!«

Shane ließ ihn reden. Costarelli schloss die Augen, und Shane dachte, er würde schlafen. Auf dem Monitor bildete die Pulsfrequenz kurz aufeinanderfolgende Spitzen.

Costarelli öffnete die Augen wieder. »Von dort, wo wir Jeannie gefunden haben«, sagte er, »kann man den Old Man Rock sehen.«

Shane erinnerte sich an den aus dem Meer aufragenden Felsen in der Nähe des Ufers. »Und?«

»Die Aborigines sagen, dass er gestört wurde und dass deshalb der Zyklon Tracy über uns gekommen ist.«

Shane dachte nach. »Ich hab Bert Horkay in der Mangel, den Schriftsteller«, sagte er schließlich. »Er war fast an all den Orten, an denen wir Leichen gefunden haben. Und er hat einen Sinn für solche Dinge wie diesen Felsen.«

»Horkay«, murmelte Costarelli. »Ja, damals waren ein paar Weiße auf der Insel. Leute von der Kirche, Lehrer, Ethnologen. Es kamen damals öfter Leute und gingen irgendwann wieder.«

»Kannst du dich erinnern, ob Horkay darunter war? Bert Horkay? Als Mary-Jane verschwand, muss er dreizehn gewesen sein.«

»Bert Horkay«, wiederholte Costarelli und starrte an die Decke. Er griff nach Shanes Handgelenk. »Nimm ihn in die Zange, Shane! Verdammt, ich wollte, ich könnte dabei sein.«

»Ja.«

Costarelli ließ Shanes Handgelenk los.

Shane stand auf. Halt durch, Tony, wollte er sagen, doch er hatte solche Sätze schon immer gefürchtet. Wortlos ging er zur Tür.

»Shane?«

»Ja?« Er drehte sich um.

»Nimm den Karton mit, und mach ihm richtig Feuer unterm Arsch!« Ein trockener Husten überfiel ihn.

38

»Warum schließen Sie das Zimmer überhaupt ab? Es wohnt doch sonst niemand hier, oder?«

Jeff entriegelte den Türknauf. »Ich weiß nicht, ich tue es einfach.«

Mit einem leisen Ächzen ging die Tür auf. Dunkelheit gähnte ihr entgegen, und ihr war unbehaglich zumute, als sie einen Schritt ins Zimmer tat.

Fadenscheinige lindgrüne Vorhänge hingen vor dem Fenster, es roch nach alten, staubigen Stoffen, ungelüfteten Betten und muffigen Schränken. Jeff schaltete das Licht ein, eine altmodische Lampe mit einem bräunlichen Schirm hing in der Mitte des Raums von der Decke und goss ein gelbliches Licht über Möbel und Wände. Mit wenigen Blicken hatte Tamara das Inventar des Zimmers erfasst: ein von einer gehäkelten lindgrünen Tagesdecke bedecktes Doppelbett mit einem hohen Kopfteil aus dunkel gemasertem schweren Holz und eine ebensolche Kommode mit gerahmten Fotos auf einer Spitzendecke und einer seltsamen, kerzenartigen Lampe. Ein Ohrensessel mit abgewetzter Sitzfläche stand in der Ecke zwischen dem Fenster und einem Kleiderschrank aus dünnem, billigem Holz. Die Tapete hatte lindgrüne Streifen, und auf dem grünlichen PVC-Boden lagen dunkelgrüne abgetretene Läufer. Alles wirkt wie konserviert, dachte sie, und es hätte sie nicht gewundert, wenn Jeffs Eltern jeden Moment hereingekommen wären. Unter den zugezogenen Gardinen stand sogar ein kleiner Koffer, der nur darauf zu warten schien, von seinem Besitzer mitgenommen zu werden.

»Und? Enttäuscht?«, fragte er. »Keine Leichen. Keine Mumien.«

»Wollte Ihr Vater noch verreisen?« Sie sah zu dem Koffer.

»Der Koffer musste immer da stehen. Für alle Fälle. Mit allem, was man zum Überleben brauchte.«

Sie horchte auf. »Meine Tante lebte unten bei Sydney, in den Blue Mountains, und musste öfter vor Buschfeuern fliehen. Fürchtete sich Ihr Vater auch vor Buschfeuern?«

Jeffs Blick glitt gedankenverloren zum Koffer.

»Nein, er hatte keine Angst. Er war nur vernünftig und sorgte vor – aber ...« Er sah sie an. »... aber man kann sich nicht vor allem schützen, oder?«

Hatte sie einen merkwürdigen Unterton gehört, oder bildete sie sich das nur ein, weil sie diesen Koffer und das Zimmer und überhaupt diese ganze Geheimnistuerei um diesen Raum unbedingt verdächtig finden wollte? »Nein, sicher nicht«, sagte sie und fügte hinzu: »Aber meine Tante hatte auch immer so einen Koffer bereitstehen. Hat Ihr Vater den Koffer mal gebraucht?«

Jeff Ellroy lächelte gezwungen. »Ich glaube nicht.«

Sie dachte nach. Wie konnte sie ihm eine Falle stellen? Wie konnte sie testen, ob er die Wahrheit sagte oder sich verstellte? »Haben Sie schon mal ein Erdbeben miterlebt, Jeff?«

Was hatte sie erwartet? Dass er sich beim Wort *Erdbeben* plötzlich in einen Werwolf verwandeln, sich auf sie stürzen und sie aufschlitzen würde? Er hob die Brauen und zuckte gleichgültig mit den Schultern. »Kein wirklich schlimmes.«

Wieder zweifelte sie an ihrer Theorie und versuchte, weiteres Belastungsmaterial zu finden. Dabei fiel ihr Blick auf die eingerahmten Fotos auf der Kommode. »Sind Sie das?« Ein Junge und zwei Erwachsene in Badekleidung lächelten in die Kamera. Im Hintergrund sah man Bäume und ein Haus.

»Ist das Ihre Schwester oder Ihr Bruder?« Sie deutete auf ein anderes Foto, das denselben Jungen zeigte, wie er auf einer Decke kniete und mit einem Baby spielte.

»Schwester.«

»Ich wusste gar nicht, dass Sie Geschwister haben, Jeff.« Hatte davon tatsächlich nichts in den Akten gestanden, oder hatte sie es übersehen? »Wo lebt sie?«, fragte sie und dachte an das Gästezimmer, das wie ein Mädchenzimmer eingerichtet war.

»Sie ist schon lange tot. Kommen Sie, ich möchte wieder abschließen.« Er war ungeduldig geworden und griff hinter sich zum Türknauf.

Doch so schnell wollte sie nicht aufgeben. Sie betrachtete das Bild noch einmal. Der junge Jeff hatte etwas Verängstigtes, das auf den ersten Blick nicht auffiel. Man hätte es vielleicht als Unbeholfenheit oder Schüchternheit interpretieren können, aber sie war sicher, dass es Angst war. »Sie sehen nicht gerade sehr glücklich auf dem Foto aus, Jeff«, sagte sie und hoffte, dass er etwas von sich preisgeben würde.

Jeff warf nur einen kurzen Blick auf das Bild, erwiderte aber nichts.

»Warum gibt es noch immer dieses Zimmer? Ihr Vater lebt doch schon lange nicht mehr?«

Er seufzte. »Kennen Sie das: Sie wissen, dass Sie den Speicher ausmisten müssen, aber Sie wollen nicht in all die Kisten und Kartons sehen?«

Ja. Nach ihrer Trennung von Scott war es ihr so ergangen. »Aber was war denn so schrecklich an Ihren Eltern, dass Sie nicht erinnert werden wollen?«, fragte sie weiter.

Er sah sie an, nein, er sah vielmehr durch sie hindurch, als läge seine Vergangenheit irgendwo hinter ihr.

»Jeff?«

Sein Blick kehrte zu ihr zurück, merkwürdig fremd und abweisend. »Es verdirbt mir jedes Mal die Stimmung. Kommen Sie schon.« Er bedeutete ihr, hinauszugehen. An der Türschwelle drehte sie sich noch einmal um. Ein totes Zimmer voller Erinnerungen, die er lieber wegsperrte.

Er zog die Tür zu. »Genug von damals!«, sagte er und verriegelte den Knauf. »Ich will nicht mehr darüber reden.«

Sie nickte. »Verstehe.« Sie versuchte ein Lächeln. »Was ist, gibt es noch Nachtisch?«

Seine Miene entspannte sich. »Klar. Eis habe ich da!«

»Prima!« Ihr gelang sogar ein Strahlen. »Kann ich mal das Badezimmer benutzen?«

Während er zurück in den Wohnraum ging, öffnete sie die Badezimmertür, kehrte jedoch, als er außer Sichtweite war, zum verschlossenen Zimmer zurück, entriegelte den Knauf und schob sich lautlos in den dunklen, muffigen Raum. Der Koffer am Fenster zog sie magisch an, als müsse sie ihn nur öffnen, um darin endlich die Lösung des Falls zu finden.

»Ich hab nach Ihrem Anruf gleich in den Archiven gekramt!« Vicky kam ihm auf dem Flur zum Verhörraum entgegen. »War gar nicht so leicht. Aus der Zeit ist nichts digitalisiert oder auf Mikrofiche. Nur staubige Akten.«

Shane sah auf den verblassten roten Pappschnellhefter, den sie ihm entgegenstreckte. »Man hat Ihnen einfach so Costarellis Akte ausgehändigt?« Er kannte die bürokratischen Mühlen und war überrascht, wie schnell sie offenbar für Vicky Chen mahlten.

»Ich kenn inzwischen ein paar Leute …« Sie grinste kurz. »Also hat McNulty auch Costarellis Kind umgebracht?«

»Er hat 1976 immerhin auf Bathurst Island gelebt. Aber wie gesagt, die Kinderleiche ist nie gefunden worden.« Er zeigte auf die geschlossene Tür des Verhörraums. Vicky nickte. »Ja, sie sind noch drin. Ein wenig verstimmt zwar … Aber … ich verstehe nicht, warum Tony das all die Jahre für sich behalten hat.«

»Manchmal verpasst man den richtigen Zeitpunkt.«

Vicky sah nachdenklich auf den Schnellhefter.

»Also, vielleicht war es damals wirklich McNulty. Vielleicht ist sie auch einfach ertrunken.«

»Ja, aber … McNulty ist tot«, sagte Vicky. »Es muss ein anderer hier in Darwin …«

»Mein Gott, ja, ich weiß!«, fiel er ihr ins Wort.

Er musste sich konzentrieren. In den letzten Stunden war zu viel passiert, und er hatte kaum etwas gegessen. Kein Wunder, dass seine Nerven mit ihm durchgingen. Vicky presste die Lippen aufeinander und sah ihn abwartend an. Er hätte sich entschuldigen können, aber irgendetwas in ihm sträubte sich. Er konnte sich nicht erlauben, weich zu werden. Noch nicht.

Horkay also … Was sollte er mit ihm machen? Er konnte es drehen und wenden, aber Jim Chang hatte recht: Er hatte nichts gegen Horkay in der Hand – nur den Karton mit den Fotos und Zeitungsausschnitten. »Vicky, recherchieren Sie, was 1976, als Mary-Jane verschwand, auf Bathurst Island los war. Welche Schulen gab es, welche wissenschaftlichen ethnologischen Projekte, welche Gesundheitsmaßnahmen … Kann Horkay da gewesen sein?«

Vickys Augen starrten ihn an. »Wie soll ich das …«

»Rufen Sie jemanden von der Historical Society an oder von der Kirche, von der Aborigine-Verwaltung … Lassen Sie sich was einfallen! Fangen Sie irgendwo an!« Er hielt den Türgriff schon in der Hand, als Vicky noch immer unbeweglich dastand. »In spätestens einer halben Stunde muss ich Horkay gehen lassen! Also, tun Sie was!«

Sie nickte benommen, und er wusste, dass er Unmögliches von ihr verlangte.

Chang und Horkay blickten gleichzeitig auf, als er eintrat. Vor ihnen auf dem Tisch standen zwei halbleere Plastikbehälter mit Resten von soßendurchweichtem Salat.

»Hat es Ihnen geschmeckt?« Shane stellte den Karton zwischen die Plastikschalen.

»Sie erwarten hoffentlich keine Antwort, Detective«, gab Chang zurück und schob beide Schalen ans Tischende.

»Nein.« Shane bemerkte Schweißperlen auf Changs Oberlippe – und auf Horkays Stirn.

»Mister Horkay, waren Sie schon mal auf Bathurst Island?«

Horkays Mundwinkel zuckten verächtlich. »Wenn Sie sich für mehr als die Widmung in meinem Buch interessiert hätten, müssten Sie diese Frage nicht stellen. Da ist ein Kapitel über die Insel drin.«

Ja, das weiß ich, und auch deshalb bist du verdächtig.

»Wo waren Sie Weihnachten 1976?« *An dem Tag, als die kleine Mary-Jane Costarelli für immer verschwand,* fügte er für sich hinzu.

Horkay hob die Augenbrauen und sah den Anwalt an. »Muss ich darauf antworten?«

Bevor Chang etwas erwidern konnte, hatte Shane das Foto von Costarelli und seiner Familie aus dem Karton genommen und hielt es Horkay vor die Nase.

»Erinnern Sie sich?«

Ausdruckslos sah Horkay auf das Foto.

»Und?«, fragte Shane.

Horkay lehnte sich zurück. »Ich weiß nicht, woran ich mich erinnern soll, Detective. Haben Sie mich nicht gerade nach Weihnachten 1976 gefragt?«

»Sie müssen diese Frage nicht …«, begann Chang.

»Aber ich werde sie beantworten!«, fiel Horkay ihm schroff ins Wort und sah Shane mit jener Überlegenheit an, die er am Anfang des Verhörs an den Tag gelegt hatte. »Wir haben damals Weihnachten oft bei Freunden in Perth verbracht. Wir waren an Weihnachten nie in der Gegend von Darwin. Mein Vater hatte nämlich eine panische Angst vor Zyklonen. Beinahe hätte er Tracy miterlebt.«

Tracy 1974, der Tsunami 2004, alles zur Weihnachtszeit, Patty Benson, die Erdbeben … Worin bestand der Zusammenhang?

Horkay machte mit dem Kinn eine Bewegung in Richtung des Fotos. »Wer ist das?«

»Tony Costarelli«, antwortete Shane, »der Polizist auf Bathurst Island im Jahr 1976, seine Frau Jane und seine kleine Tochter Mary-Jane.« Shane beobachtete Horkay, doch der zeigte keine Reaktion. »Lassen Sie mich raten, Detective.« Ein flüchtiges triumphierendes Lächeln erschien auf seinem Gesicht. »Die Frau wurde ermordet – nach dem üblichen Ritual. Hab ich recht?«

»Nein.«

Horkay wirkte überrascht. »Nein?«

»Detective …« Das war Chang. »Hören Sie mit Ihren Ratespielen auf und …«

Shane ignorierte ihn. »Nicht die Frau, Mister Horkay, das Kind wurde ermordet.« Er bluffte, aber was sollte er tun?

Endlich glaubte er in Horkays Augen eine Spur von Angst zu erkennen. »Ich war 1976 dreizehn Jahre alt!«

»Wir wissen doch alle, Mister Horkay, dass es mehr Kinder gibt, die töten, als man denkt.«

»Mister Horkay …« Chang schob seinen Oberkörper näher an den Tisch. »Hören Sie endlich auf mich, und antworten Sie nicht!«

Horkay sah den Anwalt noch nicht einmal an. »Ich habe keine Probleme mit den Fragen, Mister Chang.«

Chang stöhnte auf, wischte sich mit einem benutzten Papiertaschentuch den Schweiß von der Oberlippe und sah auf seine Uhr.

Es klopfte, und Vickys Gesicht tauchte in der sich öffnenden Tür auf. Sie hielt eine Videokassette in der Hand, beugte sich zu Shane hinunter und flüsterte ihm ins Ohr: »Er war im Perlenladen. Und er hat Jeannie eine Kette umgelegt.« Sie legte die Kassette auf den Tisch, und Shane verabschiedete sie mit einem Kopfnicken.

Horkays Stirn war feucht geworden. Haarsträhnen klebten daran fest.

»Mister Horkay, wissen Sie, wie viel eine Perlenkette kostet?«

»Ungefähr.«

»Wie viel verdienen Sie, Mister Horkay?«, fragte er weiter.

»Ich wüsste nicht, was Sie das angeht, Detective. Oder sind Sie von der Steuerfahndung?«

»Dreitausend Exemplare wurden letztes Jahr von ihrem neuesten Buch verkauft. Nicht gerade ein Bestseller.«

»Ich habe nie behauptet, Bestsellerautor zu sein.«

»Können Sie davon leben, Mister Horkay?« Shane betrachtete die schwere Uhr, das sorgfältig gebügelte, teuer aussehende dunkelblaue Hemd, erinnerte sich an die feinen Lederschuhe – Horkay wirkte wie jemand, der Luxus durchaus zu schätzen weiß.

»Sie sehen ja, dass ich es kann.« Horkay verschränkte trotzig die Arme vor der Brust.

»Was haben Sie damit bezweckt, als sie im Perlenladen Jeannie Reid eine zehntausend Dollar teure Perlenkette angelegt haben?«

Schlagartig wich jegliche Farbe aus Horkays Gesicht.

»Detective, ich muss mit meinem Mandanten reden!«, sagte Jim Chang aufgebracht.

»Mister Horkay«, sagte Shane unbeeindruckt. »Sie sind vorläufig festgenommen.«

Jim Chang stand auf. »Ich muss das erst mit Alison klären.« An der Tür drehte er sich noch einmal um und zog etwas aus seiner Aktentasche. »Alison hatte mir was für Sie mitgegeben. Malaysia, eine Woche.« Er steckte das Ticket wieder ein und ging hinaus. Horkay starrte ihm bestürzt nach. »Kann ich ein Glas Wasser haben?« Von Horkays Arroganz und Selbstsicherheit war nichts mehr übrig geblieben.

Shane nickte und verließ den Raum.

39

Sie hörte Jeff in der Küche hantieren. Tamara bückte sich, legte den Koffer hin und klappte die Schnallen auf. Zum Vorschein kamen eine Taschenlampe, eine altmodische grünliche Regenjacke, eine ebenso altmodische mit Wasser gefüllte Plastikflasche, eine Packung billige Kekse … die typische Notausrüstung. Enttäuscht machte sie den Koffer wieder zu. Warum wollte sie unbedingt etwas Belastendes finden?

Sie ließ ihren Blick über die Gegenstände im Zimmer wandern. War es nicht wirklich nur ein ungelüftetes, mit altem Plunder eingerichtetes Zimmer eines Toten? Draußen schlug im Wind ein Ast ans Dach. Sie erschrak kurz und sah zur Tür. Jeff sollte sie hier nicht finden. Sie wollte schon hinausgehen, als ihr Blick auf die Kommode fiel. Mit ihrem polierten dunklen Holz, den glänzenden schweren Messinggriffen, der kerzenartigen Lampe und dem Spitzentuch, auf dem die gerahmten Fotos standen, wirkte sie wie eine Truhe, in der man uralte Familiengeheimnisse einschloss.

»Was ist nur mit dir los, Tamara?«, murmelte sie. Wie oft hatte sie in ihrer Berufslaufbahn schon Kommoden durchsucht? Schon einige Male war sie dabei auf Revolver, Messer, kleine Tüten mit Kokain oder Heroin, Geldbündel oder gar die Tatwaffe gestoßen, versteckt zwischen Nachthemden, Unterwäsche oder Socken. Aber nie hatte sie dabei einen solchen Schauder gespürt wie jetzt, als ihre Hand den Messinggriff berührte.

Sie zog die Schulblade auf und hielt den Atem an. Sauber gefaltete Tischtücher lagen darin gestapelt, und sie fragte sich, ob Jeff sie seit dem Tod seines Vaters jemals benutzt hatte? Nirgendwo in der Wohnung hatte sie einen Tisch mit einer Tischdecke gesehen. Vielleicht hatte er diese Schublade auch all die Jahre gar nicht aufgezogen. Wieder betrachtete sie das Foto, auf dem er so verängstigt – und verschlossen aussah. Ja, sie verstand, warum er diese Schubladen und Schränke und Koffer nicht mehr aufgemacht hatte. Wieder schlug der Ast ans Dach, und ihr wurde bewusst, dass sie sich heimlich in dieses Zimmer gestohlen hatte und Jeff jeden Moment hereinkommen und sie zu Recht zur Rede stellen konnte. Mach schon, dass du hier rauskommst, sagte sie sich und fuhr dabei mehr aus Routine als aus Neugierde mit dem Daumen von unten nach oben an den Tischdecken entlang. Seltsam, zwischen den Tüchern lagen eine silberne Damenarmbanduhr und eine Perlenkette. Hatte sie jemand dort versteckt? Warum? Damit sie vor Einbrechern geschützt waren? Wusste Jeff von diesem Schmuck? Hatte er ihn vielleicht sogar selbst da hineingelegt? Oder waren es – Trophäen der Opfer? Jeannie Reid hatte eine Perlenkette getragen …

Blitzschnell ging sie alle Details der drei Mordfälle durch. Alle Opfer waren nackt und ohne Schmuck gefunden worden. Patty Benson, erinnerte sie sich, hatte angeblich immer Ohrringe getragen, die jedoch an der Leiche fehlten. Was hatte Valerie Tate getragen? Jeannie Reids Perlenkette war das bisher auffallendste Schmuckstück.

»Was tun Sie da?«

Sie fuhr herum, die Hand immer noch in der Schublade, und sah in seine wütenden Augen. Sie hatte ihn nicht kommen hören. »Hören Sie, Jeff, die Sache ist …«

»Warum tun Sie das?« Seine Stimme war drohend.

Sie hatte keine Angst. Sie war endlich wieder Detective. Keine Journalistin mehr. »Okay, Jeff. Ich bin Detective der

Homicide Squad. Mein Ausweis ist in meiner Handtasche. Ich gehe und hole ihn.«

Seine Augen flackerten. »Sie haben mich angelogen!«, presste er hervor. »Sie haben meine Gastfreundschaft ausgenutzt!« Er bewegte sich nicht von der Stelle.

»Moment, Jeff.« Langsam zog sie die Hand aus der Schublade. »Wem gehört diese Perlenkette?« Die Kette hing an ihrem Handgelenk.

»Was fällt Ihnen ein, in den Sachen meiner Mutter zu wühlen!«

Mit schmalen Augen starrte er auf die Kette, dann wieder auf Tamara.

Sie erwartete jeden Moment, dass er auf sie losging. Noch immer hatte sie keine Angst. Sie war nur bereit, loszuschlagen, blitzschnell und präzise. »Als Sie mich am Freitag angerufen haben, Jeff, haben Sie sich bei der Uhrzeit um eine halbe Stunde vertan, genau die halbe Stunde Zeitverschiebung zwischen Brisbane und Darwin.« Sie ließ ihn nicht aus den Augen.

Er verzog den Mund zu einem gequälten Lächeln. »Sie sind ja verrückt!«

»Sie waren am Freitagabend, als Jeannie Reid ermordet wurde, in Darwin, nicht wahr?« Die Sätze kamen aus ihr heraus, obwohl sie wusste, dass sie keinen Beweis für ihre Behauptung hatte.

»Wer, zum Teufel, ist Jeannie Reid?«

Sie ging nicht darauf ein, eine innere Stimme übernahm die Führung. Die Stimme von Detective Sergeant Senior Tamara Thompson. »Sie kannten Patty Benson, ihr Haus befindet sich …«

»Hören Sie doch mit dem Quatsch auf!« Er griff nach der Perlenkette, wollte sie ihr entreißen, aber Tamara ließ sie nicht los. Er macht eine Bewegung auf sie zu, doch Tamara war schneller. *Dr. Jenkins, der nette Englischlehrer … Wieder stiegen die Bilder in ihr auf. Ich hätte eventuell einen Job für dich, Tamara! … Sie wusste nicht, dass er das meinte, was dann geschah … Sie hatte es niemandem erzählt.* Sie hob ihr Knie und stieß es ihm in den Magen, die Perlenkette riss … *Als er Ellen zu sich nach Hause einlud, weil man da besser reden könne, hatte sie die Freundin gewarnt, aber Ellen nahm es nicht ernst, und dann kam Ellen am frühen Abend nicht nach Hause … Da fuhr Tamara zum Haus des Lehrers, aber er machte nicht auf, dabei stand sein Auto vor der Garage … Sie wusste, dass er da war … und sie wusste, dass Ellen in seinem Haus war …* Jeff krümmte sich, sie riss ihre Waffe aus der Halterung am Bein, die Perlen spritzten in alle Richtungen … *Sie rief die Polizei unter dem Vorwand, Schreie gehört zu haben … Sie kamen, zwei Polizisten, klingelten … Er öffnete. Sie, Tamara, stand an der Gartentür und beobachtete ihn … Sein Gesicht war gerötet, sein Hemd verrutscht, seine Hose zerknittert … Niemand konnte sie zurückhalten, und sie stürzte an ihm vorbei ins Haus, riss die Türen auf … Sie fand Ellen im Schlafzimmer, gefesselt, geschlagen, blutend …* Jeff stürzte sich auf sie, warf sie auf den Boden – er war stärker als sie, schaffte es, sie auf den Rücken zu drehen. Gleich würde er ihre Hand mit der Waffe auf den Boden pressen … *Der Lehrer bekam zehn Jahre … Ellen erhängte sich in der Scheune ihrer Großeltern … Ellen, er hat es damals auch mit mir gemacht, hatte sie ihr sagen wollen, aber sie hatte es nie gesagt …* Nie wieder wollte sie unterliegen, nie wieder machtlos sein … nie wieder gezwungen werden … Sie atmete ein, und dann schnellte sie mit ihrem ganzen Körper vor, schleuderte ihn von sich, riss die Waffe aus ihrer Halterung – und feuerte.

Durch die offen stehende Bürotür sah Shane Vickys Rücken vor dem Bildschirm. Sie legte gerade den Telefonhörer auf.

»Gute Arbeit!«

Sie drehte sich um und strahlte. »Danke! Ich habe jemanden von der Historical Society gesucht, und ich hatte Glück!« Sie strich sich mit einer raschen Bewegung eine Haarsträhne aus ihrem Gesicht. »Der Lehrer, ein gewisser Timothey, hat sich daran erinnert, dass Richard McNulty einmal fast ertrunken wäre. Er ist beim Überqueren des Kanals zwischen Bathurst und Melville Island aus einem Boot gefallen.«

»Und?«, fragte er ungeduldig.

»Stellen Sie sich vor: Ein weißer Junge hat ihn gerettet. Timothey konnte sich nicht mehr an den Namen erinnern, er wusste nur noch, dass dieser Junge mit seinem Vater für ein paar Wochen auf der Insel war, wegen irgendeines Forschungsprojekts!«

»Wir haben ihn«, murmelte Shane. »Vicky, bringen Sie Horkay ein Glas Wasser. Ich muss zu Tony.«

Jetzt, um vier am Nachmittag, stand die Sonne zwar nicht mehr im Zenit, aber sie hatte den ganzen Tag lang die Luft aufgeheizt. Shane schloss die Autofenster und schaltete die Klimaanlage ein, während er sich im Berufsverkehr zwischen Ruß ausstoßenden Trucks und Bussen mit Blaulicht seinen Weg zum Krankenhaus bahnte.

40

Tamara wand sich unter dem schweren Körper hervor. Blut tränkte Jeffs Hemd. Sie steckte ihre Waffe zurück in die Halterung an ihrer Wade und drehte ihn auf den Rücken. Er stöhnte, als er langsam zu sich kam. Rasch riss sie die kerzenartige Lampe mitsamt Stecker von der Kommode und fesselte mit dem Kabel seine Handgelenke. Sie arbeitete, ohne zu denken, mechanisch, präzise, jeder Handgriff saß.

»Was tun Sie da?«, brachte er hervor, das Gesicht schmerzverzerrt und verschwitzt.

Ohne zu antworten, wühlte sie in der Kommode nach einem geeigneten Wäschestück und legte ihm damit einen Druckverband an. Die Kugel hatte seinen Oberarm durchschlagen und war über dem Bett in die Wand eingedrungen. Wenn sich nicht plötzlich ein Alarmsignal in ihrem Kopf eingeschaltet hätte, hätte sie das gesamte Magazin auf ihn abgefeuert. Sie schaffte es, seinen Oberkörper an den Schrank zu lehnen.

»Sie sind total verrückt! Die Perlenkette gehörte meiner Mutter!«, ächzte er.

Seine Worte erreichten sie nicht. Sie funktionierte, eilte zur Veranda, um ihr Telefon zu holen, kehrte zu ihm zurück und rief einen Krankenwagen an. Er wäre frühestens in zwanzig Minuten da, hieß es. Jeff Ellroy war außer Gefecht, aber nicht lebensgefährlich verletzt. Der Blutverlust sah dramatischer aus, als er war, wusste sie. Sie legte auf. Jetzt erst bemerkte sie all die Perlen, die verstreut auf dem Boden lagen.

»Sie irren sich«, sagte er stöhnend, »ich war es nicht. Sie haben den Falschen!«

Noch immer das Telefon in der Hand, setzte sie sich auf die Bettkante. Allmählich kehrten die Bilder der letzten Minuten zurück. Die Perlenkette in ihrer Hand, sein Versuch, sie ihr zu entreißen …

»Die Perlenkette gehörte meiner Mutter!«, wiederholte er stöhnend.

Wie einfach, so etwas zu behaupten, war ihr erster Gedanke.

Sie betrachtete ihn. Mit den Armen auf dem Rücken gefesselt, lehnte er am Schrank, aus dem Verband an der Schulter sickerte Blut. Seine Wangen waren eingefallen und seine Lippen blass. Sie hatte ihn attraktiv und anziehend gefunden – und sich dennoch nicht täuschen lassen. Sie könnte stolz auf sich sein. Aber sie empfand nichts. »Ich habe mich erkundigt, Jeff. Sie waren in Bangkok, als dort eine Frau auf dieselbe Weise wie Patty Benson ermordet wurde.«

»Ich hatte dort beruflich zu tun!«

»Wieder ein Zufall, Jeff? Genauso wie der, dass Sie Patty Benson als einer der Letzten gesehen haben oder dass Sie in der Nähe des Tatorts wohnen? Sie waren am Freitag in Darwin, geben Sie es zu.«

Er schloss für einen Moment die Augen. Als er sie wieder öffnete, sagte er: »Gut. Ich hätte es Ihnen gleich erzählen sollen. Ja, ich war in Darwin.« Er stöhnte wieder.

Hatte sie richtig gehört?

»Ich war sogar mehrmals da«, fuhr er fort. »In dieser Woche sogar zweimal. Ich habe als Sachverständiger ein Gutachten abgegeben. Die zuständige Anwältin heißt Louise Woolfe!« Er verzog das Gesicht »Verdammt, rufen Sie bei der Polizei in Darwin an, und fragen Sie nach Louise Woolfe!«

Bluffte er? Aber was hätte er davon? »Warum sagen Sie das erst jetzt?«

»Warum hätte ich es Ihnen sagen sollen? Sie haben sich als Journalistin ausgegeben! Hätten Sie mich als Detective gefragt, dann hätte ich es Ihnen natürlich gesagt. Aber so, so wollte ich nicht, dass Sie sich darauf stürzen, weil es in Ihren Augen ja schon wieder ein Zufall wäre!«

Sie überlegte.

»Machen Sie schon! Und können Sie mir nicht diese dämlichen Fesseln abnehmen?«

Das Telefon wog immer schwerer in ihrer Hand. Und wenn er wirklich recht hatte? Wenn er nur mal wieder zur falschen Zeit am falschen Ort gewesen war? Dann bedeutete das, dass sie völlig unprofessionell reagiert hätte. Sie hätte ihn sogar beinahe getötet.

»Machen Sie schon!«, drängte er mit schmerzverzerrtem Gesicht. »Louise Woolfe! Rufen Sie schon die Polizei in Darwin an!«

In diesem Moment wusste sie, dass sie versagt hatte. Bring es hinter dich, sagte die nüchterne Detective-Stimme, und sie wählte Shanes Nummer. Er ging nicht dran, dafür meldete sich ein Detective Vicky Chen. Tamara fragte nach Shane. Er habe sein Handy vergessen, erklärte sie. Sie wusste offenbar Bescheid, dass Tamara Shanes Kollegin war.

»Wir haben ihn!«, hörte Tamara Vicky sagen. »Es ist Bert Horkay, Schriftsteller, Journalist und Ethnologe.«

Sie brauchte sich die Nummer von Louise Woolfe nicht mehr geben zu lassen. Sie hielt das Handy noch eine Weile in ihrer Hand. Warum hatte Shane ihr nicht Bescheid gegeben? Dann hätte sie sich das alles hier erspart.

»Und?« Er stöhnte. »Was ist? Rufen Sie Louise Woolfe an!«

Sie sah zu ihm hinüber. Das Blut hatte sein Hemd dunkelrot durchtränkt. Schweiß stand ihm auf der bleichen Stirn.

Das ist alles nicht wahr, dachte sie, stand von der Bettkante auf, bückte sich und nahm ihm das Kabel ab.

»Ich sammele alle wieder auf«, murmelte sie und kniete sich neben ihn auf den Boden zwischen die Perlen.

41

Tony Costarelli bekäme Morphium, um die Schmerzen zu betäuben, hatte der Arzt Shane mitgeteilt.

Costarellis Kopf schien geschrumpft zu sein. Seine Stimme war kaum mehr als ein Flüstern, als er hochblickte und sagte: »Hast du ihn endlich?« Seine Augen flackerten.

»Ich denke, ja.«

»Ich hab schon gedacht, du schaffst es nicht mehr rechtzeitig«, sagte Costarelli leise.

Shane zog sich einen Stuhl zum Bett und setzte sich.

»McNulty soll als Kind einmal fast ertrunken sein, da hat ihn ein weißer Junge gerettet. Sieht ganz nach Horkay aus. Der Junge war mit seinem Vater wegen eines Forschungsprojekts …«

»Ja«, fiel ihm Costarelli ins Wort, »ich erinnere mich, Vater und Sohn waren wegen der Wetterstation mal für ein paar Monate da, die Mutter und die kleine Schwester waren durch *Tracy* ums Leben gekommen …«

»Was sagst du da?«

»Sprech ich schon so undeutlich?«

»Nein, aber … du hast *Wetterstation* gesagt?«

»Verdammt, ja, sie haben nach diesem verfluchten Zyklon

1974 eine Wettermeldestation ganz im Westen von Bathurst Island aufgebaut, ab und zu musste mal einer kommen und irgendwas messen.«

»Und das war Horkay?« Ein Ethnologe schien nicht der passende Spezialist für eine solche Aufgabe zu sein …

»Hab ich das gesagt?« Costarelli wirkte verwirrt.

»Tony, denk bitte nach: War es Horkay?«

Costarellis Atem ging schwer, als würde er gleich in einen tiefen Schlaf fallen. »Ich hab den Namen vergessen. Seit Monaten vergesse ich Namen …« Costarellis Blick wanderte zur Decke. »Er hieß Brad.«

»Wer?«, fragte Shane.

»Der verdammte Meteorologe. Jetzt weiß ich's wieder.«

Der Meteorologe … nicht der Ethnologe oder Höhlenforscher. Der Meteorologe, der Ingenieur … Brad Ellroy … Der Name stieg aus seinem Gedächtnis auf. Der Vater von Jeff Ellroy. Er war die ganze Zeit über da gewesen. Von Anfang an. Seit er Louise Woolfe getroffen und sie von den Sachverständigen gesprochen hatte. »Jeff Ellroy«, sagte er.

Costarelli zog die Augenbrauen zusammen. »Ellroy, richtig, Brad Ellroy … Ja, so hieß er.«

»Er muss einen zehn- oder elfjährigen Sohn gehabt haben.« Schon schob er den Stuhl zurück.

»Shane … ich muss dir noch was sagen.«

»Ja?«

Costarelli schluckte. »Die Mail …«

»Ja, Ellroy hat sich über mich lustig …«

»Nein.« Costarelli schüttelte den Kopf. »*Ich* hab sie geschrieben.«

»Du?«

»Ich wollte den Fall noch aufklären, bevor ich …« Costarelli bewegte die Lippen, flüsterte etwas, doch Shane verstand ihn nicht. Er beugte sich zu ihm hinunter. Aber Costarelli sagte nichts mehr. Auf seinem Gesicht stand ein Lächeln, als er die Augen schloss. Das goldene Kreuz blitzte zwischen seinem dichten Brusthaar auf.

Auf dem Monitor folgten die Spitzen und Kurven in friedvoller Regelmäßigkeit aufeinander. Shane wartete, doch Costarelli schlief. Er stand auf und verließ das Zimmer.

Draußen auf dem Flur tastete er am Gürtel nach seinem Handy. Er musste es im Büro liegen gelassen haben. In der Krankenhaushalle neben dem Ausgang entdeckte er einen freien Münzfernsprecher. Glücklicherweise hatte er Kleingeld dabei. Zuerst rief er Vicky an und sagte ihr, sie könne Horkay nach Hause schicken. Details würde er ihr später erklären. Dann bat er sie, die Kollegen in Brisbane und Warwick zu verständigen, damit sie sich um die sofortige Festnahme von Jeff Ellroy kümmerten. Und schließlich sollten die Kollegen in Brisbane Tamara Thompson anrufen und ihr sagen, dass sie recht gehabt hätte.

»Tamara hat gerade eben angerufen, Shane. Ich habe ihr gesagt, dass wir ihn haben. Bert Horkay.«

»Dann rufen Sie sie gleich wieder an und sagen ihr, dass wir uns geirrt haben! Moment, hat sie gesagt, von wo aus sie anruft?«

»Nein. Ich glaube, sie war beleidigt, weil Sie ihr nicht selbst Bescheid gegeben haben.«

Verständlich, dachte er und fragte sich, warum er ihrer Vermutung so wenig Glauben geschenkt hatte. War es vielleicht sogar sein Stolz gewesen, der verhindert hatte, dass er sich auf Tamaras Vermutung einließ?

»Noch was«, unterbrach Vicky seine Gedanken, »ich habe, wie Sie gesagt haben, jemanden zu diesem Kellner im Casino geschickt. Er beschrieb den Begleiter von Valerie Tate als schlanken, durchtrainiert wirkenden Mann mit rötlich blondem kurz geschorenen Haar und Sommersprossen. Vielleicht war das Ellroy?«

Ja, das war er.

»Aber warum tut er so was?«

Die Frage konnte er Vicky nicht beantworten. Sie würden es herausbekommen, sobald sie Ellroy in den Händen hatten. »Vicky, rufen Sie sofort die Kollegen an!«, wiederholte er und legte auf. Er hoffte, Tamara war seiner Empfehlung gefolgt und gönnte sich einen erholsamen Sonntag.

Die Perlen lagen kühl und glatt in ihrer Hand. Sie musste sie fast alle aufgesammelt haben. Nein, da, unter dem Schrank leuchteten noch zwei oder drei.

»Meinen Sie, der Krankenwagen kommt bald? Es tut verdammt weh!«, stöhnte er. Sein Oberkörper war ein wenig tiefer gerutscht und sein Kopf auf die Schulter gesunken.

Sie kniete direkt neben ihm. »Er muss gleich da sein.« Seltsam, sie hätte jetzt netter zu ihm sein können, er hätte ihr leidtun können, aber sie empfand nichts. Gar nichts. In ihrem Innern war ein tiefes schwarzes Loch, in das alles Lebendige hineinstürzte – und verschwand.

Sie schob ihren Arm unter den Schrank und bekam eine Perle zu fassen. Sie legte sie in ihre andere Hand. Dann streckte sie ihren Arm noch einmal aus, tastete weiter und berührte einen weichen, zarten Stoff. Ein Schal musste aus der Schublade gefallen sein. Sie zog ihn hervor. Irgendetwas war darin eingewickelt. Mit der rechten Hand schlug sie die Enden des beigefarbenen Seidenstoffs zurück. Sie war rot – die Powerplatte.

Seine Augen zogen sich zusammen, flackerten auf. Ein verzerrtes Grinsen erschien auf seinem Gesicht. »Sie hätten schon Jahre früher kommen sollen, Tamara.« Er hustete.

Sie starrte auf die ziselierte rote Kunststoffscheibe in ihrer Hand. »Warum?«, musste sie fragen.

»Meine Mutter und meine kleine Schwester …« Das Sprechen fiel ihm schwer. »Sie wollten nicht allein sein …« Er verzog den Mund.

»Und McNulty?«

Er hustete trocken. »Dieser kleine McNulty, er konnte nicht schwimmen und ist aus dem Boot gefallen. Ich hab ihm das Leben gerettet. Von da an ist er mir nachgelaufen wie ein kleiner Hund.« Er lachte kurz.

Die Fakten setzten sich in ihrem Kopf zusammen. »Hat *er* Patty Benson getötet?«

Er schüttelte schwach den Kopf und hustete wieder. »Er war nur dabei.«

Jetzt ahnte sie, wer McNulty die Bibel geschickt hatte. »Wie viele Menschen haben Sie noch getötet, Jeff?«

Er schloss die Augen und atmete flach. »Ich wollte nicht mehr auf die Stimme hören. Da hat Gott die Todeswelle geschickt …« Er schluckte schwer. »… und eine Viertelmillion Menschen musste sterben … Es war *meine* Schuld.«

Für einen Moment hatte sie Mitleid mit ihm, doch dann dachte sie an die jungen Frauen, deren Leben er so grausam beendet hatte. »Warum dieses Ding?« Sie sah auf die Powerplatte in ihrer Hand.

Ein müdes Lächeln flog über sein Gesicht. »Ist von meiner Mutter. Sie hat sich mit solchem Zeug beschäftigt.« Er streckte seinen zitternden Arm aus. »Geben Sie sie mir.«

Sie zögerte.

»Bitte.«

Sie gab sie ihm. Seine Hand berührte die Platte.

Er ist neun, seine Schwester zwei. Sie wohnen in Darwin. Es ist Weihnachten. Im Radio kündigen sie einen Sturm an. Seit Tagen bewegt sich eine große Wolkenmasse, ein Tiefdrucksystem, das sich über Zentralsibirien gebildet hat, über die Arafura Sea auf die Nordküste Australiens zu.

Schon drei Wochen vorher war ein tropischer Sturm im Anzug gewesen, hatte dann aber abgedreht, ohne Schaden anzurichten.

Zur Wet-Season sind solche Meldungen üblich.

Bald bekommt die wirbelnde Wolkenmasse einen Namen: Tracy. Sie bewegt sich nur langsam vorwärts, und Gefahr scheint nur für die vorgelagerten Inseln zu bestehen. Doch plötzlich ändert die Wolkenmasse ihre Richtung. Am 24. Dezember, um 9.30 Uhr abends, ist sie noch 46 Kilometer in westnordwestlicher Richtung von Darwin entfernt und bewegt sich mit einer Geschwindigkeit von sechs Kilometern in der Stunde auf die Stadt zu.

Das Zentrum des tropischen Sturms wird in den frühen Morgenstunden über Darwin erwartet. Das Wetterbüro gibt unablässig neue Meldungen heraus. Am Mittag des 25. Dezember ist der Zyklon noch immer nicht über Darwin. Warum sollte er nicht abdrehen wie alle Stürme in den vergangenen dreißig Jahren auch?

Sein Vater will, dass er einen von den drei Truthähnen schlachtet.

Auch alle anderen Nachbarn machen die letzten Weihnachtseinkäufe und bereiten den Truthahn vor.

Er hat schon einige Puten, Truthähne und Hühner geschlachtet, auch Hasen und Schweine. Doch sein Vater hat einen besonderen Wunsch. »Es ist ein Geschenk für deine Mutter und deine kleine Schwester. Also such deinen Lieblingstruthahn für sie aus!«

»Aber …«

»Was ist? Du willst deiner Mutter nicht deinen Lieblingstruthahn schenken?«

Er verstummt. Sein Vater versetzt ihm einen Stoß in die Rippen. »Na, komm schon.«

Der Junge nickt.

»Gut, dann tu's jetzt.«

Er sucht den hässlichsten Truthahn aus, den er am wenigsten mag. Der hat einen besonders langen und hässlichen Hals, drängt sich stets vor die anderen. Als das Beil den Hals durchhackt, zittert die Erde unter seinen Füßen.

Am 26. Dezember wacht er am frühen Morgen plötzlich auf und sieht aus dem Fenster. Und da ist es: ein rotierendes gelbes Glühen am Himmel. Später werden manche sagen, es sei das Auge des Teufels gewesen. Aber er weiß es besser: Es ist Gottes zorniges Auge.

Die ersten Winde decken Häuser ab, reißen Äste herunter, lassen Fenster platzen, hebeln Türen aus, wirbeln Mülltonnen über die Straße. Dann erst kommt der verheerende Sturm, der alles, was herumliegt, zu tödlichen Geschossen macht.

Ein Brüllen erhebt sich, lauter, viel lauter als alles, was er bisher gehört hat. Häuser explodieren, Autos überschlagen sich. Jeder sucht Schutz, irgendwo unter einem Tisch, unter einem Bett, in einer Garage. Er liegt unter dem Tisch auf der Terrasse, als seine Mutter mit seiner Schwester auf dem Arm auf ihn zugelaufen kommt. Sie läuft und läuft … Es ist ein Stück Wellblech, wie ein Urvogel schießt es heran. Er sieht es, reißt noch den Mund auf, schreit, aber gegen das Brüllen kommt er nicht an. Das Blech schneidet der Mutter den Bauch auf, reißt seiner Schwester den Kopf ab.

Gott bestraft uns für unsere Sünden. Er hat das falsche Tier geschlachtet. Er hat Gott getäuscht, und dafür hat Gott ihn bestraft.

Tage später hört er die Stimme seiner Mutter. »Warum hast du das getan? Liebst du mich denn nicht? Du dummer Junge!« Seine Mutter seufzt und schließt langsam und müde die Augenlider. »Ich hätte so gern noch weitergelebt. Und dein Geschwisterchen …«

Von da an schlachtet er einmal im Monat für sie ein Tier. Meist sind es Vögel. Kleine, bunte Vögel, die er mit der Schleuder trifft. In der Bibel hat er Anweisungen für das Brandopfer gefunden. Am ersten Jahrestag ihres Todes schlachtet er eine Katze. Er zieht mit seinem Vater nach Bathurst Island, weil der dort die Wetterstation betreuen soll.

Das Töten geht immer einfacher. Es geht irgendwann zu einfach, und seine Mutter wird böse. »Wenn es dir nicht leidtut um das Wesen, dann ist es kein Opfer. Dann will ich es auch nicht«, hört er sie sagen.

Im nächsten Jahr ertönt die Stimme seiner kleinen Schwester. Sie will einen Spielkameraden. Er macht sich auf die Suche. Das kleine Mädchen ist allein im Garten … Sein Freund, der Aborigine, hilft ihm …

Und dann kommen die Frauen. Immer, wenn ihm eine gefällt, fordert seine Mutter sie als Opfer.

»Bring sie mir!«, hört er sie jetzt flüstern, und er weiß sofort, wen sie meint …

Tamara beugt sich zu ihm. Er muss ohnmächtig geworden sein, denkt sie noch, als sein Oberkörper schon auf sie zuschnellt und sie rücklings auf den Boden wirft, als seine Hände ihren Hals würgen und sein Knie in ihren Unterleib rammt. Ihre rechte Hand zerrt die Beretta aus der Halterung an ihrem angewinkelten Bein. Die Explosionen zerreißen seine Brust und seinen Kopf. Blut spritzt, Perlen prasseln auf sie herunter, sie weicht dem auf sie stürzenden Körper aus, er schlägt gegen den Schrank, sinkt auf den Boden. Warm schießt das Blut auf ihren Hals und ihren Bauch …

Auf einmal war es still. Nein – irgendwo hörte sie noch eine Perle rollen. Dann blieb auch diese liegen.

Das Läuten ihres Handys unterbrach die Stille. Sie tastete aufs Bett, hob das Handy ans Ohr – mechanische Bewegungen, einstudiert. Sie funktionierte wieder.

»Ja?« Ihre Stimme zitterte.

»Tamara, Schätzchen, dein Dad und ich haben einen neuen Fernseher, also, du kannst deinen wieder …« Sie wollte lachen, aber es blieb ihr im Hals stecken.

Der Feierabendverkehr floss zäh in beiden Richtungen. Zurück im Büro, würde er Carol anrufen und ihr sagen, dass alles vorbei wäre. Morgen würde er nach Hause fliegen, in sein neues Leben.

Er hätte sich den Anfang weniger bitter gewünscht.

Die Ampel schaltete auf Rot. Sein Blick fiel auf die Ablage neben der Schaltung. Dort lag Tonys angebrochene Zigarettenpackung.

Tony hat recht, dachte Shane, es kommt nicht darauf an, was man sich wünscht.

Vor ihm, hinter der Windschutzscheibe, begann der Abendhimmel zu glühen, als ginge die ganze Stadt gerade in Flammen auf.

Die Ampel wurde grün.

ENDE

Danksagung

Mein besonderer Dank gilt Vicki und Graeme Fox, Graeme und Lyn Bennet mit ihrer besonderen Orts- und Geschichtskenntnis, Paspaley Pearls, Danny Srhoy von der Tiwi Island Polizeistation, Rob Trenerry, Detective Sergeant M. R. Sodoli und Superintendent Ian Lea, weiter meiner Lektorin Gerke Haffner und allen, die mich dabei unterstützt haben, dass das Buch entstehen konnte.

Er jagt den Mörder seines Partners – Shane O'Connors persönlichster Fall

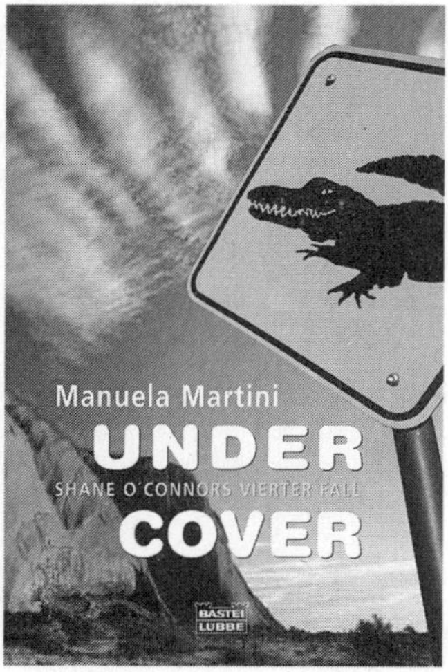

Manuela Martini
UNDER COVER
Roman
400 Seiten
ISBN 978-3-404-15475-3

Als Einziger überlebt Shane O'Connor einen Anschlag, der auf ihn und zwei seiner Kollegen verübt wird. Die Spur führt ihn an die Sunshine Coast, wo er sich in einem Sumpf aus Drogen und Korruption wiederfindet.
Zur gleichen Zeit gerät dort der junge Josh in den Bann der drogenabhängigen Chrissy, die ein Verbrechen geplant hat. Gibt es eine Verbindung zwischen den beiden Fällen? Und welche Rolle spielt Shanes ehemaliger Kollege, der die Ermittlungen immer wieder in eine bestimmte Richtung zu lenken versucht?

Dunkle Geheimnisse unter der glühenden Sonne Australiens

Manuela Martini
DAS LEUCHTEN DER PURPURNEN BERGE
Roman
528 Seiten
ISBN 978-3-404-15665-8

Hamburg 1922. Pauls Antrag kommt für die junge Krankenschwester Emma überraschend, doch sie bewundert die Leidenschaft und den starken Glauben des Missionars, und so begleitet sie ihn wenig später als seine Frau nach Australien, wo Paul eine verlassene Missionsstation übernehmen soll. Doch auf der beschwerlichen Reise ins unerschlossene Outback zieht sich Paul immer mehr in sich zurück, und Emma ahnt, dass er ihr etwas verschweigt. Schon bald deutet sich an, dass ihre Vorgänger die Missionsstation nicht freiwillig verlassen haben. Während Paul sich mit unerbittlicher Härte der Bekehrung der Aborigines widmet, lässt das Schicksal ihrer Vorgänger Emma nicht mehr los …

Bastei Lübbe Taschenbuch

Ein geheimnisvoller Fremder.
Ein rätselhaftes Grab.
Ein uraltes Geheimnis …

Corinna Kastner
DIE GEHEIMEN SCHLÜSSEL
Roman
512 Seiten
ISBN 978-3-404-15758-7

Juta Berg wird verletzt in den Katakomben eines Salzburger Friedhofs gefunden. Als sie aus ihrer Bewusstlosigkeit erwacht, kann sie sich an nichts erinnern. Während sie mühsam herausfindet, wer sie ist und was sie nach Salzburg verschlagen hat, wird sie von Alpträumen gequält. Ein geheimnisvoller Fremder bittet sie darin um Hilfe. Juta ahnt, dass diese Träume und ihr Unfall etwas miteinander zu tun haben. Auf dem Friedhof entdeckt sie schließlich das Grab eines Mannes, dessen Name ihr seltsam bekannt vorkommt. Sie beginnt zu ahnen, wer in ihren Träumen nach ihr ruft. Er schwebt in tödlicher Gefahr und schickt sie auf eine mysteriöse Spurensuche nach einem uralten Geheimnis …